词 戏 小 散 诗
曲 剧 说 文 歌
卷 卷 卷 卷 卷

# 中国人应知的
# 文学常识

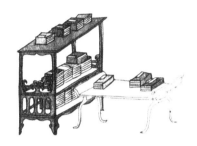

插图本

中华书局编辑部　编

中華書局

图书在版编目(CIP)数据

中国人应知的文学常识/韩高年编著. —北京:中华书局,
2013.2(2023.12 重印)
ISBN 978-7-101-09004-8

Ⅰ.中…  Ⅱ.韩…  Ⅲ.中国文学-问题解答  Ⅳ.I2-44

中国版本图书馆 CIP 数据核字(2012)第 258570 号

书　　名　中国人应知的文学常识
编 著 者　韩高年
责任编辑　聂丽娟
责任印制　陈丽娜
出版发行　中华书局
　　　　　(北京市丰台区太平桥西里 38 号　100073)
　　　　　http://www.zhbc.com.cn
　　　　　E-mail:zhbc@zhbc.com.cn
印　　刷　河北新华第一印刷有限责任公司
版　　次　2013 年 2 月第 1 版
　　　　　2023 年 12 月第 5 次印刷
规　　格　开本/700×1000 毫米　1/16
　　　　　印张 24½　插页 2　字数 380 千字
印　　数　15001-18000 册
国际书号　ISBN 978-7-101-09004-8
定　　价　49.00 元

# 写在前面

不知您是否意识到，也许您说的每一句话里都包含着"文化"——

"五谷杂粮"有哪五谷？"六亲不认"是哪六亲？"株连九族"都包括谁？

为什么买"东西"不说买"南北"？为什么"败北"不说"败南"？为什么说话算数叫"一言九鼎"，换成"六鼎""七鼎"行不行？……

这些问题，都可以在这本《中国人应知的国学常识》里找到答案。

这里所说的"国学"，与"中国传统文化"同义，它不仅写在典籍里，更活在我们的生活里、流淌在我们的血液中。除了经典常识、制度法律、教育科技，传统的民生礼俗、戏曲曲艺、体育娱乐……也是本书要介绍的内容。

这里所说的"常识"，有两个重点：一是基础知识、基本概念，二是读书时经常遇到、在日常生活中经常使用、大家知其然但未必知其所以然的问题。

中国传统文化博大精深，包罗万象，远不是一本书所能囊括的。本书只是采用杂志栏目式的方式，选取其中部分内容分门别类进行介绍。许多重要内容、基本常识将在以后各册陆续回答。

我们约请的作者，都是各个领域的专业研究者，每一篇简短的文字背后其实都有多年的积累，他们努力使这些文字深入浅出、严谨准确。同时，我们给一些文字选配了图片，使读者形成更加直观的印象，看起来一目了然。

无论您是什么学历，无论您是什么年龄，无论您从事的是什么职业，只要您是中国传统文化的爱好者，您都可以从本书中获得您想要的——

假如您是学生，您可以把它当做课业之余的休闲读物，既释放了压力，又学到了国学知识。

假如您身在职场，工作繁忙，它"压缩饼干式"的编排方式，或许能成为您快速了解传统文化的加油站。

假如您退休在家，您会发现这样的阅读轻松有趣，滋养心灵……

**总目**

# 目录

## 散文卷

## 小说卷

## 戏剧卷

1

# 古老的《诗经》为什么以一首爱情诗开篇?

《诗经》作为我国最早的诗歌总集,本名为《诗》,又有《诗三百》、《三百篇》等称谓,汉代开始成为经学典籍,始称《诗经》,《诗大序》认为其作用在于"经夫妇,成孝敬,厚人伦,美教化,移风俗"。《诗经》共收入西周初年到春秋中期的三百零五篇诗歌(另外有六篇只有题目没有诗歌内容的笙诗),分为风、雅、颂三大类,内容极其广泛,包括农业耕作、君臣燕饮、宗庙祭祀、战争徭役、婚姻爱情等等,反映了当时社会生活的方方面面。

可是在中国文学史上具有如此崇高地位的《诗经》,却以一首情辞俱佳的爱情诗作为开篇之作:

> 关关雎鸠,在河之洲。窈窕淑女,君子好逑。
>
> 参差荇菜,左右流之。窈窕淑女,寤寐求之。
>
> 求之不得,寤寐思服。悠哉悠哉,辗转反侧。
>
> 参差荇菜,左右采之。窈窕淑女,琴瑟友之。
>
> 参差荇菜,左右芼之。窈窕淑女,钟鼓乐之。

"河边的沙洲之上,雌、雄雎鸠鸟发出'关关'的乐音相和而鸣。"诗歌以此起兴,接着就说到:"那幽闭深居、德行高尚的美女啊,正是君子的好配偶。"在第二和第三章中,又以"参差不齐的荇菜"起兴,说明君子如何追求让他魂牵梦绕、夜不能寐的美丽女子:那就是借助琴瑟和钟鼓的美妙乐音,通过音乐的强烈感染力,去感动那位让作者朝思暮想的美人。

清乾隆御笔《诗经图》（清写本）

那么，是什么原因使得《诗经》的编者将如此优美动人的情诗置于这部伟大的文学作品之首呢？难道是要刻意颂扬一段纯朴的爱情抑或是无意而为吗？这就不得不提到先秦时期的编诗、用诗以及传诗等过程，《关雎》置于《诗经》首篇正是在这些过程中完成的。据《史记》记载，孔子曾经对《诗》做过删减，而恰恰他在《论语·八佾》中说过："《关雎》乐而不淫，哀而不伤。"在那个礼教重于一切的时代，处理好君臣、父子、兄弟、夫妇、朋友等各种人伦关系尤为重要，家庭是社会最基本的细胞组织，由此决定了夫妇之德是一切伦理道德的基础。诗中的"雎鸠"相传是一种贞鸟，一生忠于自己的配偶；"荇菜"也有人认为是专门采来用于祭祀活动的。最早的诗歌与音乐、舞蹈结合为一体，《诗经》中的作品最初也可以入乐演奏，用于多种社会生活中的礼俗仪式。《诗经》在编订成书以后，在各诸侯国之间广泛流传，用于一系列的政治外交、宗教祭祀等活动，如《左传》当中就有大量的"引诗"，或被作为外交辞令，或被用于规劝讽谏等。而《关雎》一篇，普遍被认为是标榜"正德"的典范而被广泛引用。《诗三百》被升格为"经"后，《关雎》也就难以逃脱汉儒们的附庸之笔，故《毛诗序》解释《关雎》的主旨说：

> 《关雎》，后妃之德也。《风》之始也，所以风天下而正夫妇也，故用之乡人焉，用之邦国焉。《风》，风也，教也，风以动之，教以化之。

又说：

> 是以《关雎》乐得淑女以配君子，忧在进贤，不淫其色。哀窈窕，思贤才，而无伤善之心焉。是《关雎》之义也。

《关雎》本身的确是一首优美的爱情诗，描写了上层社会男女谈恋爱的过程，但是在编诗和用诗的过程中被道德化、礼俗化了。由于《关雎》所标榜的是"正德"，所以置于《诗经》之首也就不难理解。

值得注意的是，就《诗经》全书而言，其中确实不乏反映爱情婚姻的优美诗篇。如《邶风·静女》是对男女约会场景和过程的描绘；《郑风·子衿》写出了女子对男子的无尽思念："一日不见，如三月兮"；《秦风·蒹葭》在一幅朦胧的秋景中，写出了男子对所爱之人的思念与追求；《郑风·出其东门》则是男子的专情之语，东门之外美女如云，但我只爱我的"灰姑娘"；《郑风·女曰鸡鸣》则以含情脉脉的对话写了美满幸福的夫妻生活等等。

2

# 《诗经》六义指的是什么？

什么是《诗经》六义？《毛诗序》说："故诗有六义焉：一曰风，二曰赋，三曰比，四曰兴，五曰雅，六曰颂。"唐代孔颖达《毛诗正义》对"六义"进行了划分：

> 风、雅、颂者，《诗》篇之异体；赋、比、兴者，《诗》文之异辞耳。大小不同，而得并为六义者。赋、比、兴是《诗》之所用，风、雅、颂是《诗》之成形，用彼三事，成此三事，是故同称为"义"。

这对"六义"作了更为详细的解释。所以《诗经》六义就是指风、雅、颂，赋、比、兴，其中前三个指《诗经》的体式，后三个指《诗经》的表现手法。

风、雅、颂是按音乐的不同而划分的。风即十五国风，是各地的音乐曲调，包括周南、召南、邶风、鄘风、卫风、王风、郑风、桧风、齐风、魏风、唐风、秦风、豳风、陈风、曹风十五部分，共一百六十篇。雅分为大雅和小雅，是朝廷正乐，共一百零五篇，其中大雅三十一篇、小雅七十四篇。颂分为周颂、鲁颂和商颂三个部分，分别有三十一篇、四篇、五篇，为郊庙祭祀之乐。

赋、比、兴作为《诗经》的表现手法，宋代朱熹在《诗集传》曾有清楚的解释："赋者，敷也，敷陈其事而直言之者也"；"比者，以彼物比此物也"；"兴者，先言他

物以引起所咏之词也"。简单说来，赋就是直截了当地表达所要陈述的思想感情，如《邶风·击鼓》所言"执子之手，与子偕老"就是很直接、很热烈地将自己的爱情誓言表达了出来；再如《卫风·氓》几乎通篇都是运用"赋"的手法，将一个弃妇的怨情毫无保留地诉说出来。比就是打比方，拿一件事物来比拟另一件事物，如《卫风·硕人》中形容美人是"手如柔荑，肤如凝脂，领如蝤蛴，齿如瓠犀"；《魏风·硕鼠》一诗将贪得无厌的统治者比喻成一只大老鼠。兴指的是诗歌在音乐上的起调或用来引起主题的景物或象征物，如《关雎》开篇就说："关关雎鸠，在河之洲。窈窕淑女，君子好逑。"前两句即为起兴，作用在于引出君子追求淑女这件事；《秦风·蒹葭》中的"蒹葭苍苍，白露为霜"、《周南·桃夭》中的"桃之夭夭，灼灼其华"等也是如此。值得注意的是，《诗经》当中经常是两种或者三种表现手法同时使用，使用单一表现手法的作品是不多的。

《诗经》"六义"的说法对后世影响深远，一方面形成了我国诗歌史上的"风雅传统"，另一方面，赋、比、兴的手法也被后世诗歌所继承，如汉大赋中的"铺陈"就是由"赋"发展而来，《楚辞》中多"隐喻"，是受了"比"的影响，"兴"的手法则为《古诗十九首》等汉魏诗歌所承袭。

 3

# 何谓"四家诗说"？

"四家诗说"是指汉代解说《诗经》的四个学派，即鲁诗、齐诗、韩诗以及毛诗。其中前三家为"今文经学"，毛诗属于"古文经学"。这里的"古文"或"今文"只是就所记载和传授典籍的字体而言，"今文"指的是汉代通行的隶书，"古文"则指秦统一中国以前的大篆和籀文等古文字。

秦始皇焚书坑儒，大量的典籍化为灰烬，有幸的是《诗经》通过口耳相传等方式得到了较好的保存，并在汉代广泛流传。鲁、齐、韩三家诗在西汉时期设有博士，成为官学，三家诗用当时通行的隶书记载并进行传授，在西汉显赫一时。《汉书·艺文志》说："汉兴，鲁申公为《诗》训故，而齐辕固生、燕韩生皆为之传。"其中，

《毛诗正义》书影

鲁诗出自鲁人申培公，在汉文帝时被立为博士，传授者主要有刘向、孔安国等人；齐诗出自齐人辕固生，在汉景帝时被立为博士，传授者主要有夏侯始昌、匡衡等人；韩诗出自燕人韩婴，也在汉文帝时被立为博士，传授者主要有淮南贲生、蔡义等人。可惜的是，鲁诗和齐诗流传到魏晋南北朝时期就亡佚了，韩诗到后来也不再流传，到了南朝的刘宋时期，《韩诗内传》四卷也已亡佚。现今存世的只有《韩诗外传》十卷，也有学者认为是四卷《内传》并在了《外传》当中，总共正好十卷。但是从中已经看不出韩诗的原初面貌，与相关史籍记载的资料多有出入。三家诗最大的缺点在于注解过于繁琐，解释一词一句往往就得洋洋数万言。

毛诗出自鲁人毛亨和赵人毛苌，在西汉时期不属于官学，也没有被立为博士，

但是在民间得到了极为广泛的流传，最终压倒了"今文经学"的三家诗，并在东汉中叶被立为官学。我们今天看到的《诗经》就是毛诗的传本，东汉郑玄为之作笺，世称《郑笺》，唐代孔颖达为之作疏，既解《毛传》，又解《郑笺》。毛诗最大的特点在于它的序言，一般称之为《毛诗序》，分为大序和小序。小序是指《诗经》当中每一首诗题下都有一段很简要的序言用来简述诗的主题、作者和写作背景等，大序则是指《关雎》的小序下面较长的一段文字，主要强调了诗的教化作用，并且简明扼要地论述了诗歌的性质、起源、社会作用、体裁以及表现手法等诸多问题。

4

# 什么是"风雅传统"？

"风"指《诗经》中的十五国风，大多是春秋时期的作品，基本上由民间歌谣组成，风格比较纯朴、奔放；"雅"是指大雅、小雅，是西周时期的作品，多出于贵族之手，为朝廷正乐，风格比较典雅、庄重。"风"、"雅"二字连用，一般是指诗文之事。作为一部伟大的抒情诗集，《诗经》中表现出来的关注现实的热情、强烈的政治和道德意识、真诚积极的人生态度，后来被人们概括为"风雅精神"。后世诗人多受此影响，竞相创作，从而形成了中国诗歌史上有名的"风雅传统"。"风雅"之作多能反映现实，情真意切，即"乐而不淫，哀而不伤"，风格中和朴素，语言精练生动，善用赋比兴手法等等。

最早继承这个传统的是我国伟大的爱国主义诗人屈原，其《离骚》、《九章》中许多忧愤深广的作品，颇得国风、"二雅"的精髓。《史记·屈原列传》中说："国风好色而不淫，小雅怨诽而不乱，若《离骚》者，可谓兼之矣！"汉代乐府诗缘事而发的表现特征，对广泛社会生活和人民思想感情的深刻反映，与对《诗经》"风雅传统"的继承是有关的。在汉末建安时期，诗人们身逢乱世，经历了世间乱离，对民生疾苦有深入了解，故所作诗歌内容真实而深刻，风骨遒劲而慷慨悲壮，如曹植《赠白马王彪》、王粲《七哀诗》、蔡琰《悲愤诗》等，是《诗经》"风雅传统"在新时代的体现。到了初唐时期，陈子昂直接倡导"风雅精神"，大声呼吁恢复汉魏风骨，对齐梁之时"风雅不作"的诗风进行激烈批评，希图矫正诗坛长期存在的不良风气。他主张诗歌必须有深刻的现实精神和崇高的思想境界，其代表作《感遇》三十八首和《登幽州台歌》可以说是对这种主张的积极响应和大力实践。唐代许多伟大诗人，都曾受到"风雅精神"的深刻影响：李白在《古风》其一中发出了"大雅久不作，吾衰竟谁陈"的慨叹；杜甫被称为"诗史"的诗作，其中一个重要方面就是对社会现实的深刻揭露，并在《戏为六绝句》第六首中宣称"别裁伪体亲风雅"；白居易以及受其"新乐府运动"影响下的诸多诗人，所表现出的关注社会现实、关心民生疾苦和现实政治的创作倾向，莫不是"风雅精神"的时代体现。在唐代以后的诗歌创作中，这种传统也代代相传，从宋朝的陆游到清末的黄遵宪，在他们的诗作中我们依旧能够读出"风雅"精神的深厚积淀。现代诗人艾青的著名诗句"为什么我的眼里常含泪水？因为我对这土地爱得深沉"（《我爱这土地》），何尝不是对"风雅传统"的继承创新呢？

 5

# 中国文学史上第一位伟大的诗人是谁？

中国文学史上第一位伟大的诗人当属屈原，他不仅为我们留下了一首首凄美的浪漫诗篇，并且以其高尚的人格以及"虽九死其犹未悔"的爱国精神深深地感染着古往今来之人。屈原（前353？—前283），名平，字原，楚国人，是与楚王同姓的贵族。正是这份流淌在血液中的王族使命感，使得他一开始就将自己的一切与楚国的命运紧紧地连在了一起。屈原生活的时代是战国中后期，当时楚国和秦国实力最为强盛，但其他各诸侯国之间对外吞并的野心也很大，战争的狼烟在中华大地此起彼伏。为了使楚国更加强大，楚国采取了一系列变法图强的举措。屈原年轻时曾任楚怀王的左徒，学识渊博、明于治乱的他对内以政治家的才略同楚王一起商讨国政，对外又以外交家的灵活与机智接待使臣、出使应对诸侯。在内政方面他提出任用贤能的主张，外交方面则坚持联齐抗秦。在他的规划劝诫之下，这个强国蓝图起初也得到了楚王的认可，于是任命屈原进行变法图强。孰料就在他精神抖擞地草拟施政纲领、准备大展宏图之时，那些担心在改革中会受到损害的既得利益集团，以及以上官大夫靳尚为代表的嫉贤妒能之辈，在楚王面前对屈原进行百般诬陷，说屈原矜夸自己起草宪令，楚怀王一怒之下而疏远了屈原。先是贬职疏远，不让他参与朝政，而后又将他放逐到汉北云梦之地做管理田猎的小官，变法图强随之不幸夭折。楚怀王后期，屈原一度由汉北返回朝廷，但好景不长，怀王听信了奸佞之人的利诱，前往秦国修好，结果被囚禁，后客死于秦。顷襄王即位后，愈发昏庸无道，国运每况愈下，在令尹子兰和上官大夫靳尚的又一次谗害下，屈原被放逐到了江南。屈原虽身在江南，但仍时时关注国事。日渐消瘦的屈原在听到秦军的铁骑踏破楚国郢都的噩耗之后，心中的理想彻底破灭，俯身跳进了波涛滚滚的汨罗江，与那个浑浊的世道彻底划清了界限。人们被屈原的高尚品德和赤诚的爱国之心所感动，将屈原投江的这一天（农历五月初五）作为纪念日，即端午节，自发地祭奠这位伟人。

屈原是离开了，但是其优美的诗篇如同他的德行和爱国之心一样，千古流芳。他的大多数诗篇都是其漂泊生涯的真实写照，将自己的美好理想以及报国无门的一腔哀怨与愤懑之情全部付之笔端，倾泻而出。屈原的诗歌作品主要有《离骚》、《九歌》、《天问》、《九章》、《远游》、《卜居》、《渔父》等。其作品早期以《九歌》为主，一共十一首，是一组祭祀鬼神的古老乐曲，是屈原根据楚地民间的祭歌改写而成，具有神话色彩。但是其中的《国殇》一篇是祭祀阵亡的楚国将士，礼赞了那些为国捐躯的楚国英雄。

在流放至汉北之时，他在孤独中写下了流传千古的《离骚》，他用这首抒情长诗畅快地抒发心中压抑已久的苦闷和悲痛。《离骚》第一部分偏于写实，叙述了作者自己的身世和遭遇，凸显出诗人自己、楚怀王（诗中称"灵修"）和奸佞小人（诗中称"党人"）之间交织的矛盾冲突，并抒发了他对楚国命运的无限忧虑；第二部分却以"追求"为主题，描写了一次次壮观的天界驰骋，想象大胆奇诡，摄人心魄。在诗中创造的奇幻意境

清　张若霭《屈子行吟图》

中，他驱使着众神上下求索，先是"上叩天阍"，无奈冷漠的守门之神拒绝为他向天庭通报；他转而"下求佚女"，地上的美女一样是求而不遂。诗人的追求不断地受到打击，在冰冷的现实面前最终失望，俯瞰自己依旧深爱的故土已是满目疮痍，决定以一种悲壮的浪漫离开那个浑浊的世道，从而让自己的身心获得解脱。《离骚》是屈原的代表作，充满了浪漫主义的色彩，诗中淋漓尽致地体现了诗人的美政思想和爱国之情，塑造了一个坚贞高洁的抒情主人公形象，开创了"香草美人"的比兴传统。

屈原晚年被流放至江南之野时，又写下了《九章》中的大多数诗篇，亦在叙述不幸的身世和遭遇。《九章》一共九首，其中《橘颂》一般认为是早期作品，《抽思》作于屈原被放汉北之时。秦军攻破郢都后，悲愤难抑的诗人通过《哀郢》发出了楚国行将灭亡的无尽哀叹，赴江之前写下了绝笔《怀沙》。

屈原在其诗作中开启了我国浪漫主义的文学传统，形成了"楚辞"这种新的诗歌体式，"美人香草"的比兴意象也开创了一个源远流长的文学传统，从而在文学史上确立了自己不朽的地位。鲁迅在《汉文学史纲要》中评价屈原说："逸响伟辞，卓绝一世"，"其影响于后来之文章，乃甚或在三百篇以上"。加之屈原那高尚的节操、在黑暗势力面前不屈不挠英勇斗争的精神以及用生命谱写的爱国热情，共同构成了屈原精神，在后世产生了不绝的回响。

6

# "楚辞"是一种什么样的体裁？

"楚辞"作为一种诗歌体裁，是指以楚国地方特色的乐调、语言、名物而创作的诗歌，它是战国时期屈原所创，以屈原、宋玉作品为代表，并为战国至汉代诸多楚辞作家竞相模仿的一种新诗体。其"新"主要体现在它不同于先前以《诗经》为代表的北方诗歌，而在形式上具有浓郁的楚国地方文化色彩。它植根于丰沃的楚文化土壤之中，由楚地民间的楚声、楚歌发展演变而成。宋代黄伯思《东观余论·翼骚序》曰："盖屈宋诸骚，皆书楚语，作楚声，纪楚地，名楚物，故可谓之'楚辞'。""楚辞"一词，最早见于汉武帝时，《汉书·朱买臣传》载曰：

《楚辞集注》书影

"会邑子严助贵幸，荐买臣，召见说《春秋》，言楚词，帝甚悦之。"不可忽视的是，早在汉代，"楚辞"已经作为一种专门的学问而与"六经"并举。

楚辞的直接渊源是楚声和楚歌，楚声即楚地的音乐、曲调，楚歌指的是楚地民歌，如《九歌》底本就是楚地民歌，宋玉《对楚王问》中说到郢人歌唱"阳春"、"白雪"，刘邦与项羽垓下之战时"四面楚歌"的典故，所说都是指作为"南音"的楚歌。我国文学史上伟大的长篇抒情诗《离骚》就是在楚歌的基础上加工发展而成的。

楚辞体简称"辞体"，由于《离骚》是楚辞最具代表性的作品，故又被称为"骚体"。此外，鉴于辞、赋之间的继承关系，汉代人一般还将楚辞称为"赋"，《史记·屈贾列传》中即言屈原"作《怀沙》之赋"，《汉书·艺文志》也列有"屈原赋"、"宋玉赋"等名目。虽然汉赋的产生与发展确是受到了楚辞的直接影响，但是辞、赋之间依旧不能完全划等号。"楚辞"这种诗歌体裁的特点主要有：篇幅较长，如《离骚》全诗三百七十三句，两千四百九十个字；形式自由，一般无明确的分章；句式错落参差、灵活自由，常在句中或句末加"兮"字以助语势；另外，以奔放的感情、奇特丰富的想象、鲜明的形象、华美的文采、典型的象征手法等取胜，是一曲曲散发着浪漫情调的诗歌奇葩。

# 何谓 "骚体" ？

　　骚体指的是屈原在楚地民歌的基础上创造出的一种抒情性很强的韵文体裁，因以《离骚》为代表，故称"骚体"。由于后人常以"骚"来概括《楚辞》，所以"骚体"亦可称为"楚辞体"。骚体主要作家是屈原、宋玉以及诸多《楚辞》作家，如景差、唐勒、东方朔、贾谊等人，代表作品有《离骚》、《九歌》、《九辩》等。较之屈原之前的诗歌形式，这类作品主要有以下特征：善用象征手法，感情奔放，想象丰富、文采华丽，富有抒情特征和浪漫气息；篇幅较长，一篇《离骚》就长达三百七十三句、两千四百九十字，奠定了中国古代诗歌的长篇体制；句式灵活多变，屈原创造了一种以六言为主，同时又糅合了五言、七言的基本整齐而又灵活多变的长句句式，这是对以《诗经》为代表的四言诗的重大突破；广泛运用"兮"字以加强语势，从一定程度上讲，"兮"字可以看作是这类作品的一个鲜明标志。"骚体"在中国文学史上具有很高的地位，对后世文学产生了深远的影响，正如鲁迅在《汉文学史纲要》中评价屈原作品时认为"其影响于后来之文章，乃甚或在三百篇之上"。

　　骚体可以称诗，亦可以指赋。汉代人普遍把以《离骚》为代表的楚辞称为"赋"，原因是楚辞直接影响了汉赋的产生和发展且体式基本相同，由此还引发了文学史上的"辞赋之辩"。虽然将《楚辞》直接认为是赋作的观点不甚严谨，但是赋从《楚辞》当中汲取了营养这一点不容置疑。所以，汉赋中那些体式、句型继承骚体而以"赋"为名的作品，就被称作"骚体赋"，如司马相如的《长门赋》、《大人赋》，班固的《幽通赋》，扬雄的《反离赋》、张衡的《思玄赋》等就属此类。骚体赋继承了《楚辞》的怨刺传统，内容多抒写朝廷忠奸不分、贤人怀才不遇等；在文体形式方面，句式在整饬中见变化，抒情方式婉转细腻。汉初赋坛可以说是骚体赋独领风骚，最有代表性的是贾谊的《吊屈原赋》、《鹏鸟赋》；贾谊以后，汉大赋与骚体赋并存，此期骚体赋的代表作有淮南小山的《招隐士》、东方朔的《七谏》、王褒的《九怀》、刘向的《九叹》等。可以说东汉中期以前，骚体赋一直是汉代文人最主要的抒

情形式。汉代以后蔡琰的《悲愤诗》后半部分，韩愈的《复志赋》，柳宗元的《惩咎赋》、《闵生赋》，苏轼的《屈原庙赋》等都是不同时代对骚体赋的回音。

8

# "骚人"一词有什么来历？

"骚人"一词，拜屈原《离骚》所赐。因为《离骚》在楚辞中的龙头地位，并在中国诗歌史上树立了显赫的坐标，以至于后世将诗人也称为"骚人"。梁代萧统《文选·序》曰："骚人之文，自兹而作。"宋代文豪范仲淹在其著名的《岳阳楼记》一文中也说道："迁客骚人，多会于此。""骚人"一词作为诗人的代称，在文献资料中层出不穷。

"离骚"之意，司马迁认为是遭受忧患的意思，王逸《楚辞章句·离骚经序》曰："离，别也；骚，愁也。"释"离骚"为离别忧愁。二说实则大同小异。当代学者游国恩等则提出"离骚"可能是楚歌名称，其主旨在于抒发牢骚。根据司马迁《史记·报任安书》所说："屈原放逐，乃赋《离骚》"，又根据《离骚》文中反映出来的具体信息，可知本诗当作于屈原第一次被放逐于汉北之时。《离骚》是屈原的抒愤释怀之作，在"爱国"和"忠君"的主旨之下，倾洒了诗人内心无尽的苦痛和哀怨。全诗首先自叙自己的身世、才性品德以及与奸邪小人、楚王等人的矛盾冲突，并抒发了他对楚国政治的无限忧虑；接着便是诗人驾乘想象的翅膀在天界旅行，当他的种种追求与幻想在天庭也找不到合理答案时，留给他的只有更大的失落和绝望；心中的一切幻想彻底破灭了，想到千疮百孔的国家和水深火热中的人民，高洁的诗人终于决定以悲壮的死来殉情于自己的祖国。

因屈原有过被贬黜流放的经历，故"骚人"亦特指那些忧愁失意的文人。"国家不幸诗家幸，赋到沧桑句便工"，纵观历代诸多文人士大夫的遭遇，当他们在政治上有志难伸或生逢乱世时，更容易在文学的花园中摘取绚丽的花朵。曹植、鲍照、陶渊明、杜甫、苏轼、陆游等莫不如是。在忧愁失意面前，诗人更容易拨响心中那根属于诗歌的琴弦，难怪李白在《古风》中叹曰："正声何微茫，哀怨起骚人。"

9

# 什么是乐府和乐府诗？

"乐"即音乐，"府"即官府，这是关于"乐府"最简单的解释。"乐府"作为一个机构，是指秦代以来朝廷设置的管理音乐的官署，行政长官称"乐府令"，其职能是采集和编制歌辞，配置乐曲，以满足朝会、祭祀和军旅演奏等需要。

《汉书·百官公卿表》记载少府有六丞，其中之一即为"乐府"；秦始皇陵附近出土的编钟铭文亦有"乐府"字样。从这些文献资料考证可以得出结论：秦代已经有了"乐府"的建制。到了西汉，乐府机关的职能进一步发展和完善。乐府和太乐一起成为掌管音乐的机构而分工各有不同，乐府主要执掌天子及朝廷平时所用的乐章，这些乐章是以楚声为主的流行曲调，如《安世房中歌》和刘邦的《大风歌》。到

了武帝时期，朝廷通过乐府机关大规模搜集民间歌辞，《汉书·礼乐志》云：

> 至武帝定郊祀之礼……乃立乐府，采诗夜诵，有赵、代、秦、楚之讴。以李延年为协律都尉，多举司马相如等数十人造为诗赋，略论律吕，以合八音之调，作十九章之歌。以正月上辛用事甘泉圜丘，使童男女七十人俱歌，昏祠至明。

此时，乐府的职能除了广泛搜集各地歌谣乐曲外，同时还组织文人创作朝廷所用的歌诗，司马相如等赫赫有名的文人都有过为乐府写歌诗的经历。据记载，到了汉成帝末年，乐府人员多达八百余人，成为了一个极为庞大的音乐机

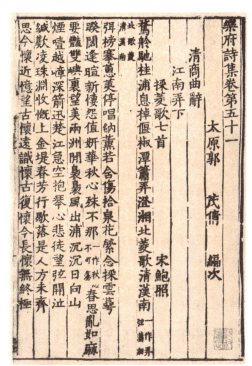

*《乐府诗集》书影*

构。武帝到成帝期间的这一百多年，无疑是乐府的昌盛时期。哀帝即位后，下诏罢免乐府官，对乐府机关进行调整，保留下来的乐府人员并入太乐令管理，从此以后，汉代再也没有"乐府"这一建制。"乐府"作为一个音乐机构的名称，至此完成了它光荣的时代使命。东汉管理音乐的机关有"太予乐署"和"黄门鼓吹署"，后者为天子宴享群臣提供歌诗，其职能实际上与西汉乐府相差无几。晋、隋时期，"太乐"、"乐府"并称。到了唐代，除太乐署之外，再无"乐府"之名。

文学史上常把乐府机关所收集、编制的"歌诗"称为"乐府诗"或"乐府歌谣"，简称"乐府"。后来把模仿汉乐府的拟作也称"乐府"，如唐时的新乐府。至于宋元以来，词、曲也别称"乐府"，只不过是其称谓的扩大化罢了。一般提到乐府诗，则是特指由朝廷乐府机关通过搜集、编制而保存、流传下来的两汉乐府诗，以其题材的现实性、主题的深刻性以及在诗歌形式方面的突破奠定了在文学史上的不朽地位。

汉代的乐府包括叙事诗和抒情诗，其中叙事诗的成就尤高，它以"感于哀乐，缘事而发"为创作主旨，具有很强的针对性。汉代乐府诗描述了广阔的社会生活，集中展现了一幅幅贫富不公、苦乐不均的社会画面，如《东门行》中"盎中无斗米储，还视架上无悬衣"，逼得男主人公不得不拔剑走上抗争的道路。类似还有《妇病行》、《孤儿行》等。爱与恨的坦白表露也是汉乐府重点表现的内容，而大胆泼辣则是它典型的抒情特征，如《上邪》、《孔雀东南飞》等。汉乐府还清楚地表达了时人对待生死的态度，充斥着一种强烈的乐生恶死的愿望，如《蒿里》、《薤露》。作者在创作乐府诗时，有一套纯熟的叙事手法，表现在注意选取一些富于诗意的镜头，故事情节完整曲折，人物形象栩栩如生、各具特点，叙事详略得当、繁简有度，句式长短自如等，从而奠定了中国古代叙事诗的基础，影响着一代又一代诗人的诗歌创作。

10

## 代表汉乐府最高成就的作品是什么？

代表汉乐府最高成就的作品是《孔雀东南飞》，诗中传唱了一个震撼心灵的爱情悲剧，同时也是一个活生生的社会悲剧。《孔雀东南飞》最早见于梁代徐陵所编的《玉台新咏》，并因此得以保存和流传，原题《古诗无名氏为焦仲卿妻作》，其序云："汉末建安中，庐江府小吏焦仲卿妻刘氏为仲卿母所遣，自誓不嫁。其家逼之，乃投水而死。仲卿闻之，亦自缢于庭树。时人伤之，为诗云尔。"从中可知此诗作于汉时，但作者不得而知。《乐府诗集》收录此诗时题作《焦仲卿妻》，而一般取其首句题为《孔雀东南飞》。

《孔雀东南飞》的主题在于揭露封建礼教和家长制度的黑暗，同时也反映了被压迫下的年轻人为追求婚姻自由而做的殊死抗争。焦仲卿是庐江府一小吏，娶了美丽的刘兰芝为妻，且婚后夫妻恩爱如山。无奈焦母不喜欢儿媳，并以刘兰芝行动自由、无礼为由，百般刁难。焦仲卿不仅劝说母亲未果，还遭到斥责，并逼他休妻再娶。迫于压力，刘兰芝含泪回到娘家，焦仲卿许诺过些时日再接她回家。回到娘家后，相继有县令和太守家派来的媒人到刘家提亲，在狠心兄长的逼迫下，经过数次拒绝之后，刘兰芝走投无路，虽然口头上勉强答应了婚事，暗地里早已下定了死的决心。婚期前一天，刘兰芝和闻讯赶来的焦仲卿抱头痛哭，既然生不能白头偕老，那么两人就相约在黄泉下自由幸福地比翼双飞。于是，在出嫁那天，兰芝跳河殉情，焦仲卿闻讯也自缢身亡。死后，双方的家长方把二人合葬在一起。墓前的树上时有一对鸳鸯鸟交颈互鸣。

《孔雀东南飞》以叙事诗的形式成功地塑造了栩栩如生的人物形象，忠于爱情且倔强从容的刘兰芝，优柔寡断但重情重义的焦仲卿，自私暴戾的焦母和刘兄等。人物形象的刻画是通过具体人物的对话、动作以及心理活动等体现出来的，如在心理描写方面有这样一个细节，焦仲卿听说刘兰芝已经答应再嫁，于是见面之后的第一句话便是"贺卿得高迁"，表面上看是在道贺，心如刀绞的滋味实际上已经不言而喻。在艺术风格方面，《孔雀东南飞》在叙述整个事件的发生过程时，基本上都是以写实为主。在焦仲卿、刘兰芝同封建家长的矛盾冲突与他俩忠贞不渝的爱情这两条叙事线索的交织下，将跌宕起伏且又环环相扣的故事情节完完整整地呈现于读者面前。诗以"孔雀东南飞，五里一徘徊"起兴，又以"中有双飞鸟，自名为鸳鸯，仰头相向鸣，夜夜达五更"结尾，一起一合之间颇具浪漫主义色彩。此外，诗中语言生动活泼，结构完整紧凑，叙事详略得当。

因此说《孔雀东南飞》代了汉乐府的最高成就，一点都不为过。

 11

# 无名氏所作的《古诗十九首》为什么历代推崇备至？

《古诗十九首》是一些没有留下姓名的汉代文人所创作的五言诗。梁文帝萧统编《文选》时选录十九首置于第二十九卷，并题名"古诗"。后人称为《古诗十九首》，根源于此。总览这十九首诗的内容、风格并参照相关的判断标准，这些诗并非作于一时一地，亦非一人所为，其创作时代的下限应为汉桓帝时期，作者多是一些失意的中下层知识分子。《古诗十九首》各首独立成篇，并且以每首的首句作为诗题，依次为《行行重行行》、《青青河畔草》、《青青陵上柏》、《今日良宵会》、《西北有高楼》、《涉江采芙蓉》、《明月皎夜光》、《冉冉孤生竹》、《庭中有奇树》、《迢迢牵牛星》、《回车驾言迈》、《东城高且长》、《驱车上东门》、《去者日以疏》、《生年不满百》、《凛凛岁云暮》、《孟冬寒气至》、《客从远方来》、《明月何皎皎》十九首。

《古诗十九首》就其主体而言，不是诉游子之悲，便是倾思妇之怨。内容主要写文人的彷徨失意、夫妇和朋友间的离愁别绪，在对日常的时世、人事、节候、名利、享乐的咏叹中突出抒发了生命短促、人生无常的悲哀以及及时行乐的无奈，同时又体现了对生命真诚的热爱。沈德潜《说诗晬语》有云："十九首，大率群臣弃妻，朋友阔绝，死生新故之感。中间或寓言，或显言，反复低徊，抑扬不尽，使读者悲感无端，油然善人。此《国风》之遗也。"如"生年不满百，常怀千岁忧"、"人生寄一世，奄忽若飘尘"表达的是人生苦短的悲哀，同时也暗示着功名难就的悲痛。残酷的现实压弯了作者平步青云的理想，脆弱的心灵被伤害后转而吟咏出"昼短苦夜长，何不秉烛游"、"何不策高足，立登要路津"、"不如饮美酒，服被纨与素"的颓废，然而他们是清醒的，"服食求神仙，多为药所误"，说明诗人看穿了宗教迷信的欺骗性，并不想为之所误，但及时行乐之后却是更加撕心裂肺的悲伤和无奈，于是转入了对生命的无限热爱与执着，出现了"弃捐勿复道，努力加餐饭"、"去者日以疏，来者日以亲"的淡定与从容。另外，"君亮执高节，贱妾亦何为"、"著以长相思，缘以结不解。以胶投漆中，谁能别离此"，体现的是磐石一般的纯真质朴的男女之情。"昔日倡家女，今为荡子妇。荡子行不归，空床独难守"固然旨趣低俗，但其动人之处莫过于情真意切，诚如王国维《人间词话》所言"无视为淫词鄙词者，以其真也"。

《古诗十九首》标志着文人五言诗的成熟，同时也标志着抒情诗的新发展。至于它的艺术成就，刘勰在《文心雕龙·明诗》中赞其为"五言之冠冕"，钟嵘《诗品·上》亦称它"文温以丽，意悲而远，惊心动魄，可谓几乎一字千金"，王士禛《带经堂诗话》认为《十九首》之妙，如天衣无缝"，等等。其具体的艺术造诣体现在情景交融，情真意切，意境浑融；语言深衷浅貌又自然浑成，毫无斧凿雕琢的痕迹。在诗歌发展史上，《古诗十九首》占据着枢纽般的地位，衔接了我国上古和中古的诗歌。陆时雍更是在《古诗镜》中给出了"谓之风余，谓之诗母"的极高评价。其创作手法和艺术风格，对后世诗人的创作也产生了深远影响，比如从曹植、陆机、陶渊明等人的诗作明显能看到《古诗十九首》的痕迹。

12

# "三曹"、"七子"指的是谁？

"三曹"、"七子"是建安文学的中坚力量，"三曹"是指曹操、曹丕、曹植父子三人，"七子"则指孔融、陈琳、王粲、徐幹、阮瑀、应场、刘桢七个，他们大多数依附于曹操父子的邺下文学集团。"建安"是东汉献帝的最后一个年号，文学史上习惯于将包括此期甚至前后短时期之内的文学称为"建安文学"，它以三曹为领袖，以七子为骨干力量，为中国文学开创了一个新的局面。

曹操（155—220），字孟德，小字阿瞒，沛国谯（今安徽亳州）人。出身微贱但是有安定天下的抱负和谋略，以镇压黄巾起义发迹，后又率兵讨伐

魏武帝曹操像

乱臣董卓，羽翼渐丰之后，他于建安元年"挟天子以令诸侯"，逼迫献帝迁都许昌，并先后自封为"魏公"、"魏王"，俨然是北方的实际统治者。曹丕称帝后，曹操被追封为"魏武帝"。他文武兼备，精通书法、音乐、围棋等，尤其喜好文学，亦礼贤下士、尊崇人才，在他的扶持下形成了有名的邺下文人集团。曹操的文学成就主要在他善于运用乐府旧题反映乱离的社会现实，以此表现他渴望天下一统的雄心壮志。尤其是他的诗歌在对时光荏苒、人生苦短的感叹中，于慷慨激昂当中体现出古直悲凉的风格，从而奠定了建安文学的情感基调。其主要作品有《蒿里行》、《短歌行》、《步出夏门行》、《苦寒行》等。《蒿里行》像一幅历史画卷，真实地描绘了拥兵自重的军阀混战所造成的社会惨象，《短歌行》则是在人生苦短的感叹中表达了诗人求贤若渴以及一统天下的雄心等等。曹操尤擅作四言，《步出夏门行·龟虽寿》中"老骥伏枥，志在千里；烈士暮年，壮心不已"更是作为千古名言激励着一代又一代的有志者。鉴于曹操诗作极其真实深刻地反映了社会现实，故其诗有"汉末实录"之誉。

曹丕（187—226），字子桓，曹操次子，魏国开国皇帝。自小聪慧伶俐的他喜好文学，称帝后依旧笔耕不辍。曹丕擅长作乐府诗与古体诗，诗风便娟婉约，内容大致是抒发一己襟怀，尤其是游子思乡、思妇怀人之作写得深情绵邈、缠绵悱恻，这类诗歌以《燕歌行》为代表。《燕歌行》是一首成熟的七言诗，诗中以一个思妇的口吻写了她在难以入眠的漫漫秋夜里思念淹留他乡的丈夫，感人至深，可以说是宋玉开创的"悲秋"主题的延续。

"才高八斗"的曹植（192—232），字子建，曹丕的同母弟。自幼天资过人，才华横溢，当初铜雀台上一篇《铜雀台赋》可谓技惊四座，甚得曹操青睐。但恃才傲物、率性任情的他渐渐失去了父亲的宠爱，最终败于心机颇重的曹丕，后半生很不顺意，于四十一岁时英年早逝。曹植诗作以五言为主，写得骨气奇高、辞采华茂，"三曹"中数他的作品对后世影响最大。以曹丕称帝为界，诗歌创作分前后两期，前期以唱和赠答居多，也不乏明志之作，主要作品有《白马篇》、《送应氏》等，后期诗歌在创作技巧上更加炉火纯青，代表了他诗歌的最高成就，诗中往往表达了自己无尽的哀愁、落寞和伤心，《赠白马王彪》、《美女篇》、《七哀》、《野田黄雀行》等是此期的代表作。

"七子"的提法，最早见于曹丕《典论·论文》，其中数王粲和刘桢的成就最高。

尤其是王粲（177—217），有"七子之冠冕"（刘勰语）的美誉，字仲宣，其诗充满着深沉的感情和悲壮慷慨之气。早期代表作为《七哀诗》，如实地记录了诗人在避难荆州途中的所见所闻，尤其"出门无所见，白骨蔽平原"两句高度概括了灭绝人性的战乱所带来的生灵涂炭。归附曹操后，写有《从军行》等诗，诗歌在描写战乱的同时，又对曹操歌功颂德。刘桢的诗语言干练，以气势取胜，代表作为《赠从弟》三首。另外，陈琳的《饮马长城窟行》、阮瑀的《驾出北郭门行》等也是那个时代的优秀诗作。

建安文学，除了"三曹"、"七子"之外，还有一些作家值得关注。其中，首推女诗人蔡琰，即蔡文姬，一篇五言《悲愤诗》以自传体的形式叙述了自己悲剧的一生，同时也反映了生灵涂炭的时代里人民生活的苦难。

 13

# 什么是建安风骨？

建安风骨是指建安文学"志深笔长"、"梗概多气"的文学风貌。所谓"风骨"，风侧重于情，是作家主体情志意气的外在体现，是一种行之于文的情感力量；骨则侧重于理，是作品坚实的思想内容、严密的内在逻辑和精炼畅达的表现形式。风骨合在一起就是作品的思想内容、强烈情感和艺术表现力的完美结合。就建安风骨而言，就是指建安文学作品中鲜明的时代特征、真挚的情感、慷慨悲壮的格调与健美有力的文笔等内容。

具体说来，建安风骨主要包括以下几个方面：其一，建安文学内容充实、感情真挚。由于这一时代的作家逐步摆脱了儒家思想的束缚，极为注重作品的抒情特征，加之动荡不安的时代背景，更容易体现出慷慨激昂的思想情感。其二，建安文学慷慨悲凉的格调。建安诗歌多是在乐府民歌或古诗的基础上发展而成，较多地保留了乐府民歌叙事性强的现实主义特征，而不去一味追求华丽的艺术表现形式，故显得古朴厚重，有梗概之气，如曹操《蒿里行》、曹丕《燕歌行》、王粲《七哀诗》、蔡琰《悲愤诗》等均是如此。其三，建安文学具有健美有力的文笔。刘勰《文心雕龙·风

骨》所言"沉吟铺辞,莫先于骨"、"故辞之待骨,如体之树骸"、"结言端直,则文骨成焉",就是说特定的思想内容、情感以及格调最适合用一种刚健有力的艺术形式表现出来,非绵软无力的文笔所能表达得出的。当然,建安风骨并不是以彻底牺牲诗文的辞采作为代价的,如曹植的"骨气奇高,词采华茂"的作品就是风骨与藻饰的完美结合。

后世的作家在反对片面追求诗文的形式美而强调其中的内在热情与感染力时,往往标举"建安风骨"的旗帜,如唐时陈子昂就提出以"汉魏风骨"扭转六朝诗歌的绮靡之风,从而形成了唐诗自己的"风骨",李白也以一句"蓬莱文章建安骨"表明了对"建安风骨"的赞赏。

14

# 为什么说曹植才高八斗?

晋宋时期山水诗人谢灵运曾说:"天下才有一石,曹子建独得八斗,我得一斗,自古及今共用一斗,奇才敏捷,安有继之?"曹植"才高八斗"的说法来源于此。"三曹"当中曹植年岁最小,但就其对后世文学之影响,曹植不在其父曹操、其兄曹丕之下。

曹植(192—232),字子建,曹操之子,曹丕同母弟。自幼才思敏捷,才华过人,年少之时曾于铜雀台上赋一篇《铜雀台赋》,技惊四座,甚得曹操欢心。他从小成长于军营当中,但似乎对戎马、庙堂之事兴趣不高,率性任情、恃才傲物的他在命运的面前终究不敌工于心计的曹丕,逐渐被父所弃、被兄所逼、被侄所困。伴随其后半生的只有失意和苦痛,生存空间在兄长和侄子的逼迫下一步步缩小,身边值得信赖的人也在掌权者的阴谋下一个个或离开自己、或付出了生命的代价,不堪忍受悲楚的他于四十岁时英年早逝。

除了被称赞为"才高八斗"外,曹植还有"绣虎"之誉(宋代曾慥《类说》卷四引《玉箱杂记》曰:"三国曹植才思横溢,号为'绣虎'")。曹植创作以曹丕称帝为界,分前后两期。前期主要是宴游唱和与应答之作,与时下的邺下文人多有来往,如《公宴》、《侍太子座》、《赠徐幹》、《赠王粲》等，也有如《白马篇》这样抒发建功立业的壮志豪情之作，充满着乐观和浪漫。后期的诗作技法更加炉火纯青，在华丽的词藻背后隐藏的是深深的哀怨、落寞与伤怀。观其后期诗作，所抒之情较为复杂，体现了理想与现实的矛盾：《赠白马王彪》、《野田黄雀行》表达了对自己和朋友遭受迫害的愤恨以及自己的无能为力；《七哀》、《美女篇》等是托喻身世的思妇、弃妇诗的代表；《杂诗》中的一部分又是述志之作，颇具慷慨之音；也有《远游篇》这样的游仙之诗，诗中描绘的仙境其实就是诗人理想的世界。

顾恺之《洛神赋图卷》北宋摹本之曹植像

对于曹植的诗作，钟嵘《诗品》早已下了确切的评论，"骨气奇高，词采华茂，情兼雅怨，体被文质"。也就是风骨和文采的完美结合，兼容父兄之长而自成一家。曹植是第一位大力写作五言诗的文人，现存九十多首诗歌中有六十余首为五言诗。另一方面，其五言诗也开了六朝诗歌绮丽的先河，由于文采华美而与乐府诗渐行渐远，完成了乐府民歌到文人诗的转变。另外，曹植的文、赋也达到了较高的水准，尤以《洛神赋》写绝了洛神之美。

曹植的诗歌受到了后人极高的推崇，究其原因主要有两个方面：其一是其"才高八斗"，折服了后世之人；其二是其不幸身世易引起文人墨客们的同情与共鸣。

15

# 传说中的七步成诗是怎么回事？

曹植才思横溢，一直遭到兄长曹丕的嫉恨，这嫉恨的念头并没有因为曹丕得到皇位而有所削减，反而一如既往地对亲兄弟曹植不依不饶，欲置之死地而后快。曹丕的党羽们告发曹植经常喝酒骂人，恰逢有一次曹植将曹丕专横跋扈的使者扣押起来，曹丕及其党羽们即以此为借口，给他扣上了拥兵造反的罪名，但又担心直接杀害曹植难以服众，于是假仁假义地想到了"七步成诗"的办法，命令曹植在大殿上走七步，七步之内以"兄弟"为题赋诗一首，并且诗中不能出现"兄弟"二字。

心机算尽的他本以为找到了一个可以杀害曹植的借口，孰料这点小伎俩根本难

兄逼弟曹植赋诗

不倒才高八斗的曹植，他应声便曰：

煮豆持作羹，漉菽以为汁。其在釜下燃，豆在釜中泣：本自同根生，相煎何太急？

"豆子煮熟做成了豆羹，滤掉豆渣就成了豆汁。豆秆在锅底旺盛地燃烧，豆子却在锅中伤心地哭泣：我俩本来出自同根，为何要烧得这么急呢？"诗中巧用比喻，将燃烧正旺的豆秆比作步步相逼的兄长，以锅中滚沸的豆子比喻自己的遭遇，在如泣如诉的抱怨中不乏对残忍自私的曹丕的嘲讽。心胸狭窄的曹丕听完这首感人肺腑、催人泪下的《七步诗》后面露愧色，于是

将曹植贬为安乡侯而免除一死。《七步诗》最早见于南朝宋代刘义庆的《世说新语》。

千百年来，此诗流传极广，尤其是"本是同根生，相煎何太急"两句成了人们用来化解兄弟矛盾的惯用语。正因为流传广泛，《七步诗》也就出现了另一种版本，诗曰："煮豆燃豆萁，豆在釜中泣；本是同根生，相煎何太急？"另外，人们常拿"七步成诗"来赞誉某人才思敏捷等。

16

# 兰亭集会给文学史留下了怎样的佳话？

晋穆帝永和九年（353）"三月三"这一天，东晋著名文士王羲之邀集诸多好友及后辈在会稽山的兰亭相会，欣赏山水，饮酒赋诗，并编成《兰亭集》（又称《兰亭雅集》）。这次聚会的起因在于"修禊"这一古老习俗。古人常于农历三月初三在东流的河水中洗濯，以求洗去晦气、求得福禄降临。但发展到后来，三月"修禊"活动的祈福色彩逐渐淡去，而娱乐成为了主要目的，人们常于暮春之初邀请志趣相投者登山临水聚会游玩，与现在"踏青"活动的性质相类似。

有"书圣"之称的王羲之虽然出身名门，但为人直爽、洒脱的他对官宦之事了无兴趣，而是喜欢过一种隐居的生活，在闲暇时与当地的名士登山临水、吟诗作赋。与王羲之徜徉于会稽山水中的当代名士有谢安、孙绰、许询等人。《晋书·王羲之传》云："会稽有佳山水，名士多居之，谢安未仕时亦居焉。孙绰、李充、许询、支遁等皆以文义冠世，并筑室东土，与羲之同好。"永和九年的这次兰亭之会，规模空前，名贤毕至，与会人数多达四十余人，他们寄情于山水与诗酒文字，以趣味性十足的"曲水流觞"之法饮酒赋诗。参会者坐于弯曲的流水两旁，将酒杯放在小小的"船"上顺流而下，停到谁的面前，就必须取杯饮酒并即兴赋诗，赋不出诗者要罚酒三大杯。作诗的规矩每人当作四、五言各一首。此次聚会的创作情况，据《先秦汉魏晋南北朝诗》记载，王羲之、谢安、孙绰等十一人作四、五言各一首；郗昙等十五人或四言，或五言，各一首。至于那些无诗

曲水流觞图

以对者，只有罚酒三大杯了事。一共成诗三十七首，王羲之编为《兰亭集》以作纪念。诸人兰亭诗的内容，无外乎吟咏灵山秀水之美、诗酒文字之乐，如王羲之的五言诗中"虽无丝与竹，玄泉有清声。虽无啸与歌，咏言有余馨"，就体现了一种崇尚自然的审美愉悦；其四言诗中"欣此暮春，和气载柔。咏彼舞雩，异世同流"，更是将山水之娱表现得淋漓尽致；也有通过山水抒发玄理的诗作，如谢安"万殊混一理，安复觉彭殇"，体悟出的就是万物圆浑的玄理。

王羲之为此次聚会写了一篇文书俱佳的《兰亭集序》，成就高出了诗集本身。此序的前半部分将这次聚会盛况概括得一清二楚，后半部分触景生情，感慨人生之短促，令人无限深思。兰亭集会对中国文人的生活旨趣影响较深，诗作对山水诗的兴起做了一定的铺垫。

# "竹林七贤"都有谁?

魏明帝曹叡撒手人寰后,将八岁的养子曹芳托孤于曹爽和司马懿,实际掌握朝政大权的司马氏于是大肆诛杀异己,一时间"天下名士减半"。一些名士为了全身保命,只好去遨游山水,探讨玄理,时称"清谈"。"竹林七贤"就是正始时期的七位名士,他们是阮籍、嵇康、山涛、向秀、王戎、刘伶、阮咸,当初他们旨趣相投、彼此欣赏,时常相聚于山阳县(今河南辉县、修武一带)茂盛碧翠的竹林深处,故称"竹林七贤"。他们中大多数人都与曹魏集团有一定的联系,但未身居要职,后来对待司马氏集团的态度也迥然不同:嵇康拒绝与司马氏合作,招致杀身之祸,山涛和王戎则先后依附于司马氏集团,向秀迫于形势也步入仕途,其他人则采取了消极的避世态度。

"竹林七贤"是正史诗歌的代表人物,他们创作的大部分作品都是抒写个人的精神苦痛和内心忧愤,诗歌多含蓄蕴藉、寄托遥深,文学史上称为"正始之音"。"竹林七贤"中数阮籍和嵇康的文学成就最大,刘勰《文心雕龙·明诗》说:"嵇志清峻,阮旨遥深",这是对嵇康和阮籍诗作的精当品评,也说明了二人的创作风格有很大不同。

清《竹林七贤图》

阮籍(210—263),字嗣宗,其父阮瑀是"建安七子"之一,陈留尉氏(今属河南)人,官至步兵校尉,故后世又称阮步兵。阮籍善作"青白眼",对于假仁假义的当权者和趋炎附势的得志小人，他常以"白眼"相向，对于其赏识的人才用"青眼"相看，这就是后世"青白眼"这个典故的由来。他以佯醉躲避现实，常常一个人驾着小车载酒出游，走到路的尽头就放声恸哭，在故作旷达的背后是不尽的无奈和悲伤。

阮籍是继曹植之后在五言诗的创作上取得突出成就的诗人，诗歌成就主要体现在八十二首五言《咏怀诗》当中。这些诗作是他政治生涯与心理感受的真实记录，或写时光飞逝、人生无常，或写花木凋零、世事反复，或写鸟兽虫鱼命不由己的无奈，从多个方面折射了诗人内心的寂寞、痛苦和愤懑。如：

> 夜中不能寐，起坐弹鸣琴。薄帷鉴明月，清风吹我襟。孤鸿号外野，翔鸟鸣北林。徘徊将何见？忧思独伤心。

表现的就是歧路彷徨的无限苦闷和人生没有归宿的无奈与凄凉。诗中多用明月、清风、孤鸿、翔马等明显掺杂着悲凉感伤色彩的意象，亦多用比兴和典故，所以显得隐晦委婉，寄托遥深。钟嵘《诗品》亦云："言在耳目之内，情寄八荒之表。"阮籍《咏怀诗》对后来咏怀类的诗作影响很大，如庾信《拟咏怀》以及陈子昂的三十八首《感遇》等诗，都受其影响。

嵇康（223—262），字叔夜，谯国铚县（今安徽濉溪县）人。他幼年丧父，但才智过人，仪表堂堂，少时即工于诗文，音乐造诣也很高，作有《声无哀乐论》、《琴赋》等论音乐的作品，尤其所创《广陵散》，被誉为十大古琴曲之一。他还提倡"越名教而任自然"，养生崇道，作有《养生论》。生性耿直、爱憎分明的他早年做过太仆宗正、中散侍郎等官，后来司马氏得势，作为曹氏姻亲，他嫉恨司马氏的暴政，干脆辞官到洛阳郊外过起了隐居的生活。后来山涛依附于司马氏集团，并举荐嵇康做吏部郎中，嫉恶如仇的嵇康非但没有答应，反而以一篇言辞激烈的《与山巨源绝交书》与之绝交，并表达了决不随波逐流的决心。后因吕安事，遭小人的诬害，被司马氏杀害，年仅三十九岁。临刑前视死如归，据说他当众弹了一曲《广陵散》之后从容就义，让人悲叹不已。

嵇康的诗主要以四言为主，多表现他高蹈独立、视功名富贵如粪土的人生价值观，这与他的性格有密不可分的关系，往往是"刚肠嫉恶，轻肆直言，遇事便发"（《与山巨源绝交书》中自评之语）。代表作《悲愤诗》，是他在狱中的绝笔，自述了一生的遭遇和抱负，并对自己无辜蒙冤下狱表达了极大的愤懑。此外，还有《赠秀才入军》十八章，是对其兄嵇喜军中生活的想象之作。

 18

## "陆才如海，潘才如江"是什么意思？

"陆才如海，潘才如江"出自钟嵘《诗品》卷上：

> 益寿轻华，故以潘为胜；翰林笃论，故叹陆为深。余常言："陆才如海，潘才如江。"

意思是说陆机的才华像大海一样深不可测，潘岳的才华像长江一样滔滔不绝。后来，"陆海潘江"也就成了人们比喻文才的专用成语，如唐时王勃《滕王阁序》有云："一言均赋，四韵俱成，请洒潘江，各倾陆海云尔。"即用此典。

陆机（261—303），字士衡，吴郡（今江苏苏州）人。为东南望族之后，祖父陆逊为三国时期东吴丞相，父亲陆抗也为大司马。受此影响，陆机十九岁就能"领父兵为牙门将"，他的人生理想也是像祖父和父亲一样随军杀敌。可是晋灭了东吴，陆机遂退居故里闭门著述，期间著成《文赋》、《辨亡论》，一时声名鹊起。后来出仕于晋，先后供职于多人幕下，为贾谧门下文人集团"二十四友"之一。他在多次政治动乱中凭借一身才气幸免于难，"八王之乱"时被成都王司马颖收留并委以重职，后率军讨伐长沙王司马乂时兵败被杀，终年四十三岁。陆机才冠当世，诗、文、赋都卓有成就，尤其是其诗歌创作反映了太康诗坛的繁缛雕绘的风气，多在语言形式上下功夫，追求华美典雅的词藻，大量使用排偶，描写繁复详尽。陆机的代表作为《拟古诗》十二首，基本上都是模拟《古诗十九首》而成，是典型的太康诗歌。

潘岳（247？—300），字安仁，荥阳中牟（今河南开封附近）人。少时聪慧，人称"神童"。潘岳是一位美男子，据说曾经在洛阳的大道上被众多女子围观。曾任河阳令、著作郎、给事黄门郎、杨府主簿等职，亦为"二十四友"之一，后被小人孙秀以谋反罪栽赃杀害。他性情浮躁，颇爱张扬才气。当际遇不佳时，就愤愤不平，自命清高；当面对权贵时，却竭力阿谀奉承。据说有次拜会权臣贾谧，人家的车子已经走得很远很远了，他还望尘而拜，长跪不起，而在《闲情赋》中却说自己是如何的淡泊名利、宁愿过闲情逸致的隐逸生活，人格与文格明显背道而驰。潘岳的代表作为《悼亡诗》，诗中深切悼念亡妻杨氏，感情低回哀婉、感人肺腑，"望庐思其人，入室想所历。帏屏无仿佛，翰墨有余迹"（《悼亡诗》其一）、"空床委清尘，室虚来悲风"（其二）更是细腻而又深刻地表现出了那种人去楼空、物是人非的悲凉和空虚。

才华如海洋般汪洋恣肆的陆机，他的出身决定了一生要为功业所累，最终惨死于兵戎之间。才华如江河般滔滔不绝的潘岳，逞才、求美固然无错，但几近自恋；汲汲追求功业诚然可贵，可行事略显失节；逞才扬己但却无法保护自己，最终被小人所算计，不亦悲夫！

**19**

## "不为五斗米折腰"说的是谁？

"不为五斗米折腰"说的是陶渊明在任彭泽县令期间，督邮前来视察，他不肯违背本心而去巴结上司，甩下一句"不为五斗米折腰向乡里小人"后弃官归隐。"五斗米"是当时县令一级官员一月的俸禄。

陶渊明像

陶渊明（365？—427），字元亮，或以为名潜，字渊明，号五柳先生（因其家门前有五棵柳树，故称），寻阳柴桑（今江西九江附近）人。生活在东晋刘宋易代的乱世，曾祖是东晋显赫一时的大司马陶侃，但到陶渊明这一代家道已然没落。早期的陶渊明向往做官，并从二十九岁开始出仕，但在一些地位不高的官位上做得不甚顺心，目睹官场的黑暗之后，内心的理想几近破灭，遂生归隐之心，常在仕与隐之间摇摆出入。四十一岁时，他担任了彭泽县令。一天督邮前来视察，渊明被要求"束带见之"（束带即整装），陶渊明当场甩下一句"不为五斗米折腰向乡里小人"后弃官归隐，并写下了一篇《归去来兮辞》。他这种追求独立自由的人格品质，在后世文人当中产生了强烈的共鸣。

陶渊明创作的诗歌题材较多，主要有田园诗、咏怀诗、咏史诗、行役诗、赠答诗五类。其中田园诗最能体现其诗作的艺术特色与成就，主要代表作是组诗《归园田居》，诗作描写了美丽的田园景物、简朴的田园生活、悠然自得的耕作心境、苦中有甜的躬耕体验，以及自己生活的穷困和内心的安闲等等。"少无适俗韵，性本爱丘山"，一下子就拉近了他与大自然田园风光的距离；"人生归有道，衣食固其端"，说明衣食是人最基本的需求，不劳动一切都是无稽之谈。至于陶渊明的行役诗，是他做官时所作，在对行役之艰苦的悲叹中表达了对为官的无所适从，从另一个侧面表达了他"归去来兮"的决心。咏怀、咏史实为一类，表现了自己不与黑暗、污浊之流同行的高尚品格，《杂诗》、《咏荆轲》等都是这类诗作的代表。《答庞参军》是其赠答诗的代表作。陶渊明的诗写得自然质朴，既不矫情也不虚饰，与同时代文人追求华丽辞藻的诗作泾渭分明。在陶渊明那里，日常生活的短镜头都可入诗，诗歌如话家常，却又不失诗意。他的诗风总体上是平淡的、朴素的，但平淡自有警策生，朴素暗藏绮丽来。元好问《论诗绝句》中"一语天然万古新，豪华落尽见真淳"应该是对陶渊明诗最精辟的概括。

陶渊明的诗格连同其"不为五斗米折腰"的人品，对后世文人起到了楷模作用。

20

# 何谓"山水田园诗"？

在中国诗歌史上，"山水诗"和"田园诗"由于具体歌咏的对象不同，而被归为两种不同题材的诗作。"田园诗"的鼻祖为陶渊明，而"山水诗"的泰斗为谢灵运。

田园诗以描写田园风光和农村生活、农务劳作体验以及农村的凋敝等为主要内容，它是我国农业文明的产物。陶渊明是我国文学史上首位致力于田园诗创作的诗人，他的田园诗或描写恬美的田园景物、简朴的田园生活，表现自己悠然自得的心境，如"方宅十余亩，草屋八九间。榆柳荫后檐，桃李罗堂前。暧暧远人村，依依墟里烟。狗吠深巷中，鸡鸣桑树颠"（《归园田居》其一）；或写亲自耕作的体验及感受，亲切自然而又意蕴深长，如《归园田居》其三写到"晨兴理荒秽，带月荷锄归"；或写农村一片凋零的气象，如《归园田居》其四所言"徘徊丘陇间，依依昔人居。井灶有遗处，桑竹残朽株"，就是饱受天灾人祸摧残的农村的真实面貌等等。这些描写乡土农田生活的诗歌大多质朴自然、平淡清新，无雕饰之痕；情景交融、物我合一、浑然一体。此期的田园诗人多是一些隐逸人士，陶渊明外还有周续之、刘程之、陶敬远、张野等人。

山水诗则主要写自然风景，让自然界的山水风光成为独立的审美对象，把诗歌从枯燥无味的玄言中彻底拽了出来，诗歌的形象与情感失而复还。刘勰《文心雕龙·明诗》有云："宋初文咏，体有因革，庄老告退，而山水方滋。"一般认为，曹操的《观沧海》是中国诗歌史上第一首完整的山水诗。但谢灵运是我国文学史上第一个大力创作山水诗的诗人，取得的成就也颇为丰硕。他的诗注重山水景物的描摹刻画，并将山水景物从诗人的性情中独立出来；其结构特征与游记作品相类似，不足之处是依旧有玄言的尾巴，其诗也绕不出"叙事—写景—说理"的套式。谢灵运的山水诗，大多是在他任永嘉太守以后为排解苦闷而作，主要诗作有《登池上楼》、《石壁精舍还湖中作》等。南齐时期，谢灵运的后代谢朓继承祖业，使得山水诗

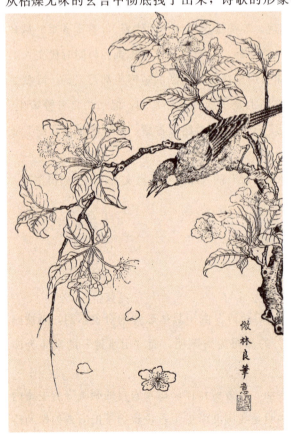

孟浩然《春晓》诗图

的发展又迈进了一大步，最显著的特征就是彻底割掉了玄言的尾巴，使得山水诗逐步走向了情与景的结合而日渐成熟。另外，南朝梁时何逊、陈时阴铿等人在山水诗的发展过程中也做出了一定的贡献。

如果说陶渊明的田园诗是魏晋古朴诗风的集大成者，那么谢灵运的山水诗则开启了一代新的诗风。田园诗实际上在自然的背后多谈人与社会的关系，而山水诗多谈人与自然的关系。田园诗与山水诗的产生标志着一种新的自然审美观念与审美旨趣的产生，从不同方面扩大了中国诗歌的题材。受此影响，在盛唐时期，山水诗和田园诗殊途同归，合二为一，文学史上始有"山水田园诗派"一说。王维与孟浩然为此期代表诗人，其中王维诗作体现的是空明境界和宁静之美，如《山居秋暝》；终身不仕的布衣诗人孟浩然的诗歌则体现了平淡清远和淳朴的风格，代表作有《宿建德江》、《过故人庄》等。

21

# 为什么说谢灵运"有句无篇"？

与陶渊明并称"陶谢"的谢灵运，是中国文学史上第一位专门写山水诗的诗人。他清新可爱的诗作扩大了诗歌的题材，并开启了一代新的诗风，将索然无味的玄言诗赶下了诗坛。

谢灵运的山水诗在结构上似游记，先描写景物，再写途中见闻，最后还要谈玄，并未完全剁去玄言尾巴，故就整首诗而言，艺术价值不是太高。但谢灵运的诗歌不乏刻画精工、清新自然、脍炙人口的写景佳句，彰显了高超的描摹技法，如："池塘生春草，园柳变鸣禽"（《登池上楼》）；"明月照积雪，朔风劲且哀"（《岁暮》）；"白云抱幽石，绿筱媚清涟"（《过始宁墅》）；"野旷沙岸净，天高秋月明"（《初去郡》）；"林壑敛暝色，云霞收夕霏"（《石壁精舍还湖中作》）；"密林含馀清，远峰隐半规"（《游南亭》）；"云日相辉映，空水共澄鲜"（《登江中孤屿》）等等。这些诗句语言干练工整，格调自然清新，极尽描摹之能事。此即谢诗"有句无篇"的内涵。

谢灵运（385—433），小名"客儿"（在别人家寄养至十几岁，故称），生于东晋

后期，大致与陶渊明生活在同一时代，浙江会稽人，祖籍陈郡阳夏（今河南太康附近）。他出身显赫，是东晋名相谢安之后，谢玄之孙，从小博览群籍，聪慧过人，十八岁时就获得"康乐公"的爵位，刘宋时降为"康乐侯"，世称"谢康乐"。他好游山玩水、寻幽探奇，为人性格高傲，政治上企望大，却缺乏当官的素质。晋宋易代之后，刘宋三代皇帝都曾给予他一官半职，曾做过永嘉太守、临川内史等官，宋文帝时还任命他为秘书监，并撰修《晋史》，但是他对这些职务压根没有放在眼里，终日擅离职守、不理政事，反倒是纵情山水，自得其乐，其山水诗主要作于任永嘉太守期间。他自认为能身居朝廷要职，孰料刘宋政权对他们这些前朝望族有所顾忌，有志难展的谢灵运于是多次搬弄是非，掀起政治风波，满腹才气终被声名所累，宋文帝时以"谋反"罪名被杀于广州，年仅四十九岁，临死作《临终诗》。值得注意的是，他有登山涉险的爱好，为此还发明了一种登山用的木屐，上山的时候取掉前齿，下山的时候取掉后齿，人称"谢公屐"。

"情必极貌以写物，辞必穷力而追新"（《文心雕龙·明诗》），是刘勰对谢诗所作的较高评价，但历来对谢灵运的山水诗却褒贬不一。无论如何，他毕竟为山水诗派的建立及其壮大做出过不可磨灭的贡献。它深刻地影响着南朝一代诗风，南朝重"声色"的诗风在谢诗中已稍露端倪。另外，它对盛唐"山水田园诗派"的诞生也有较大的影响。

 22

# 什么是"宫体诗"？

宫体诗，是南朝梁陈时期经萧纲倡导而兴起的一种诗歌体式或者文学现象。"宫体"之名，始见于《梁书·简文帝本纪》："（简文帝）雅好题诗，其序云：'余七岁有诗癖，长而不倦。'然伤于轻艳，当时号曰'宫体'。"这一记载也印证了宫体诗正是萧纲所倡导的一种轻艳靡弱的诗风。"宫"即太子东宫，萧纲为太子时，以他为中心形成了一个以东宫幕僚为主要成员的文学集团。这个文学集团的影响颇为广泛，他们的诗歌大部分专写男女之情，题材主要为吟咏器物和描写女性（将欣赏女性与欣赏器物等同起来），描写女性又无外乎她们的容貌、举止、体态、服饰甚至闺房等方面。在艺术上这些诗往往辞采秾丽，描写细致精巧，注重词藻、对偶与声律，用典颇多，整体风格上显得轻靡绮艳。这类诗作在文学史上被称为"宫体诗"。宫体诗中也有少部分诗作赤裸裸地描写男女淫乱的生活。宫体又称"玉台体"，是因为宫体诗代表诗人徐陵所编《玉台新咏》"撰录艳歌"，收录了汉代至梁这一时期女性题材的诗作，是宫体诗的典范。

萧纲是宫体诗的龙头，他提倡"立身先须谨重，文章且须放荡"，其宫体诗的代表作有《咏内人昼眠》、《美女篇》、《咏舞二首》等。除此之外，宫体诗的代表人物还有萧绎、庾肩吾、庾信、徐摛、徐陵等

南朝青瓷博山炉

人，后四人的诗作风格又合称"徐庾体"。庾肩吾的《南苑看人还》、萧绎的《夕出通波阁下观妓》、徐摛的《咏笔》等都是宫体诗的代表作。到了陈后主时，君臣上下没日没夜地沉溺于后宫声色，宫体诗风有过之而无不及，愈发轻薄绮艳，宫体诗成了狎客娼妓的"口头禅"。特别是后主陈叔宝一首《玉树后庭花》："丽宇芳林对高阁，新装艳质本倾城。映户凝娇乍不进，出帏含态笑相迎。妖姬脸似花含露，玉树流光照后庭"，竟成了亡国之音。这也成了后代诗人们拿来嘲弄的笑柄，如晚唐时的"小李杜"曾作诗对此予以讽刺，其中李商隐的《隋宫》说："地下若逢陈后主，岂宜重问后庭花。"而杜牧于《泊秦淮》中亦悲叹道："商女不知亡国恨，隔江犹唱后庭花"。

宫体诗并不是凭空产生的，而是诗歌的一次畸形发展。当时的诗人创作受"四声八病"的影响，在形式主义的歧途上越走越远时，在思想内容上又遭到了声色的"诱惑"。当梁、陈诗人穿着声律对偶这身光鲜的外衣出入于荒淫放荡的后宫窗帏之时，诗歌的悲剧就不可避免了，走上了一条宣扬声色、标榜庸俗的道路。中国历史

上每个朝代的末期，都可以在其文学创作当中看到这种沉迷声色的痕迹，晚唐五代时期的诗词作品也是如此。总体来说，宫体诗比起"永明体"来，更加追求格律且多用典故，其影响下及陈、隋与初唐，对律诗的形成有一定的推动作用，这是"宫体诗"为中国古典诗歌所作的最大贡献。

23

# 中国叙事诗中的"双璧"指的是什么？

《诗经》、《楚辞》基本上都是抒情诗，虽然时有叙事穿插在内，但仅为附属而已。在我国诗歌发展史上，叙事诗迟迟未能找到滋生的土壤。直到两汉乐府诗中大量叙事诗的出现，这种诗歌发展史上的畸形才逐渐得以矫正，同时也标志着中国古代叙事诗的成熟。其中，汉乐府民歌中的翘楚之作《陌上桑》和《孔雀东南飞》，被誉为中国叙事诗的"双璧"，在中国诗歌史上闪烁着夺目的光辉。

三国时期采桑砖画

《陌上桑》是一篇不失诙谐与轻松的喜剧性诗作。诗歌叙述一位轻佻的太守试图轻薄一位貌美如仙的采桑女，结果遭到委婉拒绝、自讨无趣的故事。诗中开篇先对采桑女罗敷的容貌、着装打扮等进行了正面描写，接着运用侧面描写的手法衬托出罗敷的美：路人见到罗敷，卸下了身上的担子手捋胡须观望；少年见到罗敷，只有脱帽呆望的份儿；耕者和犁者忘记了自己手头的农活，只为一睹美人的姿色。适有一官派十足的太守打南面骑马而来，看见罗敷后亦被其美貌所吸引，继而生出轻薄之心。面对"宁可共载不"的无理请求，机敏的罗敷并未正面与太守发生冲突，而在一句"使君自有妇，罗敷自有夫"的声明后，对自己的丈夫进行了铺张式的夸赞，从而使太守望而却步。

如果说《陌上桑》是一出带着诙谐的喜剧，那么《孔雀东南飞》所传唱的则是一出震撼心灵的爱情悲剧。《孔雀东南飞》又名《焦仲卿妻》，见于梁代徐陵所编的《玉台新咏》，原题《古诗为焦仲卿妻作》，《乐府诗集》作今题。焦仲卿是庐江府一名小吏，娶了一位美丽的妻子刘兰芝，夫妻恩爱如山。无奈焦母不喜欢儿媳，以刘兰芝行动自由、无礼为主要借口，百般刁难。焦仲卿不仅劝说母亲未果，还遭到斥责，并逼他休妻再娶。迫于压力，刘兰芝含泪孤身回到娘家，焦仲卿许诺过些时日接她回家。回到娘家后，相继有官府派来的媒人到刘家提亲，在狠心兄长的逼迫下，经过数次拒绝之后，刘兰芝走投无路，虽然口头上勉强答应了婚事，暗地里早已下定了死的决心。婚期前一天，刘兰芝和闻讯赶来的焦仲卿抱头痛哭，两人相约黄泉下重逢。于是，在出嫁那天，二人双双殉情。死后，双方的家长才感到后悔，出于良心的谴责把二人合葬在一起。墓前的树上时有一对鸳鸯鸟交颈互鸣。

一喜一悲，《陌上桑》和《孔雀东南飞》构成了中国叙事诗中的"双璧"，交相辉映而影响深远。

24

# "初唐四杰"指的是谁？

《旧唐书·文苑·杨炯传》载曰："炯与王勃、卢照邻、骆宾王以文词齐名，海内称为王、杨、卢、骆，亦号为'四杰'。""初唐四杰"指的即是从高宗时期至武后初年活跃在诗坛上的王勃、杨炯、卢照邻、骆宾王四个人。他们的诗作都力图褪去六朝纤巧细弱的审美风气，突破宫体诗在内容上的局限，着重抒写了个人建功立业的远大抱负和真挚情怀，显示出一股刚健的骨气，开拓了一代诗风。"四杰"对于五言律诗的定型和唐诗风骨的形成都有极大的推动作用。

"四杰"不仅以诗文齐名，形成了初唐时期的一个诗歌流派，无独有偶的是他们的命运也有诸多相似之处，闻一多《唐诗杂论·四杰》中所言"官小而才大，位卑

王勃《早春野望》诗图

而名高"是最准确的概括。四人都是神童，如骆宾王写《咏鹅》时不过七岁而已；做官最高的是杨炯，仕途坎坷，但也仅是馆阁文臣而已；天妒英才，多短命而亡，结局也很悲惨，王勃溺水身亡不说，其族与骆氏一族一样也惨遭灭门，杨炯和跳河而死的卢照邻则没有子嗣。

由于"四杰"都是中下层文人，自然有一股向往功名、不甘人后的豪壮之气，所以诗作中往往抒发的是不平之鸣；感慨离别、征夫思妇、咏史咏怀、怀才不遇等也是其诗歌中常见的主题，现一一述之如下：

王勃（650—676），字子安，绛州龙门（今山西河津县）人。六岁便能成文，上元二年（675）写成《滕王阁序》，一时喧宾夺主，后成千古传诵的佳作。诗歌方面的代表作为《送杜少府之任蜀州》，其中"海内存知己，天涯若比邻"两句更是引起了千百年来人们的深深共鸣。另外，还有《秋夜长》、《临高台》等作品。

杨炯（650—694?），华阴（今陕西华阴县）人。先后任校书郎、崇文馆学士、梓州司法参军、盈川令等职，卒于官。其诗歌成就主要体现在边塞题材方面，《从军行》是其最富代表性的诗作，表达了诗人向往沙场建功立业的强烈愿望和豪迈之情。其中"宁为百夫长，胜作一书生"两句最为人熟知。

卢照邻（634?—683），字升之，自号幽忧子，幽州范阳（今河北涿州）人。染上风湿病后服丹中毒，手脚残废，因受不了病痛的折磨，投颍水而亡。主要诗作有《长安古意》、《行路难》、《关山月》、《咏史》四首、《昭君怨》等。七言歌行《长安古意》，借对都城长安的描绘，抒发了对世事变迁的感慨和有志难伸的愤懑之意。

骆宾王（? —684?），婺州义乌（今浙江义乌）人。曾做过长安主簿、侍御史等官，后被贬为临海县丞。七岁便作出家喻户晓的《咏鹅》，后随徐敬业起兵讨伐武则天时，作《讨武曌（zhào）檄》，痛斥武则天的种种罪行，极富感染力和鼓动性。就连被责骂的对象武则天读到"一抔之土未干，六尺之孤何托"两句时也叹为观止，知其是骆宾王所作后，大骂丞相失职而错失此等人才，可见文章的感染力多么的强烈。骆宾王的诗歌代表作为《帝京篇》，诗中通过对长安壮观景象的描写和各个阶层奢侈无度生活的描述，抒发了自己沉沦下僚的愤懑不平之意。

总而言之，"四杰"写诗主要是反对"上官体"纤巧绮靡的弊病，他们是唐代诗歌发展的重要一环。究其成就，"王杨卢骆当时体，轻薄为文哂未休。尔曹身与名俱灭，不废江河万古流"（杜甫《戏为六绝句》），可谓给出了最为准确而又客观的评价。

25

# "古体诗"、"近体诗"有何区别？

古体诗，或称旧体诗，又称古风、往体等，一般是指唐代以前产生的没有严格格律限定的诗，当然也包括那些唐代以来的诗人所作的古体诗。古体诗格律自由，对仗、平仄、押韵要求较宽，篇幅长短不限。从诗句的字数看，主要有四言古体诗、五言古体诗和七言古体诗，习惯上一般将杂言诗也归入古体诗一类。唐以后，很少有诗人创作四言诗，所以主要分五言、七言两类。五言古体诗简称五古，七言古体诗简称七古，三、五、七言兼用者习惯上也算入七古。曹操的《观沧海》是四言古诗的典型代表，《古诗十九首》是五言古诗的翘楚，李颀的《送陈章甫》、岑参的《白雪歌送武判官归京》等都是七言古诗。杂言诗为古体诗所独有，诗句长短不齐，一般为三、四、五、七言相杂，而以七言为主，故习惯上归入七古一类。《诗经》和汉乐府民歌中杂言诗较多，杜甫的《茅屋为秋风所破歌》和李白的《蜀道难》也是这类诗的代表。另外，近体诗产生后，由于受到格律的影响，形成了一种讲求格律

的古风，它们可以看成是律诗和古体诗的结合体，虽然讲究格律、对仗，但是每首诗句数不限，又可以自由换韵，如高适的《燕歌行》，白居易的《长恨歌》、《琵琶行》等就属这类。

近体诗，为有别于古体诗而得名，又称今体诗或格律诗，在诗篇中句数、字数、对仗、平仄、用韵都有严格的规定和限制。近体诗的产生离不开南朝齐、梁时期"永明体"的奠基。近体诗是唐代以后的主要诗体，包括绝句和律诗两种，绝句一般分为五绝（五言四句）和七绝（七言四句），律诗一般分为五律（五言八句）、七律（七言八句）、排律（十句以上按照律诗格式加以铺排延长）等。以律诗的格律为基准，最基本的格律主要有以下三点：第一，每句必须平仄相间，同联的两句必须平仄相对，联与联之间必须平仄相粘；第二，除首尾联外，颔联和颈联必须要对仗；第三，一韵到底的平声韵。近体诗在中国诗歌史上有着极其重要的地位，代表诗人有李白、杜甫、李商隐、陆游等人。其中杜甫的律诗写得最工整，堪称律诗之模板，尤其是《秋兴八首》，被誉为杜甫律诗中的登峰造极之作；李白的绝句写得最绝，明代胡应麟在其诗论著作《诗薮》中说："太白五七言绝，字字神境，篇篇神物。"其绝句代表作有五言《独坐敬亭山》、《秋浦歌》十七首，七言《望庐山瀑布》、《早发白帝城》、《黄鹤楼送孟浩然之广陵》，等等。另外，晚唐诗人杜牧的七绝也有很高造诣，如《泊秦淮》、《赤壁》、《山行》、《江南春》等。

综上所述，古体诗和近体诗的区别主要在于是否有格律限制。古体诗格律自由，对仗、平仄、押韵要求较宽，篇幅、字数长短不限；近体诗对句数、字数、对仗、平仄、用韵都有严格的规定和限制。

 26

# 什么是律诗？

律诗，即格律诗，是指唐代诗人在五、七言古诗的基础上创造出来的一种对于诗篇的韵律、平仄、对仗、句数、字数都有严格规定的诗歌形式，是古代文人诗中最重要的形式。律诗有广义和狭义之别，广义的格律诗就是指与古体诗相对的近体诗，主要包括律诗和绝句两大类；而狭义的律诗仅指近体诗中的律诗一类。律诗按照字数和句数一般分为五律（五言八句）、七律（七言八句）、排律（十句以上按照律诗格式加以铺排延长）等。律诗最基本的格律要求主要有以下三点：第一，每句必须平仄相间，同联的两句必须平仄相对，联与联之间必须平仄相粘；第二，除首尾联外，颔联和颈联必须要对仗；第三，只能在偶句用韵（有时首句也可用韵），不可重韵和换韵，押一韵到底的平声韵。

律诗在齐梁时期就已经产生了，不过尚处于草创阶段，格律还不是太严谨。声律学的兴起和"四声八病"说的提出，以及骈文和对偶风气的盛行，加速了诗歌格律化的步伐。到了唐代，经过唐初上官仪、王绩、"初唐四杰"、杜审言、苏味道等人的探索和创新，律诗逐步定型。到了沈佺期、宋之问手中，律诗的格式初步固定下来，但此时定型的仅仅是五言律诗。初唐之人视五言诗为正格，进士考试中的诗赋部分考的就是五言诗。身为考工员外郎（具体负责科考政策和内容制定）的沈、宋所要做的工作，无非就是制定作五律诗的标准。

七言律诗的成型相对较晚，由于其并未成为科举考试的内容，因此不像五言律诗那样有明确的官方规定。它的格律完全是从五律中移植而来，只是七律比五律多了两个音节而已，因此可以用五律的标准去分析它。七言律诗的创作，到杜甫手里才达到了顶峰，尤其是《秋兴八首》和《登高》，堪称七言律诗的模板，被誉为杜甫律诗中的登峰造极之作。自此开始，七律逐渐可以与五律平分秋色。宋代以来，七律的发展明显要好于五律，成了近体诗中最为盛行的一种诗体。

27

## 被誉为"孤篇横绝"的是哪首诗？

当初唐诗家在声律、风骨、诗歌题材等方面为即将到来的盛唐气象抱薪添火之时，初、盛唐之交的张若虚以一首诗境玲珑透彻的《春江花月夜》，一举确立了他在唐代诗坛的坐标。王闿运《论唐诗诸家源流》称它为"孤篇横绝，竟为大家"。《春江花月夜》是以乐府旧题写成的长篇七言歌行，全诗紧扣题目，三十六句围绕

"春"、"江"、"花"、"月"、"夜"展开，通过对一夜之间"月出"、"月升"、"月斜"、
"月落"的细致描绘，抒发了对人生匆匆的感慨。这是一首诗情、画意和人生哲理结
合得天衣无缝的佳作。诗人开首即说：

> 春江潮水连海平，海上明月共潮生。滟滟随波千万里，何处春江无月明？
> 江流宛转绕芳甸，月照花林皆似霰。空里流霜不觉飞，汀上白沙看不见。

起笔八句，诗人将"春"、"江"、"月"、"花"等景物一一铺开，形诸笔端，描绘了
一幅春江生明月、明月照花林的月夜江上美景，看似烟波浩渺，实则纯净无垠。接
下来又说：

> 江天一色无纤尘，皎皎空中孤月轮。江畔何人初见月？江月何年初照人？
> 人生代代无穷已，江月年年只相似。不知江月待何人，但见长江送流水。

面对这一望无垠的江面上升起的一轮孤月，诗人敏感的思绪突然跃向对同样
无限的生命的思考，思索的结果就是：一切皆归尘土，惟有时空永恒；光阴如东流
之水，一去不再复返。"人生代代无穷已，江月年年只相似"与刘希夷《代悲白头
翁》中的"年年岁岁花相似，岁岁年年人不同"可谓有异曲同工之妙。之后诗人又
写道：

> 白云一片去悠悠，青枫浦上不胜愁。谁家今夜扁舟子？何处相思明月楼？
> 可怜楼上月徘徊，应照离人妆镜台。玉户帘中卷不去，捣衣砧上拂还来。此时
> 相望不相闻，愿逐月华流照君。鸿雁长飞光不度，鱼龙潜跃水成文。昨夜闲潭
> 梦落花，可怜春半不还家。江水流春去欲尽，江潭落月复西斜。斜月沉沉藏海
> 雾，碣石潇湘无限路。不知乘月几人归？落月摇情满江树。

年华转瞬即逝，青春一去不返，人生短暂悲伤，扁舟之上的游子和阁楼之上的
思妇，唯有对着一江春水、一轮明月诉说着心中离别的忧伤。前四句总写，从"可
怜"一句以下八句写思妇对游子之思：连月光都看我孤单，久久不愿离去而要形影
不离地与我作伴；远方的爱人啊，我想赶走这该死的月光，奈何又加深了对你的思
念；明月同时照在咱俩心坎，何时又能听君一言？欲随月光将你照耀，可是你让我
如何飞过这无垠的江面？最后八句笔锋一转，转写游子思归，写得极其伤感：昨夜
梦见花已凋落，春已过半，身居异乡的我却迟迟没有回家。奔流不息的江水看来也
要将春天带走，江面上倒映的明月也已经向西倾斜，直到海雾将它吞没。南来北往

的游子啊，又有几人乘着这轮明月回到了家？而我只有将无尽的思念交与残月，任她洒满江边的树林。诗人最后通过"花已落"、"水东流"、"春欲去"、"月西斜"、"夜将明"呼应了开头，一开一合之间也升华了文题。而一句"落月摇情满江树"更是余音不绝，让人回味无穷。

在艺术形式上，这首诗情、景、理融于一体，景美、情真、理透彻；韵律节奏颇具特色，犹如一首梦幻的夜曲；色彩以淡为主，但不乏绚烂多姿，好似一幅淡雅的水墨；意境苍远但不缺晶莹剔透；巧用典故以及顶真手法，注重细节描写。除了被誉为"孤篇横绝"外，闻一多在《唐诗杂论·宫体诗的救赎》中还赞其为"诗中的诗，顶峰上的顶峰"。

28

# "吴中四士"是指谁？

"吴中四士"又称"吴中四友"、"吴中四杰"，是初、盛唐之际贺知章、张旭、包融、张若虚的并称。这种说法最早见于《新唐书·刘晏传》后所附的《包佶传》，其文曰："父融，集贤院学士，与贺知章、张旭、张若虚有名当时，号'吴中四士'。"因为四人均为江浙一带人氏，其中贺知章为会稽永兴（今浙江萧山）人、张旭为苏州人、包融为润州（今江苏丹阳）人、张若虚为扬州人，这一带古代属于吴郡，"吴中四士"因此得名。此四人性格狂放、不拘俗礼，追求独立自由的人格，寄情于自然山水，行迹不定。其诗写得清新明丽而又自成特色，一定程度上反映了浓郁的吴越文化特色。

贺知章（659—744），字季真，又字维摩，号石窗，晚年改号四明狂客，因官至秘书监，故人称"贺秘监"，或简称"贺监"，其排行第八，故又有"贺八"之称。进士出身，晚年辞官当了道士，隐于千秋观内。贺知章善于书法，尤以草隶为绝。一生旷达豪放，颇好饮酒，位列当时"酒中八仙"之列，常与李白、张旭等人饮酒赋诗，人称"诗狂"。其诗以绝句为主，多写得清新洒脱，其中《咏柳》最为人耳熟能详，另外两首《回乡偶书》也是脍炙人口，诗中"少小离家老大回，乡音无改鬓

贺知章《偶游主人园》诗图

毛衰"一句看似随口而出，实则抒发了世间最深沉的情感。

张旭，生卒年不详，字伯高，又字季明，官至金吾长史，故称"张长史"。唐代著名的草书家，好饮酒，"酒中八仙"之一，每次大醉之后便大声嘶喊并狂奔不已，然后伏案书写，最夸张的是有时他竟然用头发蘸墨而书，故有"张颠"之称。唐文宗曾经下诏，将其狂草与李白诗歌、裴旻剑舞并称"三绝"。与贺知章结为姻亲，常有诗酒往来。其诗以七绝为主，如写景之作《桃花溪》（也有人认为该诗是蔡襄所作，为《唐诗三百首》误收）、《山中留客》等，诗风与后来的宋诗极为相似。

包融，生卒年不详，曾与于休烈、贺朝、万齐融结为"文词之友"。在张九龄引荐下出任怀州司马，后迁为集贤直学士、大理司直等。其诗仅存八首，其中五言古诗七首，如《酬忠公林亭》、《赋得岸花临水发》等，另有一首七绝《武陵桃源送人》，其诗作均见于《全唐诗》。

张若虚（660？—720？），曾任兖州兵曹。为吴越名士，以"文词俊秀"闻名长安。其留传下来的诗作仅有两篇，除了"孤篇横绝"的《春江花月夜》外，还有一首五言排律《代答闺梦还》，成就自然不能与《春江花月夜》相提并论。

严格意义上讲，"吴中四杰"并不能算是一个诗派，它只是同一时期、同一地域的四位诗人的并称而已。

29

# "诗中有画，画中有诗"的内涵是什么？

盛唐时期，当边塞诗人笔下的大漠黄沙呈现一派雄浑苍凉的气象时，以王维为代表的山水田园诗人则用清新淡雅的笔调，勾勒了一幅幅恬静优美的自然画卷。具有诗人和画家双重身份的王维，在其抒写隐逸情怀的山水田园诗中创造了静逸明秀而又生机盎然的诗境。苏轼在《东坡志林·书摩诘蓝田烟雨图》中评论王维的诗画时曾说道："味摩诘之诗，诗中有画；观摩诘之画，画中有诗。"所谓"诗中有画"，是指诗歌这种语言艺术中渗进了绘画这种空间造型艺术的表现手法，是以抒情的方式描摹景物，景在情中，情景交融，使客观的景物主观化了；所谓"画中有诗"，是指在有形的画面中蕴含着诗歌无形的旨趣和不尽之意。

王维（701—761），字摩诘，太原祁（今山西祁县）人。官至尚书右丞，故世称"王右丞"。因为一生好佛，故被后世称为"诗佛"。早年有建功立业的志向，曾经到过边塞。早慧的他二十出头就擢进士第，一生所遇贵人较多，所以仕途较为平坦。但在安史之乱中被抓去后无奈当了伪职，祸乱平息后差点被砍头问斩，最后以失去官职为代价才换回了宝贵生命。晚年经常居

王维《竹里馆》诗图

住于终南山或者自己置办的位于长安郊外的辋川别墅，处于一种似仕未仕、似隐未隐的生活状态。王维除了写得一手好诗，在音乐、绘画等方面造诣甚高，曾担任太乐丞，亦是南宗画派的代表画家之一。

王维以画入诗，将中国画的构图、布局、着色等表现原则和技法运用到具体的诗歌当中，使其诗歌充满了诗情画意。一方面，他的诗作色彩绚丽，如"雨中草色绿堪染，水上桃花红欲燃"（《辋川别业》）描绘的是一幅雨后绿油油的草地和粉红的桃花交相辉映的画面，色调搭配合理。在这类诗中，诗人用得最多的色彩是绿色。有些直接用形容词表现出来，如"靡靡绿萍合，垂杨扫复开"（《萍地》）、"清浅白石滩，绿蒲向堪把"（《白石滩》）等；还有一些是通过"青山"、"柳树"等意象间接地将绿色生机盎然地呈现在读者的眼前。另一方面，他在诗作当中吸收了绘画的一些结构技巧，如层次、远近、动静等方面，其诗《终南山》开头先是极力描写山之险峻，最后两句却以"欲投人处宿，隔水问樵夫"结尾，给人的感觉就是山是静的，水是动的，人是小而远的，山又是大而近的，显然是一幅层次鲜明、布局高超的山水画。

读他的山水田园诗，一首甚至一句就是一幅唯美的画卷。如《山居秋暝》前几句"空山新雨后，天气晚来秋。明月松间照，清泉石上流。竹喧归浣女，莲动下渔舟"，诗人用寥寥数字就为我们描摹了一幅不可多得的清新宁静生趣盎然的山水画。"泉声咽危石，日色冷青松"（《过香积石》）、"荆溪白石出，天寒红叶稀。山路元无雨，空翠湿人衣"（《山中》）、"白云回望合，青霭入看无。分野中峰变，阴晴众壑殊"（《终南山》）等莫不如是。

30

# 为什么李白被称为"诗仙"？

李白是我国唐代乃至整个古代伟大的浪漫主义诗人，被人誉为"诗仙"。之所以有此美誉，是因为李白为人、作诗都像传说中的仙人一样超凡脱俗、卓尔不群。在其三十卷诗文集《李太白集》中，共收录诗歌九百多首，文赋碑铭约六十余篇，所收诗歌题材丰富、形式多样且想象超绝，可以说达到了唐诗的顶峰。诗人以其非凡的自负和自信以及狂放的独立人格作诗，使其诗作处处充满了洒脱的气度和浪漫的情怀，是对盛唐时期昂扬奋发的时代风貌的放声歌吟。

李白（701—762），字太白，号青莲居士，祖籍陇西成纪（今甘肃秦安）。其家世和出生地至今无定论，最普遍的说法是李白出生于绵州昌隆（今四川江油）。他成长于道教文化氛围极为浓厚的蜀中大地，道教的神仙观念对他的思想产生了很大的影响，对于他那崇尚独立自由、洒脱豪放性格的形成也起了重要作用。他在 25 岁的时候离开蜀地，开始了他那丰富多彩的诗意之旅：既有遍访名山的洒脱，也有

李白像

受宠长安的得意，更有赐金放还的滑稽（长安呆了一年就受到朝中势力的谗毁和排挤，于是以"赐金放还"的名义将他赶出了长安）；有英雄相惜的佳话（洛阳遇杜甫），也有流放夜郎的痛楚（安史之乱时，永王李璘败于肃宗，作为李璘幕僚的李白被流放夜郎，但中途被赦），更有当涂捉月的传说（晚年流寓当涂县令李阳冰处，有"捉月升仙"的传说）。关于李白的死，颇富传奇色彩：传说李白晚年在当涂县的江上饮酒，酒酣之时看见水中月亮，于是就起身跳入水中去捉，此后有人便看见李白骑在一条大鲸的背上化为神仙，此即李白"捉月升仙之谜"。虽然这只是一个民间传说，但这种极富浪漫色彩和传奇性质的死法，倒是与诗人"谪仙人"的身份以及性格特点高度吻合。

李白的诗，多以描写山水自然之美和吟咏自己内心情感为主，也有日常生活的歌咏，一般分为政治抒情诗、山水纪游诗和歌咏日常生活三类。政治抒情诗往往是作者的性情之作，常常表现出对权贵的蔑视、对自由的向往等，这类诗的代表作有《行路难》等，此外《梦游天姥吟留别》中"安能摧眉折腰事权贵，使我不得开心颜"在蔑视权贵的同时，也体现了诗人独立高傲的个性；山水纪游诗通过对大好河

山的赞美，充分体现了诗人满腔的热情，如《蜀道难》就是运用夸张的笔触，全方位、多视角地咏叹了蜀道的艰险和壮观，最后得出了"蜀道之难，难于上青天"的千古绝论；歌咏日常生活的诗主要有《静夜思》、《赠汪伦》、《山中问答》等。李白诗按体裁可以分为古风、乐府、歌行和绝句等类，尤其是歌行体诗作更是与"裴旻剑舞"、"张旭草书"合称"盛唐三绝"。李白的绝句炉火纯青，脍炙人口的名篇有《望庐山瀑布》、《望天门山》、《早发白帝城》、《黄鹤楼送孟浩然之广陵》等。李白的诗歌，常常带有浓烈的主观色彩，诗风豪放飘逸，想象变化莫测，意象壮伟雄奇而又清新明丽，有"清水芙蓉"之感。另外，大胆的夸张也是李白浪漫主义诗作的一大特点，如《秋浦歌》中"白发三千丈"，《望庐山瀑布》中"飞流直下三千尺，疑是银河落九天"，《北风行》中"燕山雪花大如席"，《横江词》中"一风三日吹倒山"等等，不胜枚举。李白是屈原以后中国文学史上最浪漫的诗人，他把中国诗歌的浪漫主义推向了顶峰。李白的诗，犹如其人一样，豪放洒脱，自负而又自信。

李白的一生与酒结下了不解之缘，许多优秀的诗篇都是酒后之作，"天子呼来不上船，自称臣是酒中仙"是其嗜酒的真实写照。另外，月亮也寄托了诗人太多的情感，不少诗歌都是在月下所作：思念故乡，他仰望明月而吟唱"举头望明月，低头思故乡"（《静夜思》）；功业难就，他带着愤怒感慨道"又闻子规啼夜月，愁空山。蜀道之难，难于上青天！"（《蜀道难》）；借酒消愁，他高唱着"人生得意须尽欢，莫使金樽空对月"（《将进酒》）；寂寥之时，他沉吟道"举杯邀明月，对影成三人"（《月下独酌》）；漫游天下，他憧憬着"我欲因之梦吴越，一夜飞度镜湖月"（《梦游天姥吟留别》）；饱览山水，他陶醉于"且就洞庭赊月色，将船买酒白云边"（《陪族叔刑部侍郎晔及中书贾舍人至游洞庭五首》）等等。

真可谓：月下酒穿肠，佳作应声唱。是人亦是仙，光芒高万丈。

31

# 什么是歌行体？

歌行体，是中国古代诗歌的一种体裁，一般被视为是五七言古诗与骈赋相互融合而产生的一种诗体，其间又兼有杂言。歌行以叙事为主，篇幅长短不限、句式参差错落、不大讲究平仄用韵，体制灵活，具有浓厚的音乐节奏感。一般来说，歌行体作品的题目中多有"歌"或"行"这样的标识，如李白的《襄阳歌》、《侠客行》，杜甫的《茅屋为秋风所破歌》、《兵车行》，白居易的《长恨歌》、《琵琶行》，高适的《燕歌行》等等。明人徐师曾在《诗体明辨》中对"歌"、"行"以及"歌行"作过解释，他说："放情长言，杂而无方者曰歌；步骤驰骋，疏而不滞者曰行；兼之者曰歌行。"当然，也有一些篇名中没有"歌"、"行"标识的歌行体诗歌，最著名的莫过于张若虚的《春江花月夜》和刘希夷的《代悲白头翁》。

高适《听张立本女吟》诗图

关于歌行体的起源，一般认为是南朝刘宋时期的鲍照在模拟和学习汉魏乐府的基础上创造的，由于鲍照擅作七言，故最初创造的歌行体仅为七言形式。但这时期的歌行体只是属于草创阶段，成就并不高。到了初唐时期，作为一种诗歌体裁，歌行体才正式确立，一般以《春江花月夜》和《代悲白头翁》的出现为标志。此外，由于歌行体是从汉魏六朝乐府那里汲取了营养，如"歌"、"行"等字眼也在乐府篇名中屡见不鲜，因此关于歌行和乐府的区别，学界仍有争论。

现以杜甫的《茅屋为秋风所破歌》为例，对歌行体的特点作一个粗略分析。首先，《茅屋为秋风所破歌》共二十四句，基本上以七言为主，但也杂有一句二言与四句九言，如"呜呼"，"大庇天下寒士俱欢颜"、"南村群童欺我老无力"、"何时眼前突兀见此屋，吾庐独破受冻死亦足"等。其次，它也继承了乐府叙事的本色，将叙事、抒情、议论熔为一炉，如诗中先是记叙了茅屋如何被大风侵袭，中间有"归来倚杖"的叹息，最后还抒发了"安得广厦千万间"这样忧国忧民的感叹以及"吾庐

独破受冻死亦足"的救赎高意。第三，诗中二十四句换韵自由，出现了好几个韵脚，且平仄不限。总之，歌行体的形式是由其内容和诗人的感情决定的。

 32

## 哪首诗被称为唐代绝句的压卷之作？

绝句起源于两汉，发展于魏晋南北朝，兴盛于唐。一种普遍的说法认为绝句是从"五言短古，七言短歌"中衍化而来，到了唐代加进声律，定型以后遂成绝句。绝句四句一首，按照每句的字数可分为五言绝句（简称"五绝"）和七言绝句（简称"七绝"），也有极少数六言绝句存在。根据是否存在声律，绝句又分为古绝和律绝，律绝一般指唐代以来的绝句。唐代是绝句丰收的时代，擅作绝句的诗人层出不穷，如王昌龄、王翰、王之涣、李白、刘禹锡、杜牧等，个个都是当时诗坛上响当当的

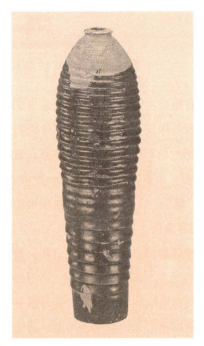

元代葡萄酒瓶，瓷瓶上刻有"葡萄酒瓶"四字

人物。在佳作如云的绝句作品中，确实有几首可以称得上是"唐代绝句的压卷之作"，清代沈德潜在《说诗晬语》中曾说：

> 李沧溟推王昌龄《秦时明月》为压卷，王凤洲推王翰《葡萄美酒》为压卷。本朝王阮亭则云："必求压卷，王维之《渭城》、李白之《白帝》、王昌龄之《奉帚平明》、王之涣之《黄河远上》，其庶几乎。而终唐之世，亦无出四章之右矣。"沧溟主气，阮亭主神，各自有见。愚谓，李益之《回乐峰前》、柳宗元之《破额山前》、刘禹锡之《山围故国》、杜牧之《烟笼寒水》、郑谷之《扬子江头》，气象稍殊，亦堪接武。

沈德潜所列举的几首诗都以其第一句前几个字命篇，李沧溟即李攀龙，王凤洲是王世贞，但非要分个伯仲叔季，似乎是一件颇为为难的事情，

只能是仁者见仁，智者见智罢了。明代学者所推崇的主要是以下三首：

秦时明月汉时关，万里长征人未还。但使龙城飞将在，不教胡马度阴山。

——王昌龄《出塞二首》其一

葡萄美酒夜光杯，欲饮琵琶马上催。醉卧沙场君莫笑，古来征战几人回？

——王翰《凉州词二首》其一

黄河远上白云间，一片孤城万仞山。羌笛何须怨杨柳，春风不度玉门关。

——王之涣《凉州词二首》其一

就"唐代绝句的压卷之作"而言，明代李攀龙在编选《唐诗选》时首推王昌龄《出塞》，而与李攀龙同时代的王世贞则奉王翰《凉州词》为圭臬，王世贞的弟弟王世懋则认为王之涣《凉州词》才配得上这样的美名。诚然，三首七绝从总体上实难分出伯仲叔季。但就其气势而言，《出塞》似乎更能体现"盛唐气象"，给人以豪迈、激昂、壮美之感，两首《凉州词》在此方面就稍稍逊色一点。在这一点上，我们认为还是《出塞》略胜其他二诗于毫厘之间。

"出塞"本是汉乐府《横吹曲辞》的曲调名，到了唐代成了边塞诗人们常用的题目。《出塞二首》其一为王昌龄早年奔赴西域时所作，诗中通过对历史的咏怀表现了护卫疆土、关心国家安危的一腔豪情，同时通过追忆汉时良将来讽刺时下守边将领的无能。诗歌开头巧用互文见义的手法，以秦汉时的明月和边关起兴，想到历史虽然翻过了将近千年的画卷，但是守边的征人们依旧一拨又一拨地将青春甚至生命奉献给不远万里的边关，迄今仍然看不到归期何在。"龙城飞将"指的是汉代常常让匈奴闻风丧胆的李广将军，"胡马"指外族入侵的骑兵，"阴山"在今天的内蒙古自治区，是古代抵御外族入侵的天然屏障，这两句在慨叹帐下无横刀立马之良将的同时，也表达了诗人渴望边疆稳定、祖国和平的美好愿望以及誓死保卫边疆的决心。这首诗整体上给人一种大气磅礴的感受，讲究立意和构思，思致曲折缜密，用粗线条、大手笔表现了丰富而又细腻的情感内容。

"一千个读者就有一千个哈姆雷特"，至于哪首绝句更配得上"压卷之作"的美誉，相信读者会在细细的品味中找到自己理想的答案。

33

# "旗亭画壁"是个什么典故？

"旗亭画壁"的典故出自唐代薛用弱的传奇小说集《集异记》，中有《王之涣旗亭画壁》故事一篇，元代辛文房《唐才子传》也对这个传奇故事进行了转载，讲的是开元年间王之涣与王昌龄、高适三人在洛阳游学期间于一家酒店攀谈唱和、诗酒切磋的故事。"旗亭"即酒楼。

传说开元年间，诗人王昌龄、高适、王之涣在当时的东都洛阳游学，三人名气相当，生活经历也比较相似，都是满腹才华，但命途多舛、时运不济。"同是天涯沦落人"的三人惺惺相惜，常常聚在一起饮酒唱和、切磋诗歌。这一次由王昌龄提出在洛阳城东最为繁华的龙华寺酒店小聚一番。见面的那天，天气寒冷，空中飘起了雪花，三人纷纷就位，赊酒小酌，乐在其中。高兴之余，忽然看见梨园乐官带着十余名弟子上楼献艺，三人于是挪到一个角落里围着炉火观看节目。过了一会儿，又有四位穿金戴银、楚楚动人的梨园美女陆续登上楼来。音乐随即奏响，唱的都是当时的名曲儿。王昌龄等三人私下约定："哥几个在当今诗坛上也算是大名鼎鼎的人了，可是一直没能分个高下，自己也不好意思自定座次。今儿个可算是逮着了机会，

王之涣像

这些歌女咱也都不认识，现在就悄悄地听她们唱歌，我们三人谁的绝句被唱得最多，谁就是'老大'。"话音刚落，只见一位歌女率先随着节拍唱道："寒雨连江夜入吴，平明送客楚山孤。洛阳亲友如相问，一片冰心在玉壶。"此即王昌龄的《芙蓉楼送辛渐》，先声夺人的王昌龄就很得意地用手指在墙壁上画了一道，说："我的绝句一次被唱！"过了一会儿，又一位歌女唱道："开箧泪沾衣，见君前日书。夜台何寂寞，犹是子云居。"此即高适的《哭单父梁九少府》，于

是高适也就在墙壁上划下记号，并说道："我的绝句也被唱一次了。"又过了一会儿，另一位歌女唱道："奉帚平明金殿开，暂将团扇共徘徊。玉颜不及寒鸦色，犹带昭阳日影来。"一听是《长信秋词》之三，王昌龄又一次伸手画壁，颇为骄傲地说道："我的绝句二次被唱！"年岁最长且成名很久的王之涣坐不住了，于是颇为不服地对着王昌龄和高适说："刚才这三位都是一些不入流的歌女，她们的曲儿皆由下里巴人所作，而那些阳春白雪式的高雅歌诗岂是这等庸俗之辈所能拿捏得来的？好戏还在后头呢。"于是指着歌女当中最有名的一个说："等到她歌唱的时候，如果唱的不是我的歌诗，我这辈子再也不跟你俩一争高下了。但是丑话说到前面，不幸被我言中了，你二人必须拜倒在我面前，尊我为师。"王、高二人在说笑当中自然就答应了下来，三人静息等待。不一会儿，那位梳着双鬟的有名歌女登场献唱，在悦耳动听的旋律中婉转地唱了起来："黄河远上白云间，一片孤城万仞山。羌笛何须怨杨柳，春风不度玉门关。"所唱正是王之涣那首经典的《凉州词》，闷气尽出的王之涣随即就揶揄起王、高二人来："兄弟，一看就是乡巴佬，大哥我没有吹牛吧？"三人于是捧腹大笑。众歌女不解其故，走过来问道："请问几位官人，何事笑得这么酣啊？"三人就把事情原委告诉了她们。众歌女一听对面坐的就是自己平日崇拜的"偶像"，便争先恐后地施礼下拜，并请求道："我们有眼不识泰山，竟不知各位'神仙'大驾光临，那就恭请三位赏脸一起赴宴。"想到刚才还是赊账喝酒，此刻面对丰盛的筵席以及秀色可餐的美女，三人很爽快地就答应了下来，高高兴兴地玩了一整天。

这个故事仅仅是一个传说，其真实性当然很值得怀疑。但是通过这个著名的典故，也从一个侧面反映了初、盛唐时期歌诗发展的繁盛和传播的广泛。

 34

# 七绝圣手是指谁？

"七绝圣手"是指盛唐著名的边塞诗人王昌龄，其七言绝句写得出神入化，故有此称。王昌龄（约690—757），字少伯，京兆长安人。进士出身，曾任校书郎、汜水尉等职，官至江宁丞，故世称"王江宁"。晚年贬为龙标尉，故又有"王龙标"之

称。他在乱世中归乡，孰料被亳州刺史闾丘晓所杀。王昌龄的七绝主要分为边塞、闺怨、送别三大类，但在中国古代社会中，怨妇往往也是和征夫联系在一起的，二者之间有着一种割不断的联系。

王昌龄边塞绝句的思想内容较为复杂，既有对戍边战士的称颂和同情，也有渴望和平、厌恶拓边战争的倾向。由于他年轻时曾亲自到过黄沙莽莽的西北边疆，所以常常以一名普通士卒的眼光和立场写作边塞诗，对边塞的戍边士卒有深切的同情，体现了诗人深厚的人道主义关怀，代表作为《出塞二首》、《从军行》等，其中《出塞二首》于月夜古战场抒发感慨，具有普遍而深刻的社会历史意义。从唐代诗歌发展史的角度来看，王昌龄的边塞诗大致有以下几个方面的特色：

首先，热情歌颂了戍边战士们杀敌卫国的壮志雄心和骁勇善战，这类诗如：

青海长云暗雪山，孤城遥望玉门关。黄沙百战穿金甲，不破楼兰终不还。

——《从军行》其四

大漠风尘日色昏，红旗半卷出辕门。前军夜战洮河北，已报生擒吐谷浑。

——《从军行》其五

其次，在许多诗中通过写戍边战士的思乡之愁表达出对他们的真切同情，这类诗有：

烽火城西百尺楼，黄昏独坐海风秋。更吹羌笛关山月，无那金闺万里愁。

——《从军行》其一

琵琶起舞换新声，总是关山旧别情。撩乱边愁听不尽，高高秋月照长城。

——《从军行》其二

在闺怨诗中，诗人以哀凉的笔触摹写了宫中和平民女子的春愁闺怨，如《长信秋词》、《西宫秋怨》、《闺怨》等。且看著

王昌龄《望月》诗图

名的《闺怨》：

> 闺中少妇不知愁，春日凝妆上翠楼。忽见陌头杨柳色，悔教夫婿觅封侯。

天真烂漫的少妇妆扮得漂漂亮亮，无忧无虑地登上翠楼观赏风景，然而无意中突然看见陌头翠绿的杨柳，埋藏心底的忧愁和孤独于是翻涌而至：我那日夜思念的人儿又在哪里啊？或许此刻他正率领千军万马冲锋陷阵、奋勇杀敌呢，于是不禁后悔当初让夫君奔赴沙场、建功封侯了。

同样，王昌龄的送别诗也不乏佳作，如《芙蓉楼送辛渐》、《卢溪别人》、《送柴侍御》、《送魏》等，其中《芙蓉楼送辛渐》中"洛阳亲友如相问，一片冰心在玉壶"一句更是脍炙人口的佳句，借写离别之情而抒写了自我胸臆。

王昌龄的七绝前期风格清刚爽朗，后期显得清逸明丽，结构简明，章法井然，气脉贯通，善于摹写画面和表现人物心理，尤长于对特殊气氛的渲染，无愧为七绝中的登峰造极之作。

 35

# 边塞诗是怎样形成的？

边塞诗，从广义上讲是指汉民族与北方少数民族多年来由于战争和文化融合而出现的文学现象；狭义而言，通常情况下边塞诗是特指唐代边塞诗，尤其是盛唐边塞诗。唐前边塞诗的线索大致如下：《秦风·无衣》、《小雅·采薇》，汉乐府《战城南》、《十五从军征》，曹植《白马篇》，鲍照《代出自蓟北门行》以及王褒入仕北周前模拟的一些边塞诗，隋代至初唐的短暂时期内，卢思道、薛道衡、陈子昂等也曾写过一些边塞诗。

盛唐边塞诗兴盛的背景是唐玄宗时代的一系列拓边战争。盛唐时期，国势强盛，疆域扩展，军威显赫，这就激发了文人们从军的一腔热血，所谓"功名只向马上取，真是英雄一丈夫"；加之交通便利，各族人民之间的经济贸易和文化交流往来频繁，文士们去边地参加军事活动更为便利。值得注意的是，盛唐时的一些将帅本身就才兼文武、出将入相的，盛唐边塞诗遂蔚为大观，反映了高亢雄浑、昂扬奋发的时代

精神。

　　盛唐边塞诗主要描写北方边塞的战争生活、民俗民风以及山川风物等自然风光，在一定程度上具有地域特点。盛唐边塞诗的代表诗人有高适、岑参、王昌龄等。高适（700—765），字达夫，渤海蓨（今河北景县）人，世称"高常侍"。其诗歌创作多歌颂将士的骁勇善战和大无畏的牺牲精神，谴责邪恶的战争带给人民沉重的苦难，并如实反映了军中的阶级矛盾，在体恤士兵和人民苦痛的同时，也表达了对边疆安定、人民安居乐业的美好愿望，同时还表现了作者对边防事务的关注和思考，代表作为《燕歌行》。岑参（约715—770），南阳（今属河南）人，生于江陵（今湖北荆州），世称"岑嘉州"，曾两度出塞。岑参的边塞诗多描绘边塞的异域风光、风俗习惯等，多以一种审美的目光注视边地的一切，很少在他的诗中看到战争的刀光剑影、血流成河，其诗作更能体现盛唐雄风。代表作为《走马川行奉送封大夫出师西征》、《白雪歌送武判官归京》等。"七绝圣手"王昌龄（约690—757），字少伯，京兆长安人。初次当官为汜水尉，一直做到江宁丞，故世称"王江宁"。晚年贬为龙标尉，在乱世中归乡，孰料被州刺史闾丘晓所杀。其边塞绝句思想内容较为复杂，既有对戍边战士的称颂，也有渴望和平、厌恶拓边战争的倾向。他主要是以一名士卒的眼光和立场写作边塞诗，对边塞的戍边士卒有深切的同情，体现了诗人深厚的人道主义关怀。代表作为《出塞二首》、《从军行》七首，其中"秦时明月汉时关，万里长征人未还。但使龙城飞将在，不教胡马度阴山"（《出塞》其一），于月夜古战场抒发感慨，具有普遍而深刻的社会历史意义。其他的盛唐边塞诗人还有王之涣、王翰、王维、李颀等人。

　　边塞诗发展到安史之乱后的中晚唐，感伤与悲凉成为了主调，这无疑是国运的衰退和时势的变化在诗歌创作中的体现。

# 为什么杜甫的诗被称为"诗史"？

　　杜甫是我国古代文学史上最伟大的现实主义诗人，在诗歌史上有"诗圣"的美誉。其诗文集《杜工部集》（又名《杜少陵集》），共收录诗歌一千四百多首，文三十余篇，所收诗歌真实而深刻地反映了唐朝社会由盛转衰的史实，饱含了作者忧国忧民的博大情怀，故有"诗史"之称。

杜甫（712—770），字子美，自号少陵野老，故世称"杜少陵"。由于他曾任检校工部员外郎，故又称"杜工部"。京兆杜陵（今陕西西安）人，祖先曾居襄阳（今属湖北），后迁于河南巩县，杜甫生于此。杜甫出身于官宦世家，其祖先杜预曾是晋代名将，其祖父杜审言为初唐著名诗人，其父杜闲也当过司马、县令一类的官。青年时代的杜甫生活在盛唐气象当中，曾怀有青云之志、报国之心，无奈长安十载，历尽人世辛酸的他逐渐对官宦之事失去了兴趣，在颠沛流离中更加关注民

杜甫《江畔独步寻花》诗图

生疾苦和国家安危。爆发于天宝十四年（755）的"安史之乱"给他的心灵造成了无法治愈的创伤，使他用更加深沉的目光和蘸满血泪的凌云健笔，极其真实地展现了一幅幅大动乱中的社会生活画面。

《杜工部集》所收的多数诗歌作品，反映了杜甫那个时代所发生的诸多重大历史事件，具有很高的历史认识价值，也代表了杜甫在诗歌创作方面的水平。如《忆昔》以"忆昔开元全盛日，小邑犹藏万家室"开头，描述了开元盛世的一派繁荣。"三吏"、"三别"则是"安史之乱"中的一个个短小镜头，反映了战乱带给人民的疾苦。杜诗的"诗史"性质，还体现在它描写了极为广阔的生活画面和人物的内心活动，从而使其历史认识价值更为直接和深刻，这类诗有《自京赴奉先县咏怀五百字》、《北征》等，其中"朱门酒肉臭，路有冻死骨"成了那个时代最逼真的写照，体现出深刻的历史洞察力和预见性，能让人感受到那种"山雨欲来风满楼"的社会背景。

另外，一些杜诗在某方面还有补缺史书的作用，如《三绝句》中"前年渝州杀刺史，今年开州杀刺史"等史实并不见载于史籍当中，而杜诗将这种混乱不堪的情形如实地记录了下来。被称为"诗史"的杜诗，多数是借古体以写时事，并创造了即事名篇这种新的叙事手法。

在安史之乱中，杜甫历尽磨难，流离失所，这种亲身经历使他将战乱中的重要事件，包括战火的烽烟、百姓的苦难等一一毕陈于诗。诗人以饥寒之身怀济世之心，往往选择被压迫和剥削的下层人民作为叙述对象，而不是过多地关注诗人自我及其特殊遭遇，这无疑增强了诗歌的社会性，在展示诗人开阔视野的同时，也显示了诗歌审美倾向的重大变化。

除了"诗史"一类的诗，杜甫还有不少其他题材的诗作，如咏怀、山水、应酬等，多以律诗为主，其代表作有《秋兴八首》、《春夜喜雨》等。但总体上说，最能彰显《杜工部集》价值的还是那些被称为"诗史"的诗。

 37

# "三吏"、"三别"指的是什么？

公元759年，"诗圣"杜甫在返回洛阳的途中，目睹满目疮痍的国土和水深火热中的人民，用蘸满血泪的笔触描述了这场惨不忍睹的人祸，全面而真实地反映了安史之乱所带给人民的伤害与痛苦，同时又肯定了这场平叛战争的正义性。"三吏"分别指《新安吏》、《石壕吏》、《潼关吏》，"三别"分别指《新婚别》、《垂老别》、《无家别》。"三吏"、"三别"诗中，作者以一个"后方记者"的身份，如实地记录了战乱中的普通人所遭遇的种种不幸，是时代的真实写照。"三吏"夹带问答，"三别"则是人物独白。

《新安吏》是诗人在新安的大道上看到官兵抓捕"中男"（未成年人）充军，于是与官兵进行了对话，并对应征者进行了劝慰，一方面揭露了统治阶级不顾人民死活强抓兵丁的残暴，另一方面又肯定了平叛战争的必要性，所以才对应征者作了一番劝慰："送行勿泣血，仆射如父兄。"

《石壕吏》写诗人夜宿石壕村，遇到官兵深夜抓人以补充前方兵力，一个老妇人向官兵痛诉自己的遭遇：三个儿子都去从军，其中两个已经阵亡，另一个至今生死未卜，音信全无，家中只剩下还在给襁褓中的孙子喂奶的儿媳，老妇人害怕官兵将她带走，自告奋勇说自己还能为军队做饭，"急应河阳役，犹得备晨炊"，就跟官兵一起去前线了。

《潼关吏》则写劳役士卒被抓去在潼关修筑城墙。其背景是唐军在相州（今河南安阳市）被打得落花流水，叛军乘势逼近洛阳；如果洛阳失陷，后果不堪设想，潼关作为长安和关中地区的一个重要屏障，做好军事防御工作势在必行。诗人通过与潼关吏的一席对话，问明筑城目的后告诫守城的士卒应有忧患意识，谨防"前车之鉴"："请嘱防关将，慎勿学哥舒!"

《新婚别》写了一对新婚夫妻的离别，塑造了一个深明大义的少妇形象。新婚燕尔，但第二天丈夫就要远赴生死未卜的战场，她强忍离别的悲痛并勇敢地鼓励丈夫参战，同时坚定地表达至死不渝的爱情誓言："仰视百鸟飞，大小必双翔。人事多错迕，与君永相望。"

《垂老别》写一位老翁晚年毅然从军而与老妻悲苦惜别的过程，他本想瞒过老伴不辞而别，谁料临行经过家门的时候，老伴已经哭倒在路旁。明知这一别就只能来世再见，老夫老妻却强忍内心的悲痛，相互给予对方叮咛和安慰，这幅场景实在令人肝肠寸断。其中塑造了一个豁达爱国的老翁形象，纵然"弃绝蓬室居，塌然摧肺肝"，也要"投杖出门去"!

《无家别》写一位从前线归来的老兵，看见自己曾经熟悉的家乡已经面目全非，悲痛之余又将再一次奔赴疆场，他独自一人自言自语地诉说着无人可

《婚礼图》

别、无家可别的悲哀："人生无家别，何以为蒸黎！""蒸黎"即"百姓"，这首诗通过对这一心酸场景的速写，表现了战争对人民生活和生产的巨大破坏，以及作者对民生疾苦的深切同情。

38

# 唐人七律压卷之作是哪首诗？

七言律诗滥觞于梁、陈时期，最终定型于初、盛唐之际，随后获得了迅速的发展，与其他诗歌体裁一起汇成了唐诗的华彩乐章。唐代的七律诗人为数不少，但真正称得上七律名家的并不多，主要有沈佺期、崔颢、李白、杜甫、李商隐等人，这些诗人创作了不少七律的上乘诗作，如崔颢《黄鹤楼》、沈佺期《古意》、李白《登金陵凤凰台》、杜甫《登高》和《秋兴八首》、李商隐《无题》和《锦瑟》等。究竟哪一首诗可以称得上是"唐代七律压卷之作"，数百年来一直众说纷纭。鉴于前代大家们也没争出个所以然来，所以我们也只能列举几种说法以供参考：

其一，南宋诗论家严羽在《沧浪诗话·诗评》中说："唐人七律诗，当以崔颢《黄鹤楼》为第一。"在严羽看来，《黄鹤楼》就是当仁不让的压卷之作。除此之外，《唐诗三百首》还将《黄鹤楼》置于七律首篇。

其二，明人何景明力荐沈佺期的《古意》（全名《古意呈补阙乔知之》），诗曰：

卢家少妇郁金堂，海燕双栖玳瑁梁。九月寒砧催暮叶，十年征戍忆辽阳。

白狼河北音书断，丹凤城南秋夜长。谁为含愁独不见，更教明月照流黄？

其三，明人胡应麟《诗薮》称赞杜甫《登高》"当为古今七言律第一，不必为唐人七言律第一"。胡应麟还将这首诗与崔颢《黄鹤楼》、沈佺期《古意呈补阙乔知之》二首七律作了比较："《黄鹤楼》、《郁金堂》（即《古意》），皆顺流直下，故世共推之。然二作兴会适超，而体裁未密；丰神故美，而结撰非艰。若《风急天高》（即《登高》），则一篇之中句句皆律，一句之中字字皆律，而实一意贯串，一气呵成。骤读之，首尾若未尝有对者，胸腹若无意于对者；细绎之，则锱铢钧两、毫发不差，而建瓴走瓦之势，如百川东注于尾闾之窟。""一篇之中句句皆律，一句之中字字皆律"，可见作者的判断标准及评价之高。另外，清人杨伦在《杜诗镜铨》中也将此诗赞为"杜集七言律诗第一"。

其四，今人叶嘉莹在《杜甫〈秋兴八首〉集说》的序言中认为，这一组诗充分代表了杜甫在七律方面的造诣，并提出了《秋兴八首》为"七律第一"的观点。

上述第三条中，胡应麟已

相传始建于三国时期的黄鹤楼，此照拍摄于光绪十年被焚前

将几首七律进行了一番比较，可看作一个有力的论证。除此之外，就其格律严格与否来说，杜诗似乎稍胜于《黄鹤楼》和《古意》一筹。但杜甫的七律精工之作实在太多，光《登高》、《秋兴八首》之间就很难抉择。我们还是一起来了解一下开封人崔颢的《黄鹤楼》（黄鹤楼旧址在湖北武昌县）吧，其诗曰：

> 昔人已乘黄鹤去，此地空馀黄鹤楼。黄鹤一去不复返，白云千载空悠悠。
> 晴川历历汉阳树，芳草萋萋鹦鹉洲。日暮乡关何处是，烟波江上使人愁。

这首诗情景交融，情从景出，意境高远，风格雄健、自然宏丽，起、转、承、合自然随意，主要抒发了人去楼空的慨叹和难以消除的乡愁。尤其是第三联颈联对仗工整，并且使用了"鹦鹉洲"这个典故，据说这是汉代狂妄名士祢衡的葬身之处。茂盛的芳草已将狂人的风采掩埋，同样狂放不羁的诗人经过此地，孤立无依之感油然而生，暮色之中不禁想到了自己的家乡，但是梦中的乡关此刻又在哪里呢？在雾色沉沉的辽远江边，诗人的忧愁无形中又加重了。

严格来讲，这首诗并不是纯粹的律诗，甚至还未完全褪去古体的痕迹，但正是这样一篇大巧若拙的作品，在内容上写景抒情完美融合、天衣无缝。据《唐才子传》记载，传说李白到了黄鹤楼后被美景所感染，诗兴大发正要放声歌咏之时，猛然抬头看见楼上崔颢的《黄鹤楼》，于是垂头丧气懊恼万分，有诗为证："一拳捶碎黄鹤楼，一脚踢翻鹦鹉洲。眼前有景道不得，崔颢题诗在上头。"

39

# "推敲"一词有什么来历?

"推敲"一词讲的是有关中唐诗人贾岛和韩愈的诗坛佳话。北宋胡仔《苕溪渔隐丛话》卷十九引述唐人韦绚的《刘公嘉话》记载:

> 岛初赴举京师,一日于驴上得句云:"鸟宿池边树,僧敲月下门。"始欲着"推"字,又欲着"敲"字,炼之未定,遂于驴上吟哦,时时引手作推敲之势,观者讶之。时韩愈吏部权京兆,岛不觉冲至第三节,左右拥至尹前,岛具对所得诗句云云。韩立马良久,谓岛曰:"作'敲'字佳矣。"遂并辔而归,留连论诗,与为布衣之交。

后蜀何光远《鉴戒录·贾忤旨》也记载了此事,与前者所记大致相同。

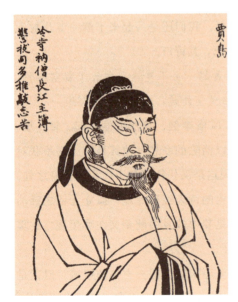

贾岛像

依据以上资料记载,可知故事的原委是这样的:初次来到京城长安参加科举考试的"诗僧"贾岛,有一天晚上骑驴去拜访城郊外的朋友李凝,来到李凝住处时被月下幽静的景色所感染,于是诗兴大发,吟得《题李凝幽居》一首:"闲居少邻并,草径入荒园。鸟宿池边树,僧敲月下门。过桥分野色,移石动云根。暂去还来此,幽期不负言。"吟完之后,又觉得第二联中"僧敲月下门"改为"僧推月下门"似乎更符合当时情景,"敲"字反而会破坏幽静的夜景。改完之后,他又觉得似乎用"敲"字更好,于是就在驴背上将两句反复低吟,并用手配合着做"推敲"的动作。身边不知道原因的人,看着他

这种怪异的行为都很感惊讶。就在这时,京兆尹(掌管都城的行政官员,相当于今

天的北京市长）韩愈的仪仗队正好经过，灵魂出窍的贾岛非但没有来得及躲避，反而在不知不觉中撞进了仪仗队的第三节。大吃一惊的护卫们赶紧将其抓下毛驴捆绑起来，推到韩愈的马前问责。贾岛只好将刚才的事一五一十地向韩愈作了汇报，听完以后，韩愈立刻被眼前这个人的才气吸引了。已经在诗坛赫赫有名的韩愈也思考了许久，最后认为还是用"敲"字更好：在如此幽静的夜景下，敲门之声更能烘托出当时的气氛。再说，拜访别人，尽管是自己的好友，但对于尤其重"礼"的僧人，"敲"字更能表达对主人的尊敬和礼貌。韩愈说完之后，就带着贾岛一起回府，与他谈诗论道，并与这位平民诗人成了忘年之交。据说后来韩愈还力劝贾岛还俗，专心准备科举考试，无奈贾岛考了几次都没有考中。

从这个故事中，我们不难看出贾岛作诗对于锤炼字词的严格要求，而韩愈的惜才之心也是难能可贵。"推敲"一词，后来就演化成写诗、作文、做事时反复斟酌、三思而行的代称。文学史上的诸多佳句名篇，大多都是经过严格的推敲而来，同样也经得起历史的推敲。如宋代诗人王安石的《泊船瓜洲》一诗，第三句原为"春风又吹江南岸"，反复推敲之后将"吹"字改成了"绿"字，起到了"画龙点睛"的重要作用，于是就有了"春风又绿江南岸，明月何时照我还"的千古名句。

40

# 何谓"郊寒岛瘦"？

"郊寒岛瘦"出自苏轼《祭柳子玉文》，是对中唐诗人孟郊和贾岛诗风的精辟概括。郊指孟郊，岛即贾岛，寒指清寒枯槁，瘦指孤峭瘦硬。因为二人作诗都是苦吟，无论诗歌内容还是艺术特征都比较相似：比如创作题材相对狭窄、讲究字句推敲、想象诡异、意境凄冷幽僻等。另外，二人的身世遭遇也有诸多相似之处：如性情孤傲狷介、一生困顿潦倒、官职卑微，等等。韩愈初见贾岛时曾感叹："孟郊死葬北邙山，日月风云顿觉闲。天恐文章浑断绝，再生贾岛在人间。"可见孟郊和贾岛的人格与诗风实在是太相似了。

孟郊（751—814），字东野，湖州武康（今浙江德清县）人。年轻时就有青云之志，但不善人际交往的他，一直没有遇到功名路上的贵人，直到四十六岁时才进士及第，欣喜若狂的他情不自禁地高唱："昔日龌龊不足夸，今朝放荡思无涯。春风得意马蹄疾，一日看尽长安花。"（《登科后》）可惜的是他一生沉沦下僚，任溧阳尉期间经常闭门作诗，被人冠以"诗囚"的称号，在其位不谋其政的他也因此被罚去半数的工资，在接连遭受饥饿、疾病、丧母、失子的打击和摧残之后，最终因病而终。孟郊作诗，以五古为主，以苦吟著称，长于锤炼字句，意象多幽僻苦涩，意境凄寒萧瑟，有荒凉之感，这类诗以《秋怀》十五首为代表，如其二中"秋月颜色冰，老客

孟郊像

志气单。冷露滴梦破，峭风梳骨寒"几句，在塑造了一个形销骨立的孤老形象的同时，也毫无保留地抒发了其身心的凄冷与伤痛。

除此，孟郊的羁旅、赠答之作也有一定成就，如《答卢仝》："楚屈入水死，诗孟踏雪僵。志气苟有存，死亦何所妨！"就很好地表现了诗人豪迈的气节，颇有汉魏古诗的风貌。孟郊最著名的诗歌是那首《游子吟》，诗曰：

> 慈母手中线，游子身上衣。临行密密缝，意恐迟迟归。谁言寸草心，报得三春晖！

这首诗的主题具有普世意义，伟大的母爱是无法用语言完全表达出来的，但是孟郊做到了，短短三十字，其中的滋味只有亲身经历者才能体会得到。

贾岛（779—843），字浪仙，自号"碣石山人"，河北道幽州范阳县（今河北涿州）人。早年出家为僧，号无本。受教于韩愈后，在其建议之下还俗参加科举，但屡试不中，一生仕途不顺。唐文宗时因任长江主簿，故世称"贾长江"。贾岛一生不喜欢与常人来往，将其全部心血放在了诗歌技巧的锤炼上，故被世人称为"诗囚"。贾岛作诗，精于雕琢，好写荒凉、枯寂之境，诚如他自己所言："二句三年得，一吟

双泪流。"其名句"鸟宿池边树，僧敲月下门"（《题李凝幽居》）在动与静的对比中烘托了一种极为幽静清冷的境界；"独行潭底影，数息树边身"（《送无可上人》）表现了在深幽寂寞的环境中一种深刻的孤独感，并不是常人可以体味得到的。由于生活圈子小，阅历有限，其诗难免境界狭窄，有佳句而无佳篇。贾岛对后世的影响较大，在南宋的"永嘉四灵"和"江湖诗派"、明代"竟陵派"的诗作中都还可以依稀看到贾岛诗风的影响。

41

# "大历十才子"都有谁？

安史之乱犹如一记清脆的响鞭，将依旧生活在盛唐气象美梦中的人们彻底惊醒，痛定思痛之后却又不得不面对严峻冷酷的现实：地方武装割据严重，与中央分庭抗礼；边疆的吐蕃趁机侵袭西北边地，给当地人民的生产生活带来巨大破坏。内忧外患的严酷现实宣告着全盛时期的终结，反映到诗歌领域，那昂扬奋进、自信慷慨的盛唐之音亦成了永远的绝响。放眼此期的诗坛，王维、岑参、李白、杜甫等著名诗人相继离世，而韩愈、柳宗元、白居易等人则年齿尚幼，尚未在当时的诗坛崭露头角，倒是大历年间的一批诗人，用一种孤寂幽怨的调子苦苦延续着诗歌的血脉。这些诗人，除了韦应物、刘长卿等人以外，最出名的就是"大历十才子"了。

大历是唐代宗李豫的年号。"十才子"之名，最早见于中唐诗人姚合的《极玄集》，具体指李端、卢纶、吉中孚、韩翃、钱起、司空曙、苗发、崔峒、耿沛、夏侯审十人。他们在大历初年多在长安和洛阳一带活动，因为常常参加一些应酬唱和活动而被世人所熟知。"十才子"的具体成员，宋代学者还有不同的说法，一般认为还是姚说最为可信，因为《新唐书·卢纶传》所说与之一致。总体上说，"大历十才子"可以看作是中唐大历时期的一个诗歌流派，除了唱和赠别之作外，大多以田园风光、羁旅愁思等为诗歌题材，作诗追求格律严整、字句精炼，诗风呈现出情思绵邈、孤寂幽远的特征。"十才子"的诗很少反映社会现实，而是多选取青山、白云、秋风、残照、野渡、孤舟、落叶、寒雨等寂寞幽冷的意象，抒发清冷孤寂的情思，

李端《闺情》诗图

表现一种事不关己、超脱尘世的隐逸的姿态。这类诗的典型如：

　　暮雨潇潇过凤城，霏霏飒飒重还轻。闻君此夜东林宿，听得荷池几度声。

　　　　——李端《听夜雨寄卢纶》

　　出关愁暮一沾裳，满野蓬生古战场。孤村树色昏残雨，远寺钟声带夕阳。

　　　　——卢纶《与从弟瑾同下第后出关言别》

　　春城无处不飞花，寒食东风御柳斜。日暮汉宫传蜡烛，轻烟散入五侯家。

　　　　——韩翃《寒食日即事》

　　从以上的诗中我们读到的是那种"神情未远，气骨顿衰"的惆怅、伤感与无奈，这正是中唐时期精神风貌的真实展现。往日的繁华犹如隔世的烟花，虽曾万分灿烂但早已消逝，留给他们的是生不逢时的慨叹；战乱早已将建功立业的豪情消磨殆尽，剩下的只有那世事看尽的无奈与散淡。

　　当然，"十才子"的部分诗作也有杜甫现实主义的影子，对于国计民生也偶尔有所反映，这类诗作除了韩翃的《寒食日即事》外，还有卢纶的《逢病军人》："行多有病住无粮，万里还乡未到乡。蓬鬓哀吟古城下，不堪秋气入金疮。"在深切的同情中写尽了伤兵的痛楚。耿沣的《路旁老人》中"陌上归心无产业，城边战骨有亲知"等句，也以沉痛的笔法描写了战乱之后孤独老人的凄凉晚景。

　　"十才子"的诗，善于捕捉幽清细微的意象，往往通过寥寥数字就描摹出一幅美丽清幽的画卷，不足之处在于过分讲求字词的锤炼，雕琢气浓，以至于"有佳句而无佳篇"，缺乏圆浑一体的气象。

42

# 何谓"张王乐府"?

继大历诗风之后，唐宪宗元和年间，诗坛上又出现了一派欣欣向荣的景象。以张籍、王建为代表的元和诗人，不但远承汉魏乐府和《诗经》的风雅传统，而且就近又从杜甫那里吸收了关心现实、反映民生疾苦的写实主义风格，用乐府诗的形式反映普通民众的磨难与悲苦，揭露了当时社会的深刻矛盾，表达了诗人对下层民众的深切同情。张籍和王建的乐府诗，为即将登上诗坛的白居易、元稹提倡的"新乐府运动"拉开了序幕，此即"张王乐府"。张王乐府既有古题，又有新题，所作乐府诗语言明白晓畅、如话家常，反映的都是一些日常事件和生活画面。比起之后的元白乐府诗，又显示出篇幅短小、语言精练的特点。

张籍（766？—830？），字文昌，苏州人，生于和州乌江（今安徽和县乌江镇）。贞元十五年（799）进士及第，因晚年曾任水部员外郎、国子司业等职，故世称"张水部"或"张司业"。张籍乐府诗主要有《野老歌》、《牧童词》、《节妇吟》、《乌夜啼引》等，取材广泛，内容丰富，用浅显易懂的语言通过对世俗人事的描绘，讽刺了社会的种种丑恶和黑暗现象，如其中《野老歌》云：

老农家贫在山住，耕种山田三

张籍《岸花》诗图

四亩。苗疏税多不得食，输入官仓化为土。岁暮锄犁傍空室，呼儿登山收橡实。西江贾客珠百斛，船中养犬长食肉。

诗歌用近乎白话的语言，诉说了一位老农在贫瘠的田地里辛苦劳作了一年，但到了年关不但收成不好，而且还要上交繁重的赋税，只能靠上山拾来的苦得难以下咽的栎树果实来充饥。而那些腰缠万贯的江上商人，连船上所养的狗吃的都是肉。本诗在反映老农苦难生活的同时，也深刻地揭露了官府赋税的繁重、商贾的暴利发家以及由此造成的社会不公。除了乐府诗之外，张籍的七绝游子诗《秋思》也被广为传诵，千百年来引起了无数的共鸣，其诗云：

洛阳城里见秋风，欲作家书意

王建《江南》诗图

万重。复恐匆匆说不尽，行人临发又开封。

王建（766？—？），字仲初，颍川（今河南许昌）人。出身寒门，考进士不中，在五十岁的时候才当上县丞一类的小官，最后却否极泰来做到了陕州司马，世称"王司马"。王建乐府诗以新题居多，具有浓郁的乡土田园气息，主要作品有《田家行》、《水夫谣》、《织锦曲》等，其中《水夫谣》中"辛苦日多乐日少，水宿沙行如海鸟"道出了纤夫生活的苦痛；他们想到了逃离，可是"一间茅屋何所值，父母之乡去不得"的沉重现实，使得他们只有忍痛苦苦支撑；最后发出了"我愿此水作平田，长使水夫不怨天"这般近乎幻想的悲惨祈愿，但是就算水地变成了旱田，他们身上的枷锁真的就能卸下来吗？

张、王乐府诗的区别在于，张籍的乐府诗直白简易，往往在鲜明的对比中将讽喻之意毫无保留地诉诸笔端；而王建的乐府诗相对要含蓄、隐晦一些，字里行间不见讽喻，但讽喻之情不言而喻。张、王乐府在诗歌史上有过渡之功，他们扭转了大历诗歌孤寂幽冷的倾向，使得唐代诗歌重新回到了汉魏乐府和杜甫诗歌崇尚写实的道路上，为即将到来的重写实、尚通俗的元白"新乐府"运动做了很好的铺垫。

 43

## 什么是新乐府运动？

以元稹、白居易为代表，包括李绅、王建、张籍等作家，从理论和创作上都坚持写实的道路，在继承汉魏乐府传统以及杜甫现实主义精神的基础上，以通俗明白的语言、直切明畅的风格，通过对民生疾苦的反映和社会现实的批判，以达到讽喻时政的目的，在形式上用新题写时事，即事名篇，从而形成了一种"首句标其目，卒章显其志"的新乐府形式。他们的这种有意识的提倡和实践，形成了一种新的文学现象，后世称为"新乐府运动"。产生于新乐府运动中的诗作，大体上体现了对下层民众疾苦的同情，以及对上层统治阶级腐朽生活和欺压人民的恶劣行径的揭露与批判，白居易《新乐府》五十首、《秦中吟》十首最能体现这种思想。

白居易《友人夜访》诗图

白居易（772—846），字乐天，号香山居士，祖籍太原，后迁居下邽（今陕西渭南）。少年时代为了躲避战乱，举家被迫迁到越中（今浙江）。贞元年间进士，又因为曾经当过太子太傅，故世称"白傅"。白居易作诗主张"文章合为时而著，歌诗合为事而作"（《与元九书》）、"为君、为臣、为民、为物、为事而作，不为文而作"（《新乐府序》）。他的诗写得浅显易懂、明白如话，其诗作以长篇叙事诗《长恨歌》、《琵琶行》为代表。生前曾将自己的诗文进行整理，并将诗歌按内容分为讽喻、闲适、杂律、感伤四类，前两类最能反映他的诗作风格和特点，其中新乐府诗属于讽喻一类，不少作品通过反映广大劳苦人民生活的悲惨境遇，鞭挞了当时统治者横征暴敛、不顾民众死活的丑陋嘴脸。如《卖炭翁》通过描写一位卖炭老人在恶劣的市场上受尽欺凌，揭露了中唐时期"宫市"的丑恶和黑暗；《观刈麦》则描写了农民顶着毒辣的日头收割小麦的情景，收获本身是喜悦的，可是农民却找不到高兴的理由，"家田输税尽"道出了其中的悲惨和痛楚；有些画面更加惨不忍睹，如《新丰折臂翁》描写了一位老人年轻时为了躲过兵祸，不惜断掉了自己的右臂以自存的故事，读来让人倍感心酸悲痛。

元稹《菊花》诗图

元稹（779—831），字微之，洛阳人。与白居易一同出道，并且结下了深厚的友谊。其代表作为长篇《连昌宫词》。元稹创作新旧乐府主要是受到了年岁较长的张籍、王建等人的影响，乐府诗主要有《上阳白发人》、《织妇词》、《田家词》等。《上阳白发人》在反映宫女之苦的同时，抨击了摧残青春、压抑人性的宫女制度；《织妇词》写的是织妇为了缴纳繁重的租税而没日没夜地赶织布匹，头发都白了还没有嫁人，以至于望见屋檐下的蜘蛛都要心生羡慕，因为蜘蛛好歹"能向虚空织罗网"，而自己辛辛苦苦的劳动果实压根就不归自己所有。另外，元稹为纪念亡妻而写的《离思》五首也感人至深，其一曰："曾经沧海难为水，除却巫山不是云。取次花丛懒回顾，半缘修道半缘君。"诗中巧用暗喻手法，表达了对亡妻韦氏的专一之情和无尽思念。

产生于新乐府运动中的乐府诗歌由于主题鲜明、感情真挚动人、语言通俗易懂，所以一时广为流传，尤其在民间产生了广泛的影响。但是，由于白居易主张诗歌的功用"上以补察时政，下以泄导民情"、"惟歌生民病，愿得天子知"，所以其创作动机根本上还是在于维护唐王朝的统治，从而也使得这些在新乐府运动背景下产生的诗歌难免有说教之嫌。新乐府运动是为时代而生，亦随时代而去，持续时间不是很长。尽管部分诗作的艺术水平不是很高，但其勇于探索和力求突破的态度，为中唐的诗坛吹进了一股新风，对于诗歌的现实主义传统也是一次新的拓展。

44

# "诗鬼"指的是谁？

在中唐诗坛"韩孟诗派"崇尚雄奇怪异的主流中，天才诗人李贺显得有些另类。一生苦闷不堪的他将全部的心血付诸诗歌，常常以苦吟的姿态骑驴作诗，所作诗歌意象多取鬼魅、魂魄、墓地、荒山、黄昏、孤灯、梦境等，这种荒诞怪异的想象思维加上他那别具一格的字句锤炼，使得李贺诗歌带给我们一种凄冷幽艳的感受，加上其平时生活习惯的怪异，故文学史上有"诗鬼"之称。

李贺（790—816），字长吉，祖籍陇西，出生于福昌昌谷（今河南宜阳）。李贺为李唐皇族后代，但是其家族早已没落，自小家境贫寒。上苍赋予他高贵的血统，同时又给了他贫贱的命运。正是基于骨子里流淌的那份皇族优越感，时刻激励着他去追求一份伟大的事业，正如他在《南园十三首》其五一诗中意气风发的高唱："男儿何不带吴钩，收取关山五十州。请君暂上凌烟阁，若个书生万户侯。"但是远大的抱负在冷酷而近乎荒诞的现实面前，只有被击得粉身碎骨：仅仅由于其父李晋肃的"晋肃"二字与"进士"谐音，李贺便在别有用心的诽谤下被活生生地剥夺了进士及第的权利，最后被举荐当了回从九品的奉礼郎。同样，上苍赋予了他一颗聪慧善感的心灵，但却没能给他一副健康的体魄，自幼由于营养不良而骨瘦如柴、体弱多病的他，带着郁积的苦闷很早就开始了对生命和死亡的拷问。当某个夜晚一颗闪亮的流星划过夜空之时，诗人在虚幻中苦吟的心脏也彻底停止了跳动，终年27岁。

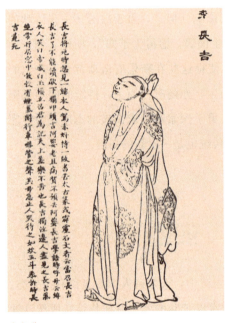

李贺像

李贺是位天赋很高的诗人，少年时就名噪长安。当怀才不遇的郁闷侵袭了他原本羸弱的身躯时，他便发了疯似地将全部的心血投入诗歌创作，骑着瘦削的毛驴一味苦吟，其诗也就染上了伤感和怪诞的风味。如前文所言，其诗追求字句的锻造、想象的荒诞怪异以及诗境的凄冷幽艳，是一种"瑰诡"（严羽《沧浪诗话》）的诗歌风格，诗歌史上称为"长吉体"。另外，这种诗风也与李贺常常在神话和历史故事中取材有关，就算是日常所见之物，经过他的加工也带上了几分传奇的色彩。李贺擅作乐府和古体，诗中对于色彩和情感的渲染可谓无所不能，例如同一种颜色他就能使用不同的词汇来抒发不同的情感，而他所喜欢的色彩往往都带着悲冷。其诗歌主要有《天上谣》、《梦天》、《南山田中行》、《金铜仙人辞汉歌》、《李凭箜篌引》等，尤以后两首名世。其中《金铜仙人辞汉歌》是诗人因病回洛阳的途中所作，借金铜仙人辞别汉朝的史事，以奇特的想象和奇崛的字词，抒发了国运不畅的悲痛和自己怀才不遇的悲哀，更是成为千古传诵的名句。而《李凭箜篌引》是一首细致描写音乐的上乘之作，作于奉礼郎任上，与白居易《琵琶行》、韩愈《听颖师弹琴》齐名。值得注意的是，李贺善于咏马，作有《马诗》二十三首。

李贺作为一位专业诗人，将自己短暂的一生都交给了诗歌，其诗展现了浓郁的浪漫主义色彩，诚如杜牧所言，是"《骚》之苗裔"（《李贺集叙》）。但是，诚如王世贞在《艺苑卮言》所言，李贺的诗"奇过则凡，老过则稚"，一味追求诡异，就走进了神秘阴森的死胡同。

45

# 杜牧咏史诗有什么特点？

晚唐诗人由于受时事变迁的影响，其诗多表现出一种伤悼的情感，使得大量怀古咏史诗应运而生。"小李杜"之一的杜牧，尤其擅长于写作怀古咏史诗。

杜牧（803—852），字牧之，京兆万年（今陕西西安）人。祖居长安城南樊川，故世称"杜樊川"。二十六岁进士及第，官至中书舍人，故又称"杜紫微"（中书省在开元时曾称为紫微省）。少年时喜欢钻研兵法，曾为《孙子》十三篇作注。他的祖父杜佑是我国第一部典章制度史书《通典》的编纂者，并为三朝宰相。向往建功立业的杜牧却生不逢时，当权者整日沉迷享乐、不务政事，朝廷内部也是明争暗斗、党派林立，空有鸿鹄之志的他唯有将满腔的感怀寄托在对历史的吟咏当中。

杜牧《长安送友人游湖南》诗图

最能代表杜牧成就的是大量的怀古咏史诗，诗人以深邃的历史眼光纵览古今，在悼古伤今中寄托着对江河日下的唐王朝的慨叹，也抒发自己怀才不遇的惆怅与郁闷。在《题宣州开元寺水阁，阁下宛溪，夹溪居人》中，一句"六朝文物草连空，天淡云闲今古同"，在伤悼六朝繁华尽逝的背后，"今古同"更是一语道出了历史的残酷：历史的车轮滚滚向前，岁月匆匆不待人。这些诗在悼古伤今之余，表现了诗人深沉的历史感慨和惆怅之情。杜牧的部分怀古咏史诗还对一些历史事件表达了自己的独特认识，如《赤壁》："折戟沉沙铁未销，自将磨洗认前朝。东风不与周郎便，铜雀春深锁二乔。"感慨周瑜只不过是借东风之便出人头地，自己空有一身抱负却怀才不遇、无处施展。另外，杜牧还擅长七绝，留下了不少脍炙人口的佳篇，如《泊秦淮》、《江南春》等，尤其《泊秦淮》一诗，清人沈德潜认为可以与那些被称作唐人七绝"压卷之作"的名篇佳作一较高下，诗曰：

烟笼寒水月笼沙，夜泊秦淮近酒家。商女不知亡国恨，隔江犹唱后庭花。

烟雨朦胧的月夜美景之下，诗人停泊在秦淮岸边寻找"酒吧"，忽然对岸有美妙的音乐传来，仔细一听原来是陈后主的《后庭花》，诗人那深沉的历史感和忧国忧民的深切情怀不禁被深深地触动了。亡国之音激起了诗人的历史兴亡感，曾经的惨痛教训历历在目，麻木的人们应该清醒了。

总体而言，杜牧的怀古咏史诗，在悼古伤今之余，寄托着自己的政治见地，同时也抒发了怀才不遇、生不逢时的郁闷和牢骚。但是杜牧是清醒的，那就是纵然伤悲也绝不消沉，即使郁闷也毫不颓废，就算失落也要坚定理想，这种气质的养成与他尚武的性格有一定的关系。

46

## 唐诗中的朦胧诗指的是哪些诗作？

唐诗中的朦胧诗主要指的是李商隐写的那些深情绵邈、隐晦难解的无题诗。这些诗看似抒写离别相思，却很难找到具体所指的对象，似乎其中隐含了某种微妙的情绪，但是所托之意也飘渺难寻，千百年来人们对此争论不休。

李商隐（812—858），字义山，号玉溪生，又号樊南生，祖籍怀州河内（今河南沁阳），祖父时迁居郑州。李商隐出生在没落的小官僚家庭，十七岁求学于牛党令狐楚，并被引入幕府。二十五岁中进士，第二年娶李党王茂元女为妻。这样，他就夹在势同水火的牛、李二党之间两头受气、举步维艰，仕途颇为不顺。爱妻王氏的早逝，加之内向而耿介的性格特点，使得诗人只好将满心伤感全部写进了诗里，其中的无题情诗写得最为凄美朦胧。

李商隐的无题诗，既包括那些直接标明为"无题"的诗，也包括取篇首或篇中字句为题的诗，如《锦瑟》、《碧城》等。这些诗表面上看似乎是在哀悼他的亡妻，并试图展现一种悲剧性的爱情相思，但仔细品读又能发现它们与某些人生际遇深刻而潜在的联系，诗人似乎是在隐晦地表达：政治的失意？个体的沉沦？年华的远逝？国家的衰落？或许都有吧！这种寄托的高明之处，在于其"只可意会，不可言传"，大量的典故、

李商隐像

精细绵密的语言、凄美绝伦的意象、回环往复的结构，共同编织了这张朦胧而又神奇的情网。造成这些诗歌多义性的一个重要原因，是诗人丰富而细腻深沉的内心世界，它可能是"锦瑟无端五十弦，一弦一柱思华年"（《锦瑟》）的感伤，也可能是"相见时难别亦难，东风无力百花残"（《无题》）的凄美，还可能是"身无彩凤双飞翼，心有灵犀一点通"（《无题》）的浪漫，且看这首《锦瑟》：

锦瑟无端五十弦，一弦一柱思华年。庄生晓梦迷蝴蝶，望帝春心托杜鹃。沧海月明珠有泪，蓝田日暖玉生烟。此情可待成追忆，只是当时已惘然。

诗中不但大量用典，而且语言精致细密，结构回环往复，意象凄美绝伦，寄托着诗人无穷的情感。这种情感就如密密麻麻的弦丝一般难以分明：是对爱人离世的

叹息，对个人身世的感伤，还是对国家日薄西山的哀悼？凡此种种，好像都能自圆其说，但就是不能一一落到实处，就连诗人自己也"惘然"了。"一篇《锦瑟》解人难"，自古至今仍然众说纷纭、莫衷一是。

对于这些无题诗，无论是悼念亡妻也好，还是另有寄托也罢，我们大可不必深究其"本事"。从文学接受的角度看，"一千个读者就有一千个哈姆雷特"，无论以怎样的心境去品读这些唯美的诗歌，当与千载之前的诗人心有灵犀之时，我们不说出来也罢！一味地生搬硬套、穿凿附会反而会伤害诗歌本身的魅力。李商隐这些凄美朦胧的无题诗，犹如一块块晶莹剔透的钻石，不同的角度都能折射出别样的光彩。

## 被称为"梅妻鹤子"的诗人是谁？

"梅妻鹤子"指的是宋初隐逸诗人林逋，字面意思是说他以梅为妻、以鹤为子。林逋晚年隐居于杭州西湖孤山之上，一生未娶，以栽培梅花、饲养白鹤为乐，故有此称。据说他养的白鹤很有灵性，每当客人拜访他时，假如他不在家，他的弟子就会放飞白鹤，他见到白鹤就会尽快回家宴客。

林逋（967—1028），字君复，大里黄贤村（今浙江奉化市裘村镇黄贤村）人。自幼勤奋好学的他，经史百家无所不通。但是在浩瀚的典籍中遨游久了，就养成了他孤芳自赏的性格，视功名利禄为粪土，终生不仕。前半生足迹遍布江淮大地，40岁后在杭州西湖边的孤山隐居，与"九僧"等诗友来往密切。死后葬于居所旁边，谥号"和靖先生"，为宋仁宗所赐，故世称"林和靖"。

早年写过爱情词《长相思》的林逋为何终生不娶？其中真正的缘由已经难以考察，或许在这首伤感的词作中能够看到一些端倪，词曰：

　　　　吴山青，越山青，两岸青山相对迎。谁知离别情？　　君泪盈，妾泪盈，罗带同心结未成。江头潮难平。

词中抒发的是有情人难成眷属的无奈和伤心。

宋初诗坛分为白体、晚唐体和西昆体三派，一生布衣的林逋自然属于主要由在野诗人组成的"晚唐"一派。"晚唐体"诗人作诗主要学习唐时贾岛、姚合（因宋人论唐诗只分初唐、盛唐、晚唐，并无中唐，贾、姚自然就被归入晚唐，故称"晚唐体"），但林逋作诗既能像贾岛、姚合锤炼字句，又不是一味的苦吟，所以他的诗歌也体现出只有在"白体"中才能看到的平易晓畅的一面，表现的内容较之单纯地学习贾、姚的"九僧"也丰富不少。由于对自己的要求很高，据说林逋作诗边作边毁，即便如此还是有 300 多首流传了下来。其诗不外乎吟咏山湖美景、抒发孤芳自赏的清高，主要作品有《山园小梅》、《宿洞霄宫》、《秋日西湖闲泛》等，其中以《山园小梅》为代表的咏梅诗写得最绝，其一曰：

众芳摇落独暄妍，占尽风情向小园。疏影横斜水清浅，暗香浮动月黄昏。霜禽欲下先偷眼，粉蝶如知合断魂。幸有微吟可相狎，不须檀板共金樽。

清　沈铨《松梅双鹤图》

诗人以不畏严冬、孤芳自赏的梅花自喻，梅花的品格即林逋的品格，诗格亦即人格。首联直陈其事，说百花落尽，梅花独自在山间小园中开放；颔联"疏影横斜水清浅，暗香浮动月黄昏"是对梅花的细致描写，风韵尽至，堪称咏梅绝唱，历来为人们所传诵，五代时期南唐江为也有"竹影横斜水清浅，桂香浮动月黄昏"之残句，每句仅仅相差一字，但境界相差远矣；颈联中"霜禽"指白鹤，运用拟人、夸张、对比等手法衬托了梅花的美丽和清

香；尾联借梅花表达了诗人的生活旨趣和精神追求，孤芳自赏，妍而不傲。

"梅妻鹤子"的林和靖，梅花象征着孤芳自赏，白鹤象征着闲散淡泊，交织在一处，就是一种诗意的人生。

48

# 西昆体有什么特点？

宋初诗歌呈现三足鼎立的局面，有学习白居易浅近平易、讽喻时弊的"白体"，有模仿贾岛、姚合幽深淡泊风格的"晚唐体"，还有学习李商隐典丽精切诗风的"西昆体"。三派并立，竞相争妍。

南宋严羽《沧浪诗话·诗辩》说："国初之诗，尚沿袭唐人：王黄州学白乐天，杨文公、刘中山学李商隐，盛文肃学韦苏州。"杨文公即杨亿，刘中山即刘筠，除了这两人以外，西昆体的代表人物还有钱惟演，晏殊实际上也属于西昆体一派。这个诗派的诗人大多是一些馆阁文臣，而"西昆体"的得名则与《西昆酬唱集》的编订有关。宋真宗景德二年（1005），朝廷组织人力在皇家图书馆（当时叫秘阁）编纂《册府元龟》等大部头书籍，编书之余，编纂者效仿李商隐无题诗的风格，彼此酬唱应和，作了不少相似风格的诗作。杨亿将这些酬唱应和之作进行编辑，成书后取名《西昆酬唱集》。关于以"西昆"为名，也有一定的讲究和来历，据《山海经》和《穆天子传》等古文献记载，昆仑山之西的群玉之山，传说是神仙藏书的地方，这些诗人用以标榜他们在秘阁当中为皇家编纂典籍。

这批诗人作诗以李商隐为宗，主要模拟义山无题诗中那种瑰丽幽深、工稳整饬的特点，好用典故，辞藻华美，不少作品从表面上看确实颇得李商隐的真传，但实际上他们只是学得李商隐无题诗的皮毛而已，并没有真正领悟到义山诗那种深刻的思想内涵和情感体验，因此他们的诗作缺少生活气息，题材比较狭隘、内容比较单调，模仿有余而创新不足。夸张一点说，往往带给读者一种"金玉其外，败絮其中"的感觉。加之这些诗人特殊的身份，往往为写诗而写诗，无病呻吟。另外西昆体诗人常常用同题作诗，题材主要有"泪"、"鹤"、"梨"、"萤"等。西昆体的主要作品有杨亿的《南朝》、刘筠《汉武》等。

但是就其产生的影响而言，宋初三派还是数西昆体影响最大。西昆体诗人在技巧方面的努力追求和大量用典、以学问作诗的态度，对宋诗有一定的影响。与白体和晚唐体相比，西昆体诗歌的社会反响也更为强烈，时人田况在《儒林公议》中说："赋颂章奏虽颇伤于雕摘，然五代以来芜鄙之气，由兹尽矣。"这个评价是相当客观和公允的。刘克庄在《后村诗话》中也说："君谟以诗寄欧公，公答云：'先朝杨、刘，风采耸动天下，至今使人倾想。'"君谟即蔡襄，欧公指欧阳修，可见西昆体到欧阳修的时代仍然有不绝如缕的回音。

 49

# "温八叉"指的是谁？

"温八叉"是指"花间鼻祖"温庭筠，此称出自唐五代孙光宪笔记小说集《北梦琐言》："才思艳丽，工于小赋，每入试，押官韵作赋，凡八叉手而八韵成。"温庭筠（812—870），原名祁，字飞卿，太原祁（今山西祁县）人。祖上为唐初宰相温彦博。自幼才思敏捷，精通音乐诗赋。晚唐科举考试考命题作文，要求一篇有八韵，温庭筠叉一次手的功夫便能吟成一韵，叉八次手就能做出一首八韵之诗，"温八叉"的绰号便是由此而来。

按理说如此有才气的人应该平步青云，然而温庭筠是一个恃才傲物的人，常常做出一些出格的事：科举考试不好好答自己的卷子，却自视才高帮别人抄袭，被发现后又大闹考场，严重扰乱考试秩序；喝醉了酒撒酒疯，违反宵禁之令又不听劝阻，结果让巡夜的兵丁揍得他满地找牙，被人当作笑柄；碰上微服私访的唐宣宗，因为不识皇帝，就口无遮拦地将其狂贬一通；宰相令狐绹好心向他请教典故，他却挖苦人家是"中书堂内坐将军"，一介武夫做文官，水平不够与自己探讨，并"奉劝"令狐绹没事还是多读点书再来和自己探讨，气得宰相大人七窍生烟。温庭筠的狂傲行为破坏了自己的名声，注定了科举之路的惨不忍睹，考了三次，都名落孙山。后来虽然有幸当了国子助教，但是在主持国子监考试时，因为严格按照诗文水

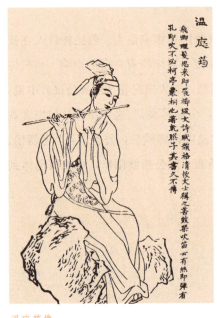

温庭筠像

平排名次，并将考生作答的诗文张榜公示，又触犯了某些权贵的利益，结果就是被赶出了京城。放荡不羁的浪子温庭筠经常出入秦楼楚馆，纵酒豪赌、沉迷女色，并写下了大量的艳词。

诗文词俱佳的温庭筠，数词的成就最大，开一代词风，有"花间鼻祖"之称。当然温庭筠的诗歌成就也不小，在晚唐诗坛与李商隐并称"温李"。二人的诗作主要以爱情为主，反映闺阁情怀，诗风艳丽，文学史上称为"温李新声"。由于长期出入阁楼妓馆，所以温庭筠的诗在艳丽之余还散发出较为浓厚的市井气息和世俗色彩。其诗主要分为乐府和近体两类，乐府诗主要为闺阁之作，风格

秾丽华美，如《春愁曲》塑造了一个在乍暖还寒的春日独守空床的闺中妇女形象，通过对胭脂粉黛、闺阁装饰的细致描写，表达了一种年华虚度、美人迟暮之感。近体诗虽也有少量爱情题材的作品，但更多的还是抒写行役之苦，从中抒发了自己有志难伸的感慨与忧愤，这类作品有《过陈琳墓》、《经五丈原》、《商山早行》等，其中《过陈琳墓》曰：

曾于青史见遗文，今日飘蓬过此坟。词客有灵应识我，霸才无主始怜君。

石麟埋没藏春草，铜雀荒凉对暮云。莫怪临风倍惆怅，欲将书剑学从军。

这首咏史怀古之作表面上是凭吊"建安七子"之一的陈琳，实则抒发自己的身世之悲，"词客有灵应识我，霸才无主始怜君"两句，将诗人向往有所作为但生不逢时、怀才不遇的际遇表现得淋漓尽致。

# 50

# "中兴四大家"都有谁？

宋室南渡以后，随着江西诗派诗风的转变和抗金斗争的风起云涌，南宋诗坛涌现了一批具有全新艺术风貌的诗人，其中尤以陆游、杨万里、范成大、尤袤（另有一说，以萧德藻替尤袤）最为著名，史称"中兴四大家"、"中兴四大诗人"、"南宋四大家"等。"中兴四大家"并不是一个诗歌流派，而是当时诗坛四位诗人的并称，他们在南宋诗风变革的过程中做出了重要贡献。其中，萧德藻去世较早，尤袤留世诗作不多，下文对陆游还要单独介绍，因此此处主要介绍杨万里、范成大两位大家。

杨万里（1127—1206），字廷秀，号诚斋，吉州吉水（今江西吉水县）人。宋高宗绍兴二十四年（1154）进士，历仕高宗、孝宗、光宗三朝，曾先后担任国子博士、礼部右侍郎、漳州知府、常州知府、秘书监等职，他对外力主抗金，一生为官清廉，晚年因有职无权、无法施展自己的抱负而选择了辞官归家。朝廷当时的内政外交主要由韩侂胄把持，他对金国屈膝求和的做法令杨万里极度不快，诗人晚年在炽热的爱国之情激荡下忧愤而死。杨万里作诗早期学习江西诗派，后来随着年岁和阅历的增长发生了巨大的变化，这点他在《诚斋荆溪集序》中说得很清楚，他说："予之诗，始学江西诸君子，既又学后山（指陈师道）五字律，既又学半山老人（指王安石）七字绝句，晚乃学绝句于唐人。学之愈力，作之愈寡。"但是他能做到学习前人又不拘泥于前人，形成了自成一家的"诚斋体"。诗人通过对自然景物和日常生活的细致观察，并将自己的主观感情注之于内，使得笔下的万物都充满了情感和灵性；又常以当时的口语甚至是俗语入诗，从而颠覆了江西诗派"无一字无来处"的规训，这样写出的诗充满了浓郁的生活气息。他还喜欢以诙谐幽默的口吻写诗，读来使人感觉轻松活泼。在写作手法上，他的诗明白晓畅，想象奇特丰富，多用夸张隐喻等。以上诸点，共同构成了"诚斋体"的基本特征，即一种活泼自然、浅近晓畅的诗风。

"诚斋体"诗歌多为七绝，按题材大致可分为爱国、写景咏物两类。爱国诗以

《初入淮河四绝句》为代表，尤其第一首中"中流以北即天涯"道出了诗人无尽的感慨，这些诗也反映了诗人渴望早日收复失地、统一全国的强烈愿望。这类诗主要作于诗人年轻时期，风格较为沉郁；晚年所作的写景咏物诗则多是活泼诙谐之作，这类诗数量较多，其中《小池》一首最为出名，"泉眼无声惜细流，树阴照水爱晴柔。小荷才露尖尖角，早有蜻蜓立上头"，可谓家喻户晓。当然，"诚斋体"诗有的写得过于直白，咀嚼起来索然无味，但是他毕竟为江西诗派长期笼罩的南宋诗坛吹进了一股清风，在一定程度上改变了当时人们的审美习惯。

范成大（1126—1193），字致能，号石湖居士，平江吴郡（今江苏苏州）人。一生经历大致可分为三个时期：早年孤苦，靠自己的拼搏于三十岁前考中进士，历任多地地方官后升至参知政事；中年又奉旨出使金国，据理以争、大义凛然；晚年因与皇帝意见相左，被解职后退隐苏州石湖，"一心只读圣贤书"，寄情于山水花鸟之间。范成大作诗主要学习江西诗派和中晚唐诗歌，尤其深得"元白"、"张王"乐府的现实主义精神，各期诗风迥然不同。早期诗歌仿效中、晚唐诸家，如李贺、韦庄、温庭筠、白居易、元稹、张籍、王建等，诗风多样，主要作品有《夜宴曲》、《晚入盘门》、《春晚三首》、《田家留客行》等，总体成就不是太高。中期以使金纪行之作出名（范成大此次奉命出使金国是为了谈判废除有辱宋朝尊严的跪拜受书之礼），一路上诗人以七绝的形式记录了在中原地区的所见所闻，如实描绘了沦陷区人民水深火热的生活，如《州桥》、《汉庙》、《蔺相如墓》等。此期诗作多是学习江西诗派的结果，总体呈现出"婉峭"（纪昀语，见《四库全书总目提要》）的风格。晚年闲居于石湖之上，写了大量的田园诗，与白居易晚年好作闲适诗颇为相似，代表作为《四时田园杂兴》。这是由六十首七绝构成的组诗，平均分为五组，分别吟咏四个季节的田园生活（其中春天分两组，第二组专咏晚春），风格清新明快，优美流畅，在南宋末期产生了很大影响。使金纪行诗和田园诗代表了范成大诗歌的最高成就。

遗憾的是，范成大在学习江西诗派和中晚唐诸家的基础上，并没有创造出独具特色的新诗体，这也就是未能形成"石湖体"的原因。

51

# 我国现存诗作最多的诗人是谁？

南宋爱国诗人陆游自称"六十年间万首诗"，诗歌内容涉及社会生活的方方面面。据统计，其诗今存九千四百多首，为中国古代现存诗作最多的诗人。就诗歌作品的数量而言，他确实是历代诗人之冠。

陆游（1125—1210），字务观，别号放翁，越州山阴（今浙江绍兴）人。传说在他出生前夕，他母亲曾梦见北宋著名词人秦观秦少游，故取名为游，字务观。别号的来历，据说是陆游被贬嘉州时，日日借酒消愁，不料却被人诬为"燕饮颓放"，他不但不介意，还索性以放翁为号。自幼博览群书，据《宋史》记载，他十二岁就能吟诗作文。二十九岁参加进士考试，没想到却被奸臣秦桧所"黑"，一直熬到秦桧死后才顺利入仕，当过镇江通判之类的地方官，也曾有一段时间在蜀地军中任职，入蜀之前在汉中经历了一段军旅生活，总体看他一生仕途不顺，壮志难酬，六十五岁被罢官后在农村度过了最后二十年相对清闲的日子。

陆游的诗大致上可分为爱国诗、爱情诗和咏梅诗三类。在他的爱国诗中，渴望万里从戎、以身报国的豪情与报国无门、有志难伸的悲愤常常交织在一起，构成他这类

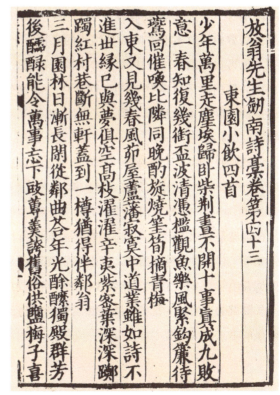

陆游诗集《剑南诗稿》书影

诗的主旋律。如《金错刀行》中"楚虽三户能亡秦，岂有堂堂中国空无人"的反问，好似号角一般激励国人奋起抗争；《关山月》中"和戎诏下十五年，将军不战空临边。朱门沉沉按歌舞，厩马肥死弓断弦"的斥责，对南宋朝廷软弱无能、苟且偷安的丑陋嘴脸作了无情的揭露；《书愤》中"《出师》一表真名世，千载谁堪伯仲间"的感叹，抒发了作者报国无门、壮志难酬的愤恨与虚度年华的悲伤；《陇头水》中"报国欲死无战场"则表达了作为战士却不能血洒疆场的痛苦和郁闷等等。诗人八十五岁高龄的临终绝笔《示儿》，仍念念不忘杀退金兵、收复中原，千载之后读之仍令人动容。

陆游诉说与表妹唐琬爱情悲剧的诗，则哀怨凄婉，催人泪下，以《沈园》二首、《城南》等为代表。陆游与表妹唐琬青梅竹马、情投意合，结为伉俪之后更是恩爱如山，孰料陆母因婚前与自己嫂子不和，将一腔怨气撒在了才貌俱佳的侄女唐琬身上，加之唐琬婚后几年不孕，曾经相敬如宾的小两口被活生生地拆散了。陆游始终放不下这段刻骨铭心的感情，十年之后在沈园偶遇唐琬与后夫赵士程，他再也抑制不住心中数年的压抑与苦闷，在墙壁上写下了《钗头凤》后怅然离去，唐琬读后也悲痛难抑，同样以一首《钗头凤》和之。不久唐琬便抑郁而终。诗人晚年重游沈园，咽入心底的悲痛又一次奔涌而出，写下了伤心至极的《沈园二首》。

陆游的诗除了气势磅礴、境界壮阔之外，还有闲适平淡、清新隽永的一面，如《游山西村》中"山重水复疑无路，柳暗花明又一村"，早已妇孺皆知；《临安春雨初霁》中"小楼一夜听春雨，深巷明朝卖杏花"，也是传诵千古的名句。这种诗风的集中体现就是其咏梅诗，多为作者晚年闲居时所作，如"何方可化身千亿，一树梅花一放翁"、"雪虐风号愈凛然，花中气节最高坚。过时自会飘零去，耻向东君更乞怜"（《梅花绝句》）等，抒发了作者像梅花一样不畏严寒、高洁芬芳的品节。

陆游的人生是丰富的，既是热爱生活的俗子，也是用情专一的情种，更是满腔热血的志士，真所谓"亘古男儿一放翁"（梁启超《读陆放翁集》）。

52

# 江湖派是一个什么流派？

江湖派是因南宋中后期杭州书商陈起陆续刻印当时诸多诗人的诗集，合称为《江湖集》而得名。由于印刷业在南宋的发达，杭州书商陈起又喜好结交文人墨客，宝历元年（1225）陈起陆续搜集这些诗人的诗作并刊刻，有《江湖集》、《江湖前集》、《江湖后集》、《江湖续集》等，后人统称为《江湖集》。《江湖集》中主要收录姜夔、刘过、"永嘉四灵"（永嘉地区的四位诗人，徐照字灵辉、徐玑号灵渊、翁卷字灵舒、赵师秀号灵秀，故称）、刘克庄、戴复古、叶绍翁、高翥、利登等人的作品，这些诗人也被称为"江湖派诗人"。他们大多是一些布衣平民或者中下层文人，江湖派指的就是这样一个特殊的诗人群体。

江湖派诗人喜欢攀交公卿贵族或游荡江湖，这也是生计没有着落的贫寒之士们寻求出路的途径之一，而这必然要以个性与尊严的牺牲为代价，内心的苦痛只有自己才能体味，诚如利登在其《癸巳十一月二十五日辞家雪甚作怆然有怀》一诗中所云："岁暮游子归，余始为行客。朔风万里长，吹雪犯巾帻。临行不言苦，不忍母心恻。"有时候"吃不到葡萄就说葡萄酸"，得不到公卿赏识的一些人常常以怨报怨，对达官贵人们微词颇多。据元人方回《瀛奎律髓》的记载，江湖派的一些诗人由于作诗讥讽宰相而被问罪下狱，《江湖集》的书版被毁，陈起亦被流放。

纪晓岚在《四库提要》中曾说江湖派"以刘克庄为领袖"、"以书贾陈起为声气之联络"、"以高翥等为羽翼"，但实际上这是一个极其松散的诗人群体，他们并没有公认的诗学标准和诗坛宗主，创作水平参差不齐，诗作风格也只是大致相似，绝大多数诗歌写得清新尖细，以精炼的语言刻画寻常景物，寄情于山水林泉之乐，题材相对比较狭窄，颇有晚唐诗风的一些影子。从诗歌发展的角度看，江湖派的创作倾向是不学江西诗派而改学晚唐诗风。江湖派诗人属刘克庄和戴复古的成就最高。

江湖派中有一位叫周弼的无名小卒写过一首《夜深》："虚堂人静不闻更，独坐书床对夜灯。门外不知春雪霁，半峰残月一溪冰。"通过窗外夜景的描写，烘托出深

夜苦读的专注，可谓是寒窗苦读的学子们冷板凳生涯的真实写照。另外，叶绍翁《游园不值》前两句"应怜屐齿印苍苔，小扣柴扉久不开"，似乎是用笔下萧条的景象烘托时局的落寞，但后两句"满园春色关不住，一枝红杏出墙来"则将生机勃勃的自然景象栩栩如生地展示了出来。这首脍炙人口的小诗写得清新妍丽、韵味无穷，历来为人们所称道。

## 江西诗派的代表人物是谁？

　　江西诗派得名于北宋末年吕本中所作的《江西诗社宗派图》，书中列黄庭坚以下二十五人，这些诗人虽然不都是江西人，但是他们都尊崇江西人黄庭坚，故有此称。宋末元初的方回在《瀛奎律髓》中对江西诗派作了总结，明确提出："古今诗人当以老杜、山谷（即黄庭坚）、后山（即陈师道）、简斋（即陈与义）为一祖三宗"，此即"一祖三宗"之说。黄庭坚是江西诗派的开山宗师，从陈师道开始，众多诗人都学习其诗论主张并大力实践，使得江西诗派在很长时间内薪火相传。

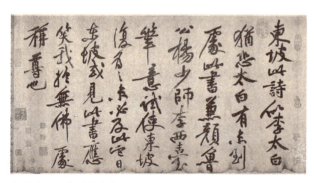

黄庭坚《跋黄州寒食帖》

　　黄庭坚（1045—1105），字鲁直，号山谷道人，又号涪（音 fú）翁，因排行第九，故又被称为"黄九"，洪州分宁（今江西修水）人。黄庭坚为苏轼门人，是"苏门四学士"（另三人为秦观、晁补之和张耒）之一。他诗文词俱佳，作诗与老师并称"苏黄"，书法成就亦在宋四家之列。一生官运不畅，经常被贬，地方越贬越远、官职越贬越小。在苏轼被贬黄州期间，这对忘年交再加上风趣幽默的佛印和尚，三人饮酒逗趣、赋诗论文，过着逍遥的生活，留下了一段佳话。

黄庭坚作诗极其推崇杜甫，深入学习杜诗，但他学习杜诗主要侧重其布局谋篇、锤炼字句等形式层面。他的诗，文人气质浓厚，宋诗"资书以为诗"的创作倾向很大程度上就是从他这里开始的。他作诗崇尚瘦硬风格，要求"无一字无来处"；主张夺胎换骨，点铁成金，讲究谋篇布局和句法、句眼的锤炼；痴迷于典故，经常在佛经、语录、小说等书里寻找生僻的典故；在声律上，往往不遵守常规格律，好押险韵。在此基础上，形成了黄庭坚诗歌自成一体的风格，称为"山谷体"或者"黄庭坚体"。山谷体的代表作有《题落星寺》、《寄黄几复》等。黄庭坚的诗论主张，对于初学作诗者具有很强的指导作用，往往为他们提供了有据可依、有迹可循的作诗法则；同时对于那些已经具有一定诗歌创作基础的诗人，通过学习他的诗论也往往能达到"不烦绳削而自合"的境界。

黄庭坚乐为人师的作风，使得他的信徒纷至沓来，在师友、门生的辗转传授下，江西诗派前后持续了二百余年。北宋末年以陈师道为代表，南宋以陈与义为代表，宋末元初以方回为代表，直到清末民初的宋诗派和同光体诗人，我们依旧能或多或少地看到江西诗派的影子。江西诗派的诗歌理论一定程度上削减了诗歌的现实主义精神，虽然在后期由于时代变迁等因素扩大了诗歌的题材内容，但最终在脱离实际、片面追求艺术技巧的道路上越走越远，这种缺憾从黄庭坚那里一开始就注定了。这也正是江西诗派为后来的永嘉四灵和江湖诗派所诟病之处。

54

## "为梅而生"的诗人是谁？

古代多有爱梅之士，北宋林逋"疏影横斜水清浅，暗香浮动月黄昏"（《山园小梅》）堪称咏梅诗中的经典，南宋陆游也有"何方可化身千亿，一树梅花一放翁"（《咏梅绝句》）的绝唱。元代后期的诗人王冕，亦留下了《梅花六首》这样的咏梅佳作。王冕的咏梅诗，可说看作是当时诗坛上最独特的一枝纯洁的"梅花"。

王冕（1287—1359），出身贫寒农家，主要靠自学成才。少年时因家中无钱供他上学，只好去帮人放牛，但好学的他经常把牛赶上山后，自己偷偷跑到附近私塾去

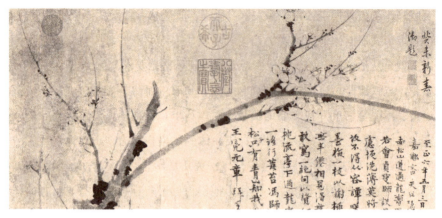

元　王冕《墨梅图》

偷听先生讲课，并将所讲内容熟记于心。这样有限的学习时间远远满足不了小王冕日益增长的求知欲望，于是他就到寺院的长明灯下苦读，学识逐渐渊博。他满怀信心地参加了科举考试，结果却名落孙山，年轻自信的王冕承受不了如此的打击，失望之余烧掉了所有的文章，下决心从此再也不踏入科举考场一步。后来他多次严词拒绝了别人推荐为官的好意，终身未仕。他在自己的居室里挂着一幅梅花图，上面题着"疏花个个团冰雪，羌笛吹他不下来"两句，别有用心的人借此大做文章，诽谤他讥讽元代政权（"羌笛"隐喻元代为少数民族执政）。朝廷要拿他治罪，他闻讯后索性逃到九里山过起了隐居生活，清高孤洁的梅花成了他心灵的寄托和人生的写照。

　　王冕爱梅几乎到了发狂的地步，诚如他自己所言"平生爱梅颇成癖"，他种梅、画梅、咏梅，细心呵护着心爱的梅花。他在屋子四周种植梅花，将自己的屋子也起名"梅花屋"，题一首《梅花屋》诗，自称"梅花屋主"。他也喜好画梅，有一幅《墨梅图》存世，经常还为这类画题诗。王冕的咏梅诗主要包括咏梅和题画两类，而以题画诗为多。其中以《梅花六首》为代表的题画诗，用孤傲高洁的梅花比喻自己独立的人格，表现自己不愿随波逐流的节操，并讴歌自己宁静闲适的隐居生活。如《梅花六首》其三"三月东风吹雪消，湖南山色翠如浇。一声羌笛无人见，无数梅花落野桥"；《素梅》"平生固守冰霜操，不与繁花一样情"；《墨梅》"不要人夸颜色好，只留清气满乾坤"；以及"疏花个个团冰雪，羌笛吹他不下来"等，这些诗句通过对梅的坚韧习性和不与百花争妍的优秀品格的咏赞，表现了自己孤傲高岸的品节和宁静淡泊的情怀。

在王冕的咏梅诗中，不难看出其自然豪放、语言淳朴、意境深远、托物言志的诗风，梅的气质和人的气节合二为一。清代翁方纲《石洲诗话》评价王冕的题画诗说："如冷泉漱石，自成湍急。"每每读其诗，顿觉心旷神怡、心无旁骛。

 55

# 何谓"台阁体"？

台阁体是指明代永乐至天顺年间以馆阁文臣"三杨"（杨士奇、杨荣、杨溥）为代表的"台阁派"所提倡的一种文学创作风格。"台阁"又名"馆阁"，主要指当时的内阁和翰林院，由于"三杨"长期在此担任重职，故称其作品为"台阁派"和"台阁体"。

"台阁体"作品主要以诗歌为主，也包括少量散文在内。就诗歌而言，以应酬之作为多，学唐诗，少性情，艺术上追求平正典丽，是一种粉饰太平、空洞无物的诗歌风格。内容不外乎吟咏上层官僚的生活，描绘升平气象，歌颂帝王功德，如"天开形势庄都城，凤翥龙蟠拱帝京"、"圣主经营基业远，千秋万岁颂升平"（杨荣《随驾幸南海子》）等等。但是，"台阁体"的盛行是有一定的原因的：一方面，明代到了永乐年间，在社会经济逐步繁荣、政治局势较为稳定的背景下，"三杨"作为台阁重臣和贵族大官僚的代表，不免对于这种局势怀着一颗感恩戴德之心，自然就在诗作中歌功颂德、点缀太平；明朝在建立初期就开始在思想文化上加强对文人的控制，明成祖朱棣更是大肆宣扬"存天理，灭人欲"的程朱理学，残酷迫害政见不同的知识分子。这些隐藏在盛世背后的文化高压，对文人们无疑有巨大的精神震慑作用，作为台阁大臣的"三杨"自然不敢"越雷池半步"，不敢在诗作中抒发自己真实的情感。"台阁体"可以说是主观愿望和客观环境共同催生的产物。

杨士奇（1366—1444），名寓，字以行，号东里，谥号文贞，泰和（今江西泰和县）人。他在内阁做了四十多年的辅臣，经历了成祖、仁宗、宣宗、英宗四朝，

身兼礼部侍郎、华盖殿大学士以及兵部尚书等要职。他是"台阁诗派"中成就最高的诗人，有诗集《东里诗集》传世，其诗不外乎歌咏升平气象，诗风倾向于平正典丽、雍容闲雅。王世贞评价其诗曰："少师韵语妥协，声度和平，如潦倒书生，虽复酬作驯雅，无复生气。"钱谦益亦云："大都词气安闲，首尾停稳，不尚词藻，不矜丽句，太平宰相之风度，可以想见。"杨荣（1371—1440），初名子荣，字勉仁，建安（今福建瓯北）人。他是内阁大学士，永乐时做过首辅，文韬武略兼具。其诗如《随驾幸南海子》、《元夕赐观灯》等，充分体现了馆阁诗风的特征。杨溥（1372—1446），字弘济，石首（今属湖北）人。长期担任馆阁重臣，晚年于英宗正统年间当过一任首辅。"三杨"根据地域因素又分别有"西杨"、"东杨"、"南杨"之称。

由于代表了统治阶级的利益、维护了上流社会的名声，"台阁体"在"三杨"的推崇和提倡下风行数十年之久，在相当一段时间成为诗坛的主流，但这种风气无疑对诗歌的健康发展造成了一定的破坏，难怪清代文学评论家沈德潜在《明诗别裁集》中说："永乐以还，尚台阁体，诸大佬（指'三杨'）倡之，众人靡然和之，相习成风，而真诗渐亡矣。"考察"台阁体"的不足，主要在于脱离了真实的社会生活，诗人的情感和个性得不到真实自然的流露，故诗歌的生命力不强。

56

# "前后七子"的诗歌主张是什么？

明代中期弘治、正德年间，出现了以李梦阳和何景明为中心，包括康海、王九思、王廷相、边贡、徐祯卿在内的一个组织松散的文学群体，为了与后来嘉靖年间兴起的、以李攀龙和王世贞为代表，包括谢榛、吴国伦、宗臣、徐中行、梁有誉在内的文学集团区别开来（谢榛后来因观点相左而与李、王交恶，被二人踢出七子之列），后世习惯于称李梦阳时期七人为"前七子"，而将李攀龙等七人称为"后七子"。前、后七子旗帜鲜明地反对控制明代文坛近百年的"台阁体"诗文，主张复古，提出"文必秦汉，诗必盛唐"的口号。在诗歌领域，"诗必盛唐"并不是指专宗盛唐诗歌，而是极力推崇汉魏古诗和盛唐诗歌，甚至包括学习《诗经》中的一些诗作，并积极学习、模拟那些情文并茂、言之有物的诗歌作品。

前七子都是弘治年间的进士，属少年得志，以才学、意气自负，不时聚在一起诗酒酬唱，一方面对"台阁体"诗文的不满由来已久，另一方面对以李东阳为首的"茶陵派"对台阁文风的批评只伤及皮毛的做法也颇为不满。在才华横溢、敢作敢为的李梦阳的带领下，他们打出"复古"的大旗，试图彻底颠覆"台阁体"虚饰萎靡的风气和积弊，希望为诗文写作找到一条全新的出路，他们认为汉魏古诗和盛唐诗歌才是流露真情实感、展现华茂辞采的精品。李梦阳认为诗歌是"天地自然之音"，表达世间最纯真感情的常常是那些流传民间的歌谣，文人的诗作只不过是押韵的言语而已，真正的诗歌创作应是真情实感的自然流露，因此他提出了"真诗乃在民间"的观点。在"诗必盛唐"复古诗歌主张的影响下，以民间生活和时政等为题材，前七子创作了大量的拟古之作，如李梦阳的《述愤》、《自从行》，何景明的《点兵行》、《津市打渔歌》，王九思的《马嵬废庙行》等等。

如果说"前七子"只是一个较为松散的文学组织，那么"后七子"则是一个带有明确的宗派和集团意识的文学团体。嘉靖中期，后七子接过前七子的复古大旗，在李攀龙和王世贞的领导下将"诗必盛唐"的口号叫得更加响亮，在前七子拟古的基础上更加讲究诗歌的法度和格调，强调作诗的章法结构、遣词造句等都要遵循严格的法则。清代沈德潜"格调说"的诗歌主张就是受此影响而来的。后七子的诗作颇丰，多为模拟之作，如王世贞的《战城南》、《袁江流钤山冈当庐江小吏行》等都是模拟汉魏古诗而作。

前、后七子敢于挑战控制明代诗坛一个多世纪的"台阁体"风气，其勇气令人叹服，他们确实也创作了一些反映现实、声情并茂的作品，特别是他们积极为文学寻求新出路的做法，尤其值得肯定。但是，他们在拟古的过程中又深陷其中而不能自拔，理论与实践也有不小的差距，有些诗作模拟有余，生机不足，流于形式。

57

# "格调说"的诗歌主张是什么？

格调，是指诗歌的体制规格和声调韵律。中国诗论中注重格调的传统由来已久，早在唐人皎然的《诗式》中就出现了"格高"、"调逸"等字眼，宋人严羽《沧浪诗话·诗辨》举出五个诗歌法度，其中"格力"与"音节"实际上就是要求在诗歌的格调上下功夫。明初李东阳《怀麓堂诗话》中有"非为格调有限"一句，首次出现了"格调"二字。明代"前七子"在李东阳的基础上进一步发展了"格调"之说，尤其李梦阳提出了"文必有法式，然后中谐音度"（《空同集》之《答周子书》），又强调"高古者格，宛亮者调"（《空同集》之《驳何氏论文书》）等诗歌审美标准。

"后七子"使得诗歌创作中追求法度格调的做法更加明显，尤其是王世贞可说是"格调说"的集大成者。他在其文学批评著作《艺苑卮言》中指出："才生思，思生调，调生格；思即才之用，调即思之境，格即调之界。"他主张结合才思来谈格调，认为诗歌创作要重视"法"的准则，"法"落实到具体的语词、句法、结构上都有一定的讲究。王世贞同时还强调格调要以"情实"为基础，即重视作家的思想感情在创作中的主导作用。除此之外，他还反对"唐宋派"重理学轻文学的态度和做法，提出要重视文学的独立性和审美性。总体上看，"格调说"重视文学审美，企图通过对诗歌中格律和声调这些因素的强调，以摆脱道德说教对文学的束缚，这是值得肯定的地方。

清代乾嘉时期诗派众多，沈德潜受前、后七子影响，积极倡导"格调说"，其诗歌创作也追模前、后七子。沈德潜（1673—1769），字确士，号归愚，长洲（今苏州）人。为使"格高"、"调响"，他以古诗为源头、唐诗为典范，编成《古诗源》、《唐诗别裁集》、《明诗别裁集》等，树立了学习的范本。他的"格调说"理论全部写在他的诗论著作《说诗晬语》中。首先，沈德潜主张溯源和复古，"诗不学古，谓之野体"，他尤其推崇唐代诗歌，认为唐代诗歌的规格和声律是任何朝代都无法比拟的，更不用说超越了。其次，他注重对诗歌进行辨体，指出每一种诗体都有各自的规格，《说诗晬语》中对多种诗体的规格进行了精辟的总结。第三，他尤其注重声调音律，提出"诗以声为用者，其微妙在抑扬抗坠之间"、"诗中韵脚，如大厦之柱石"等观点。第四，重视"格调"的结果，就是比较重视雄浑的诗风，"格高"、"调响"的诗歌理论，实际上反映的是一种壮美的美学旨趣。

58

# 何谓"不拘一格，独抒性灵"？

明代诗坛，很长一段时间受前、后七子复古主张的影响，诗歌创作上主张"诗必盛唐"。直到明代中叶以后，三个叛逆的"公安人"打着"不拘一格，独抒性灵"的口号，反对复古，抨击时弊，企图改变当时的诗坛风气。

公安派是以晚明袁宗道、袁宏道、袁中道三兄弟为代表的文学流派，因为他们都是公安（今湖北公安）人，故世称"公安派"。"公安派"中数袁宏道的成就最高，他在《叙小修诗》中评价其弟袁中道的诗作时，提出了"性灵说"的诗歌创作主张，强调诗文写作要"独抒性灵，不拘格套"，以充分表现自我为原则，强调真情实感的自然流露，不应该受古人清规戒律的束缚。那么什么是"性灵"呢？就是指性情、意趣、情感等影响诗文创作的主观因素。"公安三袁"的诗文主张一定程度上是受了李贽"童心说"的影响。

稍晚于公安派，湖北竟陵人钟惺和谭元春异军突起，形成了"竟陵派"。在反对前、后七子复古主张的斗争中，他们与公安派目标一致，同样提倡"性灵"说，反对机械模拟。但是他们试图用"幽深孤峭"的风格表现"幽情单绪"的内容，以此纠正公安派的浅薄，结果他们的诗文用词怪癖，佶屈聱牙，步入了又一条形式主义的死胡同。"性灵文学"到了竟陵派这里，公安派诗文中那种直抒胸臆的优良传统已荡然无存。

直至清代中叶，袁枚在流派林立的乾嘉诗坛又再次举起了"性灵"的大旗，他宣扬性情至上，肯定情欲合理，认为"诗言志，言诗之必本乎性情也"（《随园诗

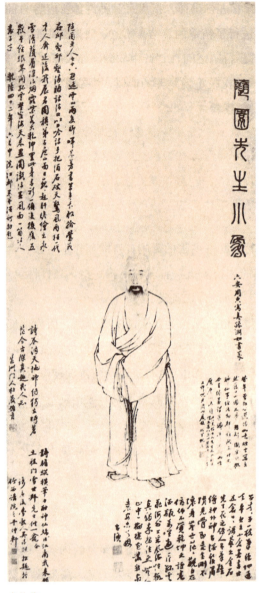

袁枚像

话》），在此基础上形成了清代的"性灵派"。袁枚所谓"性灵"，主要包括性情（即真情）、个性和诗才，"性情之外本无诗"、"作诗不可无我"、"诗人无才，不能役典籍运心灵"等都是他的诗歌创作主张。三者中尤以性情为重，他认为具有真情是作诗的前提，否则就是无病呻吟。在《答蕺园论诗书》中，他提出"诗者，由情生者也"、"有必不可解之情，而后有必不可朽之诗"等观点，认为性情是诗歌艺术的源泉，突出了性情在诗歌创作中的至尊地位。值得注意的是，袁枚在强调性情为诗歌灵魂的同时，又认为男女之情是一切真情之本，所以他将那些抒写男女之情的诗作提得很高，在当时可谓独树一帜、语惊四座。

袁枚还将其诗论主张积极运用到创作实践中，以自己的才气驾驭诗歌的形式，抒发心中的真实情感。如《马嵬》其二中"莫唱当年长恨歌，人间亦自有银河。石壕村里夫妻别，泪比长生殿上多"几句，运用超越时空的独特思维，将白居易的《长恨歌》与杜甫的《石壕吏》进行对比，表达了对民生疾苦的敏锐关注和深切同情。袁枚的真情之作还有《苦灾行》、《捕蝗歌》、《陇上作》、《哭阿良》等，莫不是真情实感的自然流露。

"性灵派"诗人还包括赵翼、蒋士铨（此二人与袁枚一起被称为"乾隆三大家"）、张问陶、舒位、王昙等人。性灵文学在这一时期又获得了新的发展，其诗歌理论更加丰富与完善，与当时诗坛上流行的沈德潜"格调说"、翁方纲"肌理说"、王士祯"神韵说"等诗论主张竞相争妍。

59

# 为什么说《己亥杂诗》是衰世的诗心？

1839 年，清末著名诗人龚自珍辞官南归，他先是南下看望亲戚，而后再次北上接还家眷，并将往返途中的所见所闻及其所思所想写成了一组由三百一十五首七绝组成的规模宏大、思想内容丰富的政治组诗。由于 1839 年（道光十九年）是农历己亥年，加之诗作多为即兴之作，故将组诗题名为《己亥杂诗》。

龚自珍（1792—1841），字瑟人，又字尔玉，号定庵，浙江仁和（今杭州）人，清末思想家、文学家。38 岁中进士，曾任内阁中书、宗人府主事和礼部主事等官职。他在学术方面也颇有建树，主张经世致用，是著名文字学家段玉裁的外孙，同时也是今文经学的忠实拥护者，著有《国语注补》、《两汉书质疑》、《楚辞名物考》等书。生活在鸦片战争前夕的他，具有强烈的爱国热情，在抨击时弊的同时，积极主张政治改良以抵抗外国的侵略。

龚自珍作诗，紧扣现实政治这个中心，或批判时弊，或抒发感慨，或呼唤变革，内容十分丰富。这在《己亥杂诗》中体现得更为明显，组诗融叙述、议论和抒情为一炉，不拘格律，以多种笔触叙述旅途见闻、个人生平和复杂的思想感情，集中反映了诗人高度炽烈的爱国热情，表达了呼唤政治改良以拯救水深火热当中的民族与国家的美好愿望。其中关心时事、抨击时政的一类诗歌是组诗当中最有代表性的，如第五首中"落红不是无情物，化作春泥更护花"的感人诗句，表明了诗人造福人民的高尚品格：即使已是落花般老去的身躯，仍要用自己全部的余力去培育新的花蕾。再如"九州生气恃风雷，万马齐暗究可哀！我劝天公重抖擞，不拘一格降人才"（第一百二十五首）可谓喊出了时代的最强音，可以说是整个组诗的核心和精髓部

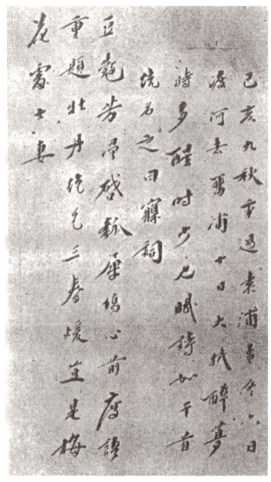

龚自珍遗墨《己亥杂诗》之一

分，诗人复杂的情感无不浓缩在这四句诗中。诗人巧用比喻，前两句批判现实，后两句呼唤变革、憧憬未来，并强调社会变革必须依靠杰出的人才。这首诗最成功之处便是塑造了一个彷徨苦闷、呼唤风雷、充满理想的诗人自我形象。除此之外，"五都黍尺无人校，强攘塻间一饱难"，写出了民众的苦难生活；"新蒲新柳三年大"讽刺科举制度误人子弟、埋没人才；"椎埋三辅饱于鹰"揭露了衣着光鲜的军警实则与盗匪无异；"国赋三升民一斗，屠牛那不胜栽禾"鞭挞了那个无法无天的黑暗时代等等。除了深邃的思想内容外，《己亥杂诗》在艺术形式上多用象征隐喻，想象奇特，意象丰富，文辞瑰玮。

这是一组政治家的诗，更是诗人之诗，诗作兼收唐、宋诗的长处而自成特色，"是真正具有独特面目的清诗"（钱仲联《清诗精华录》），可谓"衰世之诗心"。

60

# 何谓"诗界革命"?

1895 年甲午中日战争过后不久，已经登上政治舞台的中国资产阶级相继掀起了改良主义运动和民主革命运动。文学作为人类精神生活的重要组成部分，相当程度上能从思想上武装和鼓舞人，可以起到鼓吹革命和扩大声势的作用，所以中国资产阶级在文学领域也掀起了一场"革命"，即"文学救国运动"，反映到诗歌领域就是"诗界革命"。"诗界革命"中涌现了一大批热血诗人，他们喜欢使用通俗的语言写作所谓的"新派诗"，写诗时大量采用新名词、外来术语和典故，展现外国的新事物和新科技，同时表达了强烈的爱国感情。这是一些阐发崭新思想的诗作，同时也具有很强的政治色彩。"诗界革命"的旗号最早是由梁启超于 1899 年提出的，黄遵宪是"诗界革命"大旗下的中坚力量。

黄遵宪（1848—1905），字公度，别号人境庐主人，广东梅县人。他是一位优秀的外交官，先后数次奉旨出使日本、英国等国，并根据出国见闻写了一本《日本图志》，在书中提到了日本的飞速发展，并提醒中国人应当提高戒心，可惜在当时并未受到重视，战争的悲剧果然接踵而至了。黄遵宪的诗作，基本上是诗人广泛经历的诗化表达，有着深厚的历史内容和宽广的胸襟见识。首先，其诗歌的一个重要主题是反帝卫国。《冯将军歌》赞美爱国将领冯子材，在宏伟的语言气势中，通过一组鲜明的数字对比，指出敌我双方力量悬殊，冯军虽然只有区区五千，但骁勇善战，人人视死如归，敌寇虽然万头攒动，但却不堪一击，怯懦如鼠。将冯将军大义凛然、威猛果敢的形象刻画得栩栩如生。此外这类诗还有《悲平壤》、《哀旅顺》、《台湾行》、《渡辽将军歌》等，其实就是一部用诗歌写成的血泪斑斑的战争史。其次，他的诗热烈呼吁变法图强，在《感怀》、《赠梁任父同年》、《感事》等诗作中，对不少陈腐事物进行了猛烈的批评，热烈讴歌变法维新运动，希望变法能让中华民族重新崛起。第三，黄遵宪作诗广泛借鉴古体，但主张"我手写我口"，以"吟到中华以外天"的气魄，大胆使用新事物、新名词等入诗，如《今别离》一诗，向依旧在"天

国"美梦里的中国人展现了电报、轮船、火车、照相等新事物和新科技。在黄遵宪的诗中，不难发现其独特的艺术面貌，那就是采用文人诗的写法，以典雅和俚俗杂糅的语言风格，将浪漫豪情和真切历史紧密结合在一起。

黄遵宪的诗体现了由旧体到新体的过渡，揭开了中国近代社会"新诗派"的序幕。"诗界革命"与"文界革命"、"小说界革命"、"戏剧界革命"一起，为阐发新思想、鼓吹革命发挥了重要的作用，是当时"文学救国运动"的重要组成部分。

61

## "同光体"的代表作家是谁？

"同光体"是指清末同治、光绪年间活跃在诗坛上的一些诗人，他们所提倡的诗歌创作风格或诗歌表现形式。该派作诗标榜学古，崇尚宋诗，兼及中晚唐诗歌，内部又可分为闽派、浙派、赣派（又名江西派）等支派。"同光体"的代表作家有陈衍、陈三立、沈曾植、郑孝胥等人，其中陈衍是该派的理论先驱，他在《沈乙庵诗序》中说："同光体者，苏戡（即郑孝胥）与余戏称同、光以来不墨守盛唐者。"

陈衍（1856—1937），字叔伊，号石遗，福建侯官（今福州）人。著有《石遗室诗集》、《石遗室诗话》、《宋诗精华录》等。陈衍对"同光体"的理论贡献主要有以下几个方面：一是反对一味尊崇盛唐诗歌的主张，提出了"三元说"，即盛唐之"开元"、中唐之"元和"、北宋之"元祐"。他极其欣赏和推崇以上三个时期的诗歌，由于以上年号中均带有一个"元"字，故称"三元说"。二是对道光以来宋诗运动中产生的诗作进行了分类，从而阐明了"同光体"三派和宋诗的联系。另外，他主张学者之诗与诗人之诗合二为一，由学者之诗逐渐过渡到诗人之诗，作诗务必要有真实情怀，在艺术上要力求字句翻新等。

陈三立、沈曾植、郑孝胥等人在陈衍理论的倡导下，大量作诗，其诗作都富有现实性，常常表现忧国伤时的感慨。尤其是陈三立被近代"宋诗派"诗人推为宗师。陈三立（1852—1937），字伯严，号散原，江西义宁（今修水）人，有诗集《散原精舍诗》行世。作为赣派代表的他，作诗推崇黄庭坚，但学黄而不拘泥于黄，主张

"成一家言"。他的诗追求精思刻练、奇崛不俗而又自然无痕的境界，但过于奇崛就造成了奇奥难懂，字句甚为拗口。沈曾植（1851—1922），字子培，号乙庵（或乙盦）、巽斋、寐叟等，浙江绍兴人，有诗集《海运楼诗》。他是浙派代表，被陈衍称为"同光体之魁杰"。其诗崇尚奇险深奥，用笔沉练，其诗是学者之诗和诗人之诗的完美结合。作品大多隐幽晦涩，其中也不乏意趣高昂之作，如《道中杂题》。此外在诗歌理论方面他提出"三关"之说，即作诗时要过元祐、元和以及元嘉三关，元嘉是指刘宋时期颜延之、谢灵运的诗歌，这是与陈衍"三元说"有出入的地方。郑孝胥是闽派中成就最大的诗人，其诗长于兴象，笔墨清隽峭硬。

总之，在当时的学古诗派中，属"同光体"一派的诗人最多，影响也最大，被林庚称为"民国诗滥觞"，直至"五四"新文化运动之后，仍与白话新体诗分庭抗礼。

62

# 何谓"诗话"？

诗话是指在宋代兴起的品评诗歌、诗人、诗派以及记载诗人生平事迹、奇闻异事的著作，它是我国古代诗歌理论批评的特有形式。关于"诗话"的内涵，宋代许颢《彦周诗话》曰："诗话者，辨句法，备古今，纪盛德，录异事，正讹误也。"清代学者章学诚在《文史通义·诗话》中亦云："诗话之源，本于钟嵘《诗品》。"的确，在宋代以前就已经出现了钟嵘《诗品》、皎然《诗式》等诗论著作，但它们只是诗话的雏形。"诗话"之名最早见于北宋中期，同时也在宋朝兴盛起来。最早的诗话著作是欧阳修的《六一诗话》。

根据郭绍虞《宋诗话考》的统计，宋代的诗话一共有一百四十多种，其中有四十二种流传至今。中国诗歌艺术在唐代达到了令后世难以企及的高峰，无论是外在形式、表现手法还是思想内容，都已经相当的成熟。宋人也深知唐诗高峰的不可逾越，于是就另辟蹊径，开始对作诗技巧、诗歌流派、诗论主张等进行深入的探讨，诗话于是应运而生。加之诗话本身具有写作随意、形式灵活、语言平易等特点，因

此一产生就受到了广大诗论家的欢迎，并被发扬光大。宋代的诗话著作层出不穷，有名的有欧阳修的《六一诗话》、张戒的《岁寒堂诗话》、陈师道的《后山诗话》、姜夔的《白石道人诗说》、吕本中的《紫微诗话》、严羽的《沧浪诗话》等，宋人阮阅还编选有诗话总集《诗话总龟》。

《沧浪诗话》由南宋后期著名的诗论家严羽所著，是一部以禅喻诗，着重探讨诗歌形式和艺术特点的诗歌理论著作。约成书于南宋理宗绍定、淳化年间，全书分为《诗辨》、《诗体》、《诗法》、《诗评》、《考证》五篇，后附有后序性质的《答出继叔临安吴景仙书》，各部分之间并不是独立的，而是联系紧密的，共同支撑着严羽的诗歌理论。该书的创作背景主要是为了反对宋代"江西诗派"论诗、作诗存在的违背艺术规律的做法。综观《沧浪诗话》，严羽主要提出了"妙悟"、"气象"、"兴趣"、"诗法"、"入神"等诗歌主张。他认为学诗应学"第一义"的诗，即汉、魏、盛唐的作品；作诗的最高境界在于"入神"。《沧浪诗话》总体上阐述了诗歌的学习门径、写作方法以及各种诗歌体裁的特点，还对一些诗歌作了评论和考证工作，是一部系统性和理论性都很强的诗论著作。

到了明清时期，诗话又一次发达起来，出现了一大批诗话著作（有些并没有以诗话为名），如叶燮《原诗》、胡应麟《诗薮》、李东阳《怀麓堂诗话》、谢榛《四溟诗话》、王夫之《姜斋诗话》、赵翼《瓯北诗话》、袁枚《随园诗话》等等。清人何文焕辑选南朝梁、唐、宋、元、明五朝诗话二十八种编成丛书《历代诗话》，钟嵘《诗品》、皎然《诗式》、司空图《二十四诗品》、欧阳修《六一诗话》、严羽《沧浪诗话》等耳熟能详的诗论著作都被收录在内。

63

# 《全唐诗》是如何编纂的？

《全唐诗》是清朝康熙年间由曹寅等人奉康熙皇帝之命编纂的，它是汇集了唐朝诗歌作品的总集，全书共九百卷。初唐诗、盛唐诗、中唐诗、晚唐诗莫不在内，是唐朝这个"诗歌王朝"里诗歌的一次大规模"汇演"。至于《全唐诗》中到底收录了多少位诗人的多少首诗作，历来说法不一。康熙帝在《全唐诗·序》中说全书共"得诗四万八千九百余首，凡二千二百余人"。但据近年日本学者平冈武夫编的《唐代的诗人》《唐代的诗篇》，对《全唐诗》所收诗人、诗作进行的细致编号统计，得出了"收诗四万九千四百零三首，作者两千八百七十三人"的结论。后者似乎比前者更为详尽、可靠。

《全唐诗》的编纂是皇家性质的。康熙四十四年（1705）三月，早有编纂想法的康熙皇帝第五次南巡到苏州时，终于将重任下达给了江宁织造曹寅，一并附上内府所藏的季振宜《唐诗》作为校刊底本。同年五月，在曹寅的主持下，彭定求、沈三曾、杨中讷等十人加入到了编写团队之中，在扬州开局正式开始了编纂工作，历时将近一年半的时间，于第二年十月编成。如此浩瀚的一部大部头书籍，能在短短十

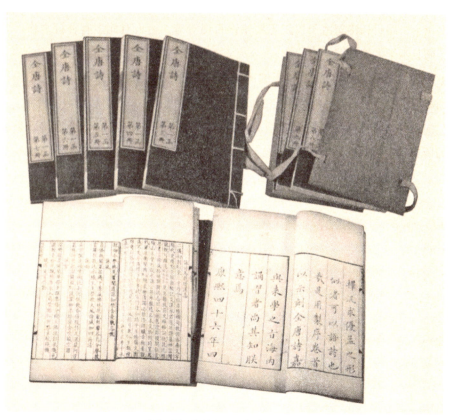

曹寅奉旨刊刻的《全唐诗》书影（康熙四十六年扬州诗局刻本）

七个月的时间内编成，不得不叹服编书者的效率和热情，当然这与官方人力、物力、财力等方面的大力支持密不可分。最重要的原因在于它以前人的唐诗著作为底本，《四库全书总目》对于《全唐诗》的资料来源曾有说明："是编秉承圣训，以震亨为稿本，而益以内府所藏《全唐诗集》，又旁采残碑断碣、稗史杂书之所载，补苴所遗。"此处所指震亨书就是胡震亨的《唐音统签》，内府所藏《全唐诗集》即季振宜所编《唐诗》。《全唐诗》在前人诗集的基础上重新编排了诗歌顺序，具体是"首诸帝，次后妃，次宗室诸王，次公主，……次臣工，次闺秀，次释道"，最后还附有神仙、鬼怪、歌谣谚语以及词等类。由于《全唐诗》是奉皇家旨意而为，故选录诗作时首选王公贵族亦在情理之中。

《全唐诗》将唐朝一代的诗歌汇集到一起，为研究者和学习者提供了极大的便利。但正因为成书时间仓促，所以存在不少瑕疵，如缺诗漏诗现象严重、误收重收层出不穷、题目和诗句由于校正不精错误百出等等。后人对此多有补订之作，如乾隆年间日本学者编有《全唐诗逸》，今人王重民根据敦煌遗书辑有《补全唐诗》等，以上补遗之作皆收于中华书局所编的《全唐诗外编》当中。另外，今人张忱石有《全唐诗作者索引》行世，对于研究和学习唐诗提供了极大的便利。瑕不掩瑜，"诗国"强音的这曲"合奏"，总体而言是引起了广泛的认同和赞赏，《全唐诗》举足轻重的历史和文学地位是毋庸置疑的。

# 64

# 中国散文的萌芽

重大的学术发现有时因为特殊的机缘巧合。牛顿被一个苹果砸中从而提出了万有引力定律，而清末学者王懿荣的一场小病则导致了考古学、古文字学的一场"大地震"。1899 年的秋天，犯了疟疾的王懿荣，去北京宣武门外的达仁堂买药，而在他买回的中药"龙骨"中，王懿荣很惊奇地发现上面竟然刻有非常古朴的文字！这种文字后被称作"甲骨文"，殷商时代刻在龟甲或兽骨上的文字。它还不能算作是我国最早的文字，只能说是我国最古老的比较成熟的并用于文献记录的文字，（在夏代遗址出土的陶器上的刻划文则被很多学者认为是中国最早的文字雏形。）甲骨刻辞多是占卜的记录，这可以说是最早的散文。

甲骨文已是形态成熟的文字，记载商代历史的甲骨卜辞则成为了迄今为止中国散文的最早源头。殷人迷信鬼神，凡事必卜。甲骨卜辞就是刻在龟甲和兽骨上的占卜记录，间或也有少量其他记事文字。它们有的记述邦国、先君、先王，有的反映气象历法，有的记录农业生产和田猎，有的记载政治和军事活动，也有表现日常生活的。甲骨卜辞的内容庞杂而丰富，真实朴素地反映了当时社会生活的各个方面。这些甲骨卜辞的记事还很简单，但已具备时、地、人、事等叙事要素。卜辞未经过后人的加工，保持了商代时期记事文字的原貌。其中有少量甲骨卜辞较为完整可读，记事顺畅明晰，初步具备了散文的构成因素。例如：

　　　　　　癸卯卜，今日雨。其自西来雨？其自东来雨？其自北来雨？其自南来雨？
这类作品极似《易经》中的卦、爻辞，其共同特点是内容简单、形式朴拙、文辞简

略、篇章短小。

此外，在传世的数千件商周有铭彝器中，也可见到早期散文的萌芽。"夫鼎有铭，铭者，自名也"，它们被称为铜器铭文，保留了较早的史家记事文字，可说是史家之文的源头。如《丁巳尊》：

> 丁巳，王省夔京。王易（赐）小臣俞夔贝，惟王来征夔方，惟王十祀有五，彡日。

其文辞虽简略，却紧扣制作彝器这一中心，记述时间、地点、人物和事件，内容涉及赏赐、祭祀或征讨，语言风格庄重典正，文句古拙板滞，缺乏感情与文采。铜器铭文记述的篇制与内容，都比甲骨卜辞更为周详。有的铭文还记录了场面和人物言论，出现复杂化倾向，反映了我国记言记事文字由简单到繁复的发展。

 65

# 《尚书》是一部什么性质的书？

《尚书》是中国现存最早的史书。

《尚书》原称《书》，汉代始称《尚书》。"尚"通"上"，意为"上古之书"；儒家将之列入"六经"，又称《书经》。《尚书》也是我国现存最早的散文集，大体是春秋之前各代史官对帝王、大臣言行的记录及所藏政府文献资料的汇编，保存了上古三代特别是西周初期的重要史料。

《尚书》中的文章在先秦时以口头方式单篇流传，后来才被编辑成书。《汉书·艺文志》称"《书》之所起远矣，至孔子纂焉。上断于尧，下迄于秦，凡百篇，而为之序，言其作意"，《史记·孔子世家》也称孔子"追迹三代之礼，序《书传》，上记唐虞之际，下至秦穆，编次其事"。实际上先秦典籍的编定，都不是一人一时之事。《尚书》的整理孔子也许曾参与其中，但他所"编次"成的《尚书》，绝不是我们今天看到的样子。

经秦代之后，先秦典籍多已失传，或残缺不全，不复原貌。《尚书》在汉代才有了定本，而且有了定名，但出现了今文古文之争。今文《尚书》是由汉初经师故秦博士济南伏生口述才得以留存，用"今文"也就是当时通行的隶书写成，有二十八篇；古文《尚书》系景帝时在孔子故宅的墙壁中发现的，因为是用战国时期的"古文"书写的，所以叫做古文《尚书》。较今文《尚书》多十六篇。西汉时政府只重视今文《尚书》，古文《尚书》直到西汉末年刘歆的提倡和力争才得以立于学官，惜又因西晋末年永嘉之乱而亡佚。后东晋人梅赜献《古文尚书》五十八篇，这也是如今能在《十三经注疏》中见到的本子，但被历史上众多学者考为伪作。所以我们今天谈《尚书》，一般都是认为比较可靠的今文《尚书》。

《尚书》二十八篇包括《虞书》二篇、《夏书》二篇、《商书》五篇和《周书》十九篇。其中《虞书》和《夏书》常被疑为是战国时人的拟古之作，但应当有自古流传的史料为其依据，不可全盘否定。 《商书》和

伏生授经图

《周书》虽不免有后人增损，却基本可靠。全书承上古时代神权政治观念，以敬天保民、延续先王之业为中心思想，多总结和借鉴历史经验教训之辞。文字诘屈聱牙，文风质直古朴，不事藻饰，但语言艺术较甲骨卜辞又高明许多，叙事语言精练而富于表现力，人物言论生动传神，在反复说理的同时亦取譬设喻，如言民怨不可积，如民怨积聚到极致，便"若火之燎于原，不可向迩，其犹可扑灭？"（《商书·盘庚》）等等。

《尚书》是中国古代文章各体的渊源。唐代史学家刘知几在《史通·六家》中辨析古史之体，首列"《尚书》家"，并认为："盖书之所主，本于号令，所以宣王道之正义，发话言于臣下。故其所载，皆典、谟、训、诰、誓、命之文。"从中可以看出，《尚书》以记录言论为主，而所谓"典、谟、训、诰、誓、命之文"，实即古代各类散文体式的早期形态，也是后代官方文告诏、策、章、奏等的滥觞。

作为我国第一部兼叙事与记言的散文集，《尚书》有着重要的文学价值。李耆卿

《文章精义》中称《尚书》"虽非为作文设，而千万世文章，从是出焉"，可谓平实之论。

 66

# 我国现存最早的编年体史书是什么？

我国现存最早的编年体史书是鲁国史官所作的《春秋》。

班固《汉书·艺文志》中说："古之王者，世有史官，君举必书，所以慎言行、昭法式也。左史记言，右史记事，事为《春秋》，言为《尚书》，帝王靡不同之。"但此《春秋》非彼《春秋》也，"春秋"之名，自古有之，本是周代诸侯国历史载记通用的名称。刘知几《史通·六家》有言云："春秋家者，其先出于三代。按《汲冢琐语》记太丁时事，目为《夏殷春秋》。孔子曰：'疏通知远，《书》教也；属辞比事，《春秋》教也。'知《春秋》始作，与《尚书》同时。"由此可知各国史书都叫"春秋"，而此名的由来据说是"言春以包夏，举秋以兼冬，年有四时，故错举以为所记之名也"（《史通·六家》）。这种情况也有些例外，不是所有诸侯国的史书都名"春秋"，如"晋谓之乘，楚谓之梼杌，而鲁谓之春秋，其实一也。"

那些谓之"春秋"的列国史书，多在秦火中篇籍无存。而作为我国现存最早的编年体史书的《春秋》，则是由孔子依据鲁国史书修订而成的。鲁《春秋》的出现也标志着史书由史官记事发展为私家著述。

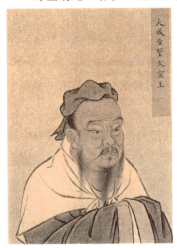

孔子像

《春秋》记载了上起鲁隐公元年（前772），下迄鲁哀公十四年（前481）的史实，是一部断代史，《春秋》还开了编年体史书的先河。所谓"编年体"，即"以事系日，以日系月，以月系时，以时系年"（《史通·六家》），也就是以年为经，以事为纬，严格按时间顺序记叙史实，这在散文发展史上占重要地位。在《春秋》之后，多数史书都是仿照这种体例。

如司马光主修的《资治通鉴》就是我国最大的一部编年体通史。

《春秋》后被儒家列入"六经"，也称《春秋经》。这和孔子的写作目的是分不开的。《孟子·滕文公下》说："世衰道微，邪说暴行有作，臣弑其君者有之，子弑其父者有之。孔子惧，作《春秋》。《春秋》，天子之事也；是故孔子曰：'知我者其惟《春秋》乎，罪我者其惟《春秋》乎！'"这是说《春秋》一书渗透了孔子的政治思想，是他在那个礼崩乐坏的时代用以宣扬周礼、"拨乱世反之正"的利器。例如对在城濮之战后获胜的晋侯不尊礼节召周天子来会的史实，孔子用了"天王狩于河阳"六个字。文中不提晋侯，因为孔子讨厌他"以臣召君，不可以训"。在这样隐晦的记述中，"为尊者讳"、"为贤者讳"，辨明是非而以礼来加以绳度，这就是后儒所谓的"微言大义"，也是这部书被列为经典的原因。《庄子·天下》称"《春秋》以道名分"，司马迁也说"《春秋》者，礼仪之大宗也"，是故《春秋》一出，而"天下乱臣贼子惧焉"（《史记·孔子世家》）。

在行文方面，《春秋》扼要严谨，同时又"简而有法"（欧阳修），用语方面十分讲究，常以一字寓褒贬。如一国对另一国用兵，"有钟鼓曰伐，无曰侵，轻曰袭"，只字之别，其意自见。其记事文约事丰，全书以一万八千多字记载了二百四十二年的史实，其凝炼程度令人惊叹。如"陨石于宋五"，《史通·叙事》赞曰："加以一字太详，减其一字太略；求诸折中，简要合理。"又因其是孔子拨正世道的武器，故往往内寓褒贬，如"郑伯克段于鄢"，《左传》对它的解释是："段不弟，故不言弟；如二君，故曰克；称郑伯，讥失教也：谓之郑志。不言出奔，难之也。"内含深意，字字珠玑，被后世盛誉的"春秋笔法"也源于此。

67

## "春秋三传"指的是什么？

"春秋三传"，即为《公羊传》、《穀梁传》和《左传》。按照儒家的经学传统，先师所言为"经"，后师释经之作为"传"。"传"即为解"经"的文字。所以"春秋三传"就应该看作是解释《春秋》的三种书。可是这三传中，《左传》是不是用以解经的，历来争论颇多。比较通行的说法是《左传》不是写来解释《春秋》的，而是战国初年的史官在春秋瞽史讲诵底本的基础上编成的。而晋人杜预将其故事割裂开来，分系于《春秋》编年体框架之中，就成了我们今天看到的样子。

《公羊传》，又名《春秋公羊传》、《公羊春秋》。传为孔子再传弟子战国时齐国人公羊高所作；《穀梁传》，亦名《春秋穀梁传》、《穀梁春秋》，传为战国时鲁国人穀梁赤所作。关于师承，陆德明《经典释文》中序录有言曰："左丘明受经于仲尼，公羊高受之于子夏，穀梁赤乃后代传闻。"子夏是仲尼的弟子，从这几句话中我们可以看出三者编撰的时代次序，《左传》早于《公羊传》，而《穀梁传》最晚。也有人认为穀梁赤亦受业于子夏，"穀梁子名淑，字元始，鲁人，一名赤。受经于子夏，为经作传，故曰《穀梁传》"。洪业《春秋经传引得序》中云："《公》、《穀》二传，同源而异流。"

在文笔方面，《左传》疏于释"书法"而长于叙事，尤其善于描写战争场景；而《公羊传》和《穀梁传》因是依经而作，因此二者以阐释《春秋》经义为主，旨在宣扬"微言大义"，穿插其中的故事是为了说明义理而存在的，故前后并没有多大联系，"呈点状结构"。特别是《公羊传》，为了突出重点、阐释经义，对故事还有了许多生发，具有浓厚的传奇性和戏剧性。如晋灵公不君，讲灵公在台上用弹丸弹诸大夫以及杀厨师并且肢解等情节，都比《左传》更具体。而此后灵公因被赵盾多次劝诫而怀恨在心，派勇士钮麑去刺杀赵盾那一段，《左传》只讲到钮麑一大早就去了赵盾的家，见门开着，赵盾穿戴好礼服准备上朝，只是因为时间

《左传》书影

还早，于是就和衣坐着打瞌睡，钽麑有感于赵盾之忠，故退而自杀。《公羊传》中却写到钽麑隔着窗户居然看清了赵盾吃的鱼是前一天晚上剩下的，故而有感于其节俭。这一段其实是作者凭主观想象所添加的，却留下了破绽。在那个交通不发达的时期，鱼对于近海的齐国人看来是很常见的，所以大家都吃新鲜的鱼；可对于晋国，那就是稀罕少见之物。唐人就已经注意到了这个问题，刘知几在《史通·语言》中说："盖公羊生齐邦，不详晋物，以东土所贱，谓西州亦然，遂目彼佳馔，呼为菲食。"其故事可读性很强，加以语言浅白，颇有点类似于后代的演义小说。而对《公羊传》的叙事手法之妙，历来也赞誉很多。清人储欣称为"继左氏而开龙门"（《公羊传精华》引）。

《穀梁传》与《公羊传》同述《春秋》大意而有所不同，大概因为其作者是鲁国人而又多在鲁地传授改编的缘故吧。《穀梁传》更注重传扬经义，处处谨守着《春秋》书法，行文更拘谨。但在解释经文之间又杂有很多小故事，简朴清新、委婉有致。如讲叙成公元年齐国辱待各国使者的文字："冬十月，季孙行父秃，晋郤克眇，卫孙良夫跛，曹公子手偻，同时而聘于齐。齐使秃者御秃者，使眇者御眇者，使跛者御跛者，使偻者御偻者。萧同叔子处台上而笑之。"这种调笑之法前所未见，但后果也是惨重的，第二年齐晋鞌之战中齐国就大败，晋国一步步走向霸主之位，而齐国，也从此退出了争霸的舞台。莫怪乎闹剧之后就有有见地的齐人说道："齐之患，必自此始矣。"在调笑中寓严肃，于诙谐中寓峻厉，令人在大笑之后却又掩卷深思，这就是《穀梁传》的妙处。

晋代范宁《穀梁传集解自序》中品评三传道："《左传》艳而富，其失也诬；《穀梁》清而婉，其失也短；《公羊》辩而裁，其失也俗。"之后《公羊传》虽不若《左传》的地位和影响，但也是今文学派的重要著作，在汉代及晚清大放异彩，对经学、思想史和学术史有很深的影响，龚自珍、魏源、康有为、梁启超等重要人物都是治《公羊》学的。

68

# 什么是"行人辞令"?

欲理解什么是"行人辞令",必先清楚什么是"行人"。"行人",是先秦时期一种官职的名称,也是使者的通称。《周礼·秋官·司寇》之所属有大行人,掌管接待宾客之礼仪;又有小行人,职位稍低。大行人掌接待诸侯及诸侯国上卿之礼,小行人掌接待诸侯使者之礼,并奉使前往四方诸侯。清代王韬《星轺指掌序》:"行人之设,肇自古昔,然皆王国下逮侯邦;而诸侯亦各相聘问,藉以讲信修睦。"行人辞令,顾名思义,就是行人在出使各诸侯国时所使用的外交辞令。

春秋战国时代,列国外交空前频繁。在这种远交近攻、攻战不息的时代里,行人往来更需讲究外交辞令。刘知几说:"周监二代,郁郁乎文。大夫、行人,尤重词命。语微婉而多切,言流靡而不淫。"(《史通·言语》)《左传》中记录了大量的行人辞令,这些辞令都十分讲究文采修辞,刘知几称赞"其文典而美,其语博而奥"(《史通·申左》)。这些外交辞令本就精于修饰,斐然成章,一经《左传》收录润色,更是文采斐然。

《左传》中记载的行人辞令类型丰富。这些辞令,由于行人身份或对象的不同而风格各异,有的委婉谦恭,不卑不亢;有的词锋犀利,刚柔相济,但都用辞典雅,巧妙从容,在彬彬有礼的外表下包藏着锋芒。其中最具代表性的如僖公四年的《齐桓公伐楚》:

> 四年春,齐侯以诸侯之师侵蔡。蔡溃,遂伐楚。楚子使与师言曰:"君处北海,寡人处南海,唯是风马牛不相及也,不虞君之涉吾地也,何故?"管仲对曰:"昔召康公命我先君大公曰:'五侯九伯,女实征之,以夹辅周室!'赐我先君履,东至于海,西至于河,南至于穆陵,北至于无棣。尔贡包茅不入,王祭不共,无以缩酒,寡人是征。昭王南征而不复,寡人是问。"对曰:"贡之不入,寡君之罪也,敢不共给?昭王之不复,君其问诸水滨!"师进,次于陉。
>
> 夏,楚子使屈完如师。师退,次于召陵。齐侯陈诸侯之师,与屈完乘而

观之。

　　齐侯曰："岂不谷是为？先君之好是继，与不谷同好，如何？"对曰："君惠徼福于敝邑之社稷，辱收寡君，寡君之愿也。"齐侯曰："以此众战，谁能御之？以此攻城，何城不克！"对曰："君若以德绥诸侯，谁敢不服？君若以力，楚国方城以为城，汉水以为池，虽众，无所用之！"屈完及诸侯盟。

这段辞令，针锋相对又委婉有致，而管仲的应答更是令人称绝。当被楚国国君质问为什么要"涉吾地"，即你为什么要打我的时候，管仲先把前人"召康公"抬了出来，然后又斥责楚国"尔贡包茅不入"，连"昭王南征而不复"都可以作为这次讨伐的理由。对于楚国来说，前人之命他们反驳不了，给周天子的贡品问题也只能认错。而对最后一个问题，他们在回答时也是语软意刚，暗藏机锋。管仲的这段辞令在让楚国人在道义上落在下风的同时，更是让齐国的攻打变得有理有据、冠冕堂皇，结果当然是"师进"啦。而屈完的一席应对，也保全了楚国，缔结了城下之盟，化干戈为玉帛。

　　除了管仲的辞令外，郑国大夫子产和齐国晏子的辞令也都可圈可点。特别是子产，凭借三寸不烂之舌守护弱小的郑国，数十年间都不为大国侵辱，连孔子也对他称赞有加。防民之口甚于防川这个观点也是他提出的："然犹防川，大决所犯，伤人必多，吾不克救也；不如小决使道，不如吾闻而药之也。"叔向称赞子产说："辞之不可以已也如是夫！子产有辞，诸侯赖之，若之何其释辞也！"

69

# 中国现存最早的国别体史书是什么？

中国现存最早的国别体史书是《国语》。

国别体，就是以国家为单位来记叙历史事件，是有别于编年体、纪传体、纪事本末体等的一种史书编撰体例。《国语》是国别体的开山之作，清代学者董增龄《国语正义·国语叙疏》云："《国语》载列国君臣朋友相论语，故谓之语。"可见《国语》以记言为主。全书二十一卷，分叙周、鲁、齐、晋、郑、楚、吴、越八国之事，

采取集锦丛见式的人物描写方法，借助人物语言和对话描写来营造叙事空间，展现了起于周穆王（前967年）、迄于鲁悼公（前453年）这段历史长河里的各诸侯国的社会政治状况。

关于《国语》的作者，旧传与《左传》同为左丘明所作，并称《左传》为《春秋内传》，《国语》为《春秋外传》（见《汉书·律历传》）。司马迁也称"左丘失明，厥有《国语》"，但比较两本书，《左传》以鲁国史实为主，文风统一，前后一致。而《国语》似以晋国为主，且各部分间风格驳杂，可以看出有不同的史料来源。李焘认为《国语》最初由左丘明传诵，然后时人传习之，最后由列国的瞽史撷取、改编、润色而成。客观地说，《国语》应是当时流传的《事语》类列国史料的汇集。

《国语》的语言风格简奥古朴，文学成就总体上虽不如《左传》，但描写人物也有很精彩的篇章，有些还暗含隐晦的讽刺。如《晋语九》所记《董叔将娶于范氏》：

> 董叔将娶于范氏，叔向曰："范氏富，盍已乎？"曰："欲为系援焉。"他日，董祁愬于范献子曰："不吾敬也。"献子执而纺于廷之槐，叔向过之，曰："子盍为我请乎？"叔向曰："求系，既系矣；求援，既援矣。欲而得之，又何请焉？"

这个故事的主人公董叔是一个想要攀龙附凤的投机者，他"将娶于范氏"，而范氏是范献子的妹妹范祁，他们的父亲是晋国正卿，家里很有势力。娶之前叔向劝说他："范家富有，我看这门亲事就算了吧！"董叔回答说："我正想借婚姻来攀附范氏家族呢。"婚后某一天，范祁向范献子诉苦说："董叔不尊敬我。"她哥哥就把董叔抓来捆绑了，吊在院子里的槐树上。正巧叔向经过那里，董叔想让他代为求情，叔向回答道："你过去谋求联系，现在已经系上了；想求攀援，已经攀援上了。你想得到的都已经得到了，还有什么可请求的呢？"全文不过三言两语，却借叔向之语一语双关地讽刺了"欲为系援"的董叔，意趣横生，耐人寻味。也让人不禁想起了"齐大非偶"的典故：齐国国君想要将公主文姜嫁给尚未娶妻的郑国公子忽，而忽却婉言拒绝了，有人问他原因，他回答道："人各有耦，齐大，非吾耦也。"郑公子忽因齐国的强大而拒绝娶其公主，与董叔相比，两人是多么的不同啊！

《国语》叙事中有时也添加了一些合理的想象和虚构，如钮麑被晋灵公派去刺杀赵盾那一幕，他一大早去赵府，结果看到了"寝门辟矣，（盾）盛服将朝，早而假寐"，于是退叹："赵孟敬哉！夫不忘恭敬，社稷之镇也。贼国之镇，不忠；受命而废之，不信。享一名于此，不如死。"这些话出自一个刺客之口，试问：他已自杀身亡，他的话又有谁能听到并记录下来呢？

《国语》凭借精练的言辞和高超的艺术手法将人物情节写得形象鲜明，在这些艺术的语言中将史家的思想和观点表达出来，达到以史为鉴的目的。在体例上仿照《诗经》的十五国风，纂述上既有《尚书》的实录精神又有《春秋》的褒贬寄寓其中，历来广受好评，且影响很大。明人黄省曾就曾称赞说："其释例之余溢为外传，实多先王之明训。自张苍、贾生、马迁以来，千数百年，播诵于艺林不衰。"

70

# 什么是百家争鸣？

德国先哲卡尔·雅斯贝尔斯曾提出了一个著名的命题——"轴心时代"说。他在1949年出版的《历史的起源与目标》中说，公元前800年至公元前200年之间，尤其是公元前600年至前300年间，是人类文明的"轴心时代"。在这个时间段里，约在北纬30度上下的地域区间都发生了人类文明的重大突破，各个文明都出现了伟大的精神导师，他们提出的思想原则塑造了不同的文化传统，也将一直影响着人类的生活。

将"轴心时代"说对照中国的历史，就会发现那个时期正值春秋战国之际。那个纷纭的时代也确如外国哲人所言，出现了"人类关怀的觉醒"，当时的思想界纷纷涌现出许多不同的学派，各持其说，互相争论，一时间形成争奇斗艳的局面，这便是后代所谓的"百家争鸣"。而这个名称出自班固的《汉书·艺文志》："凡诸子百家，……蜂出并作，各引一端，崇其所善，以此驰说，联合诸侯。"其中最重要的思想流派有十家——儒、墨、道、法、阴阳、名、纵横、杂、农、小说。东汉刘歆又将小说家去掉，称之为"九流"。"九流十家"之说就是从这里来的。

先说儒家，其创始人是孔子。孔子姓孔名丘字仲尼，春秋后期鲁国人。孔子是宋大夫孔父嘉的后人，他的父亲是鲁国有名的武士叔梁纥，据传他以六十六岁高龄娶了尚不满二十岁的颜徵在，即孔子的母亲。孔子的理论的核心是"仁"，"仁者爱人"，主要依据礼乐制度来形成一套社会道德规范，他还创立私学，实行有教无类，

弟子三千，贤者七十二。对后世有重大影响，被后人尊为"圣人"。儒家学派在孔子之后发生分裂，战国中期孟子成为其代表人物。孟子名轲字子舆，是孔子的嫡孙子思子的弟子，后称"亚圣"。之后儒家的代表人物还有荀子，人称"荀卿"，是儒家学派的集大成者。

墨家学派创始人是墨子。墨子名翟，是战国初期鲁国人，他的主张有"尚贤"、"尚同"、"节用"、"非攻"、"节葬"、"明鬼"等，反对孔子的礼乐制度，其主要著作有《墨子》一书。

道家学派后世与儒家齐名，在中国文化史上与儒家分庭抗礼。这个学派的创始人是老子和庄子，后人合称"老庄"。他们主张"道法自然"，反对铺张奢侈的生活态度。政治上实行"无为而治"。

法家学派则代表了新兴地主阶级的利益。早期代表人物有李悝、吴起、商鞅、慎到、申不害等人，后期的韩非则是法家理论的集大成者，吸取法家不同学派的长处，将"法"、"术"、"势"结合在一起。

名家以其辩论出名，分"合同异"和"离坚白"两派。合同异者强调事物的统一性，离坚白者则重视事物的差异性，两派分别以宋国人惠施和赵国人公孙龙为代表。"白马非马"的著名命题即由公孙龙提出。

春秋战国时期，是封建领主制向封建地主制过渡的时期，新旧阶级、阶层间的斗争复杂而又激烈，代表各阶层、各派政治力量的学者或思想家，都意欲按照本阶层的利益和要求，对宇宙、社会、万事万物作出解释，或提出主张，于是就有了众多学者在自己的立场下纷纷著书立说、广收门徒、相互辩难的局面。可以说，"百家争鸣"是顺应那个特殊的历史时期产生的，而诸子散文则是这些先贤们留给我们的丰厚而卓越的历史文化遗产。

 71

# 什么是"语录体"？

"语录体"是中国古代散文的一种体式。常用于门人弟子记录导师的言行，有时也用于佛门的传教记录。因其偏重于只言片语的记录，不重文采，不讲篇章结构，不讲篇与篇之间甚至段与段之间时间及内容上的必然联系，故称之为"语录体"。

战国初年由孔子弟子及再传弟子编撰而成，记载孔子及其弟子言行的《论语》，堪称为"语录体"的典范。《论语》以当时通俗平易、明白晓畅的口语为主，形成简明深刻、语约义丰、隽永淡远的风格。其中的篇章句式灵活多变，舒展自如，长短不拘，有很强的表现力。往往在一两句话里包含丰富的人生哲理和人生经验，流传后世，成为人们常用的成语、警句和格言。如"岁寒，然后知松柏之后凋也"（《论语·子罕》）。又如"子在川上，曰：'逝者如斯夫！不舍昼夜。'"（《论语·子罕》）

《论语》中对孔子言行的记载，将千百年前这位伟大哲人的人格力量生动地再现在我们面前：对于学习，他始终谦逊，"三人行，必有我师焉。择其善者而从之，其不善者而改之"。他用简练深刻的话语将他认同的和不认同的区分开来，"君子坦荡荡，小人长戚戚"、"志士仁人，无求生以害仁，有杀身以成仁"。他对于立身处世有很多深邃的认识，"子贡问曰：'有一言而可以终身行之者乎？'子曰：'其恕乎！己所不欲，勿施于人。'"

通过"语录体"的形式，《论语》还将一个有血有肉、会怒会伤的孔子

《孔子杏坛讲学图》

展现了出来：对于大白天还在睡觉的宰予，孔子愤怒地叹息说："朽木不可雕也，粪土之墙不可圬也；于予与何诛?"然后他还反省自己道："始吾于人也，听其言而信其行；今吾于人也，听其言而观其行。于予与改是。"自己的老师这么说，对宰予就像当面打脸那么难受吧。而对安于贫困的颜渊，孔子的赞颂之辞溢于言表："贤哉，回也! 一箪食，一瓢饮，在陋巷，人不堪其忧，回也不改其乐。贤哉，回也!"当这个他最喜欢的学生先他而去的时候，孔子也是非常悲恸的："噫! 天丧予! 天丧予!"他哭得很伤心，别人说他"子恸矣"，他感叹道："有恸乎? 非夫人之为恸而谁为?"

《论语》之中还记录了孔子对于文学、人生的感悟。对《诗经》，他说道："诗三百，一言以蔽之，曰：'思无邪'。"对自己，他也认识得很清醒："吾十有五而志于学，三十而立，四十而不惑，五十而知天命，六十而耳顺，七十而从心所欲，不逾矩。"孔子和屈原相似，对自己的政治理想始终坚持，明知不可为而为之，为此，他以老迈病弱之躯奔走于列国之间，楚国狂人接舆以歌劝诫他："凤兮凤兮! 何德之衰? 往者不可谏，来者犹可追。已而，已而! 今之从政者殆而!"路上偶遇的隐士长沮、桀溺也劝他放弃："滔滔者天下皆是也，而谁以易之? 且而与其从辟人之士也，岂若从辟世之士哉?"而孔子却怃然而叹曰："鸟兽不可与同群，吾非斯人之徒与而谁与? 天下有道，丘不与易也。"说明自己仍然会为了自己心中的"道"继续下去。

语录体也不全是单句或是篇幅短小的。《论语·先进》中"子路、曾皙、冉有、公西华侍坐"一篇已经是具有起伏波澜的小故事了。该篇形象地展现了孔门师生暮春畅游、笑谈理想的动人场景。

语录体不等同于对话体。对话体是通过一定的情景，模拟二者（通常是两人）对话的内容。它体现了对话者的在场性，因此也容易让读者如同置身于当时的语境之中，聆听古代贤哲的教诲，生动而形象。儒家另一巨作《孟子》即是通过对话体展开论辩的说理散文，较之《论语》篇幅加长，议论增多，是语录体散文向专题性论文过渡的形式。有些篇章还保留着语录体的形式，是孟子语录的集结。这种形式除了承载论辩观点之外，还有叙事的功能，使文章更加情节化、故事化。

72

# 说说《孟子》一书的"善辩"

儒家的孔子反对巧言善辩，他曾说："巧言令色，鲜矣仁。"一个多世纪后的战国时代，孟轲成为儒家学派的代表人物。当被自己的弟子问及："外人皆称夫子好辩，敢问何也？"孟轲甚为委屈地回答道："予岂好辩哉？予不得已也！"这位"不得已"的"好辩"者，儒家的"亚圣"，人们称他"善辩"也的的确确是实至名归的。

《孟子》的"善辩"首先根源于他所处的时代。孟子身处战国末期，当时诸侯攻战不息，大多崇尚武力，靠侵略他国来实现扩张。为了推行"仁政"学说，孟子奔走游说，不得不好辩。因此，好辩在孟子来说，实为一种人生态度，一种推行仁政的态度。他认为人性本善，以积极的、用世的态度来对待人生；他坚持仁义，慷慨言死："生亦我所欲也，义亦我所欲也；二者不可得兼，舍生而取义者也。生亦我所欲，所欲有甚于生者，故不为苟得也；死亦我所恶，所恶有甚于死者，故患有所不辟也。"（《孟子·告子上》）为了他所坚持的理想，连死都不怕了，那还有什么可怕的呢？在顺境中，他就想惠及人民，努力推行仁政；在逆境中，他也始终坚持自己的节操，"富贵不能淫，贫贱不能移，威武不能屈，此之谓大丈夫"（《孟子·滕文公下》）。孟子就是这样一位大丈夫，也让人不禁想起了宋代的那位"不以物喜，不以己悲；居庙堂之高则忧其民，处江湖之远则忧其君"，心怀天下、忧国忧民的范仲淹范大夫。

《孟子》善辩，表现出一种凛然的气势，使读其书者尽受其感染。孟子曾自称为知言之人，

孟子像

并且精熟知言善辩之理。他说："我知言，我善养吾浩然之气。"（《孟子·公孙丑上》）而这种"浩然之气"，就源于他人格修养的力量，因为有了这种至大至刚、充塞于天地之间的浩然之气，才可以做到"说大人，则藐之"（《尽心下》），在精神上首先压倒对方，藐视政治权势，鄙夷物质贪欲，故而气概非凡、无私无畏，说起话来或写起文章来，自然也就情感激越，辞锋犀利，气势磅礴。苏辙曾在其《上枢密韩太尉书》中称赞孟子道："今观其文章，宽厚宏博，充乎天地之间，称其气之小大。"

其次，《孟子》的"善辩"还表现在对论辩技巧的运用自如。孟子很善于在论辩中抓住所论问题的要害，设立圈套，请君入瓮，从而折服对方。如《孟子·梁惠王下》：

> 孟子谓齐宣王曰："王之臣有托其妻子于其友而之楚游者，比其反也，则冻馁其妻子，则如之何？"
>
> 王曰："弃之。"
>
> 曰："士师不能治士，则如之何？"
>
> 王曰："已之。"
>
> 曰："四境之内不治，则如之何？"
>
> 王顾左右而言他。

孟子居高临下，巧妙设喻，由小及大，由私及公，在一步步的诱导下使对方渐入自己早埋设好的圈套，最后理屈词穷，不得不否认自己前说而诚服于孟子。

此外，孟子还善于在论辩中穿插比喻或寓言故事，使文章瑰丽多彩的同时增强了辩论的感染力和说服力。如"五十步笑百步"、"揠苗助长"、"齐人有一妻一妾"等都出自《孟子》。这些寓言故事短小精悍，理趣性甚强，但因是为了论辩而作的，所以有时候不太注重逻辑合理性。冯梦龙编撰的笑话集《古今笑概·文戏部》中就有诗讽刺道："乞丐何曾有二妻？邻家焉得许多鸡？当时尚有周天子，何事纷纷说魏齐。"这四句后被金庸《射雕英雄传》借用，表现"俏黄蓉"之利口善辩。人无完人，原来"善辩"的孟子也有百密一疏之处啊。

73

# 《老子》五千言包含了怎样的智慧？

说到《老子》，先得谈谈它的作者老子。老子是一个很有传奇性的人物。关于他的事迹，《史记·老子列传》也只得四百多字的记述，仅知道他姓李，名耳，字聃，为楚国苦县历乡曲仁里人，同时期的孔子曾问礼于老子。但野史传说却详细得多了，据说老子降生的时候体弱头大、眉宽耳阔，目如深渊珠清澈，鼻含双梁中如辙。因其双耳长大，故起名为"聃"；因其出生于庚寅虎年（公元前571），亲邻们又呼之曰小狸儿，即"小老虎"之意。而江淮间人们把"猫"唤作"狸儿"，音同"李耳"，故久而久之，老聃的小名"狸儿"便成为大名"李耳"了。也有说法称老子一出生便一副老成相，所以人们称他为"老子"。也许是老子长寿并别具道家的一番飘飘若仙之气的缘故吧，历来寿星的形象多以老子为原型，大大的脑袋和耳朵则成了他的标志。后来老子被奉为道教中人，唐代武则天则将老子封为太上老君，这下更是位列仙班了。只可惜这些多不可信。

而《老子》这本书，也和它的作者一样，充满了一派浪漫气息。《史记·老子列传》说：

> 老子修道德，其学以自隐无名为务。居周久之，见周之衰，乃遂去。至关，关令尹喜曰："子将隐矣，强为我著书。"于是老子乃著书上下篇，言道德之意五千馀言而去，莫知其所终。

这就是《老子》一书的由来。

《老子》又称为《道德经》，全书五千言，一般认为是老子亲笔所作，在平直简约而又意旨幽深的韵文中，讲述着老子包揽古今、究极天人的深奥智慧。

老子的哲学，其中心是"道"，所谓"道"就是具体事物中所蕴含的抽象的自然法则和规律，它是万物的基础："道生一，一生二，二生三，三生万物。万物负阴而抱阳，冲气以为和。"一指元一，宇宙初生的那些混沌；二是天地，而三则是阴、阳、和三气，这三气变化出四时。这是老子的宇宙生成论。与"道"相对的是

《老子骑牛图》

"德"，指事物本身的特性，"道生之，德畜之，吾形之，势成之。"在老子的思想中，万事万物都是正反相对立并且相互转化的。所以老子说"祸兮，福之所倚；福兮，祸之所伏"，让人想起后世塞翁失马的典故。老子更进一步的体悟到了物极必反的道理，他有言道："将欲歙之，必固张之；将欲弱之，必固强之；将欲废之，必固兴之；将欲夺之，必固与之。是谓微明。柔弱胜刚强。鱼不可脱于渊，国之利器不可以示人。"这套大道理被很多兵书奉为圭臬，太平天国的石达开湖口大败曾国藩就是借用了老子的智慧。

老子还崇尚自然，认为"人法地，地法天，天法道，道法自然"，由此加以引申，他在政治上主张"无为而治"："我无为而民自化，我好静而民自正，我无事而民自富，我无欲而民自朴"。这其中也许有老子不满于当时横征暴敛的黑暗现实的原因，但也有他的遁世思想折射在里面。"无为"的反面即是"无不为"，"是以圣人无为，故无败；无执，故无失"，通过无为，以静受动，达到无不为。《老子》中勾画出一幅"小国寡民"的政治蓝图，在这个乌托邦里，"邻国相望，鸡犬之声相闻，民至老死不相往来"。虽然在封建时代中这个乌托邦是没有希望的了，但却为身受政治压迫和经济剥削之苦的人们提供了一个最美好的精神家园。

老子的思想和庄子不甚相同，虽然历来并称为老庄，但在先秦时代他们并没有归为一家，那些派别之见多是汉代才生成的。借用易中天的一句话：老子是假无为，是用过于无为而求有为。庄子是真无为，为求内心宁静而真逍遥。所以历史上，政治家都比较喜欢读《老子》，而艺术家、文学家却更喜欢《庄子》。

74

# 什么是寓言？

"寓言"一词，最早见于《庄子·寓言》篇"寓言十九，藉外论之"和《庄子·天下》篇"以重言为真，以寓言为广"之中。"寓，寄也，以人不信己，故托之他人"（《释文》），"藉外论之"就是说假托外物以立论，是文章言论的一种表达方式。其后寓言成为文学作品的一种体裁，是用比喻性的故事来寄寓意味深长的道理，给人以启发。其主人公可以是人，可以是动植物，也可以是无机体。其表达方式，或是借古讽今，或是借物喻人，或是由此及彼，如是种种，不一而足。

而在中国文学史上，也并不是所有的寓言都用"寓言"来命名的，先秦时代的《韩非子》收录寓言甚多，甚至有专门的篇章，但它却名为"说"；此后西汉刘向的《别录》里称为"偶言"，认为"偶言者，作人姓名，便相与语"；魏晋南北朝时期将印度佛经中的寓言翻译为"譬喻"；唐宋及以后历代的寓言，有时也多以"戒"、"传"、"说"等词为名。

寓言的历史可以追溯至春秋战国时期，那时多是民间的口头创作。先秦诸子和游说之士也经常利用寓言来阐明己说，无意中为后代保存了许多当时流行的优秀寓言，其中还不乏有诸子自己的创作。而《庄子》和《韩非子》两书中收录的寓言是最多的了，《庄子》"以寓言为广"，发言放荡恣肆，全篇处处可见寓言的影子；而《韩非子》更是有专门的篇章——《内外储说》和《说林》来收录寓言，言明己意。许多著名的寓言都源此两书，如"坐井观天"、"邯郸学步"、"庄周梦蝶"、"庖丁解牛"、"螳臂当车"、"相濡以沫"等出自《庄子》；而"自相矛盾"、"郑人买履"、"三人成虎"、"守株待兔"、"刻舟求剑"、"画蛇添足"、"买椟还珠"等则语出《韩非子》。除了这两部外，其他先秦典籍中也有收录，如《孟子》的"齐人有一妻一妾"、"五十步笑百步"等。

汉魏之时，一些作家也常常用寓言来讽刺现实。如果说先秦寓言以说理为主，讽刺意味还不是很浓的话，那么两汉寓言多劝诫，至于魏晋南北朝时期的寓言则是

偏重于嘲讽了。刘向是西汉的寓言大家，在他的《新序》中记载有"叶公好龙"、"宋人有得玉者"等故事，后者改造先秦旧说，讲述的是宋人将所得之玉送给子罕，子罕不受，并说道："我以不贪为宝，尔以玉为宝，若与我者，皆丧宝也，不若人有其宝。"可见刘向是以寓言来推崇高尚品质、弘扬正义精神的。

魏晋南北朝是我国寓言的过渡时期，这段时间印度佛经中寓言的传入，虽说对此时的寓言创作影响不大，但却促进了唐宋寓言的复兴。到了唐代，柳宗元写出《三戒》，以麋、驴、鼠三种动物的故事来讽刺那些恃宠而骄、得意忘形之徒，这时，中国寓言史上才第一次出现了自标篇名、独立成篇的寓言作品。明代刘基作《郁离子》，这是一部以寓言故事为主的散文集。这时寓言的讽刺意味稍淡，诙谐则成了主流，如"迂儒救火"、"杨氏鬻烟"、"凿壁移痛"等。

75

# 《庄子》的内容及艺术特色对后世有何影响？

《庄子》一书，分内、外、杂三部分，共五十五篇，集中反映了庄周及其后学的思想。《庄子》中有这样一段描写：

> 庄子钓于濮水。楚王使大夫二人往先焉，曰："愿以境内累矣！"
>
> 庄子持竿不顾，曰："吾闻楚有神龟，死已三千岁矣。王巾笥而藏之庙堂之上。此龟者，宁其死为留骨而贵乎？宁其生而曳尾于涂中乎？"
>
> 二大夫曰："宁生而曳尾涂中。"
>
> 庄子曰："往矣！吾将曳尾于涂中。"

这就是庄子，道家学派的代表人物，一生安于贫困而不求显达于尘世之间。但其实他也并不是真正的忘怀政治，而是心系天下，才会多有激愤之辞，"今处昏上乱相之间而欲无惫，奚可得耶？"（《山木》）正是出于对现实政治的无比厌弃，庄子选择了消极避世，虚静无为，追求绝对的精神自由和对现实的彻底超脱。在庄子一派人物看来，"以天下为沉浊，不可与庄语"（《天下》），天下黑暗而污浊，一般的言论已经不合于用了，故"以谬悠之说，荒唐之言，无端崖之辞"、"以卮言为曼衍，以重言为真，以寓言为广"，多用荒诞诡谲之语，实为采用异乎寻常的艺术表达方式，来表现遗世独立的思想内容。

谈及其文的艺术特色，其中一个显著特点是庄子的想象力非常之丰富。他在文笔变化多端的同时，又善于表述形容，文章有着很强的形象性；兼以其创作的艺术形象恢诡谲怪，如《逍遥游》中的鲲鹏变化，"鹏之徙于南冥也，水击三千里，抟扶摇而上者九万里"，所以《庄子》一书具有浓厚的浪漫主义色彩，令人于惊奇骇怪中获得非凡的审美享受。

另一个特点就是庄子对寓言和神话的大量应用，"寓言十九"，许多著名的寓言故事都是出自《庄子》，如朝三暮四、庄周梦蝶、庖丁解牛、螳臂当车、相濡以沫等。这些奇诡的想象和变幻莫测的寓言故事，构成了《庄子》特有的奇特的形象世界，"意出尘外，怪生笔端"（刘熙载《艺概·文概》）。而其寓言中含蓄的暗示手法的运用，正与庄子"道"之玄虚空灵的精神实质相吻合。这种寓言的背后，包藏的是无穷的万象，不尽的意蕴，让人能够捕捉一二，却又难以全部领悟，增加了它内涵的丰富和模糊的美。

《庄子》一书，开辟了散文艺术的新境界，鲁迅在其《汉文学史纲要》中称赞道："其文汪洋辟阖，仪态万方，晚周诸子之作，莫能先也。"其影响可见一斑。鲁迅在思想和文风上都有庄子的痕迹，他的历史小说集《故事新编》就明显地带有庄子寓言的不羁意味。

而《庄子》一书所传达出的庄子那广阔无际的精神境界，更是影响深远，贯穿了整个文学史。对中国文学史来说，浪漫主义和现实主义，是中国文学的两种比较突出的艺术流派。庄子散文当之无愧地是中国最早浪漫主义文学的杰作，哺育了中国浪漫主义文学的成长和发展。一代诗仙李白，就曾情不自禁地赞叹说："南华老仙发天机于漆园，吐峥嵘之高论，开浩荡之奇言，征志怪于齐谐，谈北溟之有鱼……

庄子像

五岳为之震落，百川为之崩奔……吾亦不测其神怪之若此，盖乃造化之所为。"苏轼读《庄子》书，也赞叹道："昔有见于中，口未能言，今见《庄子》，得吾心矣。"辛弃疾也深受庄子的影响，他在自己的作品中常常引用庄子的语言，并说："案上数编书，非《庄》即《老》。"郭沫若则认为，大半个中国文学史都受到庄子的影响。《庄子》这一部奇书，令后世之人在仰望的同时也深受其福泽，这是多么丰厚的一份遗产啊。

## 为什么说《荀子》是儒家学派的集大成者？

荀子（约前313年—前238年），名况，字卿，赵国猗氏人。他是继孔子、孟子之后的儒家第三位代表人物，他晚于孟子，但与孟子都是孔子学说的正传，孟子继承了孔子的仁义学说，而荀子则继承了孔子的礼乐学说；孟子就内在之仁，主张性善说，而荀子就外在之礼，主张性恶说。他俩各执一端以立说。而荀子能成为儒家学派的集大成者，也是与其本身的学识、眼光和所处的时代分不开的。

荀子学问广博，在各个领域都有涉猎，并好为老师，时人尊称他为"荀卿"。他

荀子像

曾于知天命的五十岁之际游学来到齐国稷下学宫，以对当时一些重大问题的深刻探讨而独树高标，备受推崇。他在齐襄王时期三为"祭酒"，风光无限。后因谗言离开齐国，赴楚国出任兰陵令，并受到楚相春申君的信任。公元前238年，春申君为李园所害，荀子由此罢官，不久便告别了人世。他一生桃李芬芳，韩非、李斯等人都是他的门下高足，而韩非更是由儒入法，身为法家学派的集大成者。

荀子以开阔的眼光，兼容并蓄，在继承发展前期儒家学说的基础上，适度吸收其他学派学说

的合理成分，并根据变化了的时代重新建构了自己的思想体系，因此，他的思想在许多方面都表现出新的特点：

首先，在天人关系方面，他打破了孔子所谓"畏天命"的思想牢笼，认为天只是客观的自然，与人世祸福并没有内在关系，进而提出了"制天命而用之"的新观点。他强调"天人之分"，认为"唯圣人为不求知天"（《天论》），把"人为"提高到很高的地位，这种思想，是荀子学说中最精彩的部分，也是他对人类认识史的发展作出的重要贡献。

其次，在文学观点方面，荀子继承了儒家的传统，认为文学就是学问，"人之于文学也，犹玉之于琢磨也"（《大略》）。承孔子"言之不文，行而不远"之说，但更讲究语言的文饰作用。

再次，在人性论方面，他反对孟子的"性善说"，提出"性恶论"，并说"人之性恶，其善者伪也。今人之性，生而有好利焉……"，否认先天良知，认为圣人都是后天经验等的积累所致。

最后，荀子主张治国应"礼"、"法"并举。他把"礼"看做是"法之大分"，荀子所谓的"礼"，已经不同于孔子的"父父、子子、君君、臣臣"那一套秩序规范了，而是发展为一种"法权形式"了。在治世策略方面，既强调礼制，也强调法制，同时还肯定人治。因为荀子思想中表现出来的对人自身的关怀，他受到很多时人的追捧。

以文章来说，诸子散文发展到荀子那个时期也渐趋于成熟完善，《荀子》中出现了自成体系的专题论文，还出现了较为"纯粹"的文学作品《成相》和《赋》篇，荀子也因《赋》篇被视为赋体的始祖之一。其次，荀卿工辞赋，多对偶，亦被视为后世骈文之祖。再次，相比于孟子的辩者文风，荀子之文为学者之文，严谨周详，多系专题式学术论文，往往有总论，有分论，层层深入，中心突出又结构严整，标志我国议论散文的成熟，为后世论说文体的典范。最后，荀子之文还有长者之风，其文老练淳厚、明晰条畅，多用比喻而少用寓言，如《劝学》篇，通篇用譬喻重叠构成，辞采缤纷，令人应接不暇。

77

# 《韩非子》中记载了哪些脍炙人口的寓言故事？

《韩非子》一书，记载有三百多则寓言故事，这些故事或取材于社会现实，或取材于历史人物和历史事件，也有些出于民间故事，在经韩非之手后，大都短小精悍却又意味深长，不乏脍炙人口的优秀作品。

"守株待兔"是我们比较熟悉的，原文比较短："宋人有耕田者。田中有株，兔走触株，折颈而死。因释其耒而守株，冀复得兔。兔不可得，而身为宋国笑。"这个故事到了今天仍有其现实意义，细想一下，即使在今天，仍有很多人不免守株待兔之讥，常常怀着这种"天上掉馅饼"的心态，期待着什么时候能不劳而获！

"郑人买履"的故事讽刺的是那些不知变通、本本主义的人们。故事说的是郑国一个人想去买鞋，去之前先用一根稻草量了量自己的脚，作为尺码备用。然后他就上街去了，当他挑好了鞋的时候才发现稻草忘在家里了，于是他匆匆忙忙回家去取，又急急忙忙跑回了店家，可是店家已经打烊了，他也就没有买到鞋子。后来有人知道了就问他，你自己买鞋子，穿在脚上一试便知啊！买鞋那人却回答，我宁愿相信尺码，也不愿相信自己的脚啊！

"杀猪教子"则是关于教育小孩子的一个名篇，说的是孔子弟子曾子的故事。他的妻子要去集市，幼小的孩子扯住母亲哭着闹着也想出去玩，曾子的妻子没有办法，就随便找个理由哄骗小孩子说：宝宝乖乖的，母亲回来就杀猪给你吃。然后她就出门了，等她从街上回来，却愕然发现曾子将猪捆好了正要杀。要知道在那个物质匮乏的时代，猪是很珍贵的啊，她赶快上前拦住曾子，说：你疯啦，我只是骗骗孩子的！曾子却很严肃地告诉她，你怎么能欺骗孩子呢？小孩子什么也不懂，只会学着父母的样子，现在你欺骗孩子，就是在教孩子去欺骗别人。做母亲的欺骗自己儿子，做儿子的不相信自己母亲，这样还有家教吗？于是那头猪还是被杀了。

"自相矛盾"应该更为人所知了，当有人问那个拼命夸耀自家矛和盾的人"以子之矛，攻子之盾，则何如"时，已经可以想见那人的愕然神色了。

"画鬼最易"说的是有个人给齐王画画，齐王问他：画什么东西最难？客人回答说：画狗画马最难。齐王又问：画什么最容易？客人回答：画妖魔鬼怪最容易。齐王奇怪这是什么原因呢？那个客人给他解答道：狗和马是人人都知道的动物，从早到晚随时都可以看到，不能任意虚构，要想画得像是很困难的，而妖魔鬼怪这些东西，都没有具体的形象，谁也没有见过它们，想怎么画就怎么画，所以画起来最容易。

除以上这些寓言故事外，《韩非子》中还有许多名篇，如"郢书燕说"、"滥竽充数"、"三人成虎"、"宋人疑邻"等等，这些生动形象的寓言故事，蕴含着深隽的哲理，凭着它们思想性和艺术性的完美结合，给人们以智慧的启迪，具有较高的文学价值。

78

# "一字千金"是什么来历？

"一字千金"的典故出自《史记·吕不韦列传》，与《吕氏春秋》的成书有关。

说到吕不韦，那可是战国末年一个颇具传奇性的人物，他本是阳翟的一个商人，却深具远见卓识，把握好时机做成了千古难逢的一桩"大买卖"——国君的买卖，后来他也因此位极人臣。而对这桩买卖的货物，吕不韦称之为"奇货可居"。

时间上溯到秦昭王四十年，此时太子死了，昭王将他的第二个儿子安国君立为太子。这个安国君有二十多个儿子，而他最爱的女人华阳夫人却没有儿子，那么将来他会选谁嗣位呢？聪明的人都会为自己长远考虑。正好吕不韦这个时候在赵国邯郸做买卖，得见子楚。这个子楚，身为安国君二十多个儿子中的一个，却因母亲夏姬不受宠爱、身份低贱，就被他父亲发配到赵国做人质。子楚在赵国也是处处受冷眼，生活得很不如意。吕不韦觉得可以利用子楚的身份大做文章，于是就去求见子楚，声称他"能大子之门"，子楚以为吕不韦是开玩笑，笑着回他说："且自大君之门，而乃大吾门！"吕不韦见多识广，也不生气，他意味深长地对子楚说："子不知也，吾门待子门而大！"然后将他的计谋告诉了子楚，子楚听了深为叹服。当场就立

下誓言："必如君策，请得分秦国与君共之。"之后吕不韦就开展了他的行动，将五百金给子楚以结交宾客，另五百金买了奇物玩好，送给了华阳夫人，告诉她：子楚贤良而且有智慧，并时时以夫人为念。可立为义子，以承其嗣。不韦又让华阳夫人的姐姐劝说她，告诉她凭借美貌侍奉他人的，当年老色衰时就会失去宠爱等等的道理。华阳夫人最后被说动了，将子楚认成自己的儿子，立为嗣君。

子楚后来成为了秦庄襄王。在他即位的第一年，吕不韦登上了丞相的位置，受封为文信侯，拥有食邑十万户。

吕不韦所处的战国时代是一个变革的时代，诸侯为争夺人才，都喜欢招贤纳士。而所谓的"战国四君子"——魏国信陵君、楚国春申君、赵国平原君以及齐国孟尝君都以礼贤下士而闻名。吕不韦登上了秦国相国的宝座之后，不甘心在这方面居于人后，于是他也广招门客并高薪优待他们，最后竟招来三千多人。其时天下辩士遍布，都喜欢著书立说扩大知名度，吕不韦看到这个也心动了，于是"乃使其客人人著所闻，集论以为八览、六论、十二纪，二十余万言。以为备天地万物古今之事，号曰《吕氏春秋》"。

完成那么一个大部头的著作后，吕不韦十分得意，于是将这部新完成的《吕氏春秋》"布咸阳市门，悬千金其上，延诸侯游士宾客有能增损一字者予千金"。有谁敢修改秦相所编之书啊，此举不过是为扩大影响罢了。这便是"一字千金"典故的由来。

"一字千金"本是增加或损改一个字便赏予千金的意思，后来用以形容文章的文辞精妙，不可改易。南朝钟嵘的《诗品》评价《古诗十九首》说："文温以丽，意悲而远，惊心动魄，可谓几乎一字千金"，就是运用了这个典故。

79

# 何谓"西汉鸿文"？

汉初时代，刚经历过了楚汉之争的纷乱，纵横之风重又盛行，而统治者在目睹了秦"二世而亡"的悲剧之后，迫切需要得到能够长治久安的治国良策。于是，从陆贾的《新语》开始，一批为中央政权的巩固而作的具有强烈时代特征的政论散文应运而生，它们的内容不外乎总结秦王朝覆灭的教训、为新王朝提供统治的良策等等。这些作品以对现实的深入思考为主，抚今追昔，冷静客观却也热情洋溢，论证充分，逻辑严密，结构严整，语言整饬。

这些政论散文中，又以贾谊、晁错之作为代表。他们的文章继承发展了战国诸子之文的优良传统，"为文皆疏直激切，尽所欲言"。鲁迅《汉文学史纲要》讲到贾、晁二人的策疏时曾评价说："皆为西汉鸿文，沾溉后人，其泽甚远。""西汉鸿文"因此得名。而从广泛的意义上来说，西汉的政论散文，都可称之为"西汉鸿文"。

相较于战国诸子讨论政治问题的散文，西汉前期的政论散文发展出一些自己的特色：一是更注重提出具体、实际的政策方针，而不是理论上简单的空谈；二是在继承了战国散文纵横之气的同时，具有战国散文所没有的严谨整饬的风貌；三是在国家百废待兴之际，作者"居庙堂之高"而有着为国分忧的热情，因此其文也有恢宏的气度。

其中贾谊和晁错又各具特色。贾谊最为我们熟悉，他怀才不遇，曾任长沙王太傅、梁怀王太傅，三十三岁时就抑郁而死。"宣室求贤访逐臣，贾生才调更无伦。可怜夜半虚前席，不问苍生问鬼神"（李商隐《贾生》）就是专为他而作。而他的《过秦论》我们更是早在中学时代就见识过了，其行文铺陈夸张，辞采富丽，谋篇结构独出心裁，历来备受推崇。贾谊还有《陈政事疏》、《论积贮疏》等代表作，都体现出贾谊之文言语激切、情感丰富、危言逼人的特点。总体来说，贾谊之文博采了前代诸子散文之所长，有战国遗风，又加以自己的情感体验，富于感染力。历代对其文评价都很高。唐皮日休说："其心切，其愤深，其词隐而丽，其藻伤而雅。"（《文薮·悼贾》）

另一位代表性人物晁错，稍晚于贾谊，他的作品有《言兵事疏》、《守边劝农疏》、《论贵粟疏》和《举贤良对策》等，都是当时杰出的政论文。晁错辞采不如贾谊，但句句切实，言之有物。鲁迅有言："然以二人之论匈奴者相较，贾生之言，乃颇疏阔，不能与晁错之深识为伦比矣。"

80

# "汉赋四大家"都有谁?

西汉初期,国家呈现出一派"大一统"的泱泱大国气象,百废待兴,重视文教。而那个时候的统治者对文学却不甚重视,汉高祖的大臣陆贾因为经常在皇上面前称赞《诗经》和《尚书》,结果就被刘邦给骂了:"你的主公在马上得到天下,为什么要工于诗书?"他们任由学术文化自由发展,而"文变染乎世情,兴废系于时序",汉赋应运应时而生,它可以分为汉大赋、骚体赋和抒情小赋。而其中最能代表盛世强音的则是汉大赋。

汉大赋,又称散体大赋,除了师承屈原、宋玉之外,还继承了《诗经》中"雅"、"颂"的传统和战国之时纵横游说之风。汉大赋的创作可上溯至宋玉的《高唐赋》和枚乘的《七发》,其后西汉的司马相如、扬雄和东汉的班固、张衡相继有优秀作品面世并取得很大成就,后人就把他们四个人合称为为"汉赋四大家"。

《博古叶子》之司马相如和卓文君

司马相如(公元前179-前118年),字长卿,蜀郡成都人,喜好击剑读书。年少风流之时,一曲《凤求凰》,使得富家之女卓文君夜晚私奔投他。最困难的时期,两人相互扶持,卖酒为生。后来相如富贵,竟想要纳一房小妾,文君泣作《白头吟》以赠之,其中有"凄凄复凄凄,嫁娶不须啼;愿得一心人,白头不相离"之句,相如看诗后羞愧不已,遂不复娶。两人终携手以老，可惜相如六十二岁时因消渴症（即指糖尿病）而逝去。但这一段故事，却成为了中国文学史上流传不息的爱情佳话。

司马相如本人则是汉大赋首屈一指的代表作家，二十多岁游梁之时即作《子虚赋》，传至武帝眼前，引得他惊叹："朕独不得与此人同时哉！"宦官杨得意回答是他的老乡司马相如所作，于是相如被召至朝廷，"请为天子游猎之赋"，续《子虚赋》而作《上林赋》，借"子虚"、"乌有"、"亡是公"之口，铺陈盛世壮景，最后"劝百讽一"，归之于节俭。相如赋的艺术价值很高，相传汉武帝的废后陈阿娇曾备千金只为求相如一赋，这也是《长门赋》的由来。

扬雄（公元前53—18），字子云，和司马相如一样也是蜀郡成都人。西汉时期的著名哲学家、文学家和语言学家。早年喜好作赋，故有"扬雄四赋"：《河东赋》、《长杨赋》、《甘泉赋》、《羽猎赋》，其风格多模仿司马相如的《子虚赋》、《上林赋》等作。后来却认为辞赋是"雕虫篆刻"、"壮夫不为"，转而研究哲学，作《法言》和《太玄》。

班固（32—92），文学家班彪之子，其弟、其妹均善文，可谓出于文学世家，有史才，辞赋方面以《两都赋》闻名于天下。《两都赋》首开大赋的京都题材，在写法上一改前人铺排夸饰之习，力求征实之风，意欲将颂美与"礼法"相结合。他的赋作昭示着汉赋的变革。

最后一大家张衡（78—139），也是天文、算法方面的大家，就是他，发明了历史上赫赫有名的浑天仪和地动仪。他的文学作品主要是辞赋和诗歌。散体大赋以《西京赋》、《东京赋》最为有名，合称《二京赋》，是他有感于"天下承平日久，自王侯以下莫不逾侈"而作。和班固《两都赋》比较，表现出对现实的更多关注。其外还有《归田赋》，这是一篇小赋，抒发归隐田园的逸情，标志着赋体赋风的转变。

81

# 汉代牢骚诙谐文的典范是哪一篇？

汉代牢骚诙谐文的典范是东方朔的《答客难》。

东方朔（约前154—约前93），字曼倩，平原厌次（今山东惠民）人，西汉辞赋家。他本身就是一个滑稽幽默之人，司马迁在《史记》中更是称他为"滑稽之雄"。据史书记载，他给武帝上书自荐的时候就用了三千片简牍，两个人才能勉强抬起来，而武帝为了看完它就花了两个月。他非常聪明，武帝出的谜语他总是一猜就中，对答如流，很受武帝的喜欢。武帝好大喜功，有一次他问东方朔："先生以为朕是一位什么样的君主呢？"东方朔回答他说："圣上功德，超过三皇五帝，要不众多贤人怎么都辅佐您呢，譬如周公旦、邵公都来做丞相，孔丘来做御史大夫，姜子牙来做大将军……"一口气将古代三十二个治世良臣都说成了武帝的臣子。他语带讽刺，但表面上又装出一副滑稽相，使汉武帝欲恨不能，笑恨之余又确实感到自己不如圣王。

唐寅绘东方朔像

东方朔并不是单纯地想以滑稽来取得帝王的宠爱，他只是想借助这种方式，使他的政治谏说能够被武帝所听取，他一直向往着凭自己的实力出人头地。可悲的是，武帝对他，却始终以优伶视之。据《史记》记载，东方朔到了晚年临终的时候，还规劝武帝说："《诗经》上说：'飞来飞去的苍蝇，落在篱笆上面。慈祥善良的君子，不要听信谗言。谗言没有止境，四方邻国不得安宁。'希望陛下远离巧言谄媚的人，斥退他们的谗言。"武帝这时候竟然很惊奇地说："如今回过头来看东方朔，仅仅是善于言谈吗？"司马迁悲哀的评论道："传曰：'鸟之将死，其鸣也哀；人之将死，其言也善。'此之谓也。"

而《答客难》就是东方朔的"一把辛酸泪"，却以牢骚诙谐的文字写成。

《答客难》开篇即假设有"客"难东方朔，讥他"自以为智能海内无双，则可谓博闻辩智矣。然悉力尽忠，以事圣帝，旷日持久，积数十年，官不过侍郎，位不过执戟"，并作出提问："同胞之徒，无所容居，其故何也？"其实这些假设"客难"的话，都是东方朔自己的牢骚和自嘲。他向往纵横游说的战国时代，以苏秦、张仪自喻，认为自己生不逢时，故官职才只会是个小小的"侍郎"。

其后他故作姿态，自问自答——"东方先生喟然长息，仰而应之曰：'是故非子之所能备。彼一时也，此一时也，岂可同哉？'"故作反语，好像心胸豁然开朗，并无不满之意。但接下来的文章却不难看出他的真情实感：

> 遵天之道，顺地之理，物无不得其所；故绥之则安，动之则苦；尊之则为将，卑之则为虏；抗之则在青云之上，抑之则在深泉之下；用之则为虎，不用则为鼠；虽欲尽节效情，安知前后？夫天地之大，士民之众，竭精驰说，并进辐凑者，不可胜数；悉力慕之，困于衣食，或失门户。使苏秦、张仪与仆并生于今之世，曾不得掌故，安敢望侍郎乎！

这一段也是东方朔历来备受称颂的，他将汉朝和战国做鲜明对比，看透了形势，以嬉笑诙谐的语言讲述深刻道理：才士得不得用，都在上位者一念之间。语言疏朗，议论酣畅，刘勰称其"托古慰志，疏而有辨"。之后扬雄的《解嘲》、班固的《答宾戏》、张衡的《应间》等，都是模仿他的作品。

82

# 中国第一部纪传体通史是什么？

自然是《史记》。"史家之绝唱，无韵之《离骚》"（鲁迅《汉文学史纲要》）。

《史记》，原名《太史公书》，西汉太史令司马迁所作。"史记"一称是东汉末年以后流行起来的叫法。全书以"究天人之际，通古今之变，成一家之言"（《报任安书》）为其写作宗旨，由十二本纪、十表、八书、三十世家、七十列传组成，共百三十篇，记述了上至黄帝、下迄汉武帝太初年间约三千年间的社会、政治、经济、文化等状况，以及活动在其间的各个阶层形形色色的人物。《史记》首创纪传体的体例，它以人物传记为中心，是记言、记事的进一步结合，也是中国历史上第一部由个人独立完成的具备完整体系的巨作，标志着我国史传散文发展的最高峰。

《史记》在写人、叙事上都达到了很高的艺术成就。

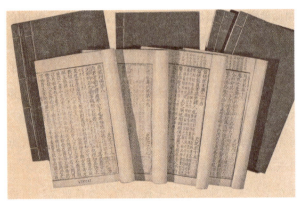

《史记》书影

在写人方面：其一，司马迁首创以人载事的表述模式，以写人为中心，重视人的历史作用，让人物推动历史发展。他突破传统的藩篱，为游侠、刺客、商贾、倡优等都立了传，人物归类时并不是简单依据官职或社会地位，而是根据其历史作用，如农民起义领导者陈胜、吴广都被并入了世家。

其二，人物塑造非常成功，司马迁选取具有典型意义的情节，在一系列矛盾冲突中，让人物的个性鲜明地凸现出来，其中不乏因果报应，有恩报恩，有仇报仇，更有士为知己者死的感人故事，容易引起读者共鸣。另外，在主要事件之外还描写一些小事和生活琐事，以见微知著，以小见大。

其三，人物褒贬分明，"不虚美，不隐恶，故谓之实录"。作者寄情笔墨，在文中寄寓了自己的身世之慨，感情充沛而富于感染力，因此又有"无韵之离骚"的美誉。

其四，谋篇布局，颇具匠心。在辐状结构的各篇章中采用"人物互见法"，即将历史人物言行和历史事件分散在各篇之中，参差互见，彼此补充。如汉高祖刘邦逃跑时将亲生儿女抛下车的情节，就在其他人的传记中真实揭露出来。这种写法既避免重复，还有利于表现人物性格的复杂性，人物形象更丰满。

在叙事方面：首先是勾连天人、贯通古今的结构设计。全书有本纪、世家、列传、表、书五种体例，互相补充，展示了一幅波澜壮阔的生活画面。

其次，运用了历史和逻辑相统一的叙事脉络。

再次，展示了对因果关系的探寻，注重揭示隐藏在事件背后的决定性因素，往往对事物发展的起因大加笔墨。

最后，表现出了司马迁对于复杂事件和宏大场面的驾驭能力。通过顺叙、倒叙、插叙、补叙等手法的灵活运用，使得头绪纷杂的历史事件可以条理清晰的展现在读者面前。

83

# 《报任安书》是一封什么样的书信？

《报任安书》，见于《汉书·司马迁传》及《文选》卷四十一，它是一封来自汉武帝时代的信件，寄信人：司马迁，收件人：任安。

任安，字少卿，西汉荥阳人。征和二年（公元前 91 年）朝中发生巫蛊之乱，江充乘机诬陷戾太子（刘据），戾太子发兵诛杀江充等，后与丞相军大战于长安，当时任安担任北军使者护军的职位，乱中接受戾太子要他发兵的命令，但按兵未动。戾太子事件平定后，汉武帝认为任安"坐观成败"，"怀诈，有不忠之心"，论罪腰斩。任安入狱后曾写信给司马迁，希望他"尽推贤进士之义"，搭救自己。直到任安临刑前，司马迁才写了回信，这就是著名的《报任安书》。

在这封信中，司马迁以沉痛慷慨的言辞，表达了自己因李陵之祸惨遭宫刑的悲愤和耻辱，叙述蒙受这样大的耻辱却没有自杀的原因——"且夫臧获婢妾，由能引决，况仆之不得已乎？所以隐忍苟活，幽于粪土之中而不辞者，恨私心有所不尽，鄙陋没世，而文采不表于世也"，隐晦说明了不能为任安申述的原因，反复表达完成《史记》的决心，为了"著此书，藏之名山，传之其人、通邑大都"，"偿前辱之责，虽万被戮，岂有悔哉"？

另外司马迁还提出了著名的"发愤著书"说："盖文王拘而演《周易》；仲尼厄而作《春秋》；屈原放逐，乃赋《离骚》；左丘失明，厥有

司马迁像

《国语》；孙子膑脚，《兵法》修列；不韦迁蜀，世传《吕览》；韩非囚秦，《说难》、《孤愤》；《诗》三百篇，大底圣贤发愤之所为作也。此人皆意有所郁结，不得通其道，故述往事、思来者。"说明古之名作都是"发愤之所为作"。

《报任安书》见识深远，言论剀切，作者长久郁积心中的悲愤，借此文喷薄而出，有如长江大河，一泻千里，将痛苦矛盾表现得淋漓尽致，是激切感人的至情之作。而其行文的流畅，语言的生动，骈句、散句自然错落，排句、迭句时有穿插，使得它在散文形式上也有独具一格的艺术魅力。此外，它还是我们了解司马迁生平思想及《史记》的重要工具。

84

# 《盐铁论》是讲什么的？

《盐铁论》，可以说就是对一场会议的书面记录罢了，只不过这个会议的规模和影响却不可小觑。

《盐铁论》书影

时间上溯到公元前81年（汉昭帝始元六年）旧历二月，这个时候朝廷从全国各地召集贤良文学六十多人到京城长安，与以御史大夫桑弘羊为首的政府官员共同讨论民生问题，后人把这次会议称为盐铁会议。会上，双方对盐铁官营、酒类专卖、均输、平准、统一铸币等财经政策，以至屯田戍边、对匈奴和战等一系列重大问题，展开了激烈争论。这也是中国古代历史上第一次规模较大的关于国家大政方针的辩论会。

时隔三十年之后，文人桓宽根据这次会议的官方记录加以整理，又增加了一些条目，这就成了我们今天看到的《盐铁论》。

《盐铁论》全书分为十卷六十篇。前四十一篇都是写盐铁会议上的正式辩论，自第四十二篇开始至第五十九篇是写会后的余谈，最后一篇"杂论"是作者写的后序。篇各标目，前后联成一气，采用对话的形式，记述了当时儒法两家激烈论战的历史事实。

《盐铁论》中称："惟始元六年，有诏书，使丞相御史与所举贤良文学，语问民间所疾苦。"（《本议》）其中丞相、御史（书中统称为"大夫"）是代表政府的当权派，支持桑弘羊为首的法家之术；而所谓的"文学贤良"指的是在野的复辟派，代表奴隶主和大商人的利益，他们以儒家学说为武器。《盐铁论》的结尾说道："余睹盐铁之义，观乎公卿、文学贤良之论，意指殊路，各有所出。或上仁义，或务权利"（《杂论》），这几句话说明了两派的辩论焦点：虽说辩论是围绕着盐铁官营这个问题进行的，但其根本的分歧是当权的公卿"务权利"，反对派"上仁义"。

我们应该看到，桑弘羊的学说是符合当时社会发展需要的。而《盐铁论》的作者桓宽，因服膺于儒家思想，故在政治上反对桑弘羊。还好这个并没有影响到桓宽的实录精神，他的这部《盐铁论》，把辩论双方的思想、言论等都还算客观真实地整理了出来，使这部著作在保存了西汉中期较丰富的经济史料的同时，还把桑弘羊这一封建社会杰出的理财家的概略生平、思想和言论相当完整地保留了下来，成为后人用以研究中国经济思想史、特别是西汉经济思想史的一部重要著作。

85

# 我国第一部纪传体断代史是什么？

《汉书》是我国第一部纪传体断代史，与《史记》齐名，《汉书》相比《史记》，又有自己独特的文章风格。

首先，《汉书》中具有比较明显的大汉王朝的正统思想。这与班固和班昭的父亲班彪有很大关系。班彪是两汉之际最能代表正统思想的人物，西汉末年天下大乱时，他也能坚定不移地维护汉朝政权。班固在书中批评《史记》"论大道则先黄老而后六

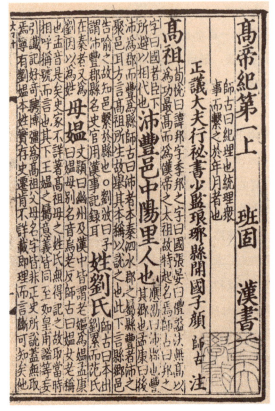

《汉书·高帝纪》书影（宋刻本）

经，序游侠则退处士而进奸雄，述货殖则崇势利而羞贫贱"，他在选取人物上更重忠君保皇，如《苏武传》等，而且不像司马迁那样时时渗透情感。但也因此，《汉书》没有《史记》那样的卓越见解和批判精神。

其次，《汉书》的文章更具有历史文献的特征，学术性质较为突出。班固特别善于以史家的目光洞察历史的发展，在叙事中准确地交代关乎历史发展的重要事件、人物和文献情况，在平实细密的叙述中再现历史的风貌。而且班固着力于为学者立传，在原有的传记中增加了一些学术的事迹，刊载了一些经世之文，为后代留下了难得的文献资料。

再次，在行文方面，和《史记》疏荡往复的笔法不同，《汉书》重视规矩绳墨，行文谨严有法，工整细致，风格与《史记》迥然有别。在语言方面，《汉书》典雅凝练，多用偶句骈语，亦好用古字，直录古书，未加训释，所以《后汉书·列女传》说："《汉书》始出，多未能通者，同郡马融伏于阁下，从昭受读"。也因此，读者不如《史记》那般众多。

86

# 诸葛亮的《出师表》为何而作？

表，是古代臣子向帝王上书言事的一种文体。在我国封建社会，臣子写给君主的呈文有各种不同的名称：战国时期统称为"书"，如李斯《谏逐客书》；到了汉代，这类文字分成章、奏、表、议四小类。"章以谢恩，奏以按劾，表以陈情，议以执异"（《文心雕龙》）。此外，还有一种专议朝政的文章，又统称"表"，"表"的基本特征是"动之以情"。

"师"，就是军队的意思。所谓"出师表"，顾名思义，为了出兵打仗而写给皇帝的呈文。

诸葛亮写的《出师表》可分为《前出师表》和《后出师表》两篇，是三国时期蜀汉丞相诸葛亮两次出军北伐曹魏前，上呈给后主刘禅的奏章。《前出师表》作于建兴五年

《前出师表》（传岳飞书）

（227年），收录于《三国志·诸葛亮传》。通常我们所说的《出师表》指的都是《前出师表》。

《出师表》行文脉络十分明晰，作者首先分析了当前形势："今天下三分，益州疲弊，此诚危急存亡之秋也。"他站在国家存亡的角度上，托以"先帝遗德"，提出了广开言路、严明赏罚、选贤举能等举措，从各个方面规箴后主，情真理足，词婉心切，因而虽属奏章表文，却极富感染力；然后作者追忆往昔，表达了对先帝的知遇之恩的感激以及自己北定中原的决心，"兴复汉室，还于旧都。此臣所以报先帝而忠陛下之职分也"。慷慨深沉，动人心魄；之后发愿"愿陛下托臣以讨贼兴复之效，不效，则治臣之罪，以告先帝之灵"，由叙而誓，推上高潮；最后以"今当远离，临表涕零，不知所言"作结，其声呜咽似泣，其情沛然如注，勤勤恳恳之态毕现，耿

耿忠心尽数坦露。

这篇《出师表》历来都受到人们的高度赞扬，被视为表中的代表之作。刘勰曾把它跟孔融的《荐祢衡表》相提并论，说"至于文举之荐祢衡，气扬采飞；孔明之辞后主，志尽文畅。虽华实异旨，并表之英也。"陆游在《书愤》中写道："出师一表真名世，千载谁堪伯仲间？"文天祥的《正气歌》亦赞叹道："或为出师表，鬼神泣壮烈。"

87

# 中国第一篇文学批评的专门论文是谁写的？

文论史上第一篇文学批评的专门论文应当是曹丕的《典论·论文》。

曹丕（187－226），字子桓，曹操的次子，与弟曹植同为卞皇后所生。在其异母兄曹昂战死后，曹丕成为曹操的长子。建安十六年（211）为五官中郎将、副丞相。建安二十二年（217）在司马懿、吴质等的扶持下，战胜曹植被立为太子。建安二十五年，曹操去世，曹丕嗣丞相位，袭封为魏王及冀州牧。同年十月，逼迫汉献帝禅位，登基为帝，建国号为"魏"，改延康元年为黄初元年。曹丕在位七年，死后谥号为"文"。陈寿在《三国志》中称赞道："文帝天资文藻，下笔成章，博闻强识，才艺兼该；若加之旷大之度，励以公平之诚，迈志存道，克广德心，则古之贤主，何远之有哉！"

曹丕在政治上的成就不如其父曹操，在做皇帝的七年中，既没有完成曹操一统天下的遗愿，也未做出影响深远的政治改革，基本上说是个守成之君。然而他在文化事业上却颇有建树。

曹丕八岁即能为文，"少诵诗论，及长而备历五经四部，《史》、《汉》、诸子百家之言，靡不备览"，后与邺下文人交友密切，有良好的文化修养和家学素养。他在文学上虽不如其弟，但也取得了突出的成就：其《燕歌行》是中国现存最早的文人七言诗；他的五言和乐府清绮动人；而所著《典论·论文》，在中国文学批评史上占有重要地位，是我国文学批评史上第一篇自成系统的专题论文，也是中国古代文论开始步入自觉期的一个标志。虽然说所论的"文"是广义上的文章，但涉及了文学批评中几个很重要的问题如文学功用、作家修养与作品风格、文体特点等，在文学批评史上有很高的地位。

刘勰《文心雕龙》对曹丕的评价很是中肯："魏文之才，洋洋清绮。旧谈抑之，谓去植千里。然子建思捷而才俊，诗丽而表逸，子桓虑详而力缓，故不竞于先鸣。而乐府清越，《典论》辩要，迭用短长，亦无懵焉。但俗情抑扬，雷同一响，遂令文帝以位尊减才，思王以势窘益价，未为笃论也。"

在《典论·论文》中，曹丕从批评"文人相轻"入手，强调"审己度人"，分析了"建安七子"在各体文章上的长处和短处，并在此基础上提出了"四科八体"的文体说、"经国之大业，不朽之盛事"的文学价值观及"文以气为主"的作家论。他提出的"文以气为主"的著名论断，继承和发挥了孟子的"知言养气"之说，提出了文论史上著名的"文气"说，影响深远，使后世文评家多以"气"论作品和作家。这是曹丕《论文》最突出的理论贡献。此外，文中还讨论了文体："夫文本同而末异，盖奏议宜雅，书论宜理，铭诔尚实，诗赋欲丽。此四科不同，故能之者偏也。唯通才能备其体。"这也是中国文学史上第一次尝试为文体分类。

曹丕的《典论·论文》开文学批评的先河，开始思考文学发展中一些普遍的问题及规律，其影响惠及之后的陆机、刘勰、钟嵘等人以及唐宋以后的批评家和作家。

88

# 曹丕的《与吴质书》为何著名？

《与吴质书》是魏晋时期的散文名篇，这篇文章其实是曹丕写给好友吴质的书札。在文学史上，曹植的文学成就要高于曹丕。但曹丕的《与吴质书》不但慷慨任气，而且骈句优美，风格清绮，兼以情深意切，却较曹植的同类之作更为有名，且让我们来看看它怎么就这么有名。

书信是一种实用文体，曹丕这篇书札是写给吴质的。吴质，字季重，济阴人，以文才出众而为曹氏父子所亲善，他比曹丕仅大了十岁，因此两人尤为亲厚。而随着曹植的一天天长大，逐渐展露的学识文才都让曹丕不安，隐约间两人拉开了嗣位斗争的帷幕。当时曹操更喜欢他的三儿子曹植，建安十九年出征的时候，就让曹植担当留守邺的重任，而送别曹操的时候，曹植更是"称述功德，发言有章"，引得龙心大悦。在曹丕深感不安、手足无措的时候，吴质偷偷对他耳语道："王当行，流涕可也。"于是曹丕大哭着对他的父亲拜别，而这一计攻心为上，使得曹操和左右唏嘘不已，"皆以植辞多华，而诚心不及也"。

之后见到名士杨修和丁仪兄弟都拥护曹植夺位，曹丕担心忧虑，想找吴质想办法，就把吴质藏在破败的竹筐里用车拉到了他的住处，不料这一举动却被杨修察觉并告诉了曹操。为此曹丕很害怕，吴质却胸有成竹地说："何患？明日复以篓受绢车内以惑之，修必复重白，重白必推，而无验，则彼受罪矣。"事件发展果然如吴质所预料，第二天只看到一匹匹绢布的曹操心生怀疑，从此不再看重曹植。这就是所谓的"废篓纳绢"事件，吴质可以说是为曹丕继嗣立下了汗马功劳，更被曹丕引为心腹大将。

在这些事情之后的第二年，也就是建安二十年的春天，曹丕在孟津，五月间写信给吴质，这就是《与吴质书》。书曰：

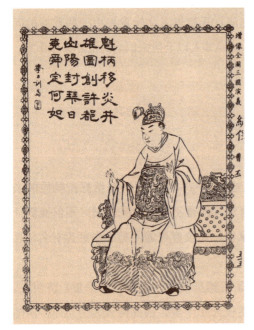

曹丕像

季重无恙！途路虽局，官守有限，愿言之怀，良不可任。足下所治僻左，书问致简，益用增劳。每念昔日南皮之游，诚不可忘。……今果分别，各在一方，元瑜长逝，化为异物。每一念至，何时可言。方今蕤宾纪时，景风扇物，天气和暖，众果具繁。时驾而游，北遵河曲，从者鸣笳以启路，文学托乘于后车，节同时异，物是人非，我劳如何。今遣骑到邺，故使枉道相过。行矣自爱。丕白。

其后，在吴质任元城令的第四年（建安二十三年），曹丕还给他写过一封信，名为《又与吴质书》，此信中言：

昔年疾疫，亲故多离其灾，徐、陈、

应、刘，一时俱逝，痛可言耶。……顷撰其遗文，都为一集。

对于这些情深义重的信件，吴质也多有回信，他们之间的信件往来，成为了建安文学的见证，也是研究的重要史料。

观之《燕歌行》，就可以看出曹丕的文笔光昌流丽，极富才情；而《与吴质书》是曹丕写给他心腹知己的信件，故都是"叙心"之语，血诚之言。在对往事的忆念中，抒发他对亡友的哀思和对人生短暂的无可奈何之感。写往日的快乐，是为了衬托今日的悲伤，加上作者的回味，带有很浓郁的主观色彩，情感似要满溢而出。后来，梁昭明太子萧统编《文选》，将《与吴质书》收入，使之更受后人重视。这样的一封信，感人至深，回味悠长，又怎能不闻名古今呢？

## 为什么说曹植是建安文学的集大成者？

曹植与其父曹操、其兄曹丕齐名，并称"三曹"。虽然他在政治上是一个失败者，但是他跌宕起伏、颇具传奇色彩的一生却造就了他在文学史上的崇高地位，使他成为建安文学的集大成者。

据《三国志》记载，曹植自幼聪颖，才华横溢，十多岁时便能诵读《诗》、《论》及辞赋数十万言，并出口成章，下笔成文。每次面对曹操的"考问"，曹植都能对答如流，因而备受曹操的宠爱，一度认为他在诸子中"最可定大事"，"欲立之为嗣"。但曹植后来的表现却令曹操屡屡失望。这与曹植的性格有关。早年的曹植，由于深得曹操的宠信，过着贵公子生活，沉湎于优

顾恺之《洛神赋图卷》北宋摹本之洛神像

游宴乐，又因其才高，颇有些恃才傲物、盛气凌人。据《魏志·陈王传》记载，曹植"任性而行，不自雕励，饮酒不节"。而饮酒误事，则最终导致了他的失败。据史料记载，醉酒的曹植擅自开启司马门，违背礼制，《曹操集》记载曹操当时"异目视此儿矣"，不再像以前那样喜欢他；而之后战场上的一场大醉更是注定了他在争夺嗣位上的失败：据《魏志·陈王传》记载，建安二十四年（公元219年），曹操欲派曹植率兵攻打关羽，解曹仁之围，但在这军情如火的紧要关头，曹植却喝得烂醉如泥，不能受命，令曹操对他无可奈何，悔而罢之，从此绝了立他为嗣的心。

曹植的耿介狂傲、任性而为决定了他不可能成为一个优秀的政治家，但这却成就了一个卓越的文人。事实的确如此。在文学上，曹植为诗为文都极具才情，明代的批评家张溥说他"集备众体"，又说曹植："自然深致，少逊其父；而才大思丽，兄似不如。"曹植的创作对"建安风骨"的创立起到了巨大的推动作用，更被推为建安文学的集大成者。

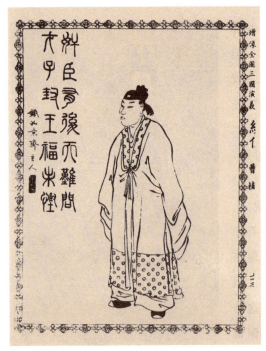

曹植像

之所以称曹植是建安文学的集大成者，最主要的原因是他用自己的创作，引领一时风气，并诠释了"建安风骨"，被刘勰誉为"骨气奇高，词采华茂"（《文心雕龙》）。兼之他还是个文学全才，他的辞赋和散文也很出色。如其《洛神赋》一出，可谓当时无人能与争锋；而他又"集备众体"，各体文章今存九十二篇，包括颂赞、铭诔、碑文、哀辞、章表、书启、杂说、序论等都继有成就。其中又以书、表最出色，《与吴季重书》、《与杨德祖书》、《求自试表》、《求通亲亲表》等都是名作。《文心雕龙·章表》

称赞道：

> 陈思之表，独冠群才；观其体赡而律调，辞清而志显，应物制巧，随变生
> 趣，执辔有余，故能缓急应节矣。

90

# 《与山巨源绝交书》是谁写给谁的绝交信？

《与山巨源绝交书》为竹林名士嵇康所作。这封书信是写给朋友山涛与之绝交的。这两位是怎么了？为何绝交？介绍了这两个人您就知道了。

嵇康（223—262），字叔夜，谯郡铚县（今安徽宿县西）人，与阮籍并为"竹林七贤"的领袖人物。据《晋书·嵇康传》记载，"康早孤，有奇才，远迈不群"。他身长七尺八寸，相貌可谓是龙章凤姿，风度非凡，为一世之标。有人称赞他："萧萧肃肃，爽朗清举。"也有人说他："肃肃如松下风，高而徐引。"好友山涛评价道："嵇叔夜之为人也，岩岩若孤松之独立；其醉也，傀俄若玉山之将崩。"（《世说新

唐人绘《高逸图》。左为王戎，右为山涛

语·容止》）据说他去山间采药，游兴大发，忘了回家，而山上的樵夫遇见他，都以为他是神仙。这让人不禁联想到李白，他也曾被贺知章叹为"谪仙人"。嵇康喜好音乐而且精通音律，创作有《长清》《短清》《长侧》《短侧》，合称为"嵇氏四弄"。与东汉的"蔡氏五弄"并为"九弄"。后来开创科举制度的隋炀帝还曾把"九弄"作为科举取士的条件之一。嵇康娶曹魏宗室曹林女为妻，后官至中散大夫。曹魏政权为司马氏所控制，"司马昭之心，路人皆知"！嵇康清高自傲，而司马昭慕其才名想聘用他为自己的掾吏，他竟离开家门躲避到河东去了。为了逃避做官，嵇康以打铁为乐，司隶校尉钟会想和他结交，轻车肥乘，率众而往，正逢嵇康和向秀在树阴下打铁，对他一直不予理睬。自讨没趣的钟会就要离开的时候，嵇康终于开口了："何所闻而来，何所见而去？"言下之意就是我们不是一路人，你不要再来招惹我了。钟会回答道："闻所闻而来，见所见而去。"表面虽然客气，但心里却埋下了仇恨。

之后嵇康因吕安的祸事被无辜牵连下狱，钟会乘机向司马昭进谗言："康欲助毌丘俭，赖山涛不听……康、安等言论放荡，非毁典谟，帝王者所不宜容。宜因衅除之，以淳风俗。"早就对嵇康不满的司马昭深以为然，借此机会将嵇康判处死刑。行刑那天，三千太学生集体为之请愿却不得免，嵇康自己却面不改色、慷慨赴死，在刑场索琴演奏名曲《广陵散》，裂琴而叹曰："《广陵散》于今绝矣！"之后从容就戮，年仅四十。

嵇康在狱中曾作《幽愤诗》，当时他并没有料到自己会有杀身之祸，所以在诗的结尾说，自己一旦脱离困境将远离尘世，"采薇山阿，散发岩岫。永啸长吟，颐性养寿。"可谁又能想到，他就这样一去不复返了呢。

《与山巨源绝交书》是嵇康的传世名篇，也是其任性"使气"之作。山巨源即山涛，"竹林七贤"之一，曾是嵇康的好友，年轻时他们彼此相知，是一起遨游山林、诗酒论剑的知己。后来政治逐渐黑暗，司马氏掌权后大诛异己，山涛没能像嵇康那样顶住压力，他出仕了，而且还写信请嵇康出仕。嵇康断然回绝了他，并写下书信与他绝交，这就是《与山巨源绝交书》。在信中，他陈述"必不可者二、甚不堪者七"等拒绝为官的理由，提出"非汤武而薄周孔"，表达了对世俗礼法的坚决蔑视。

从字面上来看，《与山巨源绝交书》是嵇康与山涛绝交，实则是嵇康借此信指桑骂槐，借题发挥，对司马氏利用礼法阴谋篡权的行为及其黑暗统治表达了不满与怨愤。所以这封绝交书可以认为是他与司马氏的绝交书、与世俗礼法的绝交书。此信的出现，相当于公开宣告与司马氏为首的上层社会决裂，因而为"世教所不容"，第二年他便无端招祸。而嵇康对山涛并没有他所说的那般怨愤，据传他临终时还对儿子说："巨源在，汝不孤矣！"可见他们之间的友情还是很深厚的。张溥在《汉魏六朝百三家集题辞注》中也称其："徒有其书，交未尝绝也。"

《与山巨源绝交书》持论犀利，言辞恣肆，愤懑、鄙夷之情溢于言表。在娓娓述说中夹杂冷嘲热讽！嬉笑怒骂，皆成文章。后被刘勰称为"师心"、"使气"、"志高而文伟"之作。

91

# 山水游记的开山之作是哪一篇？

"登山则情满于山，观海则意溢于海"（刘勰《文心雕龙·神思》），古之文人，大抵如此。所以一代"枭雄"曹操才会在波澜壮阔的大海面前，留下了雄奇千古的《观沧海》。"日月之行，若出其中；星汉灿烂，若出其里"，最后感叹"幸甚至哉，歌以咏志"；而一代文豪欧阳修更是醉情于山水，自号"醉翁"，"醉翁之意不在酒，在乎山水之间也"。

在中国古代，山水游记的历史也是源远流长的。"山水游记作为散文领域中的一个分支，虽不是整个散文家族中的一大板块，但却是中国古代散文中文学性最强的分支之一"（王立群）。在这块领域里，陶渊明、王维、王羲之、欧阳修、苏轼、曾巩、王安石直至清代的李渔都书写过辉煌而灿烂的篇章，而开启这一领域的，则数东汉马第伯的《封禅仪记》。

这篇文章作于光武帝刘秀建武三十二年（公元 56 年）。篇题中所谓"封"，是指在泰山之顶聚土筑圆台以祭天帝，增泰山之高以表功归于天；所谓"禅"，则是在泰山之下的小山丘上积土筑方坛以祭地神，增大地之厚以报福广恩厚。马第伯的这次

旅游，实为一次政府公干，因刘秀要封禅泰山，身为先行官的马第伯，才有机会先于帝王观览了泰山。泰山为五岳之首，巍巍乎其高哉，历来有"五岳归来不看山，泰山归来不看岳"之说。唐代诗圣杜甫也曾写诗赞道："会当凌绝顶，一览众山小。"泰山终年云雾缭绕，又有"登山观海"之美名，可想其风景如何。马第伯能游于泰山并有一篇名作传世，何其幸哉！

《封禅仪记》是现今所能见到的最早的山水游记。它能流传于世，还要感谢东汉灵帝时泰山郡太守应劭将此文载入其《风俗通义》中，后人又将其辑入《后汉书·祭祀志》中。《封禅仪记》第一次将人们的注意力从道术、人伦中解脱出来，转而注意泰山郁郁苍苍、威武雄壮的自然之景。难得的是，马第伯虽是随帝王封禅而来，却没有尽力渲染封禅大典的神圣或是为帝王歌功颂德，他关心的只是泰山趣事，诸如铜镜、木甲、醋梨、酸枣之类，他欣赏的是泰山风光，诸如高山、巨石、溪流、泉水之类，他带着对自然山水的好奇和赞叹，将泰山之景客观地呈现出来，让我们得以一见泰山最初的风貌。

另外，《封禅仪记》对封禅日程、准备工作细致的记录，也为我们留下了珍贵的第一手的历史文化资料。

92

# 李密的《陈情表》所陈的是什么情？

李密（224—287），字令伯，一名虔，犍为武阳人。他少年时就不幸失怙，是由祖母刘氏抚养长大。他侍奉祖母至孝，"以孝谨闻，刘氏有疾，则涕泣侧息，未尝解衣，饮膳汤药，必先尝后进"（《晋书·李密传》）。李密年轻时曾任蜀汉尚书郎一职，公元263年，司马昭灭蜀，李密沦为亡国之臣。西晋泰始三年，朝廷采取怀柔政策，极力笼络蜀汉旧臣，征召李密为太子洗马。诏书下了一封又一封，郡县也对他不断催促，但李密实在是不想这么快就改投门庭，二次为官；兼以他老迈病弱的祖母已经九十六岁高龄，于是他向晋武帝上表，陈述家里情况并说明自己无法应诏的原因，这便是著名的《陈情事表》，又叫《陈情表》。

据说晋武帝看到这封书信后感慨道："士之有名，不虚然哉！"然后就不再追究了，直至刘氏逝去后，朝廷才再次将李密召为洗马。历来皇命难违，而李密可以凭薄薄的一卷《陈情表》打动皇帝，就是因为他打出的是一张"亲情牌"。而亲情中又以孝为最大，《陈情表》所陈之情即为亲情、即为孝道。南宋文学家赵与时在其《宾退录》中曾引用安子顺的言论："读诸葛孔明《出师表》而不堕泪者，其人必不忠，读李令伯《陈情表》而不堕泪者，其人必不孝；读韩退之《祭十二郎文》而不堕泪者，其人必不友。"此言是也。

《陈情表》艺术手法很高明。其用笔委婉恳切，从自己的身世娓娓道来："臣以险衅，夙遭闵凶。生孩六月，慈父见背。行年四岁，舅夺母志。祖母刘悯臣孤弱，躬亲抚养。"这一席话诚挚、质朴，催人泪下，平实的话语间将作者孤苦无依的童年和祖母对自己的大恩都展示了出来。然后再述说自己不是不想应诏，而是耽于年迈的祖母不忍离去："臣欲奉诏奔驰，则刘病日笃"；而"伏惟圣朝以孝治天下"，应是不会勉强欲行孝道之人的。其次，文章自始至终以感情为主线，一切从"情"出发，字字真，句句切，"臣无祖母，无以至今日；祖母无臣，无以终余年。母孙二人，更相为命"。不假雕饰，不刻意渲染，却从自然流露中释放出浓浓的辛酸和无奈。另外，《陈情表》寓理于情，情理交融，在赋事、表情的同时又寓理于其中，全文诉情之语又句句是陈理之言，情以动人，理以服人。而其语言骈散相间，参差交错，也使文章更加富有感染力。此文后被收入《古文观止》，广为流传，其中一些句子已成为成语。如"茕茕孑立，形影相吊"、"日薄西山"、"朝不虑夕"等成语，至今仍被沿用。

《陈情表》所陈之情，除了亲情孝道之外，还有李密对西蜀的故国之情。这从一则轶事中可以看出。李密在洛阳做官时，司空张华就问他："安乐公何如？"安乐公就是刘禅，俗称"扶不起的阿斗"，蜀汉亡国后被封为安乐公。李密回答他："可与齐桓公相比。"齐桓公是春秋时第一位霸主，其历史地位不言而喻，李密这样说，张华就很惊奇地问他理由，李密回道："齐桓得管仲而霸，用竖刁而虫流。安乐公得诸葛亮而抗魏，任黄皓而丧国，是知成败一也。"张华又问他："孔明言教何碎？"就是说诸葛孔明那么有大智慧的人，怎么他的智慧就没有传下来呢？李密回答他："昔舜、禹、皋陶相与语，故得简雅；《大诰》与凡人言，宜碎。孔明与言者无己

敌，言教是以碎耳。"原来孔明言教之不传是因为没有遇到一个能和他站在相同高度、相互交流的人啊！李密在将旧主回护得滴水不漏的同时，也赢得了他人的尊重。

93

# 王羲之的《兰亭集序》为何知名？

历史上的散文名篇大都因文得名，王羲之的《兰亭集序》却独辟蹊径，因作者的书法而闻名遐迩、流芳百世。

王羲之（321—379），字逸少，东晋琅琊人。他学习书法时曾师从多人，博采众长、精研体势，独创圆转流利之风格，隶、草、正、行各体皆精，被奉为"书圣"。他的书法作品也很多，除《兰亭序》之外，著名的还有《官奴帖》、《十七帖》、《二谢帖》、《奉桔帖》、《姨母帖》、《快雪时晴帖》、《乐毅论》、《黄庭经》等。其书法的主要特点是平和自然，笔势委婉含蓄，遒美健秀，后人评曰："飘若游云，矫若惊蛇。"

《兰亭集序》则是王羲之佳作中的佳作。明代书法家董其昌对其称赞非常："右军《兰亭序》，章法为古今第一，其字皆映带而生，或小或大，随手所如，皆入法则，所以为神品也。"（《画禅室随笔》）而宋代书法家米芾则直接将它称之为"天下行书第一"。

《兰亭集序》能得此盛名，是因为这篇作品是王羲之酒后一时性起之作，可谓"前无古人，后无来者"，天下唯此一篇，它不能被模仿，也无法被超越，就连被称为"书圣"的原作者自己也做不到！而它的"出生"可以说是占据了天时地利人和。天时：永和九年的三月三日，这一天在东晋的风俗中，人们都要去河边洗濯游玩，据说可以消除不详，故谓之"修禊事也"；地利：风景秀丽无边的兰亭；人和：王羲之和他的好友孙统承、谢安等人在一起幕天席地，曲水流觞，高谈阔论，饮酒赋诗。诗歌作完后，大家将其集为一本诗集，名为《兰亭集》，然后公推王羲之为之作序。这时的王羲之，满怀幽情雅志，就趁着酒意，在"天朗气清、惠风和畅"的阳春三月，在"茂林修竹，清流激湍"的兰亭美景里，用鼠须笔在蚕茧纸上挥就了后来名震千古的《兰亭集序》。此帖为草稿，二十八行，三百二十四字。记述了当时文人雅集的情景。大书法家因当时兴致高涨，一气挥成，写得十分得意，据说后来再写却已力不能逮。其中有二十多个"之"字，写法各不相同。传说唐太宗李世民对《兰亭序》十分珍爱，多方搜求方才得到，于是珍爱有加，不能割舍，死时将其殉葬昭陵。只可惜当时没有拍照的技术，所以我们今天所能看到的，都只是唐太宗臣子褚遂良、冯承素等人的摹本罢了。

王羲之《兰亭集序》

《兰亭集序》之文在谋篇布局方面，也有其书法的章法之妙。开篇便将创作事由等叙述得很清楚，接着描绘兰亭所处的自然环境和周围景物，语言简洁而层次井然。描写景物，从大处落笔，由远及近，转而由近及远，推向无限。先写崇山峻岭，再写清流激湍，再转写人物活动及其情态，动静结合。然后再补写自然物色，由晴朗的碧空和轻扬的春风，自然地推向寥廓的宇宙及大千世界中的万物。意境清丽淡雅，情调欢快畅达。之后由自然之景转向人生思考，认为"向之所欣，俯仰之间，已为陈迹"，并联系到"死生"，其后又摆脱了这一时的消极，"固知一死生为虚诞，齐彭殇为妄作"，体现了王羲之积极的人生观。

这篇文章具有清新朴实、不事雕饰的风格。语言流畅，清丽动人，与魏晋时期模山范水之作"俪采百字之偶，争价一句之奇"（《文心雕龙·明诗篇》）迥然不同。句式整齐而富于变化，以短句为主，在散句中参以偶句，韵律和谐，悦耳动听，可谓是王羲之散文中的佳作。

94

# 陶渊明心中的世外桃源是什么样的?

在距今两千五百年前的春秋战国时代,大哲人老子提出了他对于理想社会的构想:"小国寡民。使有什伯之器而不用;使民重死而不远徙。虽有舟舆,无所乘之;虽有甲兵,无所陈之。使民复结绳而用之。甘其食,美其服,安其居,乐其俗。邻国相望,鸡犬之声相闻,民至老死,不相往来。"这就是老子勾画的政治蓝图,也是他心目中的乌托邦,虽只有寥寥几句,却留给人们一个心灵休憩的场所,不管朝代怎样变迁、沧海桑田,这里,始终岁月静好。

明万历刻本《陶渊明集》书影

在距老子时代一千年后,晋代的陶渊明(365—427)继承并重现了这一设想,借《桃花源记》将他心目中理想的社会细细描摹了一遍,却比老子所说更为细腻,也让人感觉真实:这里"土地平旷,屋舍俨然,有良田美池桑竹之属";这里"阡陌交通,鸡犬相闻";这里"往来种作,男女衣着,悉如外人";这里"黄发垂髫,并怡然自乐"。这一幕幕美丽悠然的生活图景,就是陶渊明在他的作品《桃花源记》中为我们描绘出来的虚拟世界,是陶渊明在现实生活的基础上,运用想象勾勒出的一幅理想化的社会图画,也是他心目中的"世外桃源"。

桃花源中的社会，是一个只有父子，没有君臣，人人劳动，大家平等，没有剥削和压迫的理想社会，陶渊明在对这一理想社会的构想中，寄托了对当时黑暗政治的批判，在客观上也反映出了人民渴望摆脱压迫、摆脱剥削的政治要求，具有一定的积极意义；但它又有一定程度的复古倾向，在封建社会中也只能是一种乌托邦式的幻想，是不可能真正实现的。陶渊明也清醒地认识到了这一点，并在文中多次埋下伏笔：桃花林是"忽逢"，寻之前所做的记号也"不复得路"，就连"高尚士"欣然归往，结果也只是"未果，寻病终"罢了。虚虚实实，真真假假，难道那么真实的美景都只是一场大梦吗？希望过后是失望，更令人茫茫然。而"世外桃源"也成为后世文人争相摹仿的意象，成为历代文人心中理想的代称，也可看出此文影响的深远。

《桃花源记》具有明显的虚构成分，鲁迅认为它实际上可算小说。但作者在虚构情节中杂以真人姓名，既增悬念，又添真实感。情节曲折新奇，故事首尾完整，引人入胜，是陶渊明晚年文笔最有功力的作品，而所谓"不知有汉，无论魏、晋"，寓意深远，发人深省。描叙简洁明畅，语言清新精拔，堪称魅力无穷的千古名篇。

陶渊明的《桃花源记》原是《桃花源诗》的序文，但这篇文章写得太精彩了，并且还有深刻的文化内涵，所以后来独立成篇，其影响反在《桃花源诗》之上，这是作者始料未及的。

95

# 《北山移文》中的"周子"影射的是谁？

《北山移文》为孔稚圭所作。文中借山灵之口影射一个作者称之为"周子"的人。"周子"是谁？作者为何撰文讽刺他？让我们先从作者孔稚圭说起。

孔稚圭（447—501），南朝齐代骈文家。字德璋，会稽山阴人。他官历数朝：刘宋时，曾任尚书殿中郎；齐武帝永明年间，任御史中丞；齐明帝建武初年，上书建

议北征；东昏侯永元元年，迁太子詹事，死后被追封为金紫光禄大夫。孔稚圭文章享有盛名，曾和江淹同在萧道成幕中"对掌辞笔"。史称他"不乐世务，居宅盛营山水"、"门庭之内，草莱不剪"。他对皇帝所喜欢的人也从不稍假宽容，其弹章劾表，著称一时。

《北山移文》是孔稚圭最著名的骈文作品。移，是一种文体，类似于檄文，相当于现在的通告、布告。北山，即钟山，在南朝都城建康城北，故名北山。所以《北山移文》也可以说是"钟山檄文"，是借钟山之灵讽刺周颙的。周颙何许人也？《文选》五臣注吕向云："其先，周彦伦（周颙）隐于北山，后应诏出为海盐县令，经过北山。孔生（孔稚圭）乃假山灵之意移之，使不许得至。"就是说，周颙原本立志要在钟山草堂隐居，可是等到皇帝征召的诏书送到山中，他就"志变神动"，应诏出任海盐县令。对这位"虽假容于江皋，乃缨情于好爵"的虚伪隐士周颙，孔稚圭就用"移"这种文体，假借"钟山之英，草堂之灵"的口吻，给予了他无情的口诛笔伐。文笔跌宕生动，连无知的草木山石、行云流水都充满了愤怨之情，有力讽刺了周子这种故作高蹈而又醉心利禄的可笑之态。

其实像周颙的这种情况，自两晋以来在文人当中比较普遍。因此这篇文章笔锋所指，并不限于周颙个人，而是借此影射了一群人。什么人呢？"身居江湖，心存魏阙"的假隐士、真官迷，也可以说是先贞后渎的变节者们。也有说法认为该文写作的"根本原因是孔稚圭和周颙在宗教观点上的分歧"。孔稚圭家族世代奉行道教，在其《答竟陵王启》中写道："民积世门业，依奉李老，以冲尽为心，以素退成行，"而周颙则是一著名的佛教信徒，这样就上升为佛、道两教的争论。而道学对真隐名节的严格要求，使孔稚圭将周颙写成了一个先隐后仕的人物，这样在宣扬道教的同时还讽刺了周颙，一举两得。据史书记载，历史上的周颙其实并没有隐居过，因此《北山移文》当有虚构的成分。

《北山移文》采用了"遗其貌而取其神"的写作方法，而且巧妙地假托神灵以讽刺世俗，并非简单地将动植物拟人化；作者以其炳朗富丽之文辞，发诙谐尖刻之嘲讽，因而此文历来为人所传诵，加之被萧统收入《文选》，更受到好文之士的心摹手追，更使其成为骈文史上一篇极富特色而迥然独立的名作。

96

# 吴均的《与朱元思书》有什么特点？

吴均（469—520），南朝梁代文学家，史学家。字叔庠。吴兴故鄣（今浙江安吉县）人。出身寒门，好学有俊才，其诗文深受一代文宗沈约的称赞。《梁书·吴均传》称他"文体清拔有古气"。其诗文语言质朴，对仗不务工巧而追求一种雄迈的气势，在当时颇有影响，时称"吴均体"。

《与朱元思书》是作者吴均写给友人的一封骈文书信，但与一般书信不同的是，这封书信没有问候的套语和日常事务的叙述，而是一篇由清词丽句构成的写景小品文。该文最早见于初唐人编的《艺文类聚》。文章讲述了作者乘船自富阳至桐庐的路途所见，以简练明快的笔墨，描绘了一幅充满生机的大自然画卷。全文仅用一百四十四字便生动逼真地描绘出富春江沿途雄奇秀丽的景致，被视为骈文中写景的精品。吟诵此文，但觉景美、情美、词美、韵美，如此短的篇幅，却给人以美不胜收之感，令人叹为观止。

首先，文章的特点是运用多种手法从多种角度来精细地刻画景物，使其形象生动，富于立体感。作者能着眼于景物的空间位置、形态动静、听觉和视觉上的不同来观察和把握事物的各种特征，从而使笔下的山水显得物态纷纭。另外，作者对不同的对象能灵活采用不同的笔法加以描摹，善于找出其共同点和不同点，曲尽其态。

其次，文章笔法空灵，构思精妙。作者既然是随兴而游，文章亦自然是随兴而发，兴到笔随。自然之山水与任意之心灵互相映照，互相沟通。故真情所至，笔似游龙，看似漫不经心，却自合于天籁。文章开头"风烟俱净，天山共色"两句，仿佛是猛然间看到半空有一朵彩云，不知它从何而来，又向何处而去，显得十分潇洒从容，格调超迈。结尾几句却意外地用平稳的四言句式，似断非断，既缓和了文势，又给读者留下无限的想象余地。这些足见此文的空灵奇崛。而作者行笔放纵，任意挥洒，却又并非毫无章法。在任意挥洒的后面，作者对时空的取

舍、材料的选择和结构的安排都是服从于自己特定审美需要的，文章的构思十分巧妙周到。

再次，文章还以明畅的语言和贴切的典故创造出了一种清新自然的意境，使人读后悠然神往，仿佛也亲自跟随作者领略到了其间的山水之美；同时也通过"鸢飞戾天者，望峰息心；经纶事物者，窥谷忘返"等含蓄地否定世俗和官场生活，传达出爱慕美好自然，避世退隐的高洁之趣，反映出当时一部分士大夫、文人流连山水的生活情趣和回避现实的清高隐逸的思想。

最后，在句式上，全文多用四言，间以六言，并时加一些虚词，使语意转折灵活，流走自如，既有词句的自然匀称，又有疏宕谐婉的节奏，读来颇有韵致。

吴均善于以骈文写书信，除本文外，今存《与施从事书》和《与顾章书》也都以写景见长。

97

# 我国最早的家庭教育专著是什么？

我国最早的谈论家庭教育的专著首推《颜氏家训》，它也是我国最早出现的比较完备地陈述家庭教育的著作。

《颜氏家训》是颜之推为了训诫子孙而作的，故名"家训"。在古代家学的发展史上，《颜氏家训》是一个里程碑式的著作。宋代学者陈振孙誉之为"古今家训之祖"，作者颜之推也因这一部书而得以享誉千古。

颜之推（531—约590后），字介，北齐琅琊临沂（今属山东）人。幼承家学，博览群书，不喜老、庄而爱儒。依他自叙，"予一生而三化，备荼苦而蓼辛"，叹息"三为亡国之人"。他为文"词情典丽"，著述甚多，却多已散佚，今存者除《颜氏家训》外，还有一篇《观我生赋》较为有名。

据颜之推"自叙"，《颜氏家训》的创作目的在于"业以整齐门内，提撕子孙"（《序志篇》）。全书七卷二十篇，涉及范围很广，内容多经事济世之谈，旨在以此道教训子孙。除论及个人在立身、治家、处世等方面的经验之谈外，对当时政治、社会思潮等也多有评论，而大体以儒家思想为归依，这是由颜之推颇具儒家色彩的教育思想决定的。在他看来，人可以分为三等，即上智之人、下愚之人和中庸之人，而"上智不教而成，下愚虽教无益，中庸之人，不教不知也"。强调中庸之人必须受教育，而教育的作用就在于教育中庸之人，使其具有德行和知识。关于教育的目的，颜之推也有自己的看法："古之学者为人，行道以利世也；今之学者为己，修身以求进也。"颜之推不同意为了"求进"而学习，为了培养"行道以利世"的人才，他提倡"实学"的教育内容，意即"德艺同厚"。"德"指的是儒家的传统道德教育如孝悌仁义等等；而所谓的"艺"，则包括社会实际生治所需要的各种知识和技艺。这也是为什么《颜氏家训》被称为"古之家训之祖"的原因。又因其流传较广、影响较大，所以在散文史上也有着一定的地位。

在文体风格上，《颜氏家训》具有以下几个特征：

其一、情感基调亲切、质朴。透过书中的文字，读者可以感受到一位饱经沧桑、对后人认真负责的长者的谆谆教导。他循循善诱，娓娓叙说自己的所知所想，行文上也没有华丽的辞藻和典故，语言质朴通俗。

其二、夹叙夹议的论说文结构。《颜氏家训》采用"树形结构"，也就是典型的论说文结构。在"家训"的中心下，各篇又有小标题作为各个分论点，彼此相辅，而各论点之中又穿插着事例论证。这种夹叙夹议的结构，使全书结构灵活多变又浑然一体，读起来条理清晰、论证明确。

其三、语言多用散体，文质兼美。颜之推行文，基本上都用散体，间有骈句，但并不多，这一点在追求浮艳绮靡的齐梁时代是非常难得的。也反映了他的文学创作不从流俗的倾向。

《颜氏家训》与郦道元的《水经注》和杨衒之的《洛阳伽蓝记》被后世合称为"北地三书"。

 98

# 为什么说王勃的《滕王阁序》是千古佳作?

王勃 (650—676),字子安,是文中子王通的孙子。绛州龙门(今山西万荣)人。他少时就很聪慧,世人目为神童。据《旧唐书》所载:"六岁解属文,构思无滞,词情英迈,与兄才藻相类,父友杜易简常称之曰:此王氏三珠树也。"十四岁之时勃对策高第,被授予朝散郎之职,当时就与杨炯、卢照邻、骆宾王齐名,合称"初唐四杰"。

据《唐摭言》记载,王勃写作《滕王阁序》还有这样一段故事:上元二年(675年)秋,王勃前往交趾看望父亲,路过南昌时,正赶上都督阎伯舆新修好了滕王阁并大宴宾客。王勃临时赶来赴会。其实主人家此次宴客,"以文会友",其目的是为了向大家夸耀女婿吴子章的才学,他让他的女婿事先准备好了一篇序文,等待即兴写作的时候再展露给大家看。宾客们知道他的用意,所以都推辞着不写,而王勃一个二十几岁的青年晚辈,竟毫不犹豫就接过纸笔当众挥毫书写起来。他这一举动惹得阎都督很不高兴,拂衣而起,转入帐后,叫人去看王勃写些什么。听说王勃开首写道"豫章故郡,洪都新府",都督便说:不过是老生常谈。又闻"星分翼轸,地接衡庐",开始沉吟不语。等听到"落霞与孤鹜齐飞,秋水共长天一色"时,都督不得不叹服道:"此真天才,当垂不朽!"《唐才子传》也写道:"勃欣然对客操觚,顷刻而就,文不加点,满座大惊。"

《唐摭言》等书所记,或者有些夸张,但王勃《滕王阁序》,确实为千古佳作、不朽名篇。

首先,运思上形散而神不散。《滕王阁序》的原本题目是《秋日登洪府滕王阁饯别序》,全文谋篇布局,无不统于题目之下。由地及人、由人及景、由景及情,步步递进,层层扣题。

其次,写景状物手法巧妙,辞采华茂,描摹细致。对物对景,王勃都不惜笔墨,极力渲染,尽展色彩变化之美。如"紫电"、"青霜"、"耸翠"、"青雀"、"黄龙"、

"白云"等等，真可谓五光十色，绚烂无比。而"潦水尽而寒潭清，烟光凝而暮山紫"一句，又表现出水光山色的色彩变化之美。另外还采用了虚实相间的手法，既实写目之所见，又发挥想象，描摹目力难极之景。而妙词佳句也是处处皆有，如星分翼轸、物华天宝、人杰地灵、雄州雾列、俊采星驰、胜友如云、高朋满座、关山难越、萍水相逢、老当益壮、穷且益坚……读之如饮醇酒，久而弥笃。

再次，述志言情，积极乐观。王勃引用了许多历史上的史实和典故，"时运不齐，命途多舛，冯唐易老，李广难封……所赖君子安贫，达人知命，老当益壮，宁移白首之心；穷且益坚，不坠青云之志"，虽流露出相信时命运数的消极思想，但作者正视现实和奋发向上的进取精神在文中无处不在。这种乐观进取正是王勃的魅力所在，他在《送杜少府之任蜀川》一诗中也有类似之语："海内存知己，天涯若比邻。无为在歧路，儿女共沾巾。"

最后，节奏音律上抑扬顿挫，富于乐感。《滕王阁序》通篇以四六句为主，偶尔点缀其他，显得整饬又有变化，毫不板滞。文中不仅句与句对偶，有时句中的词与词也构成对偶，如"襟三江而带五湖，控蛮荆而引瓯越"。在讲究对偶的同时，文章还特别追求文字声调的平仄相对，使其富有音乐的美感。

只可惜才学太高遭天妒，就在他留下这篇千古佳作的第二年秋，便溺水而卒，年仅二十七岁。

99

# 柳宗元在散文创作中最突出的成就是什么？

柳宗元（773—819），字子厚，唐代著名的文学家。祖籍河东（今山西永济），世称"柳河东"，因官终柳州刺史，又称"柳柳州"。唐宋八大家之一。与韩愈共同倡导唐代古文运动，并称为"韩柳"。与刘禹锡并称"刘柳"。与王维、孟浩然、韦应物并称"王孟韦柳"。

柳宗元一生留存下来的诗文作品达六百余篇，其文的成就大于诗，自然流畅、幽深明净。在议论文、传记、寓言、游记等方面都有佳作传世。议论文笔锋犀利、

逻辑严密，以《封建论》最有代表性；寓言多用来讽刺时弊，想象丰富、寓意深刻、言语尖锐，《三戒》是他著名的讽刺小品；传记散文多以真人真事为基础，略带夸张虚构，如《捕蛇者说》、《童区寄传》、《段太尉逸事状》等。

但柳宗元在散文方面最突出的成就还在于他的山水游记。他在继承了历代山水散文的特点并加以改造完善的基础上，开创了具有独立意义的山水游记，发展成为一种独立的文学体裁，柳宗元也因而被称为"游记之祖"。柳宗元山水游记的著名代表作是"永州八记"。这"八记"并非单纯的景物描摹，而是往往在景物中托意遥远，抒写胸中种种不平，使得山水也带有了人的性格。

其山水游记有以下几个特点：

其一、游记而带骚体。这是柳宗元文章的新特征，异于前代模山范水之文。就如高步瀛对《钴鉧潭西小丘记》篇的评点"因贱直得丘而发感慨，即隐以自喻"所云，宗元的游记呈现的多是奇异美丽却遭人忽视、为世所弃的自然山水，借物写心，颇有迁客骚人的不平之气。而作者又艺术的将悲情沉潜于作品中，形成了其山水游记"凄神寒骨"之美的特色。

其二、天人合一的山水意境。山水散文始于南北朝，其发展经历了从图貌到纪游的演变，其境界则经历了由审美到天人合一的递进。而柳宗元《永州八记》的第一篇《始得西山宴游记》标志着天人合一的散文意境的诞生。作者在对山水的关照中，有机地将自然审美和哲学体验融合为一体。其后《钴鉧潭西小丘记》也有这种神奇的体验，"枕席而卧，则清泠之状与目谋，营营之声与耳谋，悠然而虚者与神谋，渊然而静者与心谋"。

柳宗元《登柳州蛾山》诗图

《至小丘西小石潭记》写人鱼"相乐"，更达到了出神入化的境地。

其三、精炼而不雕琢、优美而不华靡的语言，是柳宗元游记的又一特色。其语言字凝句炼，简洁明快，善用短语，骈散相间，有强烈的节奏感和音韵美。例如《钴鉧潭西小丘记》、《至小丘西小石潭记》等，都堪称这方面的典范。他的山水游记既像一幅色彩迷人的风景画，又像一首真挚深沉的抒情诗，充满诗情画意，还表现出一种永恒的悲悯情怀。

# 何谓"古文运动"？

"古文"这一概念由韩愈最先提出。他把六朝以来讲求声律、辞藻、排偶的骈文视为俗下文字，认为自己的散文继承了先秦两汉文章的传统，所以称"古文"。

"古文运动"是由韩愈、柳宗元发起的一场文学革新运动。其实早在初唐，陈子昂就已提出改革六朝文风，但未能形成普遍风气。中唐骈文盛行，讲究辞采华美，极重声律、对仗、用典，对形式过分追求，内容空洞无物。韩愈、柳宗元在前人基础上，大力提倡并身体力行地展开古文创作。特别是韩愈，苏轼赞誉他"文起八代之衰"，作为当时文坛的宗师级人物，在他周围围绕着一大批弟子，也都大力创作古文；其次，这场运动发展至韩柳，方有了明确的理论纲领，即"文以明道"，这个"道"，指的是儒家之道，"明道"其实强调的是文学的教化作用，但韩、柳强调"道"，更重视"文"。"文"即文采，主张将个人情绪体验融入作品，将文章的审美性和抒情性完美结合，同时又重视对骈体文长处的吸收融汇，而不是完全偏废，骈散交织，更显魅力。这场运动延伸至宋初，欧阳修凭借着他的政治地位和影响，大力提倡创作古文，

韩愈像

门下曾巩、王安石、苏轼……苏轼的学生黄庭坚、张耒、晁补之、秦观等人均是古文高手。唐宋古文运动影响极为深远，后世的文章家，无不受其滋养、启发。

这场古文运动的目的，从形式上来看，是为了改革文风。自南北朝以来，文坛上盛行骈文，骈文中虽有优秀作品，但大量文章流于对偶、声律、典故、词藻等形式，内容空虚，华而不实，不适于表达思想和反映现实，骈文这种文体也成了文学发展的障碍。于是古文运动变骈体而散体，适应了散文发展需求的同时，也为唐代散文创作带来了一阵新鲜空气，继而推向了新的高峰。

从实质上来看，韩愈、柳宗元倡导古文运动，是为了复兴儒学思潮。这源于他们强烈的中兴愿望和改革现实的要求。韩愈最突出的主张是重新建立儒家的道统，越过西汉之后的经学而复归孔、孟，他以孔孟之道的继承者和捍卫者自居。柳宗元也是重新阐发儒家义理的重要理论家，与韩愈不同，他对所谓的儒家"道统"没有兴趣，他所重视的是源于"啖、赵学派"的不拘空名、从宜救乱的经世儒学。

可以说，是经世致用的需要促使了古文运动文体文风改革高潮的到来。韩愈、柳宗元明确提出"文以明道"的主张，目的除了建立儒家道统外，就是想用"道"来充实文，使文成为参与现实政治的强有力的舆论工具。而出于这种目的，他们赋予文以强烈的政治色彩和鲜明的现实品格，去浮靡空洞而返归质实真切，创作了大量饱含政治激情、具有强烈针对性和感召力的古文杰作。

101

## "唐宋八大家"都有谁？

"唐宋八大家"是唐宋两代八位散文大家的并称，包括唐代的韩愈、柳宗元两人以及宋代的欧阳修、曾巩、王安石、苏洵、苏轼、苏辙六人。最初将这八个人的散文作品编选在一起刊行的是明代初年朱右的《八先生文集》；后来唐顺之在《文编》一书中也选录了这八个唐宋作家的作品。明朝中叶古文家茅坤在前人基础上加以整理和编选，取名《八大家文钞》，共一百六十卷。"唐宋八大家"从此得名。

明代中叶对唐宋八大家的作品和文风的提倡，是有其深刻的政治背景的。以明代"前七子"、"后七子"为代表的复古派垄断文坛，倡言"文必秦汉，诗必盛唐"，在散文创作中抛弃了唐宋以来文学发展的既成传统，走上复古的道路。影响所及，致使一些文人学者在散文创作中一味以模拟秦汉古人为能事，其作品成为毫无灵魂的假古董。作为前后七子的反对派而出现的文学家，有王慎中、唐顺之、茅坤、归有光等人，他们强调唐宋作家的散文作品是学习和继承秦汉古文优秀传统的典范，应该加以提倡，并着手编选和刊行唐宋作家的散文选集。

由于这八位作家都主张实用，反对骈体，其文学观点比较接近，兼以他们的散文创作水平都很高，因而"唐宋八大家"一经提出，便为后人普遍接受，成为文学史上的专有名词。

现在来看看这八位大家各自有哪些有名的作品：

韩愈：以尊儒反佛为主的有《原道》、《论佛骨表》、《原性》、《师说》、《马说》等，有嘲讽社会现状的杂文《杂说》、《获麟解》以及著名的《祭十二郎文》。

柳宗元：寓言故事《黔之驴》、《永某氏之鼠》，哲学论著有《非国语》、《贞符》、《时令论》、《断刑论》、《天说》、《天对》、《永州八记》。

欧阳修：《醉翁亭记》、《鸣蝉赋》、《秋声赋》、《与高司谏书》、《朋党论》、《五代史伶官传序》等。

曾巩：《上欧阳舍人书》、《上蔡学士书》、《赠黎安二生序》、《王平甫文集序》。

王安石：《游褒禅山记》、《伤仲永》、《答司马谏议书》等

苏洵：《六国论》、《衡论》、《辨奸论》、《管仲论》、《权书》等。

苏轼：散文方面的代表作有《赤壁赋》、《后赤壁赋》、《平王论》、《留侯论》、《石钟山记》等。

苏辙：《栾城集》84 卷，《栾城应诏集》12 卷。

其中苏洵、苏轼、苏辙父子三人合称"三苏"。为了方便记忆，有人编了一个很可爱的顺口溜："欧阳修忘记（王安石）了曾经（曾巩）在韩国（韩愈）的一棵柳树下（柳宗元）吃三苏饼干（苏洵、苏轼、苏辙）"。借助这个顺口溜，是不是很好记住他们了呢？

102

# 短篇散文中的精品：刘禹锡的《陋室铭》

刘禹锡（772—842），字梦得，洛阳人。唐贞元九年进士。与柳宗元并称"刘柳"，与白居易合称"刘白"。他自称是汉代中山靖王的后代，曾任监察御史，支持王叔文的政治改革，后遭权贵迫害。其一生遭遇，与柳宗元类似，但他却始终保持着乐观的心态和昂扬的奋斗精神："自古逢秋悲寂寥，我言秋日胜春朝。晴空一鹤排云上，便引诗情到碧霄"、"沉舟侧畔千帆过，病树前头万木春"。著有《刘梦得文集》，又称《刘宾客文集》。

刘禹锡也是中唐古文运动的健将，他的文章中最为世人传诵的是《陋室铭》。此文甚短，而韵味深长，是"隽而膏"、"味无穷"的典范。其文云：

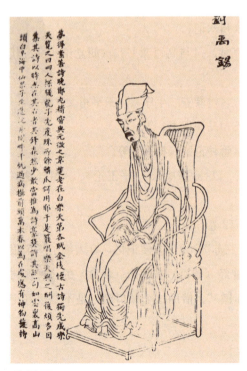

刘禹锡像

山不在高，有仙则名。水不在深，有龙则灵。斯是陋室，惟吾德馨。苔痕上阶绿，草色入帘青。谈笑有鸿儒，往来无白丁。可以调素琴，阅金经。无丝竹之乱耳，无案牍之劳形。南阳诸葛庐，西蜀子云亭。孔子云："何陋之有？"

全文八十一字，字字写"陋"，又字字透着"不陋"。在作者看来"斯是陋室，惟吾德馨"。结尾"孔子云：'何陋之有？'"呼应上文，为点睛之笔，借孔子的典故说出："君子居之，何陋之有？"突出表明了作者高洁傲岸的情操和安贫乐道的情趣。

《陋室铭》不朽的艺术魅力还在于它

托物言志的写法、反向立意的构思，使其立意新颖，不落俗套。此外，排比、白描、用典、对偶等大量修辞手法的运用，对押韵的严格要求，骈文的使用，都有助于文章读起来如金石掷地又自然流畅，一曲既终，犹余音绕梁，让人回味无穷。

总之，这是一篇思想性和艺术性两全其美的佳作，所以能传颂不衰，脍炙人口，成为千古赞誉的名篇。

刘禹锡能写出这样的佳作，也源于他百折不挠、坚持"德馨"的人格魅力。历史上刘禹锡还因"桃花劫"案而闻名，他曾两次和桃花结下了不解之缘：公元806年，唐宪宗即位，全盘推翻了前任皇帝的"永贞革新"，并将参与其中的一些官员革职贬迁，刘禹锡即在其列。贬迁十年，京都一梦。十年后，刘禹锡回到了长安，他看到玄都观的桃花开得如此炫人眼目，如此恣意放荡，想到了如今那些得意的新贵们，开口吟道："紫陌红尘拂面来，无人不道看花回。玄都观里桃千树，尽是刘郎去后栽。"（《元和十年自朗州承召至京戏赠看花诸君子》）这时刘禹锡仍然坚持自己的政见，于是又遭贬谪。十四年后，年华已老的刘禹锡再次被皇帝召回长安，也许只要少许低头便可不用再遭贬谪，可是执着的他又一次来到玄都观，看着枯死的桃树和满地的野葵燕麦，再一次吟唱道："百亩中庭半是苔，桃花净尽菜花开。种花道士归何处，前度刘郎今又来。"（《再游玄都观》）与前一首形成鲜明的对比，桃花净尽，游人绝迹，暗讽当年那些得意的新贵现在不过尔尔，也暗藏了对官场得失升沉的不尽感慨，表现了自己坚定的立场和不屈不挠的战斗精神。

103

# "醉翁之意不在酒"语出何处？

"醉翁之意不在酒，在乎山水之间也"一语出自宋代大文豪欧阳修的《醉翁亭记》。

欧阳修（1007—1072），字永叔，号醉翁，晚年又号六一居士，庐陵（今江西永丰）人。他出身于一个小官吏家庭，但四岁丧父，生活贫困。其母郑氏亲自教他读书，以芦秆代笔，在沙上写字。后来欧阳修成长为杰出的政治家和文学

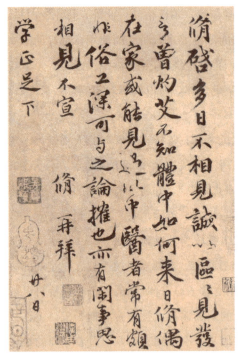

欧阳修《灼艾帖》

家，是宋代文学史上开创了一代文风的文坛领袖。

《醉翁亭记》作于宋仁宗庆历六年（1046），当时欧阳修四十岁，被贬谪到滁州任太守。文章以平易自然的文风，描写了滁州郊野的风光，引出山水之间的醉翁亭，而后又铺写众百姓的日常生活以及太守自己生活的一个片断，呈现的是一派闲适快活、安详和平的景象，作者感到无限的快乐，不禁心旷神怡，宠辱皆忘，一切人世间的荣辱、烦恼都置之脑后，以至于忘了自己"饮少辄醉"，尽兴畅饮。结果，周围歌声缭绕，人们起坐喧哗，而他却"颓然乎其间"，醉态可掬，欲起而不能了。

欧阳修通过景物的描写、人事的叙述，抒发了自己内心的感慨。他将真挚的感情融会在景、事中，更使文章显得情意盎然："醉翁之意不在酒，在乎山水之间也"、"山水之乐，得之心而寓之酒也。……游人去而禽鸟乐也。然而禽鸟知山林之乐，而不知人之乐；人知从太守游而乐，而不知太守之乐其乐也。"这是一个饱经沧桑、在仕途宦海中颠簸十多年的人的欣慰心情。他告诫别人"勿作戚戚之文"，他自己也确实做到了，身在贬所，没有"不堪之穷愁"，而言"山水之乐"，这种开朗、这种乐观也是前代文人如韩愈等做不到的。据宋人朱弁《曲洧纪闻》卷三载，此文初成，天下莫不传诵，家家传抄，当时为之纸贵。

# 104

# 《爱莲说》蕴含着怎样的哲理？

"水陆草木之花，可爱者甚蕃。晋陶渊明独爱菊；自李唐来，世人盛爱牡丹；予独爱莲之出淤泥而不染，濯清涟而不妖，中通外直，不蔓不枝，香远益清，亭亭净植，可远观而不可亵玩焉。予谓菊，花之隐逸者也；牡丹，花之富贵者也；莲，花之君子者也。噫！菊之爱，陶后鲜有闻；莲之爱，同予者何人？牡丹之爱，宜乎众矣。"

以上便是周敦颐的《爱莲说》，全文只有一百一十九个字。提及这篇文章，或许你很熟悉，甚至还可以全文背诵。可是，你知道文中蕴含着怎样的哲理吗？

周敦颐（1017—1073），字茂叔，号濂溪。北宋著名哲学家。他生前并不为人们所推崇，学术地位也不高。时人只知道他"政事精绝"，宦业"过人"，尤有"山林之志"，胸怀洒脱，有仙风道骨。只有南安通判程太中慧眼识人，知道他的理学造诣很深，将两个儿子——程颢、程颐送到他的门下，说到二程可能大家都明白了，周敦颐可是他们的老师啊。周敦颐死后，随着"二程"对他的哲学的继承和发展，他的名声也逐渐显扬。南宋时地方开始建立周敦颐的祠堂，人们甚至把他推崇到与孔孟相当的地位，认为他"其功盖在孔孟之间矣"。到宋理宗时，将其从祀孔子庙庭，确定了周敦颐的理学开山地位。

《爱莲说》盛赞莲之高洁，表现出作者佛、儒相融的哲学思想。《宋史》上说周敦颐"博学力行"，并引用黄庭坚的话评价他："人品甚高，胸怀洒落，如光风霁月。廉于取名而锐于取志，薄于徼福而厚于得民，菲于奉身而燕及茕嫠，陋于希世而尚友千古。"虽然他担任过州县地方官吏，但他平时更喜欢游览各处名胜，潜心研究学问。他还是一个事必躬亲、处事公正、颇受时人拥戴的学者。他厌弃那种纸醉金迷的生活，以素净、淡泊为足，以"饱暖"、"康宁"为乐。特别喜爱"出淤泥而不染"的莲花。在江西南康郡为官期间，亲自率领部下在旧南康府署一侧，挖池种莲，并独出心裁地把莲池叫做"爱莲池"。每当夏日炎炎，他漫步池畔，倾心欣赏，全神思索，这篇流芳百世的《爱莲说》就在他手下诞生了，而他的许多哲理思考也寓含在

这褒贬喜好之中了。

作为托物言志的散文小品，《爱莲说》风格比较简洁，语言凝练自然，比喻贴切，哲思的光芒渗透全篇。文章用洗练而又婉约的文笔，通过赞美莲花出淤泥而不染的特性，巧妙含蓄地表达了自己处在那种污秽恶浊的社会环境中，不与世俗同流合污的品格，讥讽了那些为了荣华富贵而争权夺利的人。而作为理学鼻祖周敦颐的作品，这篇文章却丝毫没有理学的陈腐气，而是保留了理学家长于说理议论的优点，寓哲理于暗喻之中，意味深长又贴切自然。

105

## 《郁离子》是一部什么样的书？

刘基（1311—1375），字伯温，青田（今浙江文成县）人。元顺帝元统元年

刘基像

（1333）进士，多次辞归后终隐居青田山中，著《郁离子》以见志。至正二十年，朱元璋攻下金华，致书聘基，此后刘基为其出谋划策，朱元璋称赞他："伯温，吾之子房也。"

《郁离子》作于元末，是一部以寓言故事为主的散文集。郁，有文采的样子；离，八卦之一，代表火；郁离就是政治教化光明的意思。刘基的学生徐一夔也说道："郁离者何？离为火，文明之象，用之其文郁郁然，为盛世文明之治，故曰《郁离子》。"郁离子，也是作者假托的人物的名字。借郁离子之口，作者发表了对政治、教化、世态、人情等的看法。全书十八章一百九十五篇。

无论在思想内容或是艺术技巧上，《郁离子》都取得了相当的成就。鼓吹儒家的仁政思想，以匡救时政之失是该书的基本思想。《郁离子》揭露了当时

政治败坏、权奸当道、而正直有才能的人却沉沦不得志的黑暗现实，猛烈抨击了凶残暴虐的统治阶级。在艺术上，《郁离子》最明显的特点是短小精悍、活泼自由。短则几十字，长可达千字，内容充实，主旨鲜明。《郁离子》常以简短的故事来进行讽喻，使作品形象具体，饶有趣味。

《郁离子》一书，是最能反映刘基政治观点、哲学思想、文学成就和艺术风格的代表作，在中国文学史、特别是寓言发展史上，有着重要的影响和地位。

 106

# 被黄宗羲称为"明文第一"的人是谁？

若问谁可称为"明文第一"？回答是：归有光。

归有光（1506—1571），字熙甫，又字开甫，别号震川，又号项脊生。明代散文家。他一生著作繁富，涉及经史子集各部，但是其主要成就则在散文创作上。清代史学家王鸣盛在《钝翁类稿》里，从散文发展的角度评价了归有光的贡献：

> 明自永、宣以下，尚台阁体；化、治以下，尚伪秦、汉；天下无真文章者百数十年。震川归氏起于吾郡，以妙远不测之旨，发其淡宕不收之音，扫台阁之肤庸，斥伪体之恶浊，而于唐宋七大家及浙东道学体，又不相沿袭，盖文之超绝者也。

归有光善于抒情、记事，能把琐屑的事委曲写出，不事雕琢而风味超

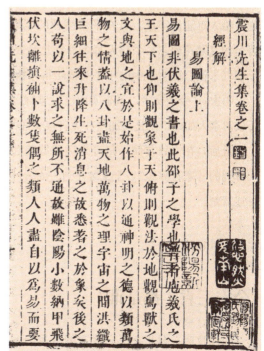

《震川先生集》书影

然。如《项脊轩志》、《先妣事略》、《寒花葬志》、《思子亭记》、《见树楼记》、《女二二圹志》等等。王锡爵在《归公墓志铭》中称他的这类散文"无意于感人，而欢愉惨恻之思，溢于言语之外"。黄宗羲对他赞叹不已，称他"明文第一"的同时，尤为赞赏他怀念祖母、母亲和妻子的一些散文。"予读震川文为女妇者，一往深情，每以一二细事见之，使人欲涕。盖古今来事无巨细，唯此可歌可泣之精神，长留天壤"。而黄宗羲晚年写她孙女阿迎的作品《女孙阿迎墓砖》，就取法于归有光。

归有光的散文"家龙门而户昌黎"（钱谦益《新刊震川先生文集序》），博采唐宋诸家之长，继承了唐宋古文运动的传统，同时又在唐宋古文运动的基础上有所发展。

首先，他进一步扩大了散文的题材，把日常生活中的琐事引进了严肃的"载道"之古文中来，使之更密切地和生活联系起来。这样，就容易使文章写得情真意切，平易近人，给人以清新之感。尤其是一些叙述家庭琐事或亲旧的生死聚散的短文，写得朴素简洁、悱恻动人，"使览者恻然有隐"。

其次，归有光善于捕捉生活中貌似十分平常的细节和场面，寥寥几笔，形神即现，给人难忘的印象，且在平淡简朴的笔墨中，饱含着感人至深的真挚感情。譬如著名的《寒花葬志》："孺人每令婢倚几旁饭。即饭，目眶冉冉动。"着墨不多便将一个稚气未消、聪明伶俐的小丫头描绘得栩栩如生。

再次，"余谓文者，道事实而已"，归有光对其笔下的人物，坚持秉笔直书的原则，不仅对亲人如此，便是与那些并无直接交往的人写应酬文章时，也尽量坚持这一原则。

最后，在文辞方面，归有光注重剪裁和布局，讲究篇章结构，简明扼要，最为人称到的《寒花葬志》，全文才不过一百一十多字。他能用最简要的文字将事件脉络讲述清楚。

107

# "公安三袁"都是谁？

明代晚期，湖北有一户姓袁的人家有兄弟三人，他们打小便勤奋好学，后来，兄弟三人都成了大学问家。他们就是袁宗道、袁宏道、袁中道。因为他们都是湖北公安人，史称"公安三袁"，其文学流派称为"公安派"。

公安派的文学主张发端于袁宗道，袁宏道实为中坚，是实际上的领导人物，袁中道则进一步扩大了它的影响。他们反对承袭，主张变通，提出"性灵说"，认为"出自性灵者为真诗"，推重民歌小说，提倡通俗文学。他们的创作也是基于他们的文学主张的，而其中文学成就最高的当属袁宏道。

袁宏道，字中郎，号石公，湖北公安人。宗道之弟，中道之兄。明万历二十年进士。他在文学上反对前后七子的复古，赞赏李贽之"师心"。在写作上，袁宏道则是"大都独抒性灵，不拘格套，非从自己胸臆流出，不肯下笔"，而"独抒性灵"也成了其散文的最大特点。特

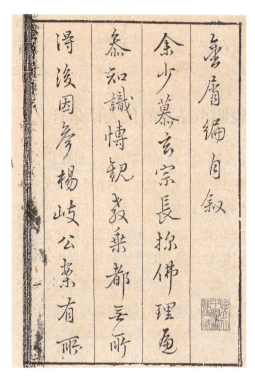

袁宏道《金屑编》书影

别是对小品文的创作，"信心而出，信口而谈"，创作自由活泼，形式简单通俗，内容清新雅丽，充满闲情逸趣。如《雨后游六桥记》，写"自适"之趣："少倦，卧地上饮，以面受花，多者浮，少者歌，以为乐。偶艇子出花间，呼之，乃寺僧载茶来者。各啜一杯，荡舟浩歌而返。"

其次，袁宏道的散文还别有一番隽永的意味。文章充溢着个性和灵气，包罗万象，绚丽多彩；或骈或散，或雅或俗，轻捷灵活，不拘一格，看似漫不经意，但仔细体会，却是隽永意长，耐人寻味。

另外，袁宏道在李贽的影响下，对于社会现实发表了不少愤激的意见。正如鲁迅所说，"中郎正是一个关心世道"的人（《招帖即扯》），很多文章都曾涉及时事政治。如《顾升伯太史别叙》，就相当于一篇政论文章。但中郎毕竟是书生、是文人，于是他的文章更多是表现与世沉浮，随人俯仰的意态，能当官便当官，做官遇到困

难便叫苦。这在尺牍中写得较多。

108

# 晚明小品文的代表作是什么?

"小品"本是佛家用语,相对于大部头的佛典而言,指佛经略本。晚明时用以指体制短小、文字精练、内容活泼的文章。其"小",有两层含义,一是篇幅短小,二是内容上以书写性灵为主,不同于"载道"的"高文大册"。这"小"本有些贬义,意即不成大气候。但其出现,却代表着散文发展的一种方向。从散文发展史上考虑,又可以说是中国散文史的另一主线,即最富文人气息、最有个性和灵气的散文。

晚明小品文代表作家有王思任、祁彪佳、张岱等,三袁也可以算入。王思任的代表作为《游唤》、《历游记》,祁彪佳有《寓山注》、《越中园亭记》,一般都描写山水园林,语言明朗洁净、雕刻精细,风格上比陈腐的载道散文有了更多清新之感。

而张岱则是晚明小品文成就最高者,也是晚明小品文集大成者,其代表作有《陶庵梦忆》、《西湖梦寻》、《琅嬛文集》等。

在内容题材上,这些作品的一个显著特点是趋于生活化、个人化,不少作家喜欢在文章中反映自己日常生活状貌及趣味,渗透着晚明文人特有的生活情调。公安派袁氏三兄弟的作品在这方面具有代表性。生活化、个人化的特点,也使晚明小品文往往从平常与细琐处透露出作家体察生活涵义、领悟人生趣味的精旨妙意,情趣盎然。

晚明小品文还有一个特点则是率真直露,注重真情实感,不论是描写个人日常生活,表达审美感受,还是评议时政,抨击秽俗,时有胸臆直露之作。张岱《自为墓志铭》以坦露的笔法写出自己年轻时"极爱繁华"的生活经历,且不论这种生活态度的是与非,客观上他在作品中塑造出了一个真我的形象,不带虚浮习气。

晚明小品文创作对后世产生了很大影响,一直到上世纪二三十年代。当时周作人曾称赞张岱等人的小品"别有新气象,更是可喜"(《再谈俳文》)。林语堂则从公安派作家袁宏道等人的文风中品味出"幽默闲适"的趣尚而加以提倡。可以看出晚明小品文在这些现代作家文学观念和创作中打上的某些印记。

109

# 什么是八股文?

八股文,是明清科举考试所采用的一种专门文体。又叫制艺、制义、时艺、时文(相对于古文而言)、八比文等。

八股文滥觞于北宋。王安石变法,认为唐代以诗赋取士,浮华不切实用,于是并多科为进士一科,一律改试经义,文体并无规格,不一定要求对仗排偶。但有的考生不自觉地运用排比笔法,写成与八股文类似的文章。元代科举考试,基本沿袭宋代。到了明朝,统治者已经不满足于统治经济、政治、军事,连人们的思想也要加以严格控制。于是明代洪武元年(1368),诏开科举,对制度、文体都有了明确要求。成化年间,经王鏊、谢迁、章懋等人提倡,八股文更为兴盛,并逐渐形成比较严格的程式。此后,一直沿用下来,直到戊戌变法后,才随着科举考试的停止而废除。

八股文由破题、承题、起讲、入手、起股、中股、后股、束股八部分组成。破题是用两句话将题目的意义破开。承题是承接破题的意义而说明之。起讲为议论的开始,首二字用"意谓"、"若曰"、"以为"、"且夫"、"尝思"等开端。"入手"为起讲后入手之处。起股、中股、后股、束股才是正式议论,以中股为全篇重心。在这四股中,每股又都有两股排比对偶的文字,合共八股,故名八股文。

题目主要摘自四书、五经,所论内容主要据宋朱熹《四书章句集注》。其体制是要"代圣贤立言",全文一定要效仿哪位圣贤的口气来说,并要符合朝廷的意旨,且以朱子所注《四书》为准绳,不得自由发挥、越雷池一步。一篇八股文的字数也有要求,清顺

朱熹像

治时定为五百五十字，康熙时增为六百五十字，后又改为七百字。

110

# 清代最重要的散文流派是哪个流派？

说起清代最重要的散文流派，当属桐城派，它既是一个散文流派，又可视为一种特定时代的产物。这是清代盛世出现的一种代表着时代面貌的文学思潮。

桐城散文始以安徽桐城人方苞为代表。方苞（1668—1749），字凤九，晚号望溪。他提倡"义法"，其实质是以经术为本。认为"义即《易》之所谓'言有物'也，法即'易'之所谓'言有序'也。义以为经而法纬之，然后为成体之文"。

之后继任者为刘大櫆（1698—1779），字才甫，一字耕南，号海峰。他是方苞的同乡，对方苞的"义法"与神气、章节、字句的关系进行研究，将方苞的理论具体化并有所深化，认为"行文之道，神为主，气辅之"。还将神气和章节、字句联系起来考虑，是继方苞之后桐城派的中坚人物。

再后来是乾隆时代的姚鼐（1731—1815），字姬传，一字梦谷，室名惜抱，世称"惜抱先生"，也是桐城人。他在方苞和刘大櫆的基础上提出神、理、气、味、格、律、声、色八大要素，将文风归结为"阳刚"和"阴柔"两类，明确提出"义理、考据、辞章"是古文的最高境界。姚鼐对义理、考证、辞章三者关系的解说影响为最大。桐城派的古文理论，由此形成一个完整的系统。之后姚鼐门下，作者甚众，所谓"家家桐城"；而桐城之文，此时为盛。

所以说桐城文派，作始于方苞，经过刘大櫆，而形成于姚鼐，为文"阐道翼教"、"助流政教"，实为盛世之文的典范。而此派延续时间之长，作者之众，都是历史上罕见的，无怪会听到"天下之文章，其在桐城乎"的惊叹声了。

桐城派古文是中国古代散文在旧时代的最后一个也是影响最大的流派。它始于清初，一直到清末而影响未衰。严复翻译《天演论》之时，作序请的就是桐城派大家吴汝纶。而翻译大家林纾，也以桐城派自居。其影响可见一斑。

111

# 中国古典小说的起源是什么?

中国古典小说的起源和正式形成都较诗歌等其他文学样式为晚,但古典小说包罗万象,写尽人情百态。古典小说作品极为繁复,其中有惟妙惟肖的各色人物,有浑然天成的环境烘托,也有起伏跌宕的故事情节。若将中国古典小说比作中国文学遗产中的一颗明珠,那么它的形成过程则恰似"蚌病成珠",各种早期叙事文学都对古典小说的形成产生了重要的影响。这些早期的叙事文学形式就是小说的起源,它们之中都不同程度地含有小说因素,主要包括以下几方面:

第一、古代神话传说故事性强,是古典小说的重要源头。日月星辰的规律变化,天崩地裂的自然灾害,生老病死的不断更替,面对这一切无从解释的"偶然事件",远古先民们只能默默地将自己对和平安康的企盼寄予世界的主宰——神灵。于是,造人补天的女娲,为民除害的后羿,执着悲壮的夸父,永不屈服的精卫,这一个个鲜活生动、英勇无畏的神灵形象,这一个个奇幻瑰丽的神话故事,经过人们口耳相授,代代相传,记诸笔端,真实地记录了中华民族童年时代的蹒跚步履、瑰丽想象和顽强抗争,体现了我们的祖先深重的忧患意识与勇敢的斗争精神。散见于《山海经》、《穆天子传》、《淮南子》等作品中的中国古代神话传说,不但可以视作古代小说的雏形,并且也为后世小说的形成与发展奠定了坚实的基础,魏晋时期兴起的志怪小说便直接受到上古神话传说的影响。

第二、寓言故事也是古典小说的源泉。先秦寓言故事是一种短小精悍而又富于讽刺性的文学样式,它通过假托故事来说明一个抽象的道理,作为一种论战说理的

工具，哲学家用它来阐发哲理，政论家用它来宣扬政见，士大夫用它来劝谏君王，外交家用它来游说诸侯，先秦诸子以形象化的譬喻虚构了一个个生动的寓言故事。寓言的故事性、虚构性、哲理性、趣味性以及短小精悍的形式都与小说类似。据统计，仅《孟子》、《庄子》、《列子》、《韩非子》、《吕氏春秋》等五部著作中的寓言故事就近千则，其中的《愚公移山》、《狐假虎威》、《滥竽充数》、《守株待兔》、《刻舟求剑》等小故事则早就为人熟知，而《韩非子》中收录寓言故事较多的篇目甚至直接以"说"命名，例如：《说林》、《内储说》、《外储说》等，这些体制短小但饶有趣味的小故事为后世的小说创作提供了蓝本和素材。

第三、史传散文也是古典小说的重要源头。《左传》、《战国策》、《史记》等史传散文与小说的关系则更为密切。它们以叙述人物事迹来反映历史，有比较完整的情节结构、鲜明突出的人物形象及广阔的人物活动背景，还有十分激烈的矛盾冲突。例如：《晋公子重耳之亡》、《冯谖客孟尝君》、《触龙说赵太后》等文情并茂且脍炙人口的历史故事读来已有小说的意味。史传散文在写人、状物、叙事，特别是战争场面的描写方面，都为小说的形成和创作积累了宝贵经验。两汉以来，文坛上还出现了一些介乎正史与小说之间的野史杂记，如《吴越春秋》、《越绝书》等，它们既录史实，又收异闻，虚构成分增多，传说色彩更浓，很接近小说的文体特征。

总之，中国小说的起源与西方小说的起源不同，它是多源的，因为"小说"被视为街谈巷议，所以在上述各方面的共同影响下，真正的中国古典小说在秦汉以后方才应运而生并迅速发展起来。

 112

# 《山海经》记载了哪些著名的神话故事？

《山海经》是保留神话最多的古代典籍，可以说是中国神话的宝库，一般认为该书编成于战国初年，编者很可能是操持巫术的巫师与方士，书的内容具有浓重的民间原始宗教意味。《山海经》全书共十八卷，分山经（南、西、北、东、中）五卷、海外经四卷、海内经五卷、大荒经四卷，内容极其驳杂，除神话传说、宗教祭仪之外，还包括我国古代地理、历史、民族、生物、矿产、医药等方面的资料，但《山海经》中最具魅力的内容仍然是那些充满神秘色彩的上古神话故事。阅读《山海经》，你仿佛置身于一个奇异瑰丽的童话世界：十巫所在，百药爱生的灵山，熊、罴、虎、豹、狼、象、鹰等成群结队的苍梧之野，浑身长着羽毛的羽民之国，人以卵生的卵民之国……你还会看到一个个形象奇异的神灵：有人面鱼身的鲮鱼，龙头人身的雷神，人面蛇身的贰负神，虎身鸟翼的穷奇，鸟神人面的句芒，四足九尾的青丘之狐，八手八足八尾的水神天吴，人面蛇身而九首的相柳……这些怪异的所在、怪诞的神灵，会使人产生丰富的联想和想象，激发着千千万万的后世读者的强烈好奇。

《山海经》中的许多神话故事以其独特的艺术魅力而脍炙人口、家喻户晓。如羲和生日、常羲生月、夸父逐日、精卫填海、鲧窃息壤、鲧腹生禹、黄帝大战蚩尤、后稷发明稼穑……这些上古神话传说历经千万年的岁月洗礼，直到今天仍然深入人心。

多子多孙的帝俊和他的子孙们发明了车、船、琴瑟、歌舞以及纺锤等生产工具，特别是后稷一出生就会种植五谷，并且发明了许多农具，使百姓得以耕田果腹，造福了千秋万代的子民；帝俊和他的妻子羲和生了十个太阳，和另一个妻子常羲生了十二个月亮，创造了一年十二个月的历法。帝俊是上古人民聪明才智的典型代表，是中华民族的文化英雄。

耳朵上挂着黄色的蛇形装饰，手里也拿着两条黄蛇，相貌丑陋但心地善良的夸父用他一生的时间和精力去追逐驱赶那炎炎的烈日，鞠躬尽瘁，死而后已。也许他是为了弄清太阳运行的规律，也许他是为了驱赶将大地晒得龟裂的烈日，使人民免受旱灾之苦，不论他是出于一种怎样的目的，夸父这种面对苍穹，毫不畏惧，勇于探索，持之以恒的英雄主义精神，都是中华民族宝贵的财富。夸父死在了追求理想的途中，他死后，将自己的手杖化为一片邓

人首蛇身的伏羲（汉画像石）

175

林，造福后人，而他大无畏的精神激励着更多的后来人踏上追逐梦想的道路。

炎帝的小女儿精卫本是一个天真烂漫的妙龄少女，一次贪玩的经历使她葬身于东海之中。她死后，灵魂化作了一只美丽的小鸟，而这只平凡的鸟儿却有着远大的抱负，她将夺去自己生命的汪洋大海当作敌人，发誓要将东海填平。是怎样的勇气和毅力才能让一只渺小的鸟儿和广阔无边、浩瀚汪洋的大海为敌呢？我们可以想象这样实力悬殊的对抗最终的结果将会如何地惨烈，但精卫鸟这种不屈不挠，勇于挑战的精神却产生了极为悲壮感人的艺术力量。

鲧为了拯救被洪水所困的黎民苍生私自窃取了息壤，盛怒的天帝将他处以极刑，他死后，尸体数年不腐烂，而他的腹中竟然孕育着另一个伟大的生命——大禹，儿子继承了父亲的事业，继续与洪水做斗争并最终取得了胜利。

《山海经》中诸如此类著名的神话故事、生动的神话人物真可谓是不胜枚举，"豹齿虎尾"、面目狰狞的西王母，为民连除七害的英雄后羿，这些栩栩如生的神话人物形象在后世文学作品中不断演变，对文学的发展乃至民族精神的形成都产生了深远的影响。

113

## 《汉书·艺文志》中所谓的"小说"指什么？

在文学史上，诗歌和散文的政教功能得到了儒家学者的充分肯定：诗可以"兴、观、群、怨"，文章则是"经国之大业，不朽之盛事"，因为事关政教，所以这两种文体的萌芽和发展也因此而比较早。但小说这种文学体裁在中国古代始终被视为不登大雅之堂的东西，不但正式产生的时代较晚，并且在产生之后也总是被排除在正统文学之外，正统文人大多不屑于创作这种为人不齿的"小道之说"。同样是文学体裁，为什么小说的地位在人们心目中都比较低下？要回答这个问题就不得不从"小说"这一名称的本义开始谈起。

"小说"一词最早见于《庄子》杂篇中的《外物》："饰小说以干县令，其于大达亦远矣。"这里以"小说"与"大达"对举，是指那些琐屑的言谈、无关政教的小道理。除《庄子》一书外，先秦典籍中有一些词语如"小家珍说"、"小辩"等与"小说"同义，这表明"小说"在这一阶段还不是一种文体的名称。

这种现象直到西汉才有所改观，公元前 26 年，刘向刘歆父子奉旨校书，将"小说"作为独立的一类进行著录，后来班固继承了他们的观点，在《汉书·艺文志》中把小说家列于"诸子略"，是"九流十家"的最后一家，第一次把"小说"这种体裁列为独立的一种文类，并把小说家作为独立的一家，这是中国文学史上小说文体成立的一个标志。

班固还解释说："小说家者流，盖出于稗官，街谈巷语，道听途说者之所造也。孔子曰：'虽小道，必有可观者焉。致远恐泥，是以君子弗为也。'然亦弗灭也。闾里小知者之所及，亦使缀而不忘，如或一言可采，此亦刍荛狂夫之议也。"这是史家和目录学家最早对小说所作的具有开创性的解释和评价。也就是说，班固认为"小说"就是"小道之说"，是指在民间流传的一些故事、议论、传说等，所讲的内容都是一些老百姓关注和感兴趣的奇闻怪事、神话传说和各种民间故事，它们产生于街谈巷语，道听途说，通过民间口头流传来传播，所以势必掺入大量幻想虚构的成分，因此在儒家正统君子和文士眼里，它们大多是虚妄怪诞的。这样的文学样式虽然有一定价值，但不符合经世致用，不同于经典，所以正统的文人很少愿意写小说，只有一些所谓的"闾里小知者"采集记录，成为一家之言。这些人是古代搜集整理民间口头叙事文学并具有表演专长的"故事讲叙家"，他们有一定的文化水平，在整理民间故事的过程中，对其进行补充润色，并用文字将其记录下来，使之"缀而不忘"。

自从《汉书·艺文志》将小说专门立目、著录、总结开始，我国的小说文学样式由此才正式确立并开始步入自我发展的正史时代。从《汉书·艺文志》的记载中，我们可以明显地感受到在传统文学观念中小说被视为"文学之下品"，被轻视甚至鄙视，同时也表现出小说私相授受，私下阅读的民间性质。因此，《汉书·艺文志》中所谓的"小说"，与我们今天作为一种独立文学体裁存在的小说是有很大区别的。

114

# 什么是志怪小说？

"志怪"一词最早出现在《庄子·逍遥游》中："齐谐者，志怪者也。"这里所说的"志怪"与小说这一文体尚没有很直接的关系，但后世将记异语怪的小说称之为志怪小说却正是由此而来。志怪小说，从其字面意思来解释是指内容涉及奇怪之事的小说。志怪小说以神、仙、鬼、怪、妖、异等人、物、事为叙述对象，是小说家通过幻想而进行的文学创作。幻想是人类认识世界的一种特殊形式，人类通过幻想为自己创造了一个自由的艺术境界，在这个世界中，人类的天性得到自由表现，一切在现实世界中存在抑或不存在的事物都被这个世界所容纳，这就是"志怪小说"。因此可以说，没有幻想，就没有志怪小说。

志怪小说酝酿并初步形成在先秦时期，这一时期的神话传说故事受到原始宗教的影响，都带有一定的神鬼妖异色彩。例如《山海经》中的许多记载。真正的早期志怪小说大致产生于战国时期。总的来看，这一时期的志怪小说还比较稚嫩，大多都混杂在史书、地理博物书、卜筮书等文本中。

两汉时期，志怪小说的发展趋于成熟，当时神仙方术之说的盛行，形成了侈谈鬼神、称道灵异的社会风气，这一时期的志怪小说不论从数量上还是质量上都有了进步。

志怪小说完全成熟并发展到鼎盛是魏晋南北朝时期。这一时期，政局动荡，朝代更替异常频繁，统治者的滥杀无辜和战争的频繁爆发使得社会中的许多人，特别是统治集团中的成员深感生命易逝，人生短暂。心理上的紧张压抑使他们中的大多数人走上了逃避政治、回避现实的隐逸道路，出于自我保护的目的，社会上便盛行称道灵异、张皇鬼神的风气，社会各阶层都在黑暗的社会环境中渴望过上安定幸福的生活，志怪小说恰恰把人们不可能实现的愿望表现了出来，所以便在这种社会风气下迅速发展起来了。

这一时期的志怪小说从作家作品的数量方面考察均已达到了顶峰，并且作者来自各个社会阶层，上自王公大臣，下到平民。这一时期的作品内容非常丰富：或宣扬因果报应，或鞭挞政治腐败，或歌颂美好的爱情，或描绘奇特的风物……将志怪小说的发展推向了鼎盛。志怪小说对后世小说影响深远，具体表现在唐传奇、宋话本、明清神魔小说等多个方面。

志怪小说的内容庞杂，大致可分为三类：第一、炫耀地理博物的琐闻轶事，如托名东方朔的《神异经》等；第二、记述正史以外的历史传闻故事，如托名班固的《汉武故事》等；第三、讲述鬼神怪异的迷信故事，如东晋干宝的《搜神记》等，其中的佳作以优美雅洁的文笔将丰富奇幻的想象呈现于世人面前，为后人留下了一些生动感人的故事，如《搜神记》中的"韩凭妻"、"李寄斗蛇"、"三王墓"、"东海孝妇"，以及《列异传》中的"宋定伯捉鬼"等，这些故事因其健康向上的思想内容流传至今；但同时也不得不承认，由于主要以神灵鬼怪为基本内容，所以志怪小说必然带有一定的迷信色彩。

115

## 志怪小说的代表作有哪些？

志怪小说是萌芽于先秦，发展于汉代，兴盛于魏晋南北朝时期的一种小说样式。汉魏时期产生了许多艺术成就较高，极具代表性的作品，例如《神异经》、《博物志》、《十洲记》、《洞冥记》、《玄中记》、《列异传》等等。

《神异经》假托西汉东方朔之名，但可以确定是汉代的作品。该书记述了殊方异域的山川地理、奇人异物。《神异经》的结构、内容都是模仿先秦神话作品《山海经》所作，全书分为东、西、南、北、中、东南、西南、东北、西北荒经九篇，共六十一则故事。《神异经》虽然有意模仿《山海经》，但并不是对古书简单的抄袭，而是有自己的独特创新之处，所记的异人异物都有许多新内容。《神异经·中荒经》"天柱"一则，就把东王公和西王母当作一对爱侣描写，这两个神话人物一东一西，一男一女，堪称绝配，这篇志怪小说洋溢着生活气息，充满了人情味；而"东方善人"一则，则表现出儒家礼教的理想规范，所描写的人物都个性很鲜明，相互之间

東王公　三才圖會　【人物十卷】　大

東王公諱倪字君明天下未有民物時鍾化而生於碧海之上蒼靈之墟道性凝寂湛體無爲贊迪玄功育化萬物主陽和之氣理於東方亦號東王公凡上天下地男子登仙得道者悉所掌焉嘗以丁卯日登臺觀望輪劫昇天之仙先有九品然始昇之時先拜太公後謁金母受事既畢方得昇九天入三清禮太上而覩元始漢初有韓見戲諺於道曰著青裙上天門揖金母拜木公時人莫之知唯子房往拜焉乃語人曰此東王公玉童也

西王母　三才圖會　【人物十卷】　九

西王母配位西方與東王公共理二氣調成天地陶鈞萬品凡上天下地女子之登仙者咸所隸焉周穆王八駿西巡乃執白圭玄璧謁見王母復觴母于瑤池之上漢元封元年降武帝殿進蟠桃七枚於帝帝欲留核母曰此桃非世間所有三千年一實耳偶東方朔於牖間窺之母曰此兒已三偷吾桃矣是日命侍女董雙成吹雲和之笛子登弹八琅之璈許飛瓊鼓靈虛之簧安法興歌玄靈之曲為武帝壽焉

东王公、西王母

关系和谐有礼，乐于帮助他人。

《神异经》虽然具有神话色彩，但不少作品有影射现实、抨击现实的积极意义。例如《东南荒经》中有位威武豪迈的尺郭鬼，他"以鬼为饭"，颇有为民除害的意味。《神异经》一书，文笔简朴流畅，想象丰富奇特，有些故事甚至可与《天方夜谭》中的故事相媲美，作者用颇有深意的笔调，将所记的奇人异物赋予了人类社会的特点，有深刻的讽喻意味，是汉代文人创作的杰出的志怪小说集。

《博物志》是魏晋之际著名的文学家、政治家张华创作的博物类志怪小说。也就是说，小说不但"志怪"，而且内容庞杂，包罗万象。它是继《山海经》后，我国又一部奇书，填补了我国自古无博物类书籍的空白。今天流传的《博物志》十卷，是经过后人加工的。小说内容包括山川地理、飞禽走兽、草木虫鱼、人物传说以及神仙方士的故事，囊括了神话、古史、博物、杂说等各种内容，其"博物"的特点由此可见一斑，而其中故事性较强的传说最具志怪小说色彩。

《博物志》中的故事大都取材自古书，如女娲补天取材自《淮南子》；轩辕国、君子国、三苗国等取材于《山海经》、《括地志》等。《博物志》中也有属于独创的故事，如杂说卷中的《浮槎》描写有人八月乘浮槎至天河见牛郎、织女，展示了天上的星宫景象，反映了古代人类征服宇宙的大胆幻想。这个故事是有关牛郎织女神话的原始资料之一。另一个故事《千日酒》记载了魏晋时人已经能制作一种叫做"千日酒"的名酒，这是对魏晋名士生活风貌的反映。

《博物志》是志怪小说中独具特点的一种体裁，它对后世文学很有影响，形成了文言小说中的一个流派。其中的许多故事的情节，被后世文学家不断加工和发展，例如博物类中"蜀南多山，猕猴盗妇人"的故事，叙述猕猴以长绳引盗大道上漂亮的女子做妻子，产子送还女家供养，颇通人性。这是猿类故事的原型。唐传奇《补江总白猿传》、《剪灯新话》和《申阳洞记》等都是在此基础上扩充改编而来。

《十洲记》又称《海内十洲记》，托名东方朔，属于神仙题材志怪小说。小说的体例也模仿了神话小说的鼻祖《山海经》，只不过假托于东方朔应对汉武帝之辞这个新的背景。书中描写汉武帝听说八方巨海之内有十洲，即：祖洲、瀛洲、玄洲、炎洲、长洲、元洲、流洲、生洲、凤麟洲、聚窟洲，问东方朔是怎么回事，东方朔为武帝详解这十洲。小说借东方朔之口讲述了神仙世界中的真人神官、仙草甘液、奇

禽异兽等等，例如道教代表太上真人、西王母，有神奇功能的续弦胶、返魂树，生命力极其顽强的风声兽、火光兽等，各种神人神物，比比皆是，令人目不暇接。

《十洲记》记载神仙方士的内容，极大地迎合了当时人们渴望求仙得道的心理，因此，连喜好神仙之事的汉武帝也被比附。《十洲记》文字表现力较强，善于铺叙夸张，对后来的志怪小说影响颇深。

《洞冥记》又称《武帝洞冥记》或《别国洞冥记》，是东汉郭宪所撰，全书共四卷。小说题目中的"洞冥"就是指通过求仙得道，可以洞见幽暗、深远的生命真理，因此，《洞冥记》也是一部宣扬道教求仙思想的神仙题材志怪小说，其主要内容就是崇尚神仙道术、赞美奇异怪灵之事，正如鲁迅先生所言："大旨不离乎言神仙。"与《十洲记》一样，《洞冥记》也是借汉武帝与东方朔之口表现殊方异国的奇人奇物，例如：服食后能使人身体夜里发光的"洞冥草"，能使人不眠的"却睡草"，能无言不中的"能言龟"等等。作者通过神奇的想象，展现了神仙世界的新奇动人，而这种不真实的幻想，恰好迎合了不少人的思想追求，他们通过这种幻想获得心理安慰和情感的满足。《洞冥记》在艺术上较为平实，描写具体细致，文字比较靡丽，其中奇特的幻想为六朝志怪及唐传奇乃至唐以后的文言小说的发展奠定了基础。

《玄中记》，作者是东晋著名的游仙诗人郭璞。他既是文学家，同时也是经学家和方术家，他精通卜筮方术，因此由他创作一部志怪小说《玄中记》便不足为奇了。《玄中记》是继《博物志》之后的又一部博物体志怪小说。小说内容很丰富，有神话传说、方域奇闻、山川风物、动植精怪、妖异变化等。小说的材料大致来自《山海经》、《括地志》等。《玄中记》最有特色的内容，就是精怪妖异故事，这些故事结构完整，因为常常与社会人事相联系，所以情节动人。例如：描写人鸟结为配偶的《姑获鸟》就有一定的现实意义。小说描写姑获鸟脱去毛羽变成了一个美丽的女子，她来到人间遇一男子，这个男子将她的毛羽藏起来，使她无法恢复原形，于是只得做了男子的妻子为他生儿育女。浪漫的艺术想象背后曲折地反映了封建社会妇女地位的低下。此外《玄中记》中较早地勾勒了狐妖形象，为唐传奇以至《聊斋志异》中的狐妖故事打下了基础。

《列异传》据说是魏文帝曹丕作，他不但擅长作七言诗，而且还喜欢神仙鬼怪故事，因此编撰了志怪小说《列异传》。《隋书·经籍志》概括其特点为："序鬼物奇怪之事。"小说内容丰富，范围较广，故事篇幅较长，结构完整，情节曲折，艺术价值较高。

《列异传》中最有趣的都是一些描写"不怕鬼"之人的作品，其中《宋定伯捉鬼》的故事最为精彩。作品中的宋定伯既有胆量，敢于冒充鬼、与鬼结伴同行，同时又非常机智，将计就计，巧妙掩饰自己的破绽，并掌握了降服鬼的办法，最后竟然把鬼骗到市场上卖掉，充分显示了他的智慧和胆量。这个故事中的鬼也并不可怕，相反还很调皮，有些自作聪明。这个不怕鬼的故事清新活泼，诙谐幽默。此外，《列异传》中还有表现人鬼相恋的作品。如《谈生》一篇，写书生谈生与女鬼结为夫妇，并生儿育女，女鬼嘱咐谈生三年之内不能让她见火光，但两年之后谈生被好奇心驱使，以火照女鬼，使其现出原形，于是酿成悲剧，女子离谈生而去。这个故事是后世唐传奇等作品中人神相恋题材的源头。《列异传》中所描写的鬼怪奇异故事，几乎包括了以后志怪小说中出现的所有题材，它不但奠定了魏晋志怪小说的发展基础，而且为后来的文学作品提供了宝贵的素材。

116

# 《搜神记》描写了一个什么样的鬼怪世界？

《搜神记》是东晋干宝撰写的志怪小说，为汉魏六朝小说的代表作之一。原书已亡佚，有重辑本，共二十卷，共收集神鬼灵异故事四百六十四则，是后人从唐代《法苑珠林》、北宋《太平御览》等书中辑佚而成。《搜神记》记载的多为神怪灵异之事，也保存了不少民间传说，目的是"亦足以明神道之不诬也"。主要内容是赞扬神仙、方士的幻术，如画符念咒、隐身变形、驱鬼逐妖、呼风唤雨等等。翻开《搜神记》，神异灵怪的气息便扑面而来，在这个鬼怪的世界里，没有什么不可能：马生角、狗生角，甚至人生角；猪生人，马生人；狗能言，马能言；女变男，男变女，诸如此类在现实生活中不可能存在的事件在《搜神记》中却是比比皆是。此外，还有许多狐媚精怪的故事，如因情而夭亡的紫玉、白骨生肉的谈生妻等等。干宝作《搜神记》，肯定世界上真的有鬼神存在，所以叙述故事时自然无法避免善恶有报、

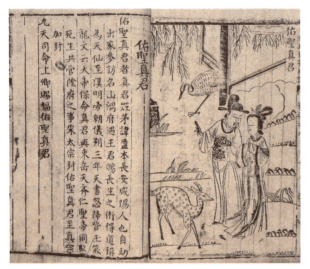

《搜神记》书影（明万历刊本）

称颂愚孝等迷信的内容，但是书中记载的一些民间传说和历史轶事已脱离了鬼怪神异的范畴，具有一定的现实感和进步意义。

《搜神记》中有反映反抗暴力和迫害的故事。如名篇《干将莫邪》，又名《三王墓》。讲述了干将莫邪夫妇二人为楚王铸剑，三年乃成，干将知道楚王怕他的手艺流传到其他国家会将他杀害，便嘱咐妻子等儿子长大之后为自己报仇。儿子赤比长大之后知道了事情原委，当年父母所铸之剑有雌雄两把，干将献给楚王的是雌剑，赤比背起雄剑义无反顾地踏上了复仇之路。楚王梦见有一个眉间广阔的青年要找他为父报仇，于是悬赏缉杀眉间宽阔的人，赤比因此无法为父报仇，暗自伤心。他的孝心感动了一位侠客，他告诉赤比，只要赤比将他的头和剑交给他，他可以替赤比报仇。赤比毫不犹豫地将自己的头砍下，与剑一起双手奉给侠客，于是，侠客带着赤比的头和雄剑去见楚王，楚王自以为消除了隐患，心中大喜。侠客说："这是勇士的头，应该在汤锅里才能煮烂。"楚王照做，可是头煮了三天三夜也没有烂，侠客诱骗楚王到锅旁观看时一剑将楚王的头砍下，接着也将自己的头砍下坠入锅中，三人的头一起煮烂在锅中，无法分辨，楚人只好合葬了三具头颅，称为"三王墓"。这个故事中的干将、赤比、侠客共同谱写了一首义薄云天的悲壮赞歌，人人都为着一个明确的目标而奋斗努力，至死不渝。

《搜神记》中还有表现对美好生活向往的感情，如脍炙人口的故事《董永》。讲述了董永家贫，父亲死后无以为葬，于是他只好自卖为奴为父亲办理丧事，天帝为董永的一片至诚孝心所感动，就派织女下凡来做他的妻子，助他偿清债务后飘然凌空而去。故事中肯定了人类美好的情感——孝，具有积极的意义。

爱情是文学的永恒主题，《搜神记》也不例外，著名的《韩凭妇》一篇就讴歌了情侣之间坚贞的爱情。故事讲宋康王见韩凭的妻子何氏貌若天仙，就想将她据为己有，于是就将丈夫韩凭囚禁起来，韩凭无力反抗，在收到妻子准备殉情的书信之后毅然自杀殉情，何氏随之自杀，并在遗书中向宋康王提出将他们夫妻合葬的要求，谁知康王恼羞成怒，故意将他们分葬两处，但伟大的爱情并没有被恶势力所阻挠，他们的墓前生出了一棵相思树，根枝交错，树上有一对鸳鸯鸟，日夜悲鸣。用如此浪漫主义的手法描写爱情故事，在后世文学作品中也屡见不鲜，特别是《孔雀东南飞》、《梁山伯与祝英台》都继承了《韩凭妇》故事的主题。

《搜神记》还有许多感人至深的故事，例如《嫦娥奔月》、《东海孝妇》、《李寄斩蛇》等等，都成为了文学史上的经典之作。作者干宝穷其一生，将他美好的向往都寄予了这样一个亦真亦幻的鬼怪世界，直到清代蒲松龄写《聊斋志异》时还自称"才非干宝，雅爱搜神；情类黄州，喜人谈鬼"，可见干宝和他的《搜神记》对后世文言小说的深远影响。

117

# 干宝为什么被后人称为"鬼董狐"？

出生于名门望族的干宝自小就勤奋好学，博览群书，少有文名，有良史之才。东晋初，朝政草创，干宝经人推荐，领修国史，著《晋书》二十卷。而就是这位人间良史干宝，在为现实人间记录历史的同时，也为虚幻世界中的神魔鬼怪撰写了一部历史——《搜神记》。《世说新语·排调篇》中记载，与干宝同时代的刘惔评论干宝说"卿可谓鬼之董狐"，他也因此被世人称赞为"鬼董狐"。董狐本是春秋时期晋国史官，他以秉笔直书著称于世，人们为了肯定干宝对记录鬼怪之事的热衷，就称之为"鬼董狐"，意思是说他是记鬼的史官，以此来表彰他的文学成就。

一位接受过正统儒家教育的国家史官怎么会对光怪陆离的鬼神世界产生如此浓厚的兴趣呢？据说，干宝年幼时，父亲去世并被葬于澉浦青山，父亲生前有一个宠婢，母亲一直很嫉恨她，等到父亲下葬时，母亲就把那个侍婢活生生推下墓穴，让

唐伯虎　嫦娥执桂图

她为父亲殉葬。十几年后，干宝长大，母亲去世后需要与父亲合葬，于是家人便打开了父亲的墓穴，令人惊异的是，十几年前随父亲陪葬的那个侍婢伏在棺木上，面色容貌居然和生前没有一点区别。家人用车子将其载回家中后，过了几天侍婢就起死回生了，并且讲述干宝的父亲常常给她送来饮食，恩爱一如从前。从此，那名侍婢就能够预测吉凶并屡屡应验。另一件触动他的事情是，干宝的哥哥病重气绝，死后好几天身体也没有变僵硬，后来就醒过来了，还说他看见了鬼神，像是在梦中游历了一场一样，他并不知道自己曾经死过。经历了这两件事，干宝不由得感慨天地阴阳、生死轮回的奇异变化。于是，他开始搜集天下的异闻怪谈，整理成书，就是著名的《搜神记》。

"鬼董狐"这一称呼不但说明了《搜神记》具有志怪的性质，同时也肯定了干宝在创作时题材选择的广泛与艺术表达的深入人心。作为魏晋志怪小说的突出代表，《搜神记》为人们讲述了许多优美动人而又惊心动魄的神仙鬼怪、民间传说故事，其中的名篇流传很广，如《干将莫邪》、《董永》、《韩凭妇》、《嫦娥奔月》、《东海孝妇》等等，这些故事篇篇精彩，感人至深，虽然所说的都是神鬼怪异之事，但却不离人间真实，是用鬼怪故事叙说人间之情。作者干宝把人间所有美好的愿望和情感都寄予了虚幻世界中的神魔鬼怪，任他们演绎着奇幻诡异的感人故事，如此钟情于鬼怪世界的干宝，被后人称作"鬼董狐"可谓是实至名归了。

118

# 《搜神后记》真是陶渊明写的吗？

《搜神后记》又叫做《续搜神记》、《搜神续记》。从书名就可看出，这本书与干宝的《搜神记》渊源颇深，可以看做它的续书。《搜神后记》与《搜神记》的体例大致相似，但内容则多为《搜神记》所未见。《搜神后记》也是一部"侈谈鬼神"的志怪小说，主要内容仍然是表现神鬼的奇闻异事，但这部书也有其独特之处。《搜神后记》在内容上相对减少了对妖怪奇异等事的记录，而增加了神仙之事的描写，体现了东晋末年佛教逐渐深入人心的影响；在艺术上，片段式的故事取代了琐碎的随意记录，呈现出志怪小说体式进步的趋向。

全书根据内容大致可分为四种类型。第一类是神仙洞窟故事，如《桃花源》、《穴中人世》、《韶舞》、《袁相根硕》等，主要讲了服食导养、修道求仙之事。其中《袁相根硕》一篇表现了人们对自由美好生活的向往。小说写会稽的两名猎户袁相和根硕为了追逐山羊而误入仙境，邂逅了两位容色甚美、冰清玉洁的仙女。他们一见如故，共同生活在"洞天福地"之中，过着无忧无虑的美满生活。但二人仍然思念故土，当他们返回家乡时却发现已然时过境迁，物是人非了。这样一个美丽的神话故事俨然是《桃花源记》的现实人间版。

清　萧晨《桃花源图卷》（局部）

第二类是山川风物、世态人情故事，如《贞女峡》和《舒姑泉》就是有关当地风土的民间故事。贞女和舒女都是普通的劳动妇女，她们勤劳朴实、热爱生活。作者将对她们美好品质的赞颂与山川风物的描写联系在一起，达到了情景交融，感人至深的艺术效果。

第三类是人神、人鬼的爱情故事。著名的有《白水素女》、《李仲文女》、《徐玄方女》等。这类题材写得绚丽多姿，极富浪漫梦幻意味，且往往加以悲剧的结尾，引人注目。《白水素女》是"田螺姑娘"民间传说的原型，讲述了年轻的农民谢瑞勤奋劳作却生活贫困，娶不上妻子。突然有一天，他耕田回家后发现桌上做好了饭菜，

家中也被整理得井井有条。谢瑞起初还认为是好心的邻居在帮助他,后来发现不是。他为了弄清事情的原委,就躲在家中,看到他偶然从河里捡回来的一只田螺中走出了一位美丽的女子,替他"守舍炊烹",当他窥见这个秘密的时候,美丽的田螺姑娘——来自天河的仙女便离他而去。勤劳善良的"田螺姑娘"形象非常动人,被后世许多文学作品借鉴采纳。

第四类是不怕鬼的故事,如《鬼设网》、《斫雷公》等,故事的主人公如放牛娃、章苟等都是普通劳动者,他们运用自己的聪明才智与邪恶势力做斗争,表现了普通民众对正义公平的渴望。这类故事是《搜神后记》区别于其他志怪小说另一颇具特色的地方。

《搜神后记》的作者旧题是东晋著名大诗人陶渊明。有人认为,像陶渊明这样"结庐在人境,而无车马喧"的隐士,心胸有着"采菊东篱下,悠然见南山"的旷达,不大可能对神神鬼鬼的故事感兴趣。用鲁迅先生的话来说,就是"未必拳拳于鬼神,盖伪托也"。但从陶渊明创作的《读山海经》等诗和充满幻想色彩的《桃花源记》来看,诗人对神话故事也是有所接受的,特别是作品中神仙洞窟一类故事的内容,恰巧与陶渊明的隐逸思想不谋而合。因此,他搜集资料创作一部"侈谈鬼神"的《搜神后记》也是极有可能的。

 119

## 什么是志人小说?其演变过程如何?

志人小说是魏晋时期风靡一时的一种专记人间言行、传闻故事的小说类型,又因为所记之事都是历史上实有人物的轶闻逸事,所以又称"轶事小说"。这类小说受东汉以来上流社会品评人物之风和清谈之风的影响较大。在历史上,以科举选拔人才始于隋代,这之前,人才皆由权威人士或地方长官推荐,其标准一看门第,二看品格、言行、风度。东汉中叶,在士流之间特别重视"品目",所谓品目,就是品评和衡量人物的优劣高下。这种品评之风与政治上的举荐制度是一致的,凡是在品评中被赞誉的人物,都可以"孝廉"、"贤良方正"之名被朝廷录用,踏上仕途,所以记录某个人在这些方面的表现便极受舆论关注和重视。这种风气发展到魏晋时期有所变化，当时崇尚"清谈"，故评价人物虽不再直接与举荐制度相连，但却更重视被评人物的风度、气质以及语言。一个文士在清谈中的风度、言语，常常成为人们关注的焦点。"志人小说"是记录文人言行的一种特别笔记，写的大都是一个个生活片断、文人的言行举止。

在清谈之风和品评人物风气的影响下，早期志人小说记录名人士大夫的言行，从多个方面描写了上层社会各色人物的生活片段，如《名士传》、《语林》、《郭子》等，其中，又以记人物之间"应对之辞"的作品成就突出。此外，这一时期也出现了专记历史琐闻遗事的作品，如《西京杂记》。

志人小说与志怪小说虽盛行于同一时代，但内容上有根本区别，它不记鬼说怪，而是直接反映现实生活中的人或事，并且叙写范围较广，既有记言，又有记事，对于后世文学也有着深远的影响。从具体的作品内容性质来说，《笑林》和《西京杂记》是来自民间的传闻故事，是"街谈巷语，道听途说"的内容；而《语林》、《郭子》等的内容题材则来自统治阶级人物，是对现实的真实记录。前者取材范围较广，上至统治阶级，下到普通民众，态度明朗，思想尖锐，风格活泼；后者则只取材于封建文人、士大夫的生活，范围相对较窄，但态度客观，思想蕴藉，风格韵雅。这两种不同风格的作品都具有较高的文学和史料价值，它们通常用短小精悍的篇幅、清秀隽永的语言、诙谐幽默的笔调讲述故事。

志人小说发展到南北朝，出现了集大成的代表作，这就是南朝刘宋刘义庆的《世说新语》。《世说新语》的出现标志着志人小说的成熟。

120

# 魏晋志人小说的代表作有哪些？

志人小说萌芽于汉末，兴盛于魏晋时期，成熟于南北朝。各个时期都有代表性的作品，汉末魏晋时期的代表作有《笑林》、《郭子》、《高士传》、《西京杂记》等。

《笑林》是我国第一部笑话集，作者邯郸淳是三国时魏国一位博学多才的文学家。此书内容待后文详论。

《郭子》，作者郭澄之，成书于东晋末年。南宋郑樵《通志·艺文略》子部著录《郭子》三卷。作品长于记事，带有明显的时代特征，作者用真挚的笔调记录了两晋上层社会文人的言谈应对、品评人物的事实，其中部分内容真实地反映了官场之上人与人之间的矛盾和斗争，由此深刻揭露并批判了上层社会的丑恶。在艺术手法上，《郭子》语言简约含蓄，文笔清新隽永，善于突出刻画人物形象，为《世说新语》提供了许多素材。

《高士传》是魏晋间名士皇甫谧所作，全书共三卷，记述上古至魏晋的清高隐逸之士共九十六人的生平事迹，旨在为这些高人雅士立传。皇甫谧说自己的立传标准是"身不屈于王公，名不耗于终始"。按照这个标准，被孔子、司马迁称颂过的伯夷、叔齐，被班固表彰过的"两龚"即龚胜、龚舍，都不在立传之列。伯夷、叔齐宁肯饿死，耻食周粟，执节很高，但毕竟有过"叩马而谏"的自屈行为；两龚断然拒绝出仕新莽，晚节很好，但早年总是出仕过的。因此，不予载录。皇甫谧《高士传》记载的九十六名高士全是经过严格筛选没有出仕过的"高让之士"，其中比较真实地反映了当时的社会面貌及一部分知识分子的社会生活，甚至于社会历史的一个侧面。

《高士传》中的一些人物故事，经常被后世小说戏曲取材利用，其中《梁鸿》一篇就非常有名。作品记载了东汉时期，梁鸿与孟光夫妇虽身处贫困窘迫之中，但不慕名利，淡泊明志，潜心著书，特别是夫妻二人互为知己，互敬互爱，被世人传为佳话。著名的"举案齐眉"的典故便是由他们的故事而来。《高士传》虽然标榜为高人雅士作传，但其中有的所谓"高士"实际上是非常迂腐固执的，例如《江阴丈人》一篇的主人公，他不会顺应历史发展的潮流，而选择固步自封，拒绝采用更为先进的生产方式，从道家返朴归真的思想来看，这种做法固然有其合理性，但却与历史的发展背道而驰。作者皇甫谧按照"身不屈于王公，名不耗于终始"的标准选择人物，因此比较真实地反映了当时的社会面貌及一部分知识分子的社会生活。

《西京杂记》，东晋葛洪所撰，"西京"是指西汉的都城长安，这部小说记载的是西汉时期的杂事传闻，包括帝王后妃生活的奢靡、宫廷园囿、珍玩异物、典章制度、文人轶事、民俗风情等等。《西京杂记》保存完整，它既有史料价值，又有文学价值，但由于所记内容多是传闻，所以还是应把它当做一部轶事小说来鉴赏。《西京杂记》中有许多人们耳熟能详的小故事，例如人们喜闻乐道、传为佳话的"昭君出塞"，即宫女王嫱不肯贿赂画工致远嫁匈奴的故事，作者在民间传说的基础上，增加了虚构的情节，将历史小说化、故事化了。还有其中所叙述的司马相如与卓文君的恋爱故事，也很动人。小说写了二人相爱的经过，情意俱佳。除此之外，书中还记录了一些下层劳动人民的故事，表现了他们高超的劳动技术和艺术才能，如能工巧匠丁缓等。《西京杂记》所记虽杂，但作为小说，无论在思想或艺术上都有较多可取之处，不少传说故事被后人引为典实，对诗词、戏曲、小说的创作都产生过一定的影响，为后代文学作品提供了许多素材。

文君听琴图

121

# 《世说新语》为何被称为"名士教科书"？

在动荡多变的魏晋时代，活跃着这样一群人，他们有时齐聚一堂，谈玄说理，品评人物；有时隐居山林，放浪形骸，纵酒高歌，但无论处于怎样的生活状态，他们的思想却始终保持着超凡脱俗、自由解放。他们便是一生与药、酒相伴的魏晋名士，在历史的舞台上，他们是最特立独行的一类，纵然生命短暂，却绽放出了永恒灿烂的光芒，魏晋风度打动着千千万万的后代人。

《世说新语》是魏晋风度的一面镜子。书中既没有庙堂对策的宏论，也没有疆场浴血的渲染，更没有民生疾苦的悲诉。翻开《世说》，迎面走来的是一群率真旷达、

恣情任性的风流名士，手挥麈尾的清谈家，辨析义理的玄学家，品评人物的鉴赏家，传神写照的书画家，服药求仙的神仙家，论道讲佛的高僧，清辞博学的文士，芝兰玉树的人中俊秀，纵酒佯狂的醉客，裸裎放荡的狂人。

作者刘义庆是宋武帝刘裕的侄子，袭封为临川王，官至尚书左仆射、中书令，他爱好文艺，门下聚集的文学之士众多，这些门客很可能也参与了《世说新语》的编纂。全书分为德行、言语、政事、文学等三十六个门类，每一门类下包含几十则小故事，记载了一些性质相似的人物事迹，从这些篇目之中，我们可以全方位、多角度、全面细致地一睹魏晋名士的风采，他们的内在智慧、外在形貌、脱俗的语言、高超的境界都得以从中得到体现。

《世说新语》所反映的是一个"崇美"的时代，人们自觉地欣赏美、赞叹美、追求美，重视自己的仪态姿容，精神气质成为那个时代最重要的时代精神。《容止》一门品评人物的风姿气韵。夸赞嵇康的高大俊逸就说"肃肃如松下风，高而虚引"，形容他如林间升腾起的一袭清风；夸赞王戎目光明亮，则说"眼灿灿如岩下电"，即如闪电一般有神采。在《任诞》中，讲到名士刘伶常常纵情狂饮，放任不羁，有时竟脱光了衣服赤身裸体地呆在屋里，面对人们的讥笑，他振振有词地回应说：他是以天地作为房屋，以屋子作为衣裤，别人进入房子看他就仿佛钻进他的裤裆里一样。魏晋名士用这种荒诞不羁的行为无言地批判

《世说新语》书影

着那些道貌岸然的礼法名教制度。魏晋时期的女子也是颇有风致的，她们临危不惧、智慧贤能、耿直刚正，相夫教子，有母仪风范，她们同样也代表了魏晋风度，《世说新语》在《贤媛》篇中就专录这些德才兼备、气度非凡的女性。作者就是通过这些鲜活的人物，将魏晋风度展现得淋漓尽致。

《世说新语》作为一部记述人物言行的志人小说，对后代文人、文学都产生了深远的影响。后代文人学者中，有许多人对魏晋名士敬仰思慕，顶礼膜拜，甚至从行为到思想对其争相仿效，后世文学中历朝历代都有对《世说新语》的模仿之作。如唐代的《续世说新语》、宋代的《唐语林》、明代的《何氏语林》、清代的《今世说》，历代的名士风度都得以在文学作品中有所表现，因此鲁迅先生在《中国小说史略》中总结说：《世说新语》是一部"名士教科书"。

122

# 什么是魏晋风度？

中国历史上的魏晋时期是一个动乱的年代，也是一个思想活跃的时代。险恶的政局驱使大量文人走上逃避政治、逃避现实的道路。他们之中有人纵情享受，醉生梦死，以此来掩饰内心的苦闷；有人终日清谈、不理政务，并以此为高尚；有人退居田园，与世无争，追求远离尘世喧嚣的闲情逸致；有人遁入空门，企图从佛教中找到精神寄托；有人炼丹服药，谈玄说理，用消极的方法保护自己，创造了影响后世文人的一种独特的时代精神。"竹林七贤"、"正始名士"不满当时的政治现状，但迫于压力只能消极抵抗，他们在生活上不拘礼法，洒脱倜傥，喝酒纵歌，他们代表的这种时代精神得到后来许多知识分子的赞赏，并将其称作"魏晋风度"。

魏晋风度的形成，在当时具有反对旧礼教的进步性。鲁迅先生在《魏晋风度及文章与药及酒之关系》一文中指出，"旧传下来的礼教，竹林名士是不承认的"，他们"差不多都是反对旧礼教的"。"更因思想通脱之后，废除固执，遂能容纳异端和外来思想，故孔教以外的思想源源引入。"反对旧礼教，就意味思想通脱；解放，就意味着迂腐固执的废除，就能够胸怀坦荡，视野开阔，容纳异端和离经叛道之说，

如弘扬和吸收道家玄论以及佛教思想，从而使中国思想界继春秋战国"百家争鸣"之后，又开创出了一个斑斓多采的局面。

如果为"魏晋风度"画一幅速写，我们将看到这样一幅画面：一位形骸瘦削的士子轻裘缓带，宽袍大袖，脚蹬木屐，清瘦的脸颊上似乎留有脂粉的痕迹，他手挥麈尾，放言玄远，老庄那深奥的哲理从唇间轻缓吐出，他身旁静候着一大壶寄托思绪的美酒和一包益寿延年的丹药，他神情清俊飘逸，绰约宛如仙人。这逼真鲜活的画面仅仅是魏晋风度的表象。他们惊世骇俗的举止行为下掩藏的，是他们高迈尘世的思想与艺术化的精神人格。他们崇尚自然，力求超凡脱俗；他们一往情深并重视心灵的内在感受；他们注重姿容神情；他们思想解放，个性张扬，率性而为，潇洒不羁，不为外物、名利所牵绊，他们短暂而丰富的生命犹如一首首婉转悠扬的乐歌，响彻历史的天空。

魏晋名士崇尚老庄玄学，这并不仅仅限于他们在清谈时将其作为表现才学的谈资，更是他们实际践行的人生哲学，他们讲求志趣高远，处事淡泊宁静。在日常生活中，他们不惧怕世俗的评论与眼光，勇敢地按照自己的意愿选择生活方式，他们临危不惧，视金钱如粪土，时刻保持着一种淡定从容的生命姿态，这是魏晋风度中极高妙的智慧。

以魏晋风度为开端的古代士大夫精神从根本上奠定了中国知识分子的人格基础，其影响相当深远。当今社会中的年轻人对自我的发现与肯定，与魏晋风度的价值观念就极为相似，他们追求行止姿容的漂亮俊逸又和魏晋风度的美学观念相辅相成。

 123

# 为什么说《燕丹子》是"古今小说杂传之祖"？

"风萧萧兮易水寒，壮士一去兮不复还"，荆轲刺秦的故事可谓家喻户晓，但人们大都只知道《史记·刺客列传》中荆轲的故事，而文学史上另一篇同样记录此事的小说却鲜为人知，那就是被明代胡应麟称为"古今小说杂传之祖"的《燕丹子》。这部小说能得到如此评价，主要因为它以精彩的写作手法再现了荆轲刺秦王的故事。

虽然《燕丹子》的中心内容与《史记·刺客列传》中有关荆轲的部分大体一致，但二者所采用的叙事手法却迥然有异。《燕丹子》以燕太子丹为中心线索，从"燕太子

荆轲刺秦王画像石

丹质于秦"写起,写他逃归、报仇、失败的经过,从中还穿插进了一连串的小故事,这种写法很符合小说重叙事的特点。此外《燕丹子》在故事情节的曲折离奇和细节的精彩细致方面,有超过《史记》的地方。例如:书中较为详细地记载了燕太子丹逃归的经过,他对荆轲的盛情款待与倍加尊崇,以及荆轲阳翟买肉和入宫行刺后的场面,特别是"黄金投蛙"、"杀马进肝"、"玉盘盛手"、"易水送行"等几个片段的描写都十分精彩,不但使太子丹这一人物形象更加丰满生动,并且使得故事情节更加起伏跌宕,富有传奇性,使作品具有隽永的艺术魅力。太子丹为了表现对勇士荆轲的特别赏识,可谓是煞费苦心。荆轲闲来无事,用瓦片投掷青蛙游戏,太子马上将瓦片换成黄金,表现出他视黄金如粪土而视人才如生命的气概;荆轲偶然说起"闻千里马肝美",太子立即杀了自己的千里马,取其肝为荆轲烹制。千里马再名贵,也比不上荆轲在太子丹心中的地位;最残忍的一幕是,荆轲听美人弹琴,赞叹美人琴技高超,说:"好手琴者。"太子丹就命令左右将美人的手砍下来,盛在玉盘中献给荆轲。这些情节虽有虚构的成分,但却符合人物的性格逻辑。如此的倾心相交,如此的礼贤下士,足以见太子丹报仇之心的急切,以及他对荆轲所寄予的厚望。而这样层层铺垫使得最后刺杀未成的结局更表现出一种感人至深的悲壮气氛。作品"小说杂传"式的艺术魅力也正在此。

《燕丹子》采用了比喻、夸张、反衬等艺术手法来刻画人物,例如田光向太子丹推荐荆轲时,就用其他勇士作为反衬,以表现荆轲之勇。《燕丹子》篇幅较长,结构完整,虽受到史书传记的影响,但又有所超越。它通过各种表现方法,塑造了礼贤

下士、渴望报仇而又急于求成的燕太子丹，以及大义凛然、将个人生死置之度外的悲剧性人物荆轲，其人物形象鲜明，艺术成就突出，小说特质具备，可谓是杂传体小说的样板，是当之无愧的"古今小说杂传之祖"。

124

## "凿壁借光"的故事出自哪本书?

凿壁借光的故事在中国可谓是家喻户晓，妇孺皆知，但很少有读者去探寻这个故事的出处，实际上，凿壁借光的故事最早被记录在东晋作家葛洪的轶事小说集《西京杂记》之中。原文如下：

> 匡衡勤学而无烛，邻居有烛而不逮，衡乃穿壁引其光，发书映光而读之。邑人大姓文不识，家富多书，衡乃与其佣作而不求偿。主人怪问衡，衡曰："愿得主人书遍读之。"主人感叹，资给以书，遂成大学。

故事是说少年匡衡勤奋好学，但家中没有蜡烛照明。邻居家有灯烛，但光亮照不到他家，匡衡就把墙壁凿了一个洞引来邻家的光亮来读书。同乡有个大户人家叫文不识的，是个有钱的人，家中有很多书。匡衡就到他家去做雇工，又不要报酬。主人感到很奇怪，问他为什么这样，他说："我希望能得到你家的书，通读一遍。"主人听了，深为感叹，就把书借给他读。于是匡衡成了大学问家。

就是这样一个短小精悍的故事，激励着一代又一代的贫寒学子不畏环境的艰苦，坚持学习。凿壁、偷光、偷光凿壁、凿壁借辉、借光等词汇更是成为了勤学苦读的代名词。从这个故事，我们也可以窥见《西京杂记》这部作品集的内容特色。

125

## 中国最早的笑话集是什么?

笑话作为一种独立的文学体裁，是指用一些违反常理的人和事，来揭露表现一些矛盾的事和荒诞的言行，并用诙谐幽默的语言表达出来。好的笑话应该是非分明、褒贬得当并具有较高的表达技巧，使人们在欢乐与笑声当中受到教育和启发。我国古代笑话有着悠久的历史，早在《诗经·卫风·淇奥》中，就有了"善戏谑兮，不为虐兮"的记载；先秦典籍中所记载的某些寓言故事，《史记·滑稽列传》所记载的优旃讽漆城、优孟谏葬马的故事，都可看作是最早的笑话文学；西汉中期，还出现了以东方朔为代表的滑稽文学。不过，这些文学作品虽为魏晋南北朝时期的滑稽嘲谑之作开了先河，但严格说来还只能算作是笑话文学的雏形。真正使笑话成为一种独立的文学形式，为笑话文学的发展奠定了坚实基础的，是邯郸淳的《笑林》。

《笑林》是我国第一部笑话集，作者邯郸淳是三国时魏国一位博学多才的文学家。《笑林》与《世说新语》虽同属记录人物言行的轶事小说，但它所记的人物多是作家虚构的，书中人物没有确指，只称"某甲"、"某乙"、"王氏"、"李氏"、"楚人"等，小说意味浓厚。从《笑林》之后，笑话才正式作为一种独特的形式加入了文言小说的行列，并被越来越多的作家所接受并重视。

《笑林》的主要内容可以分为以下几类：有讽刺地主吝啬的，如《汉世有人》；有讽刺财迷心窍，不劳而获思想的，如《读〈淮南方〉》；有嘲笑愚蠢之人自作聪明的，如《长竿》；其他如《山鸡》讽刺了盲听盲信、不做调查研究；《墨台氏女》嘲笑了把未来当成现实的愚昧，都很有意义。《笑林》作者集中择取那些违背常理常情、违反生活逻辑并具有一定典型意义的事例加以表现，在表现时又善于把那些最足以体现人物本质特征的东西突出出来，因此篇幅虽极短小，语言虽极质朴简洁，作者也并不特别使用带有嘲谑意味的字眼将自己爱憎弃取的感情明显地表露出来，但仍然收到了较强的讽刺效果。

《笑林》采录了前人著作，吸收了民间笑话的营养，对现实中的种种现象进行了嬉笑怒骂的嘲讽，表现了作者的爱憎和智慧。作品用故事的方式叙事，以夸张和漫画式的笔法写人，滑稽幽默又具有强烈的现实性。

126

# 中国第一部以"小说"命名的书是什么？

小说这一文学体裁在中国古代始终被视为不登大雅之堂的文体，不但正式产生的时代较晚，并且在产生之后也总是被排除在正统文学之外。小说长期被视作"街谈巷议，道听途说"、"小道之说"而为正统文学家所不齿。就是在这样一种逆境之中，小说这种体裁不断发展演进，并以其独特的艺术魅力吸引着越来越多作家的关注。直到齐梁时期，中国文学史上才出现了第一部以"小说"命名的作品，即殷芸编纂的《殷芸小说》。

编者殷芸是齐梁时期的文学家，史书记载他性情风流倜傥，不拘小节，但洁身自爱，不妄交游，并且博学多识，遍览群书。《小说》是他奉梁武帝之命编撰的轶事小说集。虽然其中所收录的内容，多是那些为通史所不取的"不经之说"、"小道之说"，也就是民间传说、山川风物、历代名人的逸闻琐事等，全是小说家之言，而非历史，但在当时却很受重视。以"小说"二字对作品命名，可以见得小说这一文学样式在南北朝时已经逐渐深入人心，为人们所接受。

《殷芸小说》选编了上自先秦，下到宋齐之间的野史杂传。全书内容可大致分为：地理类、杂记类、别传类、琐言类、逸事类等。书中所讲述的有关地理的片段，与正史地理志中排列郡国州县和城邑户口不同，而是特别选取了一些与所记之地有关的传说故事，读来饶有趣味；其中收录的杂记类作品主要采自《异苑》、《幽明录》；别传类则多是名人传记，或一人独传，或多人合传，书名为"传"，或"别传"，或"家传"，名为"先贤传"、"耆旧传"的作品也可归入此类；琐言类采自《世说新语》、《郭子》、《语林》、《笑林》等；逸事文字共十五条，以《西京杂记》最多。小说集的材料来源基本是"采集群书"，题材丰富广泛，保存了珍贵的文献资料。这样的作品内容决定了这部书具有传奇性和趣味性，而这也正是它的价值所在。此前的轶事小说记历史轶闻时，为追求其可靠性往往缺少志怪色彩和虚构幻想的成分，而《殷芸小说》中不仅收录了怪异奇事，即使是描写历史人物，也往往引入许多荒诞不经的虚构内容，例如作品中"子路杀虎问孔子"的故事，就完全属于虚构的传说，但同时也将孔子机智善辩的形象描写得栩栩如生。《殷芸小说》以虚构的事实和情节描绘历史人物，但又不失其历史真实，这代表了齐梁时期轶事小说的艺术特色。它开创的历史轶闻与地理博物并记的模式也对后代文学产生了影响。

# 127

# 什么是唐传奇?

国家的空前强大，城市的繁荣发展，市民生活的极大丰富，如此的盛唐气象酝酿出的不只是清新俊逸、浪漫奔放的诗句，还有如梦如歌，亦真亦幻，与"诗律同称一代之奇"的文言小说。裴铏编选唐代文言小说中的上品，汇为《传奇》一书，从此，人们就以唐传奇称呼这种独具魅力的文学样式。

唐传奇汲取了古代神话、六朝志怪小说和志人小说以及汉魏六朝史传文学的有益养分，结合了唐代的社会现实，形成了丰富而独特的内容，包括对爱情婚姻、豪侠义士、求仙问道等社会众生百态的描绘。其中以爱情婚姻为题材的小说在艺术上显得尤为突出。这类素材因与当时的科举和门阀制度密切相关，所以吸引了众多作家的目光，他们从不同侧面，运用各自的艺术手法，共同表现这一重要的社会问题。其中大致可分为以下几类情况：一是写士子与妓女的恋情；二是写乱世中情侣的悲欢离合；三是写闺中女子与士子的恋爱；四是写神鬼妖仙与人的恋爱。

唐传奇的作家众多，特别是中唐时期，从事传奇创作的不少作家本就是声名卓著的诗人、散文家，例如元稹、韩愈、柳宗元等，因此这一时期的传奇小说都颇具诗意、文韵，各种文体之长都渗入到小说创作之中，使唐传奇的艺术表现力大大增强。

此外，随着城市经济的繁荣，市民生活的不断丰富，通俗文学也越来越多地被社会各阶层所接受，在这种新的审美需求的刺激之下，唐代传奇小说蓬勃发展。

唐传奇的发展呈现出较明显的阶段性。初、盛唐为发轫期，这一时期作品数量较少，艺术表现上也不够成熟，代表作品有《游仙窟》、《补江总白猿传》；中唐时代是传奇发展的繁盛期，涌现出了一大批名家名作，如广为人知的《莺莺传》、《李娃传》等作品均诞生于此时，并且由于诗歌、散文、辞赋等各种文体向传奇的渗透，使其具有较强的艺术表现力。晚唐时期，传奇小说由盛转衰。作品数量虽多但艺术光彩不再，只有豪侠小说成就较为突出，代表作品有《虬髯客传》等。

唐传奇作品大多以记、传作为题目，传奇作者比较全面地运用了史传文学的手法，将主要人物的一段相对完整的生活，甚至一生的经历都描绘下来，形象生动地揭露种种社会矛盾，表现出人物微妙的思想感情和性格特征。唐传奇以简洁、准确、丰富的语言将作家的表现力发挥到了极致，其中大量的惊奇情节、大胆想象、生活细节，对后世戏曲小说创作都有很大的借鉴意义，唐传奇中的不少人物故事也成为后世文学的常用的典故。由上可见，唐传奇是我国小说发展的第一个高峰。

128

# 唐传奇有哪些类型？

风靡一代的唐代传奇小说是中国小说发展史上的一个高峰，由于得天独厚的社会环境，唐传奇经历了较长的发展阶段，期间涌现出的名家佳作更是不胜枚举。唐传奇的内容按照其内容大体可分为神怪、世情、历史三大类，每一类中又以发展阶段的不同而有不同的代表作品。

第一、神怪小说。唐传奇发展初期也正是六朝志怪小说向唐传奇过渡的时期，因此初期的传奇作品不可避免地受到了志怪小说的影响，产生了许多反映神怪内容的作品，例如《古镜记》、《补江总白猿传》、《游仙窟》、《离魂记》等。到中唐时期，反映神怪内容的传奇作品也不断成熟，诞生了如《柳毅传》、《枕中记》这类佳作。早期神怪传奇中值得注意的作品当属《离魂记》，这部传奇作品的主题来源于六朝小说《幽明录·石氏女》。虽是一篇旧题新作的作品，但其中加入了传奇特有的虚幻形式与浪漫主义笔法，使旧主题展现出了新魅力。小说主人公倩娘与表哥王宙青梅竹马，情投意合，自幼便互许婚配，但倩娘的父亲张镒由于贪慕权势，私自毁除婚约，准备将女儿嫁给进京待选的一名官僚。他逼走王宙，囚禁倩娘，使有情人不得相见，逼得倩娘灵魂出窍，跟随王宙私奔。五年中倩娘的灵魂居然生下了两个孩子，数年后才与闺房中卧床不起的肉体合一。《离魂记》中的倩娘形象鲜明，小说具有浓厚的生活气息，而最具特色的是，作者运用浪漫主义的手法使灵魂得以生子，从而热情讴歌了纯真爱情的伟大力量。

第二、世情类小说。唐传奇中所谓的世情类小说，实际上就是指反映世俗爱情婚姻题材的作品。这类作品是唐传奇中成就最为卓著的。代表作有《莺莺传》、《霍小玉传》、《李娃传》，这三部作品代表了唐代传奇的最高成就，被誉为唐代三大传奇。他们有着共同的特点，即主人公都是妇女，作品主题都围绕爱情悲剧展开，深刻地揭示了婚姻自由与门阀士族观念的尖锐冲突，展现了社会底层妇女的悲剧命运。虽然有的故事结局圆满，但也充溢着动人心扉、感人至深的悲剧气氛。

第三、历史类小说。随着唐代社会政治的变化，中唐时期诞生的传奇小说例如《周秦行纪》、《长恨歌传》、《牛羊日历》等都变成了政敌互相抨击的工具。如《周秦行纪》的背景就是牛僧孺与李德裕两大官僚集团的朋党之争，小说具有浓烈的政治色彩。《长恨歌传》则通过描写唐朝人最爱议论的题目之一——唐玄宗与杨玉环的爱情故事，揭露最高统治者的奢侈生活和荒淫行为。总的来说，这类传奇小说思想价值不高。

129

# 李朝威的《柳毅传》是如何描写人神相恋故事的？

在唐传奇形形色色的爱情故事中，许多是才子佳人的黄金组合，他们为读者演绎了一幕幕或优美或凄婉的爱情绝唱。中唐早期，由于受到魏晋志怪小说的影响，传奇小说中诞生了几部以人神、人鬼相恋为题材的作品，如《离魂记》、《任氏传》等，其中又以李朝威的《柳毅传》最为有名。

小说叙述落第书生柳毅在泾阳偶遇被夫家虐待、被逼牧羊的龙女。听到龙女的遭遇后，血气方刚的书生毅然决定为龙女打抱不平，替她千里传书，使她摆脱困境。小说情节发展至此，英雄救美的故事本已是皆大欢喜的结局，但谁料故事却再起波澜。龙女的叔父钱塘君强逼柳毅娶龙女为妻，但遭到了他的严词拒绝，直到他与龙女真正萌发情思，二人在几经曲折之后才终成眷属。曲折离奇的人神相恋故事本来就极具魅力，更何况这个故事中的男女主人公并没有落入一见钟情、私定终身的俗套，使得小说更具传奇色彩。柳毅与龙女的爱情是在经历了现实的考验之后才真正

柳毅传书铜镜

产生的，正所谓好事多磨。柳毅报信之后，龙女被成功救回，庆功酒宴上，快人快语的钱塘君要将龙女许配给柳毅，柳毅严肃地回答道："我还以为您是个刚强果断、正直磊落的人，为什么会不讲道理，用威势来欺压人呢？虽然我小小的身体不够填您一片鳞甲的空隙，但我敢用不屈的意志来压倒您的霸气。"刚正不阿的柳毅之所以拒绝钱塘君的逼婚，是因为他身上有不畏强暴、自尊自重的凛然正气。而他最终能够接纳龙女作为妻子，也是因为他对龙女产生了发自内心的爱慕之情。如此真挚的人神相恋比起现实生活中逢场作戏的露水姻缘，更令人感动钦佩。柳毅正直无私、扶危济困的高尚品质，正是对现实中热衷于追求功名利禄、趋炎附势的知识分子的批判。小说的主题正是通过柳毅这一人物形象的成功塑造完成的。

小说虽然描写的是人神相恋的故事，但在表现手法上却采用了将想象与现实相结合的方法，实际上是对现实人生的曲折反映。这一点在小说中处处都有表现，特别是对人物形象的塑造：女主人公龙女俨然是人间的一位大家闺秀，她的父亲洞庭龙王则表现出宽厚仁慈的浓浓父爱，而柳毅身上更是集古代知识分子的品德修养与豪侠义士的刚正之气于一体。此外，小说还善于运用环境来衬托人物。如用龙宫的富贵来衬托柳毅的清高。《柳毅传》通过这些形神兼备的人物形象塑造和波澜起伏的情节描写，以及适当的环境烘托，将灵怪、侠义、爱情三者成功结合在一起，共同演绎了一场奇异浪漫的"人仙情未了"，堪称不可多得的佳作。

# 白行简《李娃传》中的李娃是一个什么样的人物形象？

李娃作为一个流落在勾栏之中的女子，她非但容貌出众，而且才华横溢，品格高尚，并不自怨自艾，自轻自贱，就像一朵出淤泥而不染的淡雅莲花。她在《李娃传》中的出场与一般的妓女并无二致，同样的美貌无双，含情脉脉，令男主人公神魂颠倒，一见倾心。但她与普通娼妓的不同之处在于，她对于荥阳生并非逢场作戏，而是付出了自己的真心。李娃与荥阳生的邂逅，既是一场完美爱情的开始，同时也是二人悲剧命运的开始。

在唐朝，社会习俗是不容许男子娶一名娼妓做配偶的。沦落于欢笑场中的李娃对这一点的认识非常清楚，即使她对荥阳生付出了真感情，这样的深情永远也不可能得到回报。李娃要嫁给荥阳生在当时的社会是没有任何希望的，因此她怀疑了，动摇了，在荥阳生的钱袋被榨干之后，她只能逼迫自己做出一名娼妓，而非爱人应做的选择——与他决裂。试想如果李娃只是像一般妓女一样贪图荥阳生的钱财，那么她完全可以当面向他提出分手，而不用设下连环骗局使荥阳生死心；如果她认为婚姻并非无望，她也不会如此绝情。她这样做是为了熄灭自己对于爱情的最后一丝希望，从此恩断义绝。这样的分手对于一对有情人来说是异常残酷的，李娃能以理智战胜情感，忍痛割爱，坚强地做出这样的抉择，是她对自身处境和当时社会有着清醒认识的表现。她虽然年仅二十岁，却久历风月，精于世故，敢爱敢恨。从第一次见荥阳生时"诙谐调笑，无所不至"的温柔多情，到主动参与鸨母驱逐荥阳生的连环骗局时的狠心绝情，李娃对待爱情有着一种令人难以置信的理智与坚强，这是普通女子所难以做到的。相对于《莺莺传》中莺莺的软弱和《霍小玉传》中霍小玉的幻想，李娃是个性最为成熟的。

戏剧性的分手过程为李娃与荥阳生的再次相逢埋下了伏笔。试想若是荥阳生没有被家庭抛弃而流落街头，沦为乞丐，而是以一名达官贵人的身份与李娃再次相见，该是怎样一幅尴尬的场面，但荥阳生的悲惨境遇使得李娃内心产生了强大的负罪感。

她认为一切错误都因她而起，所以她毅然决定要将荥阳生送回原有的地位和环境中去，愿望达成之后，自己便退步抽身。小说在这里再次表现了李娃性格中的理智，以及他对于荥阳生的真挚感情。

小说起伏跌宕的故事情节，生动传神的人物对话，以及对比手法的广泛运用，使人物的个性更加鲜明。李娃这一人物在感情上经历了从钟情——怀疑——动摇——放弃——负罪——赎罪这一系列复杂的心理蜕变之后，也最终成为了传奇史上不朽的人物形象。

 131

# 元稹的《莺莺传》是自传体小说吗？

"曾经沧海难为水，除却巫山不是云。取次花丛懒回顾，半缘修道半缘君。"一首堪称千古绝唱的悼亡诗不知感动了多少有情人，作者元稹也因此被认为是痴情男子的代表。但在他的传奇作品《莺莺传》中，元稹所表现的爱情观却令人大跌眼镜。从宋代起，就有人考证，认为小说中的张生，正是元稹本人的化身，而这篇小说正是元稹自述其亲身经历的一段艳史。小说中元稹提及自己的真名，将自己塑造成主人公张生的好朋友，并提到了自己的朋友杨巨源、李公佐等，不由让人怀疑这部小说有影射现实之意。

崔莺莺与张生的爱情故事可谓家喻户晓，人们的认识大多来自元杂剧《西厢记》，但如果读者追根溯源读过了《莺莺传》，就会体会到悲剧的震撼力量远比戏剧中的大团圆结局大得多。《莺莺传》讲述的是薄情男子张生对莺莺始乱终弃的悲剧爱情故事。贞元年间，张生游于蒲州，寓居普救寺，恰逢崔氏母女路经蒲州亦居于寺中，乱兵围寺，张生为崔家解困，由此见到崔莺莺并对她心生爱慕。张生私赠《春词》两首表达爱慕之情。养在深闺的名门闺秀莺莺面对两封热烈的情书，一时难以接受，断然拒绝。经过内心的痛苦挣扎，礼法对思想的束缚终究没有战胜爱情的伟大力量，正当张生绝望准备放弃的时候，莺莺夜访张生，这对于一名未谙世事的少女来说是多么艰难的抉择。此后，张生两赴长安，科举不中却一去不回。莺莺寄去的信物与真挚感人的长信也难以唤回爱人的心，最终莺莺只得另嫁他人。张生贪图功名利禄，不惜抛弃爱人，最初的山盟海誓早已被他抛在脑后。不仅如此，他还对昔日的恋人恶语相加，说漂亮女子都是"不妖其身，必妖于人"的妖孽，可谓薄情卑鄙到了极致。小说凄婉动人地叙述了莺莺与张生相见、相爱、相离、相弃的爱情悲剧的全过程，展现了莺莺的心理、思想和性格的发展与变化。实际上，早在莺莺对张生的感情在内心矛盾挣扎、犹豫不决、左右摇摆时，已经注定了她最后被遗弃的命运，在她的思想上始终未能彻底摆脱社会、出身、教养所加给她的精神桎梏。她始终认为私自恋爱结合是不合法

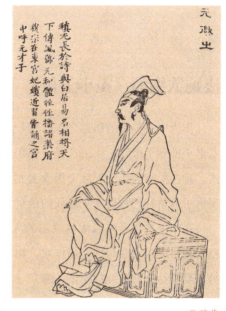

元稹像

的，"始乱之，终弃之，固其宜矣，愚不敢恨"，所以在她遭到遗弃以后，就只能自怨自艾，听从命运的摆布。堂堂相国之女，竟落得如此下场，不禁令人扼腕叹息。

据后人考证，在唐代士人竞相求婚配于高门的背景下，元稹为了攀上后来所娶的妻子——当时的名门显宦韦夏卿的三女儿韦丛，而抛弃了自己的初恋情人，就是小说中崔莺莺的人物原型。这名女子的门第一定不高，而最终被热衷于追名逐利、一心只想飞黄腾达的元稹所抛弃。因此陈寅恪先生评价元稹说："综其一生行迹，巧宦自不待言，而巧婚尤为可恶也。岂其多情哉？实多诈而已矣。"即认为元稹就是一个为了前途而骗婚的小人。但文学作品毕竟是虚构的产物，仅凭作品中的蛛丝马迹和当时的时代背景，就断定《莺莺传》是元稹的自传毕竟有些牵强，即使元稹如后人所说的那般功利，那般薄情，但在面对一部传奇小说时，我们仍应保持一种艺术审美的心态。

 132

# 凄婉欲绝的《霍小玉传》

作为中唐传奇的压卷之作，《霍小玉传》将唐传奇中描写爱情悲剧题材作品的艺术水平推到了极致。小说选择了懦弱才子与多情妓女这种具有代表性的悲剧爱情模式，旨在揭露唐代上层社会男女爱情关系的真实状态。这篇小说也是中国小说中表现男子薄情背约致使女子惨死的最早作品。

霍小玉是作者施以浓墨重彩的人物，她和才子李益相恋，后被抛弃，而成为悲剧人物。李益并非与她逢场作戏，相反，倒是真心喜爱她的。但在当时的上层社会，男子娶妻是非常讲究门第的，寒门士子只有娶了名门望族之女才能立身仕途，飞黄腾达。霍小玉原本是养尊处优的金枝玉叶，是众多才子追慕的对象，但父亲刚死，她就被兄弟逐出家门，沦落为娼妓，悲惨的身世使她的感情经历也注定因此而不平坦。李益贵为陇西李氏，而霍小玉是卑贱的妓女，这就是造成他们爱情悲剧的社会根源。

霍小玉真正的悲剧人生，是在她爱上李益那一刻开始的。更具悲情的是，她深知由于门第不当，自己与李益最终结合是无望的，所以她对自己与李益的感情始终保持着清醒的认识："妾本倡家，自知非匹。今以色爱，托其仁贤。但虑一旦色衰，恩移情替，使女萝无托，秋扇见捐。极欢之际，不觉悲至。"因此她为自己的幸福只定下了八年之期，期望"一生欢爱，愿毕此期。然后妙选高门，以谐秦晋，亦未为晚。妾便舍弃人事，剪发披缁，夙昔之愿，于此足矣。"但上天连这一点愿望也不让她实现，爱情开始时的山盟海誓最终都没能敌过爱人怯懦绝情的灵魂。李益一回到家就背信弃义，选聘门第较高的卢氏女子为妻，他对霍小玉避之唯恐不及，这个薄情男子亲手断送了多情的霍小玉最后一丝希望。悲剧的力量在霍小玉对李益的血泪控诉中达到顶峰："我为女子，薄命如斯；君是丈夫，负心若此！韶颜稚齿，饮恨而终；慈母在堂，不能供养；绮罗弦管，从此永休。征痛黄泉，皆君所致。李君李君，今当永诀！我死之后，必为厉鬼，使君妻妾，终日不安。"这是痛彻心扉的血泪控诉，也是凄怨哀婉的复仇意绪，更是一位备受欺凌的弱女子对于爱人绝情和社会不公的最后反抗。

霍小玉的死看似是这段悲剧的终结，但实际上是对整篇小说悲剧气氛的升华。作者同情霍小玉的悲惨命运，谴责李益的负心，让她许下的誓愿得以实现，李益娶卢氏后，因猜忌休妻，"至于三娶，率皆如初焉"，爱憎之情非常鲜明。如此结尾，表现了作者对于霍小玉的深切同情。唐传奇这种正视现实、不粉饰人生缺陷的精神正是其可贵之处，《霍小玉传》也正是由于这种悲剧气质而散发着独特的艺术魅力。

133

# "黄粱梦"有什么来历？

从古至今，有多少热衷于追求功名利禄、荣华富贵的贫寒士子，将他们对于人生所有的美好希望都寄托在科举考试之上。有人成功了，一朝中举而天下闻名；也有人失败了，从此一蹶不振，隐居山林。两种人生，不同命运，自然有截然不同的人生体验。但就有这样一个人，他在追求功名利禄的途中，偶然做了一个奇特的梦，在梦中，他既享受了成功的喜悦，也品尝了失败的苦涩。他就是唐代传奇小说《枕中记》的主人公卢生，他的这个奇特的梦，被后人称作"黄粱梦"。

正当爱情主题在中唐传奇中占据主导地位时，《枕中记》这类以寓言的手法、用梦幻的方式来讽喻社会的作品可谓独树一帜。主人公卢生虽生活困顿，却依然追求"建功树名，出将入相"的人生理想。他进京赶考，却失意而归，于邯郸道上遇见道士吕翁。热衷功名的卢生感叹时运不济，吕翁便拿出一个青瓷枕，卢生依枕而眠，在梦中，他实现了一个普通士子在现实中苦苦追寻而不得的种种梦想，娶高门女、又中进士、出将入相、儿孙满堂，享尽人间荣华富贵；在梦中他也体验了人生的波澜起伏，他两次被嫉妒陷害，造谣中伤，又两次复职，尝遍了世情冷暖，看尽了官场黑暗。甜蜜的梦总是容易醒来，醒来后，卢生发现，此时店主所煮的黄粱米饭都还没熟。回想梦中度过的虚幻一生，再看眼前面对的真实世界，他深感人生如梦，富贵无常，这便是著名的"黄粱梦"的来历。

《枕中记》是第一篇用小说表现封建官场真相的作品。作者沈既济借一个梦境表现了唐代士子对功名富贵的迷恋，又借梦境的破灭，说明这些人生追求的虚幻，由此表现出对汲汲于功名利禄的士子的讽刺，以及对官场黑暗的揭露。作品将人生的真实投影在一个虚幻的梦境中，将主人公漫长的一生凝缩在黄粱饭都难以煮熟的短暂一瞬，凝练而又有强大的艺术张力。结尾处吕翁与卢生的一段对话十分精彩。卢生问："岂其梦寐也?"吕翁答道："人生之适，亦如是矣。"卢生值此才恍然大悟："夫宠辱之道，穷达之运，得丧之理，死生之情，尽知之矣。"仿佛参透了人生真谛一般，在梦境与现实强烈观感的冲击之下，卢生最终放弃了对功名的追求而入山修道。作品表现出的人生如梦的消极遁世思想，实际上就是对现实的讽喻。整篇小说将现实的内容置于虚构的框架之下，达到了真幻交错，余韵悠然的艺术效果。后世宋话本中的《黄粱梦》和汤显祖的《邯郸记》都由此衍生而来，而"黄粱一梦"更是成为人们耳熟能详的典故，可谓影响深远。

134

# 什么是豪侠小说?

盛极一时的大唐王朝从中唐后期便无可奈何地走向了没落，自安史之乱以后，藩镇割据，战争连年，社会黑暗，生灵涂炭，民不聊生。在这样的社会背景下，人们格外希望扶危济困、除暴安良、恩仇分明、安邦定国的侠士的出现。这样，豪侠小说这种文学样式便应运而生了。

豪侠小说是指以表现英雄豪侠的人格魅力和侠义之举为主要内容的传奇小说。作品中描写的豪侠与《史记·游侠列传》中的游侠已有很大不同，他们不但能纵横天下，用自己出神入化的武功除暴安良，扶危济困，更以心系天下的胸襟、坚忍不拔的性格和传奇的经历，散发着独特的人性魅力。唐传奇中的豪侠，经历惊险离奇，行动神秘果断，在这些侠客身上，寄托着人们除恶扬善、排难解纷的理想和愿望。侠客是正义力量的化身，由此产生的艺术效果也更加惊心动魄。

唐代豪侠小说的代表作品大多收入传奇专集中，如：袁郊《甘泽谣》中的《红线传》，裴铏《传奇》中的《昆仑奴》和《聂隐娘》，薛用弱《集异记》中的《贾人妻》，薛渔思《河东集》中的《胡媚儿》等。

《红线》歌颂了侠女红线"以侠解围"的义举。红线以一名普通婢女的身份临危受命，孤身赴敌营，从敌兵将领枕边窃取金盒，大大震慑了敌人，平息了藩镇之间的矛盾，使得"两地保其城池，万人全其性命"。在红线的身上，融合了婢女的善良和侠客的义气，这两者兼备使她的形象大放光彩。

《昆仑奴》讲述了一个名叫磨勒的昆仑族奴仆帮助公子崔生与显官之婢红绡结为夫妇的故事。大历年间，崔生奉父之命造访一品大臣，而大臣的姬妾红绡对崔生一见钟情，并以手势作为隐语，与崔生相约。崔生不解隐语而困惑惆怅，他的奴仆磨勒机敏睿智，为他解释了隐语的含义，并依约于十五月圆之夜背负崔生飞越十重高墙与红绡相会，并把她从苦难的牢笼中解救了出来，与崔生结为夫妻。东窗事发之后，一品大臣命令围捕磨勒，但磨勒武艺高强，他持匕首飞出高墙，箭矢如雨却不能伤其毫发。作者成功地塑造了磨勒的形象，他虽为奴仆，却聪明机智，武艺高强，对主人赤胆忠心，侠肝义胆，是典型的豪侠形象。

昆仑奴俑

《胡媚儿》讲述的是女侠胡媚儿受地方军阀李师道的派遣，以杂耍乞丐的身份为掩护，劫取朝廷税纲的故事。侠女胡媚儿没有高强的武艺，她的奇特之处在于以奇异的幻术行劫，她有一只仅能容纳半升的玻璃瓶子，瓶口仅有芦苇管粗细，这只看似普通的瓶子却是一只名副其实的"聚宝瓶"，无论多少财物从瓶口进去都永远装不满，押运朝廷税纲的官吏就是被这只奇瓶所吸引，胡媚儿的劫税义举才得以成功。这种奇异的幻术当然是艺术的虚构，但胡媚儿的侠行义举却永远闪光。

这些豪侠小说的内容大多以藩镇割据为背景，其中塑造的虬髯客、李靖、昆仑奴磨勒等豪侠形象各具特色，性格鲜明。特别值得一提的是，这一时期的豪侠形象不再是男性一统天下的局面，红拂、红线、聂隐娘、胡媚儿等智勇兼备、才貌双全

的侠女形象，又为侠士题材的作品增添了一抹亮色。

135

# 中国的"灰姑娘"叶限出自哪本书？

《格林童话》中有一位美丽善良的灰姑娘，许多妙龄少女在读过她的故事后，渴望自己也拥有一双水晶鞋，渴望自己的白马王子也驾着南瓜马车翩翩而来，也渴望过上王子与公主一般令人羡慕的幸福生活。无独有偶，在早于格林兄弟900多年前的中国唐代，竟然也有这样一个故事，其中的"灰姑娘"也有一个凶狠无情的后母，也有一只被国王捡到的金鞋，最后和陀汗国的国王过上了幸福的生活。这位中国版的"灰姑娘"名叫叶限，她隐藏在唐朝笔记体小说《酉阳杂俎》之中，如同深谷中的幽兰，具有独特的魅力。

《酉阳杂俎》的书名跟它的内容一样，晦涩隐秘，暗藏玄机。唐朝时的酉阳，在今天的湖南沅陵，传说那里有一处藏有千卷古书的山洞。作者段成式采用"酉阳"二字，大概有表示自己博览群书之意，而"杂俎"则谕示着作品内容的异常丰富。全书前集二十卷，续集十卷，是一部集博物与志怪为一体，记录琐闻杂事、秘藏典籍的小说集。作者段成式从小就喜欢八卦逸闻和诡异之事，这本书是他读奇书、听故事后加以笔录手记的结果。作品内容涉及天文地理、科技民俗、医药矿产、生物政治、仙佛鬼怪、盗墓预言，可谓是包罗天下事。作者在记录这些奇闻轶事时稍加文饰，文字精练简洁，想象奇特而优美动人。

《叶限》的故事是《酉阳杂俎》中的名篇。秦汉时有一个洞主，妻子早亡，留下女儿叶限，洞主续娶之后不久也死了。后母虐待叶限，经常让她去山高路险的地方打水。有一次，叶限得到了一只金色眼睛的鲤鱼，她悄悄把鱼养在池里，每天都去喂它，这条鱼很有灵性，只有叶限去看它时才会探出头来。这件事被后母发现后，激起了她的嫉恨，于是她穿上叶限的旧衣服手执匕首把鲤鱼杀了。鲤鱼的灵魂为报答叶限的救命之恩，给了她很多金银珠宝，叶限趁后母和妹妹出门时去赶集，却不慎遗落了一只金鞋，被陀汗国王捡到。国王寻遍国中女子，最终找到了金鞋的主人叶限，并将她接入王宫。

像"灰姑娘"叶限这类神话故事在《酉阳杂俎》中还有很多，这部小说集是我国小说史上一朵神秘诡异的奇葩，它让我们看到了浪漫华美的唐朝隐秘诡异的另一面。

136

# 唐传奇中的"风尘三侠"指的是谁？

《虬髯客传》是晚唐豪侠小说中最高艺术成就的代表，作品以隋朝权臣杨素的侍女红拂慧眼识英才、夜奔李靖的爱情故事为线索，写二人在赴太原的途中结识了豪侠之士虬髯客，三人结为义交。遇到李世民之后，原本有夺帝位之志的虬髯客被他的才干折服，帮助他收服天下之后抽身隐退，远走海外。小说最为成功之处，在于塑造了三个性格独具特色的人物，即：红拂、李靖和虬髯客，后世人将他们誉为"风尘三侠"。

红拂和李靖是一对堪称绝配的江湖侠侣，作品中虬髯客对他们的评价可谓经典："非一妹不能识李郎，非李郎不能荣一妹"，他们的命运紧密相连，他们的性格相得益彰，他们互相欣赏，珠联璧合。李靖是一位壮志冲天、才智过人、沉着冷静、信义坦荡的侠士，而红拂则是一位才貌双全、有胆有识、多谋善断、豪爽泼辣的侠女。李靖谒见杨素时的直言敢谏、有礼有节都被红拂看在眼里，因此她果断地决定与他私奔。二人初次相见，红拂就将她的感情和盘托出，毫无扭捏之态，这种果断并非单纯来自于情爱之念，而是包含着她对天下大势的独到见解，如此奔放而理智的情感表白使李靖无法拒绝，于是成就了一段豪侠佳话。

虬髯客是古代豪侠义士的典型，他豪俊卓异、嫉恶如仇、仗义疏财、一诺千金，他既有游侠的豪放，又有称帝的野心，所以他聚敛了大量财富，以备逐鹿中原之用。小说中虬髯客一出场就十分醒目，并且笼罩着一种神秘气息，一个两腮长着赤红卷曲胡须的大汉骑着一头瘸驴，对于素未谋面的红拂，他竟然就丢下行囊，拿过枕头，躺在床上观看她梳头。外在行为上的不拘小节和虬髯客内心蕴藏的豪侠精神相得益

彰。而当他意识到自己无力与李世民抗衡之后，便倾家捐财，抽身隐退，这样的壮举也是其侠气的彰显。这些优秀的品质为虬髯客这一形象增添了无穷的魅力。

小说通过对"风尘三侠"一言一行的细致描摹，将人物置身于完整的故事结构和曲折多变的故事情节之中，使他们的性格特征自然而然地得到展现。"三侠"各具特色而又交相辉映的个性魅力，使他们的故事代代传颂。后世文学作品中，明代张凤翼的传奇《红拂记》、凌濛初的杂剧《虬髯客》等都是根据"风尘三侠"的故事改编的。

137

# 中国古代规模最大的一部小说集是什么？

中国古典小说经历了漫长的发展阶段，直到唐朝才迎来第一个高峰，因此中国古代规模最大的一部小说集《太平广记》在宋代才得以编纂出来，这部书对于中国古代小说的保存与发展具有重大意义。

《太平广记》是宋代初年宋太宗命李昉等臣子编成的一部古代小说总集，收录了从两汉到五代的作品四百七十余种，共六千余篇。一般在每篇之末都注明了来源，但偶尔有些错误，造成了同书异名或异书同名。各篇作品编排不分时间先后，而是按类编次，共分为九十二类，如神仙、道术、方士、异人，每类之下又分小类，共一百五十多种，例如畜兽部下又分牛、马、骆驼、驴、犬、羊、豕等细目，便于读者按类查阅。各类之中，神怪故事所占比重最大，如神仙五十五卷，女仙十五卷，报应三十三卷，神二十五卷，鬼四十卷。《太平广记》的编成具有很高的文学价值，作为我国古代文言小说的总集，许多已经散佚的作品有赖于它的收录才得以部分保存，这部书是我国小说史上的瑰宝。

《太平广记》对于盛极一时的唐传奇来说，更是一大幸事。其中的杂传记九卷收录的都是唐传奇作品，其中以志怪类和豪侠小说数量最大。著名的《李娃传》、《柳氏传》、《无双传》、《霍小玉传》、《莺莺传》等传奇名篇，多数仅见于此书。还有收入器玩类的《古镜记》，收入鬼类的《李章武传》，收入神魂类的《离魂记》，收入龙类的《柳毅传》，收入狐类的《任氏传》，收入昆虫类的《南柯太守传》等，也都是现存最早的本子。

《太平广记》中所收的志怪类小说数量较多，它们虽不能反映整个时代的面貌，但人世间的种种现象不能不曲折投射到虚幻的神仙世界中去，因此我们可以借此了解当时社会政治经济情况的各个侧面。唐传奇中描写婚姻、爱情和女性的作品更是对当时社会现实的直接反映。此外，书中收录的豪侠小说有四卷之多，读者也可以从中窥见在唐代藩镇割据的社会背景下，出于各种目的的豪侠义士对于黑暗社会的反抗。

总之，作为中国古代规模最大的一部小说集，《太平广记》的编成使唐传奇及之前部分小说作品得以流传后世，为古典小说的研究保留了鲜活宝贵的第一手材料。它独特的分类方法也为后代小说研究者提供了方便，一类作品的数量多少使人一目了然。因此，《太平广记》对于古典小说的研究既有史料价值，又有指导意义，是研究古代小说、特别是唐传奇不可或缺的工具书。

138

## 什么是俗讲？

唐朝是我国历史上佛教最为盛行的时代，而俗讲则是在这种文化背景下产生的一种与佛教紧密相关的艺术形式。简而言之，俗讲就是佛教僧徒为俗众讲经，希望招来更多听众，获得布施的一种民间说唱艺术。

俗讲起源于六朝以来佛家讲经的两种手段，即：转读和唱导。随着佛教的传入，佛经也需要从最初的梵文翻译成汉语，以便为众僧讲解，而转梵为汉后，用汉语的音韵特点抑扬顿挫地朗诵经文，就叫做转读。负责讲解的法师宣扬法理，以开导众心的行为就叫做唱导。这两种独特的讲经形式融为一体，就形成了有说有唱的俗讲。

唐朝俗讲有专门的从业者"俗讲僧"，其中最著名的是唐代长庆年间的俗讲僧文淑。俗讲僧们依具体职责的不同分为都讲、法师、梵呗，他们每次讲经都有固定的程式。俗讲仪式中包括作梵、礼佛、唱释经题、说经本文、回向、发愿等，与讲经

仪式无大出入，唯多说押座一式，这大概是俗讲所特有的。

俗讲的底本就是讲经文，分散文与韵语两部分，散文是用于分析全经结构的；韵语以七言为主，偶尔夹杂一些三言、五言、六言在内，末尾总以"某某某某唱将来"的格式收束。敦煌遗书中保留的十余种讲经文，在行文风格上都是韵散结合，说唱兼行。讲经文的内容主要是宣扬佛教教义，但在俗讲的发展过程中，宗教色彩逐渐淡薄，其内容不限于讲说佛经，而较多地接近现实社会的内容，为人们所喜闻乐见。但俗讲僧们也因此受到正统僧人和封建统治阶级的迫害，文溆就曾被冠以"假托经论"的罪名，屡次遭到杖脊和流放。但俗讲内容的世俗化已非严酷处分所能禁止。其后，俗讲完全脱离了宗教，成为民间说唱，在内容和形式上都突破了宗教的局限，其题材愈加广阔，音乐上日趋民族化。

俗讲能在唐朝盛行一时，与统治者自上而下的社会风气有着不可分割的关系。唐代长安的一些寺院是演出戏剧的娱乐场所，"长安戏场多集于慈恩，小者在青龙，其次在荐福、永寿"。这里的"慈恩"、"青龙"、"荐福"、"永寿"都是寺名，这说明了俗讲这种寺庙活动的娱乐性与世俗化的程度。由于俗讲的故事动人，歌唱悦耳，成为寺庙活动中极受欢迎的节目，从皇家贵族到普通民众，都对这种说唱艺术趋之若鹜，《资治通鉴》中记载了唐敬宗于宝历二年驾临兴福寺，观看文溆俗讲的事实，还记载了万寿公主到慈恩寺看戏的事。可见这种艺术形式在当时的流行程度。俗讲开宋代"说话"艺术的先河，对后代说唱艺术如鼓子词、诸宫调、弹词等都产生了深远的影响。

说法佛龛

# 什么是转变？什么是变文？

转变是唐五代时期流行的一种民间说唱表演，"转"是说唱，"变"是奇异，"转变"即为说唱奇异故事之意，而说唱的底本就称为"变文"或者"变"。转变内容多为历史传说、民间故事和宗教故事。转变在当时非常盛行，上自宫廷，下到民间都有演出，段成式《酉阳杂俎》提及，当时有所谓"变场"，是表演转变的专门场所，表演转变的人，最初可能是僧侣居多，但唐诗里偶有提及的，都是女艺人，可见它后来已经完全世俗化了。

变文是唐代文学的新兴文体，它在某种程度上代表着后代通俗文学的发展趋势。据研究，变文的典型结构形式是：先录一段俗语或浅近骈体的说白，再录一段韵文体的唱辞，多为押偶句韵的七言诗，间杂以三言，也有少数间杂以五言或六言。在由说白向唱辞过渡之际，必定有某些表示衔接过渡的惯用句式，如"看……处"、"看……处，若为陈说"、"当尔之时，道何言语"、"……处若为陈说"等。有人认为这是演唱前指示听众看相应的图画，由此可以推测，转变的表演是配合故事性图画（变相）来进行的，讲唱变文时一般有音乐伴奏。

变文的产生直接受到了俗讲经文等通俗文学的影响，使佛经教义世俗化的同时，逐渐加入了一些历史故事和现实内容。唐代变文的题材和内容涉及人类生活的各个方面，从虚幻的佛国世界到严肃的历史事实，从神话般的想象到真实的社会人生，变文中均有所反映。按照其内容大致可分为两类，即：讲唱佛经故事的佛陀变文和讲唱非佛经故事的世俗变文。佛陀变文虽然也宣扬佛教基本教义，但它们不直接援引佛经，而常选取佛经故事中最有趣味的部分，因此和讲经文有明显的不同，代表作品有《大目乾连冥间救母变文》、《破魔变文》、《降魔变文》等。世俗变文则以一个历史事件或历史人物为主，吸收民间传说，集中塑造人物形象，使之具有一定的现实意义。通过对人物的一言一行和精神状态的刻画来揭示人物性格，这种写法也为后世白话小说的人物描写创造了一种典范，代表作品有《伍子胥变文》、《张议潮

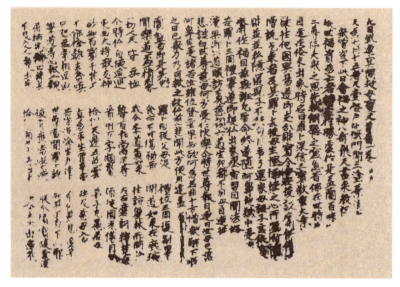

变文

变文》、《李陵变文》等等。

变文以演绎的方法对艰深的佛理、遥远的历史进行了通俗化的加工，便于普通百姓的理解和接受，是唐代通俗文学的重要形式。在语言形式上，变文说唱相间，韵散结合，并且巧妙地运用生动的图画和感人的音律深化主题，这些特点也是转变这种表演形式能够盛行一时的重要原因。作为说唱结合的长篇叙事文学，变文以其独特的艺术价值，在中国文学史上赢得了独特的地位，它是唐代通俗文学最重要的成果。

变文不但对唐传奇产生了影响，对宋元明清的说唱文学以及戏曲艺术都有深远的影响，正如郑振铎先生所说："在变文没有发现以前，我们简直不知道，'平话'是怎么会突然在宋代产生出来，'诸宫调'的来历是怎样的，盛行于明清两代的宝卷、弹词及鼓词，到底是近代的产物呢，还是'古已有之'的。许多文学史上的重要问题，都成为疑案而难于有确定的回答……发现了变文……我们才明白千余年来支配民间思想的宝卷、鼓词、弹词一类读物，其来历原来是这样的。"

# 敦煌变文中的代表作有哪些？

敦煌遗书中的"变文"，又简称"变"，是唐五代时期流行的一种说唱伎艺——"转变"的底本。

敦煌遗书中保留的变文作品较多，现知明确标名"变文"或"变"的有八种：《破魔变文》、《降魔变文》、《大目乾连冥间救母变文并图一卷并序》、《八相变》、《频婆娑罗王后宫彩女功德意供养塔生天因缘变》、《汉将王陵变》、《舜子变》（又题《舜子至孝变文》）、《前汉刘家太子变一卷》（又题《前汉刘家太子传》）。此外，《伍子胥变文》、《李陵变文》、《王昭君变文》、《张议潮变文》、《张淮深变文》、《目连变文》等篇虽仅有题目残篇，其体制也应属于变文一类。敦煌变文的内容大体可分为两类，一类是宗教题材；一类是历史和现实生活题材。

第一类如《八变相》、《降魔变文》、《破魔变文》、《大目乾连冥间救母变文》、

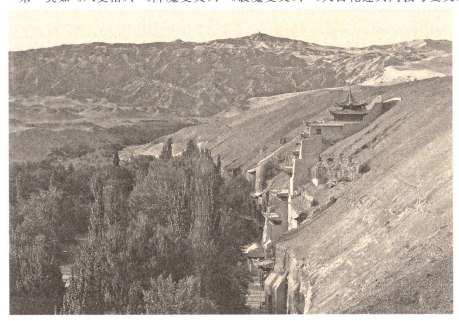

敦煌莫高窟外景

《频婆娑罗王后宫彩女功德意供养塔生天因缘变》等。这些作品讲唱佛经故事，旨在宣扬佛教的教义。与讲经文不同的是，它们不直接援引经文，而是选取佛经故事中最有趣味的部分加以发挥渲染，以生动的情节吸引听众，不太受佛经内容的限制。如《大目乾连冥间救母变文》叙述目连到地狱中救母的故事，其中描绘地狱的阴森凄惨，刑罚的残酷，如来的佛法无边，其曲折的情节、离奇的构思，读来扣人心弦。又如《降魔变文》描写舍利佛与六师外道斗法，六师的六种变化，都被舍利佛一一击败。这类变文中奇幻的想象，挥洒的描写，对后世《西游记》、《封神演义》等神魔小说显然多有影响。

另一类是涉及历史和现实生活题材的变文，主要包括取材于历史的《伍子胥变文》、《李陵变文》、《王昭君变文》、《汉将王陵变》，以及取材于现实生活的《张议潮变文》和《张淮深变文》。历史题材的变文大多围绕一个历史人物的生平大事，吸收民间传说，增以逸闻趣事，通过虚构和想象，加以渲染，鲁迅先生谓之"大抵史上大事，即无发明，一涉细故，便多增饰，状以骈俪，证以诗歌，又杂诨词，以博笑噱"。代表作品《伍子胥变文》现存四个残卷，拼合后尚有一万六七千字。它叙述了楚平王无道，杀害伍奢，其子伍子胥亡命入吴，辅佐吴王灭楚复仇。其后伍子胥因忠谏而被吴王夫差所杀的故事。全文情节跌宕起伏，引人入胜，刻画了伍子胥历尽艰难而不屈不挠的性格。作品中的部分唱辞能深入刻画人物心理，如渔人送子胥渡江后，覆舟自沉，子胥深为抱愧，遂作歌曰：

> 大江水兮淼无边，云与水兮相接连。痛兮痛兮难可忍，苦兮苦兮冤复冤。自古人情有离别，生死富贵总关天。先生恨胥何勿事？遂向江中而覆船。波浪舟兮浮没沉，唱冤枉兮痛切深。一寸愁肠似刀割，途中不禁泪沾襟。望吴邦兮不可到，思帝乡兮怀恨深。傥值明主得迁达，施展英雄一片心。

这段唱词表达了伍子胥对渔人的愧疚和内心的英雄之志，感情细腻曲折。

取材于现实生活的变文作品中，代表作《张议潮变文》是敦煌艺人直接根据现实题材，为歌颂张议潮收复河西的事迹创作的，作品生动地描绘了张议潮的部队威武强大的军容。其他代表作品还有《孟姜女变文》、《舜子至孝变文》、《刘家太子变》等。

# 宋元笔记体志人小说的代表作有哪些？

中国古代笔记体小说典藏宏富，因其笔记章法灵活，不受约束，驳杂广记，包罗的文化内涵丰富，使它在传统文史古籍中占有一席之地。其内容中有治乱得失、文史考评，有访察探索、大千博览，有宦海风波、人生感悟，都是知识与智慧的总结，时至今日仍能给人以有益的启迪和借鉴。宋元两朝，笔记体志人小说得到了蓬勃发展，不少名人大家都进行过此类小说的创作，使作品在数量和质量上都有很高的成就。

自南朝刘宋刘义庆创作了《世说新语》之后，文言小说中便形成了一个以其为范式的独特流派，即"世说体"，其后几乎代代有人创作。宋元笔记体志人小说的代表作中，有"世说体"两部，即孔平仲的《续世说》和王傥的《唐语林》，两部作品在形式上采用了笔记体，内容上则致力于模仿《世说新语》。

《续世说》将《世说新语》中的三十六门增添修改为三十八门，通过描述宋、齐、梁、陈、隋唐五代这一漫长历史时期，帝王将相和文人政客的言行事迹、社会风俗时尚，突出体现了封建伦理道德在政治、经济、文化、社会生活等方面所发挥的重要作用。从其思想内容来说，《续世说》主要反映了以下几个方面：首先，表彰直谏之人，作品在卷十特设"直谏"一门，其中有关唐太宗善于纳谏的故事就有十八条之多。其次，赞扬具有传统美德之人，如"李光颜力拒女色"一则，描写了李光颜面对韩弘精心调教的美妓女，当众慷慨陈辞，表明了自己上对国家的忠诚，下与士兵共患难的情怀，以及与逆贼势不两立的机警果断，展示了他光明磊落、大义凛然的崇高品德。第三，揭露了封建官场的丑恶与黑暗。从帝王将相到普通官员，整个统治阶级内部的矛盾斗争，在《续世说》中都有所反映。

《唐语林》共分五十二门，书中材料采录自唐人五十家笔记小说，资料集中，内容丰富，广泛记载唐代的政治史实、宫廷琐事、士大夫言行、文学家轶事、风俗民情、名物制度和典故考辨等。《唐语林》继承了《世说新语》的传统，偏重记述人事，较少涉及鬼神变幻之事。

此外，宋人笔记体志人小说的代表作还有魏泰的《东轩笔录》、欧阳修的《归田录》、沈括的《梦溪笔谈》以及周密的《齐东野语》，这些文人士大夫创作的笔记体志人小说，一般都侧重于记述上层人物的轶事琐闻，大都文笔精炼隽永，记人精彩传神，文学价值较高。例如周密的《齐东野语》，是他晚年闲居时的追忆之作，书中内容虽强调记事真实，但不少篇章生动有趣，可当作短篇小说来读。如卷一《陆务观》记述了诗人陆游与唐婉的婚姻悲剧，读来催人泪下，同时也有助于后世人理解著名词作《钗头凤》的创作缘由；卷二十《天台营妓严蕊》塑造了色艺双绝、光明磊落的妓女严蕊，将其当作正面人物来歌颂，把理学大师朱熹利用权势假公济私、陷害无辜的丑恶面目暴露无遗。

元代也出现了一些有影响的笔记小说集，如刘祁的《归潜志》、杨瑀的《山居新话》、陶宗仪的《辍耕录》等。《归潜志》可以说是一面金朝亡国的镜子，作者对于金朝官场的腐败、执政大臣的苟且偷安都多有描述，对后来的当权者具有劝谏作用。

142

# 何谓"讲史"？

在唐代的变场、讲经堂之中，在宋代的瓦舍勾栏之中，人们处处可以听到俗讲僧和说书艺人们精彩的说唱。他们绘声绘色，抑扬顿挫，将一个个在书本中沉寂许久的故事用通俗的口语讲述地活灵活现，同时他们也亲身经历并见证着说唱艺术的日益繁盛。宋代说话艺术发展迅速，行业内部依说话内容的不同将其划分为四种类型："小说"、"说经"、"讲史"、"合生"四家。

"讲史"作为四家之一，原意是指以前代历史故事为内容的说话艺术。实际上，讲史只是一种概称，讲史的内容既包括前代历史的兴废存亡，也有对当朝时事的及时表现，因此可以将其内容概括为"讲论古今"。讲史艺人所用的说话底本一般叫做"平话"，所谓"平"就是将深奥的历史故事用平常口语表达出来，使其平实易懂，易于接受。讲史与其他说话艺术的不同之处在于：在说话过程中，艺人可以穿插诗词，但不加以弹唱，这也体现了它平实的风格。

宋代讲史极具艺术魅力，通过艺人们的悬河之口，使历史事件和历史人物变得鲜活起来，使听众如见其人，如闻其声。讲史的内容中，有宣扬爱国思想，提倡仁善、大义和气节的，也有表彰勤劳、韧性和坚毅等美好品质的，还有表彰好皇帝，贬低无道昏君，褒扬忠臣良将，痛斥奸佞小人的，诸如此类，都反映了普通百姓的共同心声，所以得到了人们异常强烈的共鸣。从根本上说，这正是讲史艺术自古及今经久不衰的真正原因所在。对听众而言，听说书讲史的过程，自然也就是感情受到激荡、内心受到震撼、灵魂受到净化的过程，实际上也就是接受历史教育的过程。特别应该强调的是，这种过程对大多数听众来说，并非一开始就是十分自觉的，而恰恰是伴随着情节的起伏跌宕，自然而然地进行和完成的。尽管宋代乃至历代的讲史难免有随意添枝加叶、大肆夸张渲染之类的弊病，但作为史学和艺术相结合的产物的讲史本身，在促使史学走向民间大众，推进历史知识的普及方面，不仅过去功不可没，而且对当今人们亦多有益的启示。讲史话本将传统的史传文学与民间口传故事相结合，产生了独特的艺术效果，对后世的历史演义小说产生了很大影响。现存的宋元讲史话本代表作品有《五代史平话》、《全相平话五种》等。

143

# 何谓话本？

话本是指宋代以来"说话"艺人说唱故事所用的底本。"话"即故事，"说话"就是讲故事，类似现代的说书。早在唐代，"说话"就已经成为了一项专门的伎艺，在寺庙、官邸、宫廷流行。现有敦煌写本《韩擒虎话本》、《庐山远公话》、《叶静能话》等就是宋元话本的先驱。

随着宋代城市经济的发展，市民阶层的迅速壮大，社会分工的不断细化，各种民间伎艺都向城市汇合，随之而来的便是"瓦舍"或"瓦子"等综合性的游艺场的兴起，"话本"就在这种良好的社会氛围中发展兴盛，"批量生产"，并开始有刻本流传。

北宋东京、南宋临安等大城市里，有着数十座"瓦舍"，每座"瓦舍"中，又有

若干座"勾栏",它类似于后代的戏院,其中分别上演杂剧、诸宫调和"说话"等各种伎艺,这种表演形式促使"说话"技艺走向了职业化、商业化。

由于"说话"的技艺是师徒相传的,所以话本的创作在本质上是一种世代累积的集体创作,一代又一代的说书艺人对于同一题目的话本也在不断加工、修改、增补、润色。话本是适应市民群众的精神需求而产生的,它必须让文化程度不高的市民都能听懂,所以话本多用通俗易懂的白话写成,并大量吸收了民间口语。在主题内容的选择上,除了帝王将相、才子佳人之外,大量符合群众口味的小商人、店员、手工业者都作为被理解、被同情、被歌颂的角色出现在话本中。

话本多数以叙说故事为主,中间穿插一些诗词,也有以唱词为主的。元代以前的话本留存不多,讲史家的话本一般称作"平话",如《五代史评话》、《大宋宣和遗事》、《全相平话》。小说家的话本多称作"小说",如元刻本《新编红白蜘蛛小说》和清平山堂刻本的《六十家小说》等。此外还有称作"诗话"的,如《大唐三藏取经诗话》等。宋元话本中的名篇如《碾玉观音》、《错斩崔宁》、《快嘴李翠莲记》、《简帖和尚》等直到今天依然脍炙人口。

话本作为一种通俗读物,形成了一种特殊的体裁和风格,代表了中国白话小说的一个发展阶段。宋元话本出现之后,中国就产生了所谓的通俗小说,明清人摹仿话本体裁而写作的短篇白话小说称为"拟话本",讲史类的作品则称为"演义"。

144

# 《全相平话五种》讲的是什么内容?

"说话"艺术经过宋代的蓬勃发展在元代达到了鼎盛,这一时期涌现出许多女性"说话"名家和有名的话本小说,说话艺术在宫廷和民间都广泛流行。《全相平话五种》是元代编刊的讲史话本,其中包括五种书,即《武王伐纣平话》、《七国春秋平话》后集、《秦并六国平话》、《前汉书平话》续集、《三国志平话》。这五部书在版式风格上保持一致,粗略的文字配以简单的图画,可以看出其功能是供普通民众阅读的。全书叙事简括,应当出于民间艺人之手,话本虽然依据历史事实进行创作,但也吸收了民间传说，这种虚实结合的创作手法，对后来的《封神演义》、《东周列国志》、《三国演义》等演义小说的创作有很大的影响。

《武王伐纣平话》讲的是正史野史均有记载的商纣王因宠幸妖女苏妲己而亡国的故事，话本将故事情节安排得荒诞离奇，很能吸引人。纣王因被玉女美貌吸引，日思相见。宰相宏夭献计，令官宦人家进献美女，大臣苏护之女名妲己，年仅十八，相貌倾城，被选入宫。在护送妲己进宫途中，夜半狂风乍起，一只九尾金毛狐狸闯进驿馆，吸干了妲己的三魂六魄、阳气、骨髓，狐狸钻进妲己的空皮囊中被献给纣王。狐狸精变成的妲己不仅貌美，并且工于心计，很快就令纣王对她言听计从，纣王从此荒废朝政，任用奸臣，妄杀贤良，终至亡国。

《七国春秋平话后集》说的是历史真实人物孙膑、邹忌、乐毅等人的传奇故事，因情节大多出自虚构，所以充满了神话色彩。孙膑率兵伐燕有功，却被邹忌、邹坚所忌，于是隐居云梦山。乐毅破齐之后，孙膑下山救齐，与乐毅斗阵法，大败乐毅。乐毅不服，请师父黄伯扬摆下迷魂阵，孙膑也请师父鬼谷子下山，大破迷魂阵。孙膑本是战国中期的军事家，这篇平话把他写得仙风道骨，颇具神仙色彩。

《秦并六国平话》讲述的是秦始皇吞并六国的故事，所记基本忠于历史事实，虚构成分较少。故事讲秦始皇企图吞并六国，想通过和平方式说服各国主动归顺，楚国联合其他五国抗秦。秦始皇命令大将王翦先后灭了韩国、赵国。燕太子丹命荆轲刺杀秦王，却被秦王所杀，燕王无奈之下将太子丹的头送给秦王，又奉上金银财宝，但只求得短暂的和平。不久，秦灭六国，统一天下，但没过多久，又被刘邦所灭。

《前汉书平话续集》讲述的是汉高祖刘邦夺得天下之后大封功臣，但他对韩信等人心存猜忌，所以设计夺去韩信兵权并以谋反罪诛之。韩信手下六将为他报仇，却不得成功，他们知道天命所归，自刎而死。不久，彭越、英布先后被杀。但天下初定，刘邦就一命归西，吕后想改刘易吕，却终未成功。

《三国志平话》用因果报应的方式讲述了魏、蜀、吴三国分封割据的矛盾和斗争，其中涉及的人物有刘邦、吕后、韩信、彭越等，故事情节离奇生动。

宋元讲史话本把复杂的历史事件和历史人物组织成连贯的、完整的故事，广泛地从史传文学和民间文学中汲取营养，为以后长篇历史演义小说的创作积累了经验、开辟了途径，也成为下层普通老百姓了解历史、学习历史的最直接、最简单的途径。

《全相平话五种》是宋元话本小说中记述较为详尽，可读性较强的作品。

145

# 为什么说《三国演义》"七分事实，三分虚构"？

风起云涌、英雄辈出的三国时代，为后世人留下的，不只是对历史兴亡、人世浮沉的无限嗟叹，同时也为后代文学家进行艺术创作留下了丰富的素材。史学家陈寿在辑录历史编写《三国志》的时候，无论如何也不会想到，他的这部史学著作竟然成就了一部伟大的文学名篇《三国志通俗演义》。

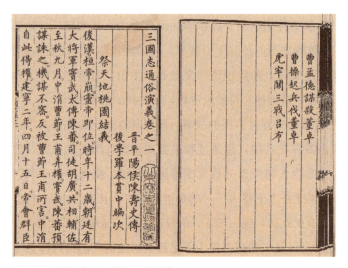

《三国志通俗演义》书影（明刻本）

《三国演义》是《三国志通俗演义》的简称，它又被称为《三国志传》、《三国志传通俗演义》、《三国英雄志传》、《三国全传》等，是我国第一部长篇章回体小说，也是历史演义小说的开山之作和最高成就的代表。《三国演义》主要依据陈寿《三国志》及南北朝时期裴松之的《三国志注》，又广泛地吸收了《后汉书》中的人物传记及其他史料才创作完成。历史演义小说，是古典小说中一类以历史事件与人物为题材的小说作品，由宋元讲史话本发展而来。它通过文学特有的艺术手段，塑造历史人物形象，反映历史，表达作者对历史和现实的认识和感受，寄托一定的政治思想、道德观念和美学理想。但是，为了求得人物形象和作者思想感情的统一，艺术真实与历史真实的统一，作者也会加入必要的想象和虚构。

　　《三国演义》的"七分事实，三分虚构"经清代大学者章学诚提出后，历来学者均表示赞同。《三国演义》题下署名为"晋平阳侯陈寿史传，后学罗本贯中编次"，明确地表现了小说"依史以演义"的独特文学样式。也就是说，《三国演义》在创作过程中，对《三国志》中记载的历史事实既有所认同、继承，也有所选择、加工。而"演义"则道出了作者罗贯中对历史人物和事件的主观价值判断。因此，《三国演义》中的人物形象已经全然不是历史中的本来面目，故事情节也时常对历史事件进行夸张渲染，甚至移花接木：历史上的诸葛亮纵然聪明，也完全不像小说塑造的那般呼风唤雨、神机妙算；而"草船借箭"的故事也远远没有小说中描绘的那样犹如神助。

　　《三国演义》的成功之处就在于，它将历史的"实"与文学的"虚"达到了一种完美的契合，特别是作者能依存史料又能灵活运用史料，体现了罗贯中丰富的想象和创作才能。作者用一种"白发渔樵江渚上，惯看秋月春风"的远距离视角审视那段遥距千年的历史，自然比史学家陈寿多了一份从容与淡定。小说家可以随时表达自己的想法来"演义"历史、品评人物，但这种"演义"又并不过分，一旦读者的想象极端膨胀时，作品又能以历史的真实及时进行节制，这使得《三国演义》既摆脱了历史作品的苍白生硬，又避免了演义小说的哗众取宠，它用浅近通俗而又不失庄重的语言为我们讲述了一段饶有趣味的历史故事，虚构的三分情节，使真实的七分历史更具艺术魅力，二者相映成趣，共同描绘了一幅波澜壮阔的历史画卷。总之，《三国演义》这种虚实比例关系，并不是所谓量的搭配，而是对小说与历史"质"的差异方面有着清醒的认识和恰当的处理。

146

# 毛宗岗在《读三国志法》中所说的"三绝"是什么？

　　明朝崇祯年间，一介寒儒毛宗岗与他的父亲毛纶一起为《三国演义》做了评点，他们仿效金圣叹删改《水浒传》的做法，假托《三国演义》古本，对罗贯中的原著进行删改，并在章回之间夹写批语，形成所谓的毛本《三国演义》。毛宗岗本《三国演义》在情节上变动很大，不仅有内容上的增删，还整顿回目，与原著比较，其中

隆中对图

尊刘抑曹的正统观念和天命思想明显加强，在表现技巧、文字修饰方面也有提高。

所谓"三绝"是指"智绝"诸葛亮，"义绝"关羽，"奸绝"曹操。毛宗岗在《读三国志法》中提出："吾以为三国有三奇，可称三绝：诸葛孔明一绝也，关云长一绝也，曹操亦一绝也。"他认为，诸葛亮是"古今来贤相中第一奇人"，关羽是"古今来名将中第一奇人"，曹操是"古今来奸雄中第一奇人"。

毛宗岗在三国众多人物中，挑出三位个性鲜明的重要人物，从不同方面，运用简洁的语言对他们进行品评。在评点诸葛亮之"古今来贤相中第一奇人"时说：

> 历稽载籍，贤相林立，而名高万古者莫如孔明。其处而弹琴抱膝，居然隐士风流，出而羽扇纶巾，不改雅人深致。在草庐之中，而识三分天下，则达乎天时；承顾命之重，而至六出祁山，则尽乎人事。七擒八阵，木牛流马，既已疑鬼疑神之不测，鞠躬尽瘁，志决身歼，仍是为臣为子之用心。比管、乐则过之，比伊、吕则兼之，是古今来贤相中第一奇人。

在评点关云长之"古今来名将中第一奇人"时言：

> 历稽载籍，名将如云，而绝伦超群者莫如云长。青史对青灯，则极其儒雅；赤心如赤面，则极其英灵。秉烛达旦，传其大节，单刀赴会，世服其神威。独行千里，报主之志坚；义释华容，酬恩之谊重。作事如青天白日，待人如霁月

光风。心则赵忭焚香告帝之心，而磊落过之；意则阮籍白眼傲物之意，而严正过之：是古今来名将中第一奇人。

在评点曹操之所谓"古今来奸雄中第一奇人"时言：

> 历稽载籍，奸雄接踵，而智足以揽人才而欺天下者，莫如曹操。听荀彧勤王之说而自比周文，则有似乎忠；黜袁术僭号之非而愿为曹侯，则有似乎顺；不杀陈琳而爱其才，则有似乎宽；不追关公以全其志，则有似乎义。王敦不能用郭璞，而操之得士过之；桓温不能识王猛，而操之知人过之。李林甫虽能制禄山，不如操之击乌桓于塞外；韩侂胄虽能贬秦桧，不若操之讨董卓于生前。窃国家之柄而姑存其号，异于王莽之显然弑君；留改革之事以俟其儿，胜于刘裕之急欲篡晋：是古今来奸雄中第一奇人。

毛宗岗通过对诸葛亮、关羽、曹操这三位典型人物的典型事件进行举例分析，展现了三人超凡脱俗的个性特征。这种从历史史实出发评点历史人物的方法，体现了毛宗岗的史学精神。《读三国志法》附于毛宗岗本《三国演义》卷首，旨在为后世人读《三国演义》进行理论上的指导，同时其中针对小说的人物形象塑造、情节结构处理提出了一系列颇为卓越的见解。

147

# 什么是神魔小说？

历经了上古神话的启蒙，六朝志怪的酝酿，唐代传奇的积淀，宋元话本的发展，汲取了道家仙话、佛教故事和民间传说的丰富养料之后，神魔小说于明代万历年间迅速崛起，并逐渐形成一个巨大的小说流派并占据文坛。这类小说将历史作为背景，着重表现神魔鬼怪之事，小说往往留给人们以广阔的想象空间，足以丰富人们的想象力，启迪人们对美好事物的追求，让人们得到独特新鲜的审美享受，其中的优秀之作，往往以生动的形象、奇幻的境界和诙谐的笔调被历代读者所重视和喜爱。神魔小说中既有世俗欲念乃至某种反传统精神在幻想形态中的表现，也包含着许多夸饰宗教、宣扬因果报应的成分。总体来说，它们中的一部分写得很粗糙，是书商营

利的产物，缺乏艺术创造，但其中的名篇佳作也成为了小说史上永恒的经典。

神魔小说以神魔怪异为主要题材，尚"奇"贵"幻"，但又常与历史上的真人真事挂钩，其中内容多言"怪力乱神"，而其本意未必在此，而多有影射世情之意，也就是说，神魔小说中的人物事件并不是完全靠想象与虚构创作出来的。生活在现实世界中的作家创作出的作品，必定是通过浪漫主义的夸张、幻想、变形、象征等手法曲折反映着现实中的政治、伦理、宗教等方面的矛盾与斗争，小说作者只是将这些内容投射比附到神魔形象之中，形成了虚实结合的独特艺术魅力。

神魔小说的语言风格不拘一格，想象力丰富，背景或虚幻或假托为海外某地，综合宗教、神话等民间喜闻乐见的形式，因此至今广为传颂。不少文人或依历史事件，或依流行的神怪故事，写了大量名著。明代神魔小说以《西游记》为代表和开端，在它出现之后的短短几十年中，文坛上涌现出了数十部内容各异的神魔小说，可见《西游记》的巨大影响力和神魔小说在当时的受众之广，但其后的此类作品却再也无法超越这部巅峰之作。

明末神魔小说大致可分为以下几种类型：一、《西游记》的续书、仿作、节本，以及与其相配套的系列丛书，如：《续西游记》、《东游记》、《北游记》、《南游记》等，这类小说虽然在民间颇为流行，但艺术价值却不高。二、为佛道两教以及民间流传的各路神仙立传的作品，小说主人公有时为一人，如观世音、关帝、钟馗等，也有同时写数人的，如二十四罗汉、八仙等。三、与历史故事相交融的作品，如：《封神演义》、《三宝太监西洋记》等。但除了《西游记》、《封神演义》、《镜花缘》等几部优秀作品之外，这个小说流派中其他作品的作者或者湮灭，或者不知真名，甚至作品被禁止传播，使流派最终走向了没落。

 148

# 说说《西游记》的"三教归心"

《西游记》的故事在中国无人不知，无人不晓，这部伟大的神魔小说之所以在明代产生也并非偶然。中华民族厚德载物的器量和品性，使整个文化思潮在宋元，尤其是明中叶以后趋向儒、佛、道三教归一。三个在渊源、本质、地位、命运上互异的宗教流派，在争执正统和教理互借之中，不约而同地在"心"字上大做文章，它们都讲究性命之学，并认为心性问题是三教的"共同之源"，这就是所谓的"三教归心"。当我们从文化角度探讨《西游记》之时，应当对这种思想潮流给予足够的关注。《西游记》的作者在改造和加工传统民间故事时，纳入了当时流行的心学框架，因此，《西游记》的文本结构、人物形象以至于字里行间，处处渗透着浓厚的"三教归心"色彩。

明无名氏绘《西游记图册》

　　《西游记》中的孙悟空形象便是作者着力刻画的"三教归心"的宣传者。心学的基本思想是，使受到外物迷惑而躁动不安的心灵回归到有良知的安宁境界，而小说中用"心猿"这一典型的宗教用语作为孙悟空的别称，便足见作者用意之深，小说是将孙悟空作为人心的外在实体而进行刻画的。孙悟空在《西游记》中的三次标志性活动：大闹天宫、被压于五行山下、西天取经修成正果，实际上暗喻了修炼心性的三个阶段，即：放心、定心、修心。在这个过程中，小说鲜明地表现了道家"修心炼性"和佛家"明心见性"相融合的心学思想。

　　由于这部神话小说是以唐僧取经作为贯穿线索的，行文间对佛教的褒扬似乎多于道教，其实不然。作者虽然对道教符箓派、外丹派等有所贬抑，但对于主张性命双修的内丹派，作者是认同的，这不仅表现在书中多用心猿意马、金公木母、婴儿姹女、灵台方寸一类比喻性术语，而且一些诗词也取自道禅融合的典籍。比如第十四回的卷首诗："佛即心兮心即佛，心佛从来皆要物。若知无物又无心，便是真心法身佛。"便是化用了宋代道教内丹学集大成者张伯端的《禅宗诗偈》中的《即心是佛颂》："佛即

心兮心即佛，心佛从来皆妄说。若知无佛亦无心，始是真如法身佛。"可见《西游记》一书对于儒、佛、道三教的同等关注和以"三教归心"思想为指导的创作宗旨。

只有理解了《西游记》的"三教归心"这一精神实质，我们才能理解唐僧师徒历经九九八十一难赴西天取经的真正内涵，那不只是对自然界重重困难的挑战，更是对人的信仰、意志和心性的挑战，这也正是这部神魔小说的隐喻所在。《西游记》在神话的表象之下发掘着个性深层的精神意蕴，借神话故事思考着人的主体，思考着人的心性，思考着人的信仰、意志和生命力，正是这种深刻的对于人性的关怀，使它的文学艺术价值历久弥新。

149

# 何谓"三言二拍"？

明代在中国历史上是一个具有转折意义的时代，其社会政治和经济文化领域均发生了一些新的变化。在文学的发展上，这一时期呈现出由中古文学向现代文学过渡的趋势，表现在具体的文学类型上，则是正统诗文创作的衰落和以小说、戏曲为代表的俗文学的崛起。

发源自民间的"说话"艺术，自从宋元时期流行开来之后，直到明代仍然存在，而与之相依存的话本小说在明代也有了长足的进步。这一时期的话本不再是说书艺人的口头文学实录，而更倾向于文人专门创作的案头文学，即白话短篇小说，其中成就最高的当属"三言二拍"。

"三言"是冯梦龙编著的《喻世明言》、《警世通言》、《醒世恒言》三部小说集的总称，"二拍"则指凌濛初个人创作的小说集《初刻拍案惊奇》和《二刻拍案惊奇》的总称。"三言二拍"标志着在说唱艺术的基础上产生的白话短篇小说，正由文人进行单纯的整理加工，发展到文人进行独立创作的新阶段，同时也标志着古代白话短篇小说整理和创作高峰的到来。明末有"抱瓮老人"从"三言二拍"中选取了四十篇编成《今古奇观》一书，影响很大。

"三言"中共收录一百二十篇小说作品，其中有四十来篇为宋元作品，八十来篇

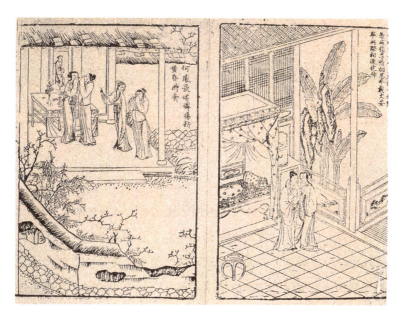

"三言"插图

为明人作品，这些作品经过冯梦龙的加工润色后具有了统一的艺术风格，堪称宋元明以来白话短篇小说的集大成之作。作品题材广泛，人物形象丰满多样：有写贪官的丑行劣迹，也有写清官的廉政贤明；有写官宦子弟的仗势欺人，也有写贫寒士子的狂放孤傲；有的写兄弟争产，相煎何急；有的写朋友信义，有始有终；有的写烈女报仇，受尽屈辱；有的写狠心后母，虐待子女。其中又以描写青年男女爱情婚姻的作品最多，例如《卖油郎独占花魁》、《杜十娘怒沉百宝箱》、《蒋兴哥重会珍珠衫》、《金玉奴棒打薄情郎》等等。"三言"中的作品故事情节起伏跌宕，极富戏剧性，人物语言精炼贴切，自然优美，艺术成就很高。

"二拍"中实有小说七十八篇，涉及的题材内容比较广泛，其中以反映商贾市民生活情趣的居多。涉及的主要内容有以下几类：揭露科举制度的黑暗；张扬男女平等，婚恋自由；肯定商人的聪明才智和冒险精神；抨击社会上坑蒙拐骗、奸贪伪诈的不良风气。"二拍"中的故事结构严谨，情节曲折动人，语言通俗生动，心理描写细腻深入，具有较强的艺术魅力。

"三言二拍"的故事内容带有深刻的明代印记，明代商业经济的极大繁荣对文学

产生了不可避免的影响，"三言二拍"中频频出现正面商人形象，反映了晚明时期的重商思想，而歌颂婚恋自由、张扬男女平等的爱情题材作品，则表现了晚明人文主义思潮下的尊重人性、妇女解放的社会风气。

150

# 何谓"三灯"？

唐代是文言小说发展成熟的时代，出现了许多诸如《李娃传》、《莺莺传》等传之后世的传奇小说。唐以后，宋代讲史话本兴起，章回体小说——中国古典长篇小说的唯一形式崛起，并取得了巨大的成就，随之而来的便是文言传奇小说的创作渐趋衰落。直到明代才又出现了几部值得重视的文言短篇小说集，其代表也就是我们俗称的《三灯》，即：《剪灯新话》、《剪灯馀话》、《觅灯因话》。

《剪灯新话》是明代文言短篇小说集，它是明代第一部遭到朝廷禁毁的文人小说。其中共载传奇小说四卷二十篇，附录一篇。作者瞿佑生活在元末明初，一生坎坷，他亲身经历了元统治者的残暴和元末社会的动乱，而明太祖朱元璋企图杜绝文人批评时政而兴起文禁，从文化方面对世人的思想进行箝制，比起元代统治者有过之而无不及。《剪灯新话》写成之后"藏之书笥"，迟迟不敢发表，刊刻时还用"海涅"、"语怪"之类的话加以掩饰，都反映了当时社会的现实。在明初严峻刑法面前，文人为避免与统治者直接抵牾而招来杀身之祸，便追慕唐人，借写闺情艳遇、鬼怪神仙的传奇小说来曲折表达自己的思想，《剪灯新话》就是在此历史条件下产生的。

作品内容多为元末天下大乱时的一些故事，具有幽冥离奇的色彩，有些甚至荒诞怪异。约占全书篇幅一半之多的爱情故事，散发出一些市民气息，其中表现对礼教的蔑视以及追求自主婚姻的内容，都突出强调一个"情"字。书中对爱情和美好婚姻的渴望的描绘，对于妇女勇于追求爱情与婚姻自由的肯定，与同时期的章回小说一样，带有明代思想解放的共同特色。但书中的故事往往带有浓厚的悲剧色彩，上演着一幕幕动人心扉的"人鬼情未了"。如：《绿衣人传》中书生吴源和女鬼绿衣人的爱情故事。《金凤钗记》描写的吴兴娘的鬼魂对爱情的热烈追求。《滕穆醉游聚景园记》里的女鬼卫芳华也是生前得不到爱情，死后鬼魂与人相爱。秦汉以来的封建礼教，特别是程朱理学，要求人们"去人欲，存天理"，并将其美化成天经地义，而《剪灯新话》表现婚恋的小说则主张摆脱束缚，顺应自然，肯定人的欲望，因此作品对男女之间肉欲的欢乐也予以表现，这可谓是一种颠覆传统的创举。

《剪灯馀话》是李昌祺仿瞿佑《剪灯新话》而作，全书四卷二十篇（另附《还魂记》一篇）。作者李昌祺一生刚严方直，素抑豪强，以廉洁宽厚著称，家居二十余年，足迹不至公府。《剪灯馀话》一书大都取材于元末明初故事，其内容依旧以婚姻爱情故事为主，又包含许多鬼神灵异之事，旨在歌颂婚姻自由，赞美人性之善，批判封建礼教和社会的黑暗不公。如《江庙泥神记》、《田洙遇薛涛联句记》描写人与鬼神爱情，又如《青城舞剑录》，颂扬了隐居的侠士正直豪侠的气质，《泰山御史传》通过对阴间做官者的议论，抨击官场的黑暗，而《何思明游酆都录》写阴间地府事，试图以此表达"善可法，恶可戒，表节义，砺风俗"之义，对世人起到"惩恶扬善"之效。

《觅灯因话》是明代文言短篇小说集，作者邵景詹。《觅灯因话》于万历年间问世。作者自称因读瞿佑《剪灯新话》，而感触极多，于是便与朋友在一起，择录耳闻目睹古今奇秘之事，或明因果报应，或谈至道名理。作品文笔质朴无华，缺少辞藻点染，思想和艺术并未超越《剪灯新话》和《剪灯余话》。但总的来说，《觅灯因话》仍属唐宋至清初的承上启下之作，因此能与"两话"并传于世，并称为"三灯"。

151

# 第一部文人独立创作的白话长篇小说是什么？

明代的小说创作迎来了继唐传奇之后的第二个高峰，这一时期出现了第一部由文人独立创作的白话长篇小说——《金瓶梅》。在此之前，长篇小说大都经历了一个长期流传，再由文人整理而成的过程，而《金瓶梅》一书虽然也借用了《水浒传》中的个别情节，但小说绝大部分内容还是作者的个人创作的成果。署名"兰陵笑笑生"的《金瓶梅》的出现，开启了文人独自创作小说的新道路，对以后小说的发展产生了重大影响。

《金瓶梅》插图

四大奇书之一的《金瓶梅》描写了恶霸西门庆横行乡里的劣迹，以及他与妻妾们荒淫污秽的生活。西门庆原是生药铺老板，他勾结地方官府，替人打官司赚钱，称霸一方，为所欲为。西门庆原本有一妻三妾，后来又骗娶有钱寡妇孟玉楼，强占有夫之妇潘金莲，谋占朋友之妻李瓶儿，还和婢女庞春梅发生不正当关系。小说题目中的"金"、"瓶"、"梅"就是分别取了书中人物潘金莲、李瓶儿、庞春梅名字中的一个字组成。西门庆为非作歹，荒淫无耻，最终因为自己的纵欲而丢了性命，结束了罪恶的一生。

《金瓶梅》在我国小说史上有着举足轻重的地位，它开创了一种全新的小说类型，标志着古代白话小说的巨大转变，甚至反映了一个时代的万象众生。即使长期以来被一些人视为"淫书"，但它对于文学发展的巨大意义是无法抹杀的，是一部不可多得的古典文学名著，也是举世公认的明代"四大奇书"之一。

作为中国第一部文人独立创作的白话长篇小说，《金瓶梅》在人物刻画、结构安排以及语言文字上均表现出了一些新特点。文人在书斋中创作出的小说，与说书人在瓦舍勾栏中所讲的故事有很大不同。《金瓶梅》中的人物形象更为多面立体，如潘金莲、西门庆、李瓶儿、庞春梅等，他们与现实生活中的人物一样，有善有恶，鲜活动人。在叙事方法上，多条线索的网状结构取代了单线发展的单一模式，人物相互制约，情节相互交叉，使小说叙事的深度和广度极大扩展。口语化、通俗化的书面语言表达是白话小说的一大发展。

《金瓶梅》是世情小说的开山之作，这类小说以描写世俗人情为主要内容，其中有描写婚姻家庭的，也有表现社会生活的。小说作者往往关注现实，作品所塑造的人物不再是超人或半超人式的传奇人物，而是现实生活中的普通人，它把家庭生活中的琐屑细致、家人之间的日常活动作为主要情节，具有强烈的现实性和时代气息，《金瓶梅》也因此被称为"中国第一部伟大的现实主义小说"。

《金瓶梅》描写的看似是西门庆与他的妻妾们琐碎的家庭生活，实质上却是整个社会、整个国家、整个时代状况的一个缩影。作者用冷静客观的笔调，揭露了晚明社会的矛盾和黑暗，展现了在一个急剧变化的时代，受到金钱和权势猛烈冲击的人们，在价值观上发生的巨大变化和由此暴露出的人性弱点，这也是《金瓶梅》的现实意义之所在。

152

# 代表中国文言短篇小说的高峰的是哪部书？

纵观蒲松龄的一生际遇，不得不使人感叹命运的奇妙安排：科举梦碎、心灰意冷的落魄书生，胸怀着对社会不公的满腔怨愤和无人赏识的满腹才情，毅然决然地与黑暗的现实世界隔绝。他躲进了书房"聊斋"，将心中的无法言说的悲愤苦闷幻化作一个个奇异的神鬼故事，四十年后，世上便多了一部"写鬼写妖高人一等，刺贪刺虐入木三分"的《聊斋志异》。感谢残酷无情的科举考试，若不是它从中作梗，清朝官场上只会多一个被世俗凡尘、功名利禄所困扰的小小官吏，但中国文学史上将损失一位伟大的文豪和一部经典巨著。《聊斋志异》全书共四百九十一篇，所含内容十分广泛，反映了十七世纪中国的社会面貌，它创造了中国文言短篇小说的高峰。

《聊斋志异》是蒲松龄用尽全部生命和才华创造出的奇幻世界，现实世界中的困顿与不满，使作者急于寻求一个发泄情绪的出口。于是亦真亦幻的狐鬼世界便成了他心灵的全部寄托，这是一个可以容得他驰骋想象，尽情挥洒，嬉笑怒骂，无所顾忌的自由天堂。揭露社会黑暗，是《聊斋志异》中很突出的一部分内容，例如著名

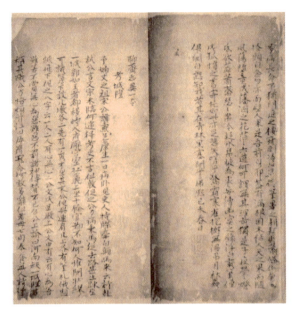

蒲松龄《聊斋志异》手稿

的《促织》一篇，仅仅为了一只蟋蟀，一个原本平静幸福的家庭就会家破人亡。作者将批判的矛头指向了最高统治者，揭示了政治腐败、社会黑暗的根源。讽刺科举制度的黑暗，也是《聊斋志异》中的主要内容。在《司文郎》一篇中，作者塑造了一个能以嗅觉判断文章好坏的瞎眼和尚，旨在讽刺那些有眼无珠的考官，对他们昏庸无道、埋没人才的行为进行了批判。《聊斋志异》中最吸引人的故事，多是一些反应人与狐鬼相恋的爱情故事，例如《娇娜》、《婴宁》、《聂小倩》等等。蒲松龄笔下的狐精、鬼魅、花妖都是一些可敬可爱的女性，她们不但容貌美丽，而且心地善良，并且敢于大胆追求属于自己的爱情。天真烂漫、笑容可掬的婴宁，拘谨稳重的青凤，重情重义的小倩，这些人物形象无不活灵活现，生动逼真。总之，越是现实世界中难以触及的美好事物，在幻想的世界中就显得越美好；越是现实社会的黑暗面，在鬼怪的世界中就显得越卑劣，在现实与梦幻的错位中，隐藏着浓郁的反讽意味，这便是《聊斋志异》为我们塑造的一个亦真亦幻的鬼魅世界。

《聊斋志异》在中国古典小说史上有着独特的地位。它结合了志怪和传奇两类文言小说的传统，吸收了白话小说的长处，由此形成了独特的简洁而优雅的文言风格，它以文笔生动传神、形象栩栩如生、情节诡异奇特而脍炙人口，被誉为"世界短篇小说之王"。三百年来，《聊斋》故事在民间广为传播，历久不衰，先后被译成十几种文字，成为世界人民共同的精神财富。《聊斋志异》是中国古典小说的珍品，这部短篇小说集在他创作之初便有人传抄，成书之后流传更加广泛。读《聊斋》，犹如在听一位来自中国古老乡村的智者讲故事，其中所蕴含的人生哲理，则需要后代人用心灵去揣摩体会。

 153

# 代表中国古代讽刺小说的高峰的是哪部书?

出生于书香门第,接受儒家思想教育,从小便读经习文,准备走科举仕途之路,但无情的命运和吴敬梓开了一个大大的玩笑,科举的失败,家道的中落使他尝遍了人情冷暖,看尽了世态炎凉。痛定思痛之后,倔强耿直的吴敬梓决意不向命运低头,他另辟蹊径,用饱含血泪的笔触,用坚强不屈的意志,创造了《儒林外史》这座中国讽刺小说的丰碑。

提起《儒林外史》,我们的脑海中马上会浮现出一连串经典的人物形象:疯疯癫癫、手舞足蹈的举人范进;半生心酸悲苦、一朝平步青云的幸运儿周进;忘恩负义、自甘堕落的匡超人;贪得无厌、爱财如命的严监生;沽名钓誉、自命风流的名士杜慎卿等等。作者通过塑造这些鲜活的人物形象,辛辣地讽刺了将天下读书人弄得神魂颠倒、非人非鬼的科举制度,深刻地表现了科举考试对社会各个阶层人们的毒害,以及由此造成的乌烟瘴气的社会风气。

在那个把科举作为唯一出路的时代,普通知识分子终其一生也很难获得一官半职,最终只能在贫困中走向死亡。范进正是这些可怜人中的一员,他在家里倍受冷眼,妻子对他呼西唤东,老丈人对他更是百般呵斥。当一家人正在为生计发愁时,传来范进中举的喜报,范进从集市上被找了回来,知道喜讯后,他高兴得发了疯。好在他的老丈人胡屠户给了他一记耳光,才打醒了他,治好了这场疯病。转眼功夫,范进时来运转,不仅有了钱、米、房子,而且奴仆、丫环也有了。范进母亲见此欢喜得一下子胸口接不上气,竟然死了。胡屠户也一反常态,到处说他早就知道他的女婿是文曲星下凡,不会与常人一样,对范进更是毕恭毕敬。后来,范进入京拜见周进,由周进荐引而中了进士,被任为山东学道。范进虽然凭着八股文发达了,但他所熟知的不过是四书五经,当别人提起北宋文豪苏轼的时候,他却以为是明朝的秀才,闹出了天大的笑话。

科举制度不仅培养了一批庸才，同时也豢养了一批庸官。书中那些考取了功名的读书人例如严监生和严贡生兄弟，他们中做官的成了鱼肉百姓的贪官污吏，在家的也都蜕变成为土豪劣绅，变成了封建制度的帮凶。值得一提的是，吴敬梓在揭露社会黑暗的同时，还塑造了杜少卿一类的理想化人物，他淡泊功名，宁可装病也不肯参加科举考试，他傲视权贵，却扶危济困，乐于助人。这样的有识之士还有待人宽厚、才识过人的虞育德，无私忘我、照顾病人的甘露寺僧人，急人之难、援助朋友的鲍文卿，淡泊宁静、自尊自爱的庄绍光等等，他们身上处处散发着人性的光辉，也寄托着作者对知识分子的美好幻想。

《儒林外史》是我国古代成就最高的讽刺小说，作品用白描的笔法塑造出生动的人物形象，运用"叶子式"的独特结构将故事贯穿起来，处处表现作者对百年知识分子厄运的深刻思考和同情。作者将犀利的讽刺用悲喜交加的方式表达出来，在博得读者幽默一笑的同时，悲凉之感油然心生。吴敬梓以敏锐的眼光和难得的勇气，从人们习以为常的现象中发现不正常的问题，并把它们加以集中、概括、提炼，再用卓越的细节描写和恰到好处的夸张描写，刻画出了一幅栩栩如生的封建社会末期"儒生群丑图"。《儒林外史》不但是我国古代讽刺小说的高峰，同时也可以与世界讽刺类名著相媲美。

154

## 代表中国古代笔记小说的高峰的是哪部书？

《阅微草堂笔记》是清代大学者纪晓岚晚年创作的一部追录见闻的笔记体小说，全书共二十四卷。小说主要搜辑当时流传的各种狐鬼神仙、因果报应、劝善惩恶等乡野怪谈，也有作者亲身所听闻的奇情轶事，这部小说是我国古代笔记体小说的高峰。

《阅微草堂笔记》文风质朴简约、幽默诙谐，夹叙夹议，娓娓道来，极富感染力和表现力。例如"道学家献丑"一则，写一名塾师，表面上道貌岸然，对学生管束颇严。有一次他在月光下散步，忽见一美貌女子，经不住美女的言辞柔婉，将她领回房去共度春宵，之后此女子竟然跑到学堂来当着学生的面向他讨赏钱，原来，那美女是被学生们买通来勾引塾师的妓女，塾师当即羞愧得无地自容。这样的小故事对道学家虚伪性的讽刺和世态人情的描写颇为精彩，具有鲜明的反礼教倾向，为世人所称道。《阅微草堂笔记》的另一重要价值在于书中保留了丰富的官场及民间掌故、民俗趣事和里巷异闻，这是其他任何一部作品都无法替代的。

由于以上特质，《阅微草堂笔记》在清代大量笔记小说中独树一帜，成为中国古代笔记小说史上的一座新高峰。鲁迅在《中国小说史略》中对《阅微草堂笔记》有很高的评价：

> 惟纪昀本长文笔，多见秘书，又襟怀夷旷，故凡测鬼神之情状，发人间之幽微，托狐鬼以抒己见者，隽思妙语，时足解颐；间杂考辨，亦有灼见。叙述复雍容淡雅，天趣盎然，故后来无人能夺其席，固非仅借位高望重以传者矣。

纪昀像

因其影响较大，也引起了后世部分学者的仿效，例如俞鸿渐的《印雪轩随笔》、俞樾的《右台仙馆笔记》等。

纪晓岚创作《阅微草堂笔记》时，《聊斋志异》已经流传相当广泛了，纪晓岚是以实际行动表达了自己对蒲松龄的《聊斋志异》"一书兼二体"这种写法的不满。他反对蒲松龄那种既有传奇的详尽宛曲，又有六朝志怪的古澹简约的文风。他主张重归六朝简古，尚志黜华，用简朴的叙述，写真的笔法，短小的形式，展示一种信雅并举的审美境界。纪晓岚认为，传奇小说必须具有可靠性，非耳闻目睹，不可轻易下笔，更不能把本不存在的事物写得过于活灵活现。纪晓岚的这种重写实的文学观，对于小说创作也造成了一定的局限。

○ 155

# 清代最著名的自传体文言小说《浮生六记》

中国古代小说中带有自传色彩的作品并不罕见，表现婚姻爱情题材的作品更是常见，但是将二者融为一体，用自传体形式，真实记录夫妻之间日常生活的作品，尚属罕见。清代乾隆年间的沈复从亲身经历着笔，融入自己的真情实感，创作了六篇文言小说，合称为《浮生六记》。作者以深情直率的笔调记叙了自己与妻子陈芸之间的伉俪情深，写出了夫妻间至诚至爱的真情。《浮生六记》包括《闺房记乐》、《闲情记趣》、《坎坷记愁》、《浪游记快》，后两记《中山记历》和《养生记道》疑是伪作。前四记穿插相联，所记所叙虽然都是日常琐事，平淡无奇，然情真意切，一点没有忸怩作态，更无学究之气，读来如一缕嫣然清风徐徐拂面。

在中国文学史上，描写情爱的诗文很多，但大多或写宫廷艳史，或写权势礼法淫威下的爱情悲剧，或写风尘知己及少男少女之间的缠绵，较少涉及夫妻之情。而《浮生六记》不但弥补了这一缺憾，而且创作了这类题材小说的典范。别具慧眼的陈寅恪指出：

> 吾国文学，自来以礼法顾忌之故，不敢多言男女间关系，而于正式男女关系如夫妇者，尤少涉及。盖闺房燕昵之情意，家庭米盐之琐屑，大抵不列于篇章，惟以笼统之词，概括言之而已。此后来沈三白《浮生六记》之《闺房记乐》，所以为例外创作。

在《闺房记乐》中，沈复描绘了一个清丽灵妙的女儿形象：

> 其形削肩长颈，瘦不露骨，眉弯目秀，顾盼神飞，唯两齿微露，似非佳相。一种缠绵之态，令人之意也消。

这是他年少时初见陈芸的情景。那夜，陈芸给他吃自制的腌菜暖粥，吃的正香时，陈芸堂兄挤身而入，戏谑笑道："我要吃粥你不给，原来是专门给你夫婿准备的！"当时沈陈二人就脸红了，美满姻缘一粥引之。之后，两人度过了成亲之后的一段最幸福美好的时光。他们的爱情并不惊天动地，也非旷世绝恋，更非千古名唱，只是最平常最细微的日常生活中点点滴滴的感动。秀外慧中的芸娘，聪明贤淑，淡雅高洁，难怪林语堂先生极力地赞美陈芸，说她"集古今各代女子的贤达美德"，是"中国文学中最可爱的女人"。但大家庭式的生活使小夫妻的恩爱成为遭妒之由。即便陈芸聪颖贤惠，在处理人事方面，却仍有欠缺。沈家严肃的家教礼仪使芸娘不得不处处小心翼翼，但后来渐渐放松了戒备，便招来了封建家族成员的非议，为爱情的悲剧埋下了伏笔。被迫与家庭决裂之后，夫妻二人身处拮据陋室，却依旧恬淡幽闲，在最平常的柴米油盐中，营造"夜半涛声听烹茶"的小情趣，在他们的二人世界里，连苦难和沧桑都会显出平和的美丽。于贫寒生活中，一直保持陶然其乐之心；于喧嚣尘世中，始终不失豁达宁静之心。《浮生六记》让我们感叹人生变化的沧桑无常，更让我们领悟到了平凡人生的真情意趣，毕竟，美好的东西总会在人的一生中留下永不磨灭的印记。

《浮生六记》以细腻雅致的笔调，委婉的情节结构，描绘出作者夫妇日常生活的喜乐悲愁。平淡无奇、相濡以沫的夫妻感情却能感人至深，这就是自传体小说融入真情实感后产生的强大艺术魅力。作为一部水平极高、影响颇大的自传体小说，《浮生六记》在清代笔记体小说中占有相当重要的位置。

156

# 为什么说《红楼梦》是中国古典小说发展的最高峰？

浪漫缠绵的儿女情长，不可挽回的家族没落，形形色色的各类人物，错综复杂的矛盾冲突，亦真亦幻的神仙世界，雕梁画栋的亭台楼阁，才华横溢的诗词歌赋，精巧细致的器皿用具，凡此种种渗透交织，共同演绎了一场奇幻瑰丽的《红楼梦》。作者曹雪芹将自己真切的人生体验用饱含血泪的文笔表达出来，"披阅十载，增删五次"，将其一生所见所感都融入了这部长篇巨著。在中国古典小说中，还没有一部书能像《红楼梦》那样呈现出如此恒久的艺术魅力，使人百读不厌，正所谓"开谈不说《红楼梦》，读尽诗书也枉然"。《红楼梦》代表了中国古典小说发展的最高峰。

《红楼梦》以一场恋爱不能自由、婚姻不能自主的爱情悲剧作为中心，延伸到了

乾隆抄本《脂砚斋重评石头记》书影

广阔的社会背景之中那个即将崩塌的封建大家族。其中的人生百态是作者曹雪芹对真实生活的独特体验，而他的叙事风格则是写实和诗化的完美结合。因此，《红楼梦》中既有对现实生活原生态的写实表现，又有描写生命、爱情、青春时散发的含蓄朦胧的意境美。小说既有对生活中真实事件的直接记录，同时也运用了借景抒情、象征等手法进行曲折表达，二者相结合，将作者对于人生苦涩的欲说还休表现地含蓄委婉，淋漓尽致。在结构安排上，《红楼梦》采取了多条线索齐头并进的网状结构，将众多的人物事件都置于一个交叉立体的情节大厦之中。同时，"草蛇灰线，伏脉千里"的写法使情节的转换自然流畅，浑然天成，小说中的众多事件由小积大，环环相扣，首尾连贯，层次清晰。在叙事角度上，《红楼梦》创造性地运用了叙述人多角度复合叙述的手法。同样是一座大观园，小说中通过元春省亲，众小姐和宝玉入住，刘姥姥游览等情节对其进行了多层次、多角度的描绘，使得作品更加真实具体。在叙述语言上，《红楼梦》以北方口语为基础，融汇了书面语言的精粹，使小说既有活泼自然的生活气息，又不失庄重典雅，同时，人物语言的个性化、多样化程度之高，也令人赞叹。正是如此高超的叙事艺术，造就了《红楼梦》这部无法超越的古典小说高峰。

冰清玉洁、多愁善感的林妹妹，温柔贤惠、善识大体的宝姐姐，精明强干、独挡一面的贾探春，爽朗大方、不拘小节的史湘云，聪明刚烈的晴雯，谨慎温柔的鸳鸯，生活在这样一群各具特色的美女中间，也难怪贾宝玉感叹"女儿家都是水做的骨肉"。《红楼梦》中的人物形象塑造创造了不朽的神话，小说中出现了大大小小四百多个人物，却无一雷同，除了以上所略举的几个主要人物之外，其他人物形象无不个性鲜明，栩栩如生，上到皇亲国戚，下到乡野村妇，在这部小说中都有所涉及。《红楼梦》避免了传统小说描写人物平面化的叙述方式，表现出人性的丰富内涵及其在不同生活状态下的复杂变化。

正是这样高超的叙事技巧和生动的人物塑造，使《红楼梦》成为了中国文学史上永远不老的神话。鲁迅先生曾经高度评价《红楼梦》在文学史上的地位，认为"自有《红楼梦》出来以后，传统的思想和写法都被打破了"。

157

# 何谓"红学"？

《红楼梦》一书问世之后，引起了许多文学研究者深入探索的兴趣，为此开创的专门研究《红楼梦》的学问，叫做"红学"。"红学"一词开始出现，是在清代晚期李放《八旗画录》注中，书中记载："光绪初，京师士大夫尤喜读之（指《红楼梦》），自相矜为红学云。"民国初年，有个叫朱昌鼎的人，对《红楼梦》十分入迷。有人问他"治何经"，他对人家说，他所治的"经"，比起一般的经，少"一横三曲"。原来繁体字的"经"字去掉"一横三曲"，就是个"红"字。可见《红楼梦》在当时文人心目中占据着极高的地位。

研究《红楼梦》的现象由来已久，可以说自从《红楼梦》开始创作的那一天起，红学的研究就开始了。脂批的作者脂砚斋可以说是最早的红学家，虽然关于脂砚斋的真实身份，红学界至今尚无定论，但脂评牵涉到《红楼梦》的思想、艺术、作者家世、素材来源、人物评价，是标准的而且十分可贵的红学资料。五四以后，胡适、俞平伯等用现代的考证方法来研究《红楼梦》，把红学研究向前推进了一大步。因此，人们把五四以前的红学称为"旧红学派"，而把胡适、俞平伯所倡导的红学叫做"新红学派"。二百多年来，红学产生了许多流派，有索隐派、考证派、评点派、评论派、题咏派等。

　　"旧红学派"中影响最大的索隐派盛行于清末民初，主要是用历史上或传闻中的人和事，去比附《红楼梦》中的人物和故事。其代表作有王梦阮、沈瓶庵的《红楼梦索隐》、蔡元培的《石头记索隐》及邓狂言的《红楼梦释真》等。当代红学研究中仍有这一类的著作问世，如刘心武在《秦可卿之死》中提出的"秦可卿出身未必寒微"之说，他从秦可卿这一小说人物入手，索隐出《红楼梦》中的部分情节影射了清廷复杂的政治斗争。索隐派红学以其离奇的故事性、传奇性，满足了多数普通读者的猎奇心理，迎合了大众文化的消费趣味，故产生了相当大的影响。

　　考证派则注重搜集有关《红楼梦》作者家世、生平的史料和对版本的考订。此派重要著作繁多，除了胡适的《红楼梦考证》之外，还有俞平伯的《红楼梦辨》、周汝昌的《红楼梦新证》等等。

　　各种"红学"流派的出现，使《红楼梦》的作者、文本内涵、人物形象、艺术特征等方面都得到了日益深入的解析，《红楼梦》永恒的艺术魅力使"红学"研究经久不息，并发展成了一门国际性的学问，不断吸引着来自世界各地的"红迷"们加入到《红楼梦》的研究队伍中来。

158

# 什么是侠义公案小说？

　　在中国小说的发展史上，近代是一个重要的时期，虽然这一时期的小说作品从艺术成就而言，远不及《红楼梦》、《儒林外史》等的高度，但从创作数量上来说，则大有空前之势。据《中国通俗小说书目提要》所收书目估算，清初至1840年约有小说三百三十多部，但从1840年至1912年，这七十年间就有六百六十部左右。近代众多的小说作品中，一大重要类型就是继承了《水浒传》等英雄传奇小说的侠义公案小说，代表作品有《三侠五义》、《儿女英雄传》、《小五义》、《七剑十三侠》、《施公案》、《荡寇志》等。这些小说以描写曲折离奇、惊险刺激的破案擒盗故事取胜。侠义公案小说的大量出现，是腐朽落寞的近代社会现实在民众心中的反映。

　　近代以前，侠义小说和公案小说各自独立发展，原分两途。唐代公案小说蓬勃发展，呈繁荣之势。张鹭的《朝野佥载》、牛肃的《纪闻》、康骈的《剧谈录》、高彦休的《阙史》等笔记中，都记载了许多公案故事。宋元公案类话本有《错斩崔宁》、《简帖和尚》、《合同文字记》等多种。明代中叶以后，公案小说进入了一个新的阶段，出现了《包龙图判百家公案》、《龙图公案》、《皇明诸司公案》等一系列的公案短篇故事专集。这些小说，或反映社会不公，或反映民间奇案，或反映揭示官吏昏聩，或反映官场腐败。这反映了当时社会存在的腐败黑暗的现实以及在商品经济刺激下，人对物欲的狂热追求而导致民间犯罪增多的现实。以江湖侠客的义举为主要题材的侠义小说最早也见于唐传奇中的部分作品，如著名的《虬髯客传》等。这类小说多描写主人公路见不平、拔刀相助的内容，表现了乱世中的普通百姓对于安定生活的无限向往。直到近代，公案小说与侠义小说二者合流，江湖侠士的侠行义举与扑朔迷离的复杂公案一经结合，其传奇性和趣味性便吸引了大批读者，使这类小说风靡一时。

《三侠五义》是清末侠义与公案合流的典型作品，是由清朝咸丰年间评书艺人石玉昆口头创作的评书。小说讲述了宋朝奇案冤狱之事屡有发生，铁面无私的包拯深得人心，他的左右围拢了一批侠客义士，有"三侠"——南侠展昭、北侠欧阳春、双侠丁兆兰与丁兆蕙兄弟；"五义"——钻天鼠卢方、彻地鼠韩彰、穿山鼠徐庆、翻江鼠蒋平、锦毛鼠白玉堂。他们帮助包公审案平冤，除暴安良，共同伸张正义。小说前半部分写包公断案，诸侠归顺包公的历程和侠义行为；后半部分写他们剪除叛党襄阳王党羽的故事。《三侠五义》在侠义公案小说中艺术价值颇高，小说从人物形象的鲜明生动，故事情节的起伏跌宕，悬念设计的环环相扣，语言风格的朴实粗犷等各方面都体现出独特之处。

清代满族文学家文康的《儿女英雄传》，又名《金玉缘》、《日下新书》，是我国小说史上最早出现的一部熔侠义、公案与言情于一炉的小说，它一问世，即以其独特的艺术魅力赢得广大读者的好评，有人称其为"一时杰作"，影响之大，可见一斑。小说写的是康熙末年、雍正初年"京都一桩公案"。小说前半部描写男主人公安骥之父安学海为上司所诬陷，他千里救父而夜宿能仁寺，却险些遇害，幸得女侠十三妹相救，才化险为夷。小说着力刻画侠女十三妹救困扶危、嫉恶如仇、轻财重义、智勇兼全的侠女性格，十三妹是我国古典小说中侠女形象的典型。小说后半部着重

写在安学海的熏陶濡染之下，颇具草莽气质的十三妹成为一个行动规矩的贵妇人，力劝夫君考取功名。小说情节如此安排，使十三妹的侠义性格非但没能得到发展，相反，却向着侠女的对立面转化，使十三妹性格的统一性遭到了破坏。这一缺陷也从侧面体现了侠义公案小说反抗色彩的日益淡薄。小说中的英雄人物受到官方支配，封建道德观念不断深化，使侠义公案小说具有了维护封建统治的政治功利性。

 159

# 晚清四大谴责小说都有什么？

近代后期，由于资产阶级改良派和民主革命派的大力倡导，文学领域掀起了"小说界革命"。它既是对资产阶级思想启蒙运动的推动和对西方文学观念的借鉴的结果，也是社会发展、文化商品市场繁荣的直接产物。1902年，梁启超在《新小说》创刊号上发表《论小说与群治之关系》，提出"小说为文学最上乘"，肯定小说的价值，甚至将其称为是"最上乘"的文学。他疾呼："欲新一国之民，不可不先新一国之小说"，遂成为小说界革命的纲领。这一时期，创作小说的目的就在于启迪民智，伸张民主。在"小说界革命"中涌现出的最具影响力的小说，莫过于被鲁迅先生称为"谴责小说"的李宝嘉（李伯元）的《官场现形记》、吴沃尧（吴趼人）的《二十年目睹之怪现状》、刘鹗的《老残游记》和曾朴的《孽海花》。

《官场现形记》为晚清谴责小说家李伯元所著。小说最初于《上海世界繁华报》上连载两年，首开近代小说批判现实的风气。作品集中描述了晚清官场的污浊、吏治的败坏、统治集团的腐朽。同时也揭露了统治者对帝国主义奴颜婢膝的丑态和丧权辱国的劣行，刻画了封建社会行将就木、似要崩溃的群丑图。据考证，小说中的许多人物都影射现实中人，如华中堂之为荣禄，黑大叔之为李莲英，所记之事也多为实有其事，因此在晚清官场颇为风行。后来慈禧太后读到此书后非常愤怒，为整顿吏治，她竟然以此书为线索按图索骥，惩办污吏。这部小说具有诙谐讽刺的现实主义特色。

《二十年目睹之怪现状》是一部带有自传性质的作品，是吴趼人的代表作。它最初连载于 1903—1905 年的《新小说》杂志上。作品以主人公"九死一生"的经历为主要线索，从他为父亲奔丧开始，到经商失败结束。小说通过主人公二十年间的遭遇和见闻，广泛揭露了从光绪十年（1884）中法战争前后至光绪三十一年（1905）左右，半殖民地半封建的清朝社会的黑暗现实。书中自我介绍说：

《老残游记》手稿

> 只因我出来应世的二十年中，回头想来，所遇见的只有三种东西：第一种是虫蛇鼠蚁，第二种是豺狼虎豹，第三种是魑魅魍魉。《怪现状》描写范围包括官场、商场与洋场，因涉及范围广，故影响也大。

《老残游记》是刘鹗的代表作，流传甚广，全书共二十回，光绪二十九年（1903）发表于《绣像小说》半月刊上，到十三回因故中止，后续载于天津《日日新闻》始全。作者在小说的《自序》里说："棋局已残，吾人将老，欲不哭泣也得乎？"小说是作者对"棋局已残"的封建末世及人民深重的苦难遭遇的哀叹。小说主人公铁英号称"老残"，他生活在社会的最底层，生活难以自保，巧遇摇铃道士之后，就拜其为师，从此成了一个摇串铃的走方郎中。小说以游记的方式，讲述了老残在北中国大地上的所见所闻。作为一部写实主义作品，《老残游记》将批判的矛头指向了腐朽不堪的官场，特别之处在于，小说旨在揭示"清官"的真面目，他们实质上是一群醉心于争权夺利的酷吏。作品中的玉贤和刚弼就是两个典型的酷吏形象，他们的昏庸严酷几乎到了令人发指的地步。这部作品通过对官场现实的反映，进而深入地反思并探索了中华民族的命运。如何在危亡时刻拯救整个民族，这个问题一直困惑着作者，却最终也未能解决。《老残游记》以闲适的游记体笔调，探讨了深刻的民族问题，其中高

超的描写艺术和独特的叙述角度，使它在四大遣责小说中独具艺术魅力。

《孽海花》原署"爱自由者发起，东亚病夫编述"。爱自由者即金天翮，他写了《孽海花》前六回，后交曾朴（笔名东亚病夫）修改和续写。原书原计划写六十回，最后只完成三十五回。小说通过状元郎金雯青与名妓傅彩云的经历，串联起一大批高级士子，通过他们的活动，广泛而深刻地反映了同治初年到甲午战败三十年间，中国社会各种政治力量此消彼长，以及学术、思想、文化的变化。文中描绘的社会生活场面广阔，人物众多而生动形象。在中国小说史上，《孽海花》是一部当之无愧的文学名著，它的出版，曾于二十世纪初期的文坛引起轰动，在不长的时间里，先后再版十余次，"行销十万部左右，独创记录"。

 160

## 何谓鸳鸯蝴蝶派？

鸳鸯蝴蝶派是一个民国时期形成的，以消闲、趣味为创作宗旨的通俗小说流派，它在近代社会前期已经有了发展雏形，繁荣发展的趋势一直持续到五四前夕。流派以上海为大本营，拥有庞大的作家群和读者群，他们以《礼拜六》、《小说丛报》等期刊杂志为阵地，因此又叫做"礼拜六派"。

鸳鸯蝴蝶派小说的作者大多是以文为生的文坛才人，他们将小说当成现代都市的娱乐消费品，为吸引读者，增加销量，小说在模式上都遵守"新才子＋佳人"的规则，内容上都不离"卅六鸳鸯同命鸟，一双蝴蝶可怜虫"的俗套，句法上词章化、骈偶化特征明显。鸳鸯蝴蝶派小说承袭了古代白话小说的传统，在形式上以长篇章回体小说为特色，而短篇最可读的则首推传奇故事。鸳鸯蝴蝶派虽然对小说地位的认识偏低，但它的出现也有其重要意义：他们的作品注意变换叙述方式，采用横断面的结构形态，通过日记体和书信体，反映了特殊时期的社会面貌以及人们彷徨、困惑、无奈的心理状态，极大地拓展了艺术表达空间。

鸳鸯蝴蝶派小说的代表作家有张恨水、严独鹤、周瘦鹃、徐枕亚、李涵秋、陈蝶仙等。代表作品还有《断鸿零雁记》、《火车中》、《沧州道中》、《东方神侠传》、

《雪鸿泪史》、《杨乃武和小白菜》、《海外缤纷录》、《霍桑探案集》、《金粉世家》等。这些作品中，以徐枕亚的《玉梨魂》和李涵秋的《广陵潮》最为有名。

《玉梨魂》是鸳鸯蝴蝶派文言小说的奠基之作，是一部书信体小说。女主角白梨影是一个哀怨美貌的寡妇，她对住在与她一墙之隔的男家庭教师何梦霞暗生情愫。白天两人在众目监视之下，拘束礼节，晚上却相思成疾，暗中书信往来，他们之间表达爱恋的书信就由何梦霞的学生也就是白梨影的儿子鹏郎传递。在当时的社会背景下，寡妇不可能再嫁，何梦霞为此忧愁憔悴，梨影便介绍她的小姑筠情与梦霞订婚。但何梦霞仍然暗恋着可望而不可得的梨影，而筠情也因此郁郁寡欢而夭亡。最后，梨影也染上时疫病故，何梦霞含悲忍痛东渡日本学军事，于辛亥革命时回国，在攻战武昌的厮杀中阵亡。作品笔触细腻深曲，写出了想爱又不敢爱的爱情矛盾心理，徐枕亚因此被称作"言情鼻祖"。

《广陵潮》也是鸳鸯蝴蝶派白话小说的奠基之作，它以云麟与伍淑仪、柳氏、红珠的恋爱婚姻为主线，详尽描述了清末民初时期扬州云、伍、田、柳四家人的盛衰荣辱、悲欢离合的故事，反映了扬州、南京、武汉、上海等地几十年间社会人生的大变化。《广陵潮》融浪漫爱情与社会写真于一体，展现了清末民初三十年间的政治风云变幻。

鸳鸯蝴蝶派小说在当时一度风靡，徐枕亚的《玉梨魂》，曾创下了再版三十二次，销量数十万的纪录。著名作家张恨水的《啼笑因缘》也曾先后十数次再版，鸳鸯蝴蝶派作品受到大众读者的欢迎程度由此可见一斑。

161

# 中国古代戏剧的起源如何？

中国古代戏剧是世界艺苑中的一朵奇葩。它集歌、舞、科（动作）、白（念白）于一身，是一种极富表现力和民族色彩的综合艺术。它的形成，经历了漫长的历史，是组成戏曲艺术的各种成分不断融合、发展、变化的结果。

学者们对中国古代戏剧起源于何时看法不一，但大多数人认为中国戏剧源于原始歌舞，早在三皇五帝时代的原始歌舞即可以作为中国戏剧的起源。上古时代，伴随着人们的劳动和祭祀活动，就产生了原始的歌舞。原始人以为神在关注他们，为了祈求平安，发明了祭礼歌舞，从物质和精神两方面去愉悦神灵。他们在打猎、战争前都要祈祷一番，愿神灵保佑胜利，而之后为了庆祝成功也要对神灵有所祭拜表示感谢。《尚书》中有"百兽率舞"的记载，据说就是当时的人们化装成"百兽"的形状尽情地歌舞，以表达他们狩猎成功的愉快心情。祈求性的祭拜活动气氛凝重、虔诚、肃穆，从而影响到后世的正剧和悲剧；事后报答性的祭拜活动气氛欢乐祥和、轻松喜悦，影响到后世的喜剧。

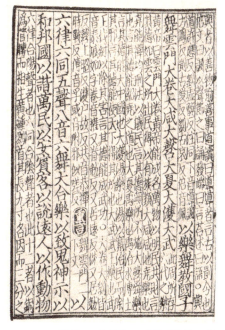

《周礼》（宋刻本）有关乐舞的记载

251

总之祭祀用的原始歌舞有扮演、有舞乐，有的还有简单的情节。说它是戏剧的萌芽，未尝不可。如《吕氏春秋·古乐》所载《葛天氏之乐》：

> 昔葛天氏之乐，三人操牛尾，投足以歌八阕：一曰载民，二曰玄鸟，三曰
> 遂草木，四曰奋五谷，五曰敬天常，六曰建帝功，七曰依地德，八曰总万物
> 之极。

就明显带有戏剧表演的一些特点。据传为纪念大禹治水而创作的《大夏》之乐，表演者跳舞的动作就是模仿大禹治水时的"禹步"或"禹跳"。还有些反映部落斗争素材的原始歌舞，如蚩尤和黄帝的战争，后来发展成为两汉的蚩尤戏。还有上古时代的驱傩表演、社祭乐舞，也都具有扮演的性质。

这些原始歌舞的共同点是：集功利性、娱乐性、全民性于一体，歌与舞并作。凡此种种，都说明原始歌舞已经有了戏剧艺术成分。中国古代戏剧就是在原始歌舞的基础上逐步发展，并在较长时间的累积后逐渐产生的。

 162

## 什么是"优孟衣冠"？

"优孟衣冠"起源于古时候的一个故事。据《史记·滑稽列传》记载，春秋时代的楚国有一个名叫"孟"的优人，他身长八尺，能言善辩。他的职业是用滑稽的表演来取悦或讽谏君王。当时楚国的宰相孙叔敖知道他的贤能，待他很好。孙叔敖为官清廉，家贫如洗，临死前嘱咐他的儿子："我死以后，你必然贫困。你若不能自保，可去见优孟。"数年后，孙叔敖的儿子果真穷得要以砍柴度日。一日路遇优孟，便把父亲的遗言告诉了他。优孟穿戴着孙叔敖的衣帽，模仿着孙叔敖的手势声音，很像孙叔敖，到了人们不能辨别真假的地步。优孟趁着为楚庄王祝寿的时候来到王宫，楚庄王见了大吃一惊，还以为孙叔敖复生了呢，当即就想起了清廉忠诚的孙叔敖宰相。优孟见状，借机对楚庄王说："你看以前孙叔敖为宰相的时候，尽心尽力地治理楚国，楚王才能称霸。如今死了，他儿子连立足的地方都没有，穷到要以砍柴为生。孙叔敖真是太廉洁了！这不值得。"庄王听罢，幡然悔悟，谢过优孟，马上召

孙叔敖的儿子来，给他四百户的封地，用来供奉祭祀。

由于优孟巧扮孙叔敖，模仿孙叔敖为楚庄王祝寿，使楚庄王醒悟，最终善待功臣之后这件事颇似后世的戏剧表演，所以后来人们便把"优孟衣冠"看成是戏剧扮演人物的同义语。也有人认为中国戏剧由此而来。但是，从现有的材料看，我国戏曲中某些因素的萌芽要远较它为早，而我国戏曲的正式形成则要比这个事件迟得多。

163

# 什么是"傩戏"？

傩，也叫"驱傩"、"大傩"。最早见于《周礼》、《仪礼》等书的记载，是古代在腊月举行的一种驱鬼逐疫的仪式，驱逐的情状通过歌舞来表现。早在先秦时期就有既娱神又娱人的巫歌傩舞。傩舞或由主角四人表演，表演者头戴面具和冠，金色四目，身穿熊皮，手执戈、盾，口中发出"傩傩"的声音，称为"方相"；或由十二人，朱发画衣，手执数尺长麻鞭，甩动作响，高呼各种专吃恶鬼、猛兽之神的名字，使其驱逐害鬼，这被称做十二神舞，舞时有音乐伴奏。后代傩舞渐向娱乐方面转变，发展成戏曲，称为"傩戏"。

明末清初，各种地方戏曲蓬勃兴起，傩舞吸取戏曲的形式，发展成为傩堂戏、端公戏。傩戏于康熙年间在湘西形成后，向各地迅速发展，形成了不同的流派和艺术风格。湖南、湖北的傩堂戏吸收了花鼓戏的表演艺术，四川、贵州的傩戏吸收了花灯的艺术成分，江西、安徽的傩戏则吸收了徽剧和目连戏的养料。除此之外，傩戏还分为地戏和阳戏。地戏是由明初"调北征南"留守在云南、贵州屯田戍边将士的后裔屯堡人为祭祀祖先而演出的一种傩戏，这类地戏没有民间生活戏和才子佳人戏，所演都是反映历史故事的武打戏。而阳戏则恰恰相反，它是端公法师在作完法事后演给活人看的，故以演出反映民间生活的小戏为主，所唱腔调亦多吸收自花鼓、花灯等民间小戏。

值得注意的是乡村傩戏的戏剧观完全不同于供作观赏的戏剧。傩戏的演出，演员不称"扮"，而称"搬"、"杠"、"打"，视自己的演出是神灵的依附。如湖南傩堂

戏《搬鲁班》是在仪式进行到为愿家搭桥时，必须请鲁班出来，这时一人戴鲁班面具出场，却失落了斧子，便生发出一系列故事来。这时，表演者和在场的仪式参与者都深信是鲁班降临……

傩戏的演员，有很多禁忌，戴面具前必须沐浴更衣，焚香礼拜，仍保持着灵魂附体的观念。从巫术演化的戏剧，目的是搬神降临使神灵福佑包括参与者在内的一方群众。在傩戏中群众不仅是观众，而且也是仪式的参与者。这类戏剧，无疑还带有宗教仪式的某些特征。

各地的傩戏主要流传于乡间，演唱一般也用本地方言，唱腔除个别剧目用端公调外，其他均用本地群众熟悉的戏曲腔调。伴奏乐器方面除湖南沅陵等少数地区用唢呐伴奏外，多数傩戏使用锣、鼓、钹等打击乐器。

傩戏的脚色行当分生、旦、净、丑，多数戴面具表演。面具一般用樟木、丁香木、白杨木等不易开裂的木头雕刻、彩绘而成，按造型可分为整脸和半脸两种，整脸刻绘出人物戴的帽子和整个脸部，半脸则仅刻鼻子以上，没有嘴和下巴。这是后世戏剧脸谱的前身。

傩戏的剧本唱多白少，通常运用大段叙事性唱词交待事件，展开矛盾，塑造形象。比较有名的演出剧目有《孟姜女》、《庞氏女》、《龙王女》、《桃源洞神》、《梁山土地》等，此外还有一些取材于《目连传》、《三国演义》、《西游记》故事的剧目。

傩戏是历史、民俗、民间宗教和原始戏剧的综合体，蕴藏着丰富的戏剧文化基因，但随着社会娱乐活动的不断丰富，傩戏渐渐被人们冷落，难以继承。

 164

# 何谓"大曲"？

大曲是在商、周大型乐舞的基础上形成的古代歌舞乐曲的一种形式，其产生发展有明显的阶段性。

一、汉魏时的大曲，由"艳"、"趋"、"乱"三大段组成。演唱情况已难考知。蔡邕《女训》及《宋书·乐志》等书有简略记载。历史上最早的大曲是汉代相和大曲，其渊源与商周以来的大型乐舞有关。据近人研究，相和大曲的曲式，实际上是商周乐舞、战国楚声的继承与发展。春秋时代殷商后裔宋国公室祭祀祖先的乐曲《商颂·那》、战国楚声乐曲等，均由若干段组成的乐曲主体与结束部"乱"联成。汉代相和大曲《白头吟》"曲＋乱"的结构形式几乎完全继承了先秦古乐舞的结构。此外，西周初年的大型乐舞《武》已由"引子＋乐曲主体五段（五成）＋乱（一成）"三大部分组成，与汉代相和大曲的大型曲式相比，除没有"艳"与"趋"外，其基本结构已大体具备。

六朝时，相和歌演变成清商乐，相和大曲在流传过程中受到吴声西曲的影响而有新的发展；同时，在吴声西曲基础上也产生了一部分新的大曲，总称为"清商大曲"。隋唐时，清商乐简称"清乐"，清商大曲才改称"清乐大曲"。

二、唐代大曲，是宫廷宴会上的大型乐舞。每套大曲由同一宫调的若干"遍"组成，每遍各有专名。沈括《梦溪笔谈》、陈旸《乐书》、王灼《碧鸡漫志》等书有关于唐宋大曲的形式、内容的记载。唐宋大曲一般包括三大段：第一段为序奏，无歌不舞，叫"散序"；第二段以歌唱为主，叫"中序"或"拍序"；第三段歌舞并作，以舞为主，节拍急促，叫"破"。唐代大曲多以诗句入乐叠唱，郭茂倩《乐府诗集》收有残篇。唐代是大曲艺术发展的盛期。唐大曲不仅数量多，来源广，而且艺术水平较高，在历史上颇负盛名。

唐大曲除少量唐以前的清乐旧曲外，主要来自当时新声：一是在清乐的基础上吸收西凉、龟兹、疏勒、高昌等西域少数民族音乐和天竺、高丽等外国音乐的滋养产生的"杂用胡夷里巷之曲"；二是各少数民族音乐和外国音乐在传入内地后，汲取清乐的滋养和经验形成的大曲。由于应用场合与来源不同，这些大曲可分为用于郊庙祭祀等重大典礼的雅乐大曲，用于宴飨、元旦朝会、重大节日的燕乐大曲与源于宗教的道调法曲三大类。其中燕乐大曲包括清乐大曲、西凉大曲、天竺大曲等。燕

汉代伎乐木俑

乐大曲和法曲的艺术水平最高，结构也较庞大复杂。

三、宋代大曲。宋大曲是在唐代大曲的基础上发展而来，完整形式仍由"散序＋歌（排遍）＋破"三部分组成。但宋人对于唐大曲的庞大结构并不全部采用，往往用其部分，称为"摘遍"。至于宋人所作新声，如道宫《薄媚大曲》、《采莲大曲》、曾布《水调歌头》等，几乎都是摘遍，各曲的具体结构也各有差异。宋大曲的歌词为长短句，与唐代不同。歌词格律的改变，与乐句结构的改变有关。宋人陈旸认为宋大曲"析慢既多，尾遍又促"。可见宋大曲乐句的句法结构较复杂，曲调也较细致。

因为表演方面的缺陷，格律形式方面的局限，随着杂剧的兴起，大曲在宋代以后逐步走向衰落。

## 什么叫"百戏"？

中国的杂技表演，远在西汉武帝年间已经出现，在当时名为"百戏"，也叫做"散乐"。为什么叫"散乐"呢？这是因为它来源于民间音乐、民间舞蹈和杂技、武术等。为什么称为"百戏"呢？因为它包含多种门类，各种民间杂耍技艺，无所不包。

西汉时代的"百戏"或"散乐"，还有一个名称，叫"角抵"。角抵，也就是两

角抵图

个人摔跤或拳斗（或名率角，在宋代则名相扑）。广义地说，角抵，就是会集各项技艺并彼此竞赛，互争优胜。其所包括的技艺除歌、舞、曼延（假作巨大的鱼龙及诸兽形登场舞弄）外，有"扛鼎"（举重）、"寻橦"（爬杆或缘绳）、"冲狭"（冲过插有刀剑的窄门或狭道）、"燕跃"（翻跟头之类）、"跳丸"（今天的耍小木球之类）、"走索"（踩软索或今之走钢丝）、"吞刀"（吞宝剑）、"吐火"（口中喷出烟火）、"侲童"（翻跟头的孩子）之类。

角抵百戏中的歌舞，虽然还是歌自歌，舞自舞，彼此不相联系，但歌者或舞者，都已装扮成仙人或传说中的人物而登场，有较强的故事性，因此称之为"角抵戏"或"百戏"。中国戏剧，便是孕育在古代的"百戏"中，而故事表演最初的一种形式，便是以"角抵"的技艺而出现。

166

# 说说"东海黄公"

《东海黄公》是汉代角抵戏中的一个节目。《东海黄公》这个故事，源于当时的一个传说。张衡的《西京赋》中详细描写了东海黄公的表演情况：

> 东海黄公，赤刀粤祝；翼厌白虎，卒不能救；挟邪作蛊，于是不售。

根据《西京杂记》的记载，秦代末年，东海地方有一个姓黄的老头儿，他年轻的时候，法术高超，据传他赤手空拳能够制服蛇虎。这个老者有一把赤金刀，用红绸子裹着头，此刀可以立刻兴起云雾，使平地化为山河。到了年老的时候，这个老者气力衰退，又因饮酒过度，不再能行法术了。恰好东海地方出现一只白虎，黄公不自知，仍旧带了赤金刀想去把白虎制伏，结果因为法术不灵，反而被白虎咬死了。

上引的《西京赋》一段记载的就是东海黄公斗虎、反被虎所吃的故事。这个故事成为角抵戏的内容题材，大概因为终场是人虎相斗，有虎的咆哮和人的挣扎的缘故。"摔跤"本为一种两人角力、以摔倒对手为胜的技艺，但以"东海黄公"为素材进行表演，则胜负结局已成定局，不再是各逞膂力的单纯摔跤。换句话说，这是一种故事表演，不过以人虎相斗为题材，用摔跤作为演出形式。

《东海黄公》这一角抵戏，单论故事内容，就是为了要表现那些自称有法术的方士们的矛盾，从而暴露出他们的诈伪行为。而在表演形式上，则主要是人与虎的斗争，斗争的结果是制虎者反而被虎咬死。矛盾的解决，就是证明方士们的法术完全是谎言。

167

# 什么是"代面"？

所谓"代面"戏，又称"大面"戏，是指戴面具歌舞戏曲的形式。代面，源于唐代乐部鼓架部中的三个戏之一，唐代最著名的"大面"歌舞戏是《兰陵王入阵曲》，又称《兰陵王》。演的是北齐兰陵王用凶恶的假面上阵打胜仗的故事。据唐《乐府杂录》载：

> 《代面》，始自北齐神武弟，有胆勇，善斗战，以其颜貌无威，每入阵即著面具，后乃百战百胜，戏者衣紫，腰金，执鞭也。

戏中的武将兰陵王戴着威武的面具，"衣紫，腰金，执鞭"，是一个赳赳武夫的形象。它大概可以看做是中国戏曲中的脸谱的最早渊源。

唐代崔令钦的《教坊记》中也记载：

> 大面出北齐。兰陵王长恭，性胆勇，而貌若妇人，自嫌不足以威敌，乃刻木为假面，临阵著之。因为此戏，亦入歌曲。

兰陵王是北齐文襄王的第四个儿子，做过并州刺史，作战很勇敢。《旧唐书·音乐志》说：

> 《代面》出于北齐，北齐兰陵王长恭，才武而面美，常著假面以对敌。尝击周师金墉城下，勇冠三军。齐人壮之，为此舞以效其指挥击刺之容，谓之《兰陵王入阵曲》。

又据《教坊记》载："《垂手罗》、《回波乐》、《兰陵王》、……《乌夜啼》之属，谓之'软舞'。"由此，《代面》的表演形式，在当时也被列入舞蹈的范畴。故而可以作为侧重舞蹈的歌舞戏，也可以视作由舞蹈转为以故事情节为主、由演员装扮人物、用歌唱或说白以及表情动作、根据规定情境表演的戏剧的一种过渡形式。在当时的歌舞戏而言，则为一种蜕变。

代面戏《兰陵王》在唐代时东传到日本。后来这个戏在我国失传了，但日本还有《兰陵王》的剧目，据说是从我国传去的。看一看日本雅乐中那个兰陵王的面具绘图（日本学者盐谷温《中国文学概论讲话》有摹绘图，附见于周贻白的《中国戏剧史》），你看他鹰嘴式的钩鼻，凶狠的目光，头顶上盘着一条似龙非龙的怪物正跃跃欲试，那样子着实吓人。戴着这样的面具，加上绝好的武技表演，难怪它在唐代那么流行了。

168

# 何谓"钵头"？

"钵头"是唐代戏曲表演的一个节目。据《旧唐书·音乐志》载：

> 《拨头》出西域。胡人为猛兽所噬，其子求兽杀之，为此舞以象之也。

又唐代段安节《乐府杂录》载：

> 《钵头》，昔有人，父为虎所伤，遂上山寻其父尸，山有八折，故曲八叠。戏者被发，素衣，面作啼，盖遭丧之状也。

其实这两段话讲的就是一男子上山杀兽为父报仇的故事。如果把这两项记载联系起来看，《杂录》详写其乐曲及人物的装扮，却没有记载其"求兽杀之"的情节，《音乐志》虽有"求兽杀之"一节，但略去乐曲。"上山寻其父"及"山有八折"，仍应当有它的舞蹈动作。不过"求兽杀之"，是这一故事中的重要情节，而且有关主题思想。那就是说，上山不单单寻找他父亲的尸体，而是要为父报仇。这样，所谓"为此舞"，其终场则必为人与猛兽互斗，而以猛兽被人所杀为它的规定情境。

"钵头"这一节目，在本质上是一场人兽斗争，在表演形式上则为狭义的角抵（摔跤），和汉代的《东海黄公》有着相似之处。虽然表演形式明明属于角抵戏的范畴，到这里已经以故事内容为主，而表演形式的重点则为歌舞，在当时属于歌舞戏。严格说来，"钵头"表演中的歌舞是否合一，是否有歌词，而歌词是否代言体，都没有确切的证据，所以仍然只能属于古典戏剧演变中的过渡形式。

169

# 什么是勾栏？

　　勾栏，本来是古代供人们娱乐的宫观台榭上的栏杆的别名（因其所刻花纹皆相互勾连，故又称勾栏），后被用以指称戏曲歌舞的表演场所。早在唐代就有描写勾栏的诗句，王建《宫词》："风帘水阁压芙蓉，四面勾栏在水中。"李颀诗中亦云："云华满高阁，苔色上勾栏。"勾栏是唐代人们观看歌舞戏曲的所在。在元代，戏剧演出活动频繁，拥有大量的观众，勾栏就成为城市中的游乐场所。它专为表演杂剧而设，一般来说，观众需要付费才能入座；有的勾栏围立在场子四周，以示与观众席有别，由献技者在某一节目结束时，或演至紧要段节时忽然停止，向观众收费后继续表演。散曲作家杜仁杰在《庄家不识勾栏》中，写一个乡下人进城看到勾栏的情景：他需先交付二百钱才能进入，只见里面熙熙攘攘人群攒动，几个妇女坐在木搭的舞台上，台的上方有钟楼模样的"神楼"，即是围着舞台的观众席。

（中唐）《舞乐图》（甘肃榆林石窟 25 窟）

提到勾栏就不能不说瓦舍。瓦舍，实指旷厂或原有瓦舍而被夷为平地的瓦砾场。"勾栏瓦舍"或"瓦肆勾栏"，是宋元民间技艺演出的场所。"勾栏"、"瓦舍"二词经常相提并论，

我们要注意的是，勾栏虽和妓女有联系但却不同于妓院。在元代，女性杂剧演员渐多。元代以后因生活所迫，她们有的兼操妓业，也有的本为妓户而兼演杂剧。人们就以为勾栏和妓院是一体的。事实上，元代的勾栏只供表演杂剧，并不等同于妓院，应该区分清楚。

瓦市勾栏的出现，对中国戏曲的形成具有重要意义。这是民间艺人向市民观众长期卖艺的地方，各种伎艺之间可以互相交流、吸收，演出得以经常化、固定化。《东京梦华录》说，汴京瓦舍是"不以风雨寒暑，诸棚看人，日日如是"。《蓝采和》中描写的杂剧艺人蓝采和，在梁园棚勾栏里固定演出竟达 20 年之久，"学这几分薄艺，胜似千顷良田"，演员有了稳定的演出场所和较好的经济收入，有利于艺术上的提高。从剧场的发展来说，到了宋、元勾栏的阶段，其基本形制已大体具备。

勾栏毕竟还是早期的城市戏曲剧场，有简陋的一面，多少带有临时的性质，容易损坏。由于临时的勾栏容易损坏，元朝的《南村辍耕录》曾记载倒塌、压死观众的不幸事情，所以以砖木结构的庙台慢慢开始取代了勾栏。

170

# 书会才人是什么人？

要知道书会才人是什么人？他们是做什么的？首先要了解什么是"书会"。书会在宋代就已出现，简单说就是文人剧作家和民间艺人的组织，主要是为勾栏瓦舍中演出的杂剧、讲史、诸宫调等通俗文艺撰写文学脚本，是一种以民间艺人为主体的行会组织。到元代，一些有名气的书会组织相继出现，如九山书会、玉京书会、古杭书会等。

元代初年，汉族知识分子不被蒙古统治阶级所重视，科举考试停试了几十年，他们仕途无门又别无他能，社会政治经济地位极其低下。在饱受歧视的环境中，这

些沦入社会底层的落魄书生们不甘心才华被埋没，借从事杂剧创作来倾吐苦闷，并以此为生计。于是，他们纷纷加入书会，为艺人编写杂剧剧本，以此为业，尽情地挥洒其才华。这些才人们大都生活在社会底层，流连于市井勾栏。但正因如此，却让他们有更多的机会去了解人民生活、百姓苦乐。这批与广大民众息息相通的才人们本身就具有较高的文化修养，这样，文人作家与民间艺人才充分地结合起来，创作出精彩纷呈的元杂剧。可以说，元杂剧创作的中坚力量就是这些书会才人，经过文人之手的元杂剧更加优秀成熟了。

元代钟嗣成的《录鬼簿》所记有"前辈才人"和"方今才人"若干，还有《录鬼簿续编》所记的七十余位曲家。这些人中，多半为书会才人。许多元杂剧大家如关汉卿、王实甫、白朴、马致远等均出身于书会才人。

# 什么是参军戏？

参军戏这一名目出现于唐代，关于它的起源有三种说法：一说是汉和帝刘启时代，有个叫石耽的馆陶县令，有贪污行为，刘启认为这个人颇有才华，特免其罪，只在每逢宴会，要他穿着白夹衫，让俳优们将其戏弄一番作为处罚。二说是在五胡十六国后赵石勒时代，一个名叫周延的参军，任馆陶县令，因贪污几万匹官绢而入狱；后来赦免其罪，但每逢宴会时，使俳优头戴帻巾，穿黄绢单衣，戏弄此人。一俳优问他："你是什么官职，跑到我们这班人里面来？"他答："我本是馆陶县

参军戏绢画《眼药酸》

令。"同时抖擞着黄绢衣道："正因为这东西，所以到了你们这班人里面来了。"还有一说是：唐代开元年间，有一个俳优叫李仙鹤，因为最擅长滑稽表演，获得唐明皇的赞赏，封他做"韶州同正参军"的官职，所以将其表演叫作"参军戏"。

参军戏在唐代盛行，表演方式多种多样，大抵是两个俳优共同表演，二人一个痴愚，一个机智，问答之间，彼此适相对待。一般而言，剧中人物正坐者应为"参军"，旁边的问者名为"苍鹘"。好比今天的相声，一个是捧哏，一个是逗哏。李商隐的《骄儿诗》有"忽复学参军，按声唤苍鹘"句，说明小孩子们对参军戏都很熟悉了，可见当时参军戏的繁荣与普及程度。

唐代以演出参军戏出名的演员很多，风格各异："开元时，黄幡绰、张野狐弄参军"，都很有名。"武宗朝，有曹叔度、刘泉水，咸淡最妙。咸通以来，即有范传康、上官唐卿、吕敬迁等三人，冯季皋亦次也，弄假妇人。大中以来，有孙乾饭、刘璃瓶，近有郭外春、孙有熊，……弄《婆罗门》。"(《乐府杂录·俳优》)元稹到浙东做官时，见到优人周季南、周季崇及其妻刘采春，从淮甸而来，"善弄《陆参军》，歌声彻云"。唐肃宗时，宫中开宴会，则由女优人"弄假官戏"，其中穿绿衣服持简的角色叫做"参军椿"。从这些记载可以看出，随着时代的发展，参军戏由戏弄者与被戏弄者这一格式，逐渐演变为随地取材而设为故事；纯用对白作为问答的表演形式也被杂入歌舞，表演者也可用女优。表演内容和风格已经多样化，而参军这个角色则日趋程式化了。这种程式化的角色对后世戏曲的影响是很深远的。

172

# 为什么把戏剧演员称为梨园弟子？

戏剧界雅称梨园，演员称梨园子弟，这是来自唐代的典故。

说起缘由，得从教坊和唐玄宗说起。唐代设教坊，为全国最高的培养宫廷音乐人才的机构，各地都有，在这里集中了全国高水平的歌舞、器乐人才。唐代流行法曲，所谓法曲，实际上就是今天大型歌舞的雏形。唐代法曲不仅有歌唱，还有舞蹈，全是用器乐现场伴奏，且阵容庞大，有几百人之众。这样高难度的音乐表演不是一

般艺术团体就能胜任的。唐玄宗是一位出色的音乐家，他不满足于当时的乐工，于是自己亲自培养乐工。梨园便是唐玄宗培养乐工的地方。

梨园因设在当时长安禁苑附近的梨园而得名。《唐会要·杂录》记载：

> 开元二年，上以天下无事，听政之暇，于梨园中自教法曲，必尽其妙，谓皇帝梨园弟子。

梨园弟子是从太常乐工中精选的，有几百人之众，可谓阵容庞大，由唐玄宗亲自组织排练。公元714年设"梨园亭"供乐工演奏乐曲，宫女习舞演唱，有会昌殿为唐玄宗亲自教习之所。梨园包括男艺人三百人，女艺人几百人。男艺人是从坐部伎子弟中选出来的，其教练地点是在长安西北禁苑里面的梨园；女艺人是从宫女中挑选出来的，其教练地点是在宜春北院。可见唐玄宗教习的其实全是男弟子，又以器乐人才居多。唐玄宗的音乐才能是相当高的，他从小就跟宫廷乐师学艺，能演唱、演奏、作曲，他创作的法曲《霓裳羽衣舞》流传至今。男女艺人分头练好之后就要合演，"这丝竹之戏，音响齐发，有一声误，帝必觉而正之"，几百人的表演里，唐玄宗能辨出谁对谁错，可见其音乐造诣之深。梨园子弟实际上全是皇帝的音乐学生，全是技艺超群的音乐人。

张萱《明皇合乐图》

唐玄宗的梨园弟子每年一考核，不合格的弟子就会被辞退，也有因为年龄大而辞退的，梨园绝没有滥竽充数之人在里面，这大大地保证了梨园子弟技艺超群的权威。这些职业乐工后来有的流落民间，又极大地带动了民间音乐艺术的发展。唐代的音乐艺术发展到了中国封建皇朝的最高峰，就连后世的宋元明清都自叹不如，领先于世界。据史载："玄宗既知音律，又酷爱法曲，选坐部伎子弟三百，教于梨园。"法曲发展为歌舞，歌舞又发展为戏剧。戏剧常托古喻今，也是因为本来是做给皇帝看的。梨园，实际上是中国第一座国立戏曲学校，梨园，也就成了后世演艺界的代称。

因唐玄宗善用羯鼓指挥乐队，后来戏曲仍以司鼓板为乐队指挥，尊称打鼓佬，为戏曲伴奏乐队的主心骨，其他人都要以他的节奏为准，沿用至今。现在位于舞台九龙口，常供奉戏曲之神，祈求保佑戏班平安，实际上戏曲之神就是唐玄宗。唐玄宗时代乃是戏曲人才的黄金时代，为了得到庇护，戏剧人甚至自称梨园子弟，意思是"皇帝的人"，还有另一个意思，那就是技艺超群！

173

# 何谓"有板有眼"？

"有板有眼"是指说话、做事很有条理，也指唱歌有节奏。一般把做事稳妥、不毛糙，或者是按部就班地进行称作"有板有眼"。但这个成语的原意却指戏曲，明王骥德《曲律》：

> 凡盖曲，句有长短，字有多寡，调有紧慢，一视以板眼为节制，故谓之板眼。

板，就是板式。戏曲唱腔音乐中的板式结构，可分为板式变化体和曲牌连套体两大类。在板式变化体的结构中，大都有慢板、快板、二八板、流水板、散板、增板等板类。在各类板式中，强拍为板，弱拍为眼，板式的强弱关系就是板眼。其中，节拍为2/4的叫一板一眼，节拍为4/4的叫一板三眼，节拍为3/4叫一板两眼。如果演唱者节奏感差，强弱不分明，不是抢板就是滑板，便是掉板了。

另外，"板"也指演奏民族音乐或戏曲时用来打拍子的乐器；"眼"也指戏曲中的拍子。"有眼"指唱腔合乎节拍。后来"有板有眼"亦指言语行事有节奏、有条理。

174

# 何谓"关马郑白"?

"关马郑白"是元曲四大家的简称。

关汉卿（1225？—1300？），字汉卿，号已斋叟，大都（今北京）人，是元代杂剧界最杰出的代表之一，名震大都的梨园领袖。他性格狂傲倔强，幽默多智，正如他的自白："我是个蒸不烂，煮不熟，捶不扁，炒不爆，响当当一粒铜豌豆。"他的剧作汪洋恣肆，慷慨淋漓，具有震撼人心的力量。人们耳熟能详的作品有《窦娥冤》、《救风尘》、《单刀会》等。

马致远（1250？—1321？），号东篱，大都（今北京）人。马致远在元代梨园声名很大，有"曲状元"之称。他既是当时名士，又从事杂剧、散曲创作，亦雅亦俗，备受四方人士钦羡。所作杂剧十五种，现存七种，即《汉宫秋》、《陈抟高卧》、《任风子》、《荐福碑》、《青衫泪》、《岳阳楼》以及《黄粱梦》（与人合作），其《误入桃源》杂剧尚存残曲一支，散曲作品被辑为《东篱乐府》传世。

白朴（1226—1306后），字仁甫，一字太素，号兰谷。白朴擅词曲，有词集《天籁集》，散曲现存四十多首，多以本色言语抒写闲情逸致。所作杂剧十五种，现存仅《梧桐雨》和《墙头马上》。

郑光祖，字德辉，平阳襄陵（今山西临汾附近）人。生卒年不详。周德清在《中原音韵》中把他与关汉卿、白朴、马致远并列，后人称为元曲四大家。郑光祖的剧作存目十八种，流传至今的有八种，其中《倩女离魂》是郑光祖的代表作。他的剧作词曲优美，甚得明代一些曲家的称赏。

也有观点称"关马郑白"中之"郑"指的是郑廷玉，除其杂剧作品和散曲残编外，别无任何供考察其生平行事的文字资料。有杂剧二十二种，今仅存五种：《楚昭王》、《看钱奴》、《后庭花》、《金凤钗》、《忍字记》，还有商调残曲《金山寺》。

175

# "四声猿"是哪四部杂剧的总称?

"四声猿"囊括了明代徐渭的四部杂剧:它们是《渔阳弄》、《雌木兰》、《女状元》、《翠乡梦》。全称为《狂鼓史渔阳三弄》(一出),《玉禅师翠乡一梦》(二出),《雌木兰替父从军》(三出),《女状元辞凰得凤》(五出)。四剧独立,合称为"四声猿"。王骥德《曲律》评这四个短剧"高华爽俊,浓丽奇伟,无所不有。称词人极则,追蹑元人"。评价是很高的。

《渔阳弄》写祢衡被曹操杀害后,受阴间判官的敦请,面对曹操的亡魂再次击鼓痛骂,历数曹操全部罪恶的故事,实际上是借古讽今,抒发作者积郁在心间的愤恨。作品通过酣畅淋漓的曲词,把封建社会奸臣佞相的蛇蝎心肠和丑恶嘴脸,揭露得穷形极致,语言辛辣而协律,本色之处,堪拟元人。

《翠乡梦》本民间传说"月明和尚度柳翠"的故事,写玉通和尚持戒不坚,致被临安府尹柳宣教设计破了色戒。他出于报复而转世投胎为柳家的女儿,又堕落为妓女败坏柳氏门风,最后经师兄月明和尚点醒,重新皈依佛门的故事。此剧旨在宣扬轮回报应,但也揭露了官吏的阴险毒辣和僧侣们奉行禁欲主义的虚假。作品写玉通和尚两世轮回,从僧到俗,从男到女,情节曲折,关目的组织,甚见机杼。

徐渭像

《雌木兰》本北朝乐府《木兰诗》,叙木兰女扮男装,代父从军,建功立业,但增添了嫁王郎的情节。《女状元》写五代时才女黄崇嘏改扮男装应科举、中状元的佳话。这两部杂剧都以女子为主人公,有意识地从文、武两方面讴歌她们的才能智慧与魄力情操。

徐渭的杂剧，具有浓郁的时代气息，体现了明代中叶资本主义经济萌芽阶段反抗封建压迫与礼教束缚的民主主义精神。同时也体现了从理想出发，希望变革不合理现实的美好愿望。如把对残暴者的惩罚放在"阴间"，把正义的伸张寄托于"天上"，虽然虚无缥缈，却也反映了作者对他所处时代的官场的绝望。徐渭蔑视传统的精神，在突破杂剧一本四折，纯用北曲的陈规旧律方面，也充分地反映出来。"四声猿"所包括四剧，长短不全相等，从一折到五折都有。其中五折的《女状元》，全用南曲，其他三剧，并用北曲。徐渭实际上开创了以南曲作杂剧的新写法。他的剧作从内容、精神到形式，都给当时和后世的剧坛带来了积极影响。此外，"四声猿"在语言上还具有清新活泼、流畅优美的特点。曲词宾白，感情饱满，机趣横生。

## 什么是"一本四折"？

一本四折是指元杂剧的通常体制。

元剧的北曲四大套，连同每套前后的独白或对白，通常称为四折，亦即以一套曲词和独白、对白为一折。"折"原作"摺"，因为当时把一场戏的曲白写在一个纸摺上，故有此称。这种用于剧场专写曲白的纸摺，或名"掌记"，与今天所谓手册相近。其实，在当时的舞台表演方面的所谓折，是指戏中的一场而言，即几个角色上场表演后陆续下场，不管唱白多少，或者只做一些动作，都叫一折，并非以一套曲词为其起讫。但到明代，却把一套曲词连同独白、对白，作为一折，到现在已成习称。因而凡论元剧体制一般都称为四折一楔子，实则在今存元剧中也有用五折或两个楔子的，也有全剧四折而不用楔子的，不过不太常见而已。

## 什么是傀儡戏？

中国木偶艺术，古称傀儡戏。

木偶艺术是借助木偶为表演媒介的。那么，木偶是如何产生的呢？迄无定论。河南安阳殷墟出土了奴隶陶俑（商代，前16世纪初——前11世纪），春秋、战国（前770——前221）有了木俑，其中包括部分"乐俑"。长沙马王堆西汉墓发掘出土的乐俑、歌舞俑，工艺、种类和造型水准较前朝又有很大进步。这便是最初的木偶，它经历了一个由工艺到表演的变化过程；由祭仪而成了喜庆娱乐活动的一种方式。

中国木偶戏成于何时？普遍的观点是："源于汉，兴于唐。"汉代（前206—220）已有"作傀儡"（《后汉书·五行志》）的记载，三国（220—280）时马钧的"水转百戏"显然是对汉代人戏的摹仿；北齐（550—577）时水动的"机关木人"制作，技艺高超，尤其出现了"傀儡子"演"郭秃"故事的木偶艺术，暗示了中国木偶戏的形成年代。依史而断，"至迟在公元550至577年的北齐时代，中国已正式形成了由人直接操纵、木偶装扮具体人物、当众表演简单故事的木偶戏"。

傀儡戏纹铜镜

世界上的木偶文化的共同特点是，民间木偶戏极少作为纯粹的娱乐活动，多数情况下是作为祭祀活动的有机组成部分出现的。中国许多地方的木偶戏是在丧葬活动中表演的。这与《旧唐书·音乐志》所记"本丧家乐，汉末始用之于嘉会"一致，至今闽南民间仍称提线木偶戏为"嘉礼戏"，许地山先生说，泉州的傀儡戏还"有时用为丧家之乐，所演多为唐太宗入冥、目连救母之类"。丧葬仪式中表演傀儡戏，在民间的解释是它能辟邪。辟邪是一种巫术活动，在中国民间也叫"厌（魇）胜"，意思是压住鬼祟入侵。镇压鬼祟，是为了保全人类免遭它们的伤害。傀儡戏中的"傀"或"儡"都是鬼脸，演傀儡跟压镇鬼祟有密切联系。萧兵先生说："'鬼'是'傀儡'的合音（促读），'傀儡'是'鬼'的析音（缓读）"。戏剧理论家常任侠先生说，古代跳鬼驱魔、黄金四目的方相其实是引柩守墓的勇士，他"因其形状魁垒，跳跃作

戏，故称'傀儡戏'"，"'大傩'方相驱鬼，便是傀儡戏的开始"，从中可知早期傀儡戏是丧葬活动中的驱邪表演。明清以后，傀儡戏驱邪的功能并没有衰减，以台湾的情况来看，"凡是上演傀儡戏定是在神庙落成、火灾或吊死、溺死等迷信人所谓有妖气的情形下排演，且又禁忌妊孕妇人观看"，"很少有人把演傀儡戏当作娱乐性的欣赏，往往仅做祭祀之用"。

由此可见，民间认为有"妖气"的地方，必然通过搬演傀儡加以阻挡，这进一步显现了傀儡戏的辟邪功能。即使不在丧葬活动中表演，傀儡戏的驱邪功能也并没有退化。闽西木偶戏中的安龙戏多用于新屋落成或旧宅不宁，届时由木偶艺人主持安龙仪式，既可以驱邪镇宅，又可以延宾谢客，戏剧内容以平安喜庆、驱邪邀福为主。

学界多半注意到傀儡戏的艺术性，却很少有人论述到它在仪式中的驱邪避祸功能，而这恰恰是傀儡戏搬演真正的心理动机；仪式活动中的傀儡表演，是戏剧起源于宗教的一个历史见证。

178

## 何谓诸宫调？

诸宫调是一种说唱文学，主要流行于宋金时期。

据宋代王灼《碧鸡漫志》卷二记载："熙丰、元祐间，……泽州孔三传者，首创诸宫调古传，士大夫皆能诵之。"所谓诸宫调，是相对于限用一个宫调的说唱形式而言，其中唱的部分用多种宫调串接而成，其间插入一定的说白，与唱词配合，叙述有人物、情节的长篇故事。而每种宫调，则由若干曲牌联成短套，套曲少则一二首，多则十多首。这一说唱形式，在宋室南渡后，传至南方。南方的诸宫调主要以笛子伴奏，北方的诸宫调多以琵琶和筝伴奏，故北诸宫调也称"挡弹词"，某些作品还冠以"弦索"字样，以示其有别于南诸宫调的特点。

"诸宫调"的体制源于唐五代的变文，演唱曲调和组套方式兼采唐宋词、唐宋大曲、唱赚、宋杂剧，用通俗流畅的散文说白，以多种宫调连续交替演唱，它抛弃了变文的粗糙与幼稚，摆脱了其他说唱形式的单调和拘束，而成为一种规模宏伟，表现力丰富的新型说唱文体。"诸宫调"丰富的表现力决定了它题材的广泛：从"杆棒朴刀，长枪大马"的浴血战事，到"雪月风花"、"倚翠偷期"的爱情纠葛，凡能吸引、感染、激励、愉悦听众的，无不有所反映。

诸宫调又称"话本"，像《西厢记诸宫调》卷一以"这本话儿"代指将要说唱的故事；一百二十回本《水浒传》第五十一回写诸宫调演员白秀英的开场白："今日秀英招牌上明写着这场话本，是一段风流蕴藉的格范，唤做《豫章城双渐赶苏卿》。"这说明诸宫调与民间说话是孪生的艺术种类。诸宫调作品中出现的代言体叙事（代言体叙事指摆脱叙事者的视角，直接模拟作品中人物的声口），与小说话本对人物声口的模拟，有着密切的关系。

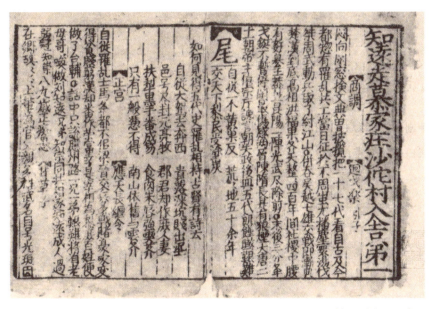

《刘知远诸宫调》书影

诸宫调的曲目，仅《西厢记诸宫调》卷一所提及的就有八种，元杂剧《诸宫调风月紫云亭》也提到多种。所写故事，或是风流情变，或是铁骑刀兵，或是历史风云，可惜大都散佚无踪。今存者除《西厢记诸宫调》外，尚有《刘知远诸宫调》与《天宝遗事诸宫调》。

在演出方面，"诸宫调"与今天的评弹颇为相似，以唱为主，间以说白，另有乐师伴奏。《西河词话》所说《董西厢》"有曲有白，专以一人，并念唱之"的情况，与事实大约相去不远。因其篇幅长，一部作品往往需连续上演数十天，为吸引听众，它常在情节发展的紧要关头，急停直转，以"欲知后事如何，且听下回分解"的方式，充分利用听众追根究底的心理。

在市民阶层发达的宋代，"诸宫调"不仅极受市民欢迎，而且经孔三传首创之后，"士大夫皆传诵之"，可见它是雅俗共赏的。南宋时它还进入宫廷，到元代仍在流行。以后，它似乎销声匿迹了，代之而起的是更为精致、雄肆、舞台化的综合艺术——杂剧和传奇。然而，也正是在杂剧和传奇身上，保留着"诸宫调"鲜明的痕迹。

179

# 何谓宾白？

杂剧中以唱为主、白为宾，故曰宾白。"白"即道白。

宾白可分三类：

一类，诗对宾白。包括上场诗、上场对、下场诗、下场对。如《窦娥冤》第一折，剧中人赛卢医上场时念道："行医有斟酌，下药依《本草》；死的医不活，活的医死了。"即上场诗。上场诗多是四句，偶有八句，字数不限，一人独念。下场诗亦是四句，一人念或多人念。一般说来主唱的正末和正旦，上下场皆不念诗对。诗对全是两句，字数不定。

二类，散语宾白。约有十种：（一）独白：即舞台上人物自语，意在向观众揭示自己的思想。而独白的内容并不为其他剧中人所知。（二）对白：两个以上的剧中人在舞台上所答对的话即对白。对白的意义在于说明事实，传达内容，表现主题，显示人物的性格类型，以及他们相互之间的关系。（三）分白：即两个角色各自独白，内容有呼应。（四）同白：几个剧中人同时说同样的话。（五）重白：一人说话，另一人重复强调。（六）带白：主唱角色在歌唱中带领说白。（七）插白：一角正说、一角插话。（八）旁白：亦称"背云"、"背拱"。在剧中几个角色同时在场时，其中一角要表达自己的心事，并假定其他角色不会听见而所说的话。（九）内白（内云）：前台演员与后台演员呼应、对话。（十）外呈答云："外"，不是剧中人，但却在场上，可与剧中人说话，他有时以第三者身份与演员说话，或向观众就剧情加以评论。

三类，插科打诨。多是花脸的语言，说些调笑艳俗之语，意在引人发笑、烘托气氛。

综上可见宾白多种多样，现代某些剧种仍沿用之。杂剧中曲文是抒情的，宾白是叙事的。三者循环间用，彼此引带，曲白相传，发展剧情。

180

# 何谓角色？

角色是传统戏曲中根据剧中人不同的性别、年龄、身份、性格等而划分的人物类型。如一般男子称生或末，老年妇女称老旦，性格粗豪的男子称架子花脸（副净）等。各具表演艺术上不同的特点，从戏曲史看，角色划分逐渐由简而繁。唐代参军戏只有"参军"、"苍鹘"两个固定角色，其后宋杂剧、元杂剧、明传奇不断有所增加，名称也互有不同。现据《元曲选》本各剧所用角色归纳如下：

末类分正末、副末、冲末、二末、小末、外末，旦分正旦、贴旦、外旦、大旦、小旦、老旦、色旦、搽旦、旦儿，净类分净、副净、二净，丑类分孤、细酸、孛老、卜儿、俫儿、邦老等。末扮演剧中的男性人物，旦扮演女性人物，净扮演性格、品质、相貌有特异之点的男性人物，孤指官员，细酸指秀才或书生，孛老指老叟，卜儿指老妇，邦老指盗贼，俫儿指儿童，这些角色名称有的难于分出人物性别。角色名称虽繁，但在元杂剧中仍不出"末"、"旦"、"净"三类，一切杂称均是三项的分支。

近代各戏曲剧种大都以生、旦、净、末、丑为基本类型，并各有较细密的划分。如生又分老生、小生、武生，旦又分青衣、花旦、武旦、老旦等。演员往往专演一

个类型的角色，因而形成各种专门行当，在习惯上角色行当常被通用，如旦角也叫旦行。

181

# 什么是衬字？

衬字，是元曲中的一个文学现象，也叫"垫字"或"衬垫字"，是正字以外增加的字。戏曲中常用以调节句法或作为形容词，使语气更活泼生动。南北曲中，南曲板式固定，因此有"衬不过三（字）"的说法；北曲衬字不受限制，如衬字过多，可增板。唱腔在句中或句尾所加的虚字，如"哪、啊、呀"等，也称为衬字。滚唱或垛板所增加的长短句，则称为增句。

182

# 何谓剧本？

文学创作的一种体裁，是戏剧艺术创作的基础。剧本主要由人物的对话（在戏曲剧本中还有唱词）和舞台指示组成。不适宜演出、专供阅读的剧本，叫"案头剧"或"书斋剧"。

183

# 什么是砌末？

砌末是戏曲舞台上大小用具和简单布景的统称，像文房四宝、灶台、马鞭、船桨，以及一桌二椅等。砌末不独立表现景，它在舞台上首要的任务是帮助演员完成动作，如用旗子舞动表现波涛汹涌。砌末不是生活用具的照搬，有一部分小砌末比较写实，但在写实中还包含一定的假定性，如烛台一般不点着；另一些砌末是通过变形、装饰，使之具有更明显的假定性，如车旗、水旗等。另一方面，在运用砌末来刻画人物的精神面貌上，非常强调表情姿态的鲜明、准确、传神，如挥动马鞭来表达骑马飞奔的场景等。

砌末一词，一作切末。在金、元时期已有，为戏班行话，意思是"什物"（《墨娥小录·行院声嗽》）。如元杂剧《张生煮海》第二折，剧本注明："仙姑取砌末科。"这里的砌末，即指剧中的锅、勺等物。传统戏曲舞台上的砌末包括生活用具（如烛台、灯笼、扇子、手绢、文房四宝、茶具、酒具等），交通用具（如轿子、车旗、船桨、马鞭等），武器（又称刀枪把子，如各种刀、枪、剑、斧、鞭、棍、棒等）以及表现环境、点染气氛的

车旗

各种物件（如布城、大帐、小帐、门旗、纛旗、水旗、风旗、火旗、銮仪器仗、桌围椅披等）。除了常用的砌末之外，也可根据演出需要临时添置。

砌末在演出中的作用是多方面的。首先，它有助于人物形象的刻画。如扇子，不同的人物用不同的扇子。《牡丹亭》中的杜丽娘和春香，一个用折扇，一个用团扇，就表现了小姐与丫环的不同身份；《群英会》中的诸葛亮手挥羽扇，突出了他的谋士风度；《艳阳楼》中的高登，则用特大的折扇，衬托了他的飞扬跋扈的恶少神态。其次，戏曲的表演是歌舞化了的，所以，许多砌末实际上也是舞蹈的工具。演员可以运用船桨表现出江上行舟的许多优美身段，可以利用马鞭做出许多驰骋的舞姿。刀枪把子则是舞蹈化战斗的必不可缺的辅助手段。

宋金元时期，陕西各地演出杂剧已经有了桌椅、棍杖、包袱、船、桨、银两、杯盘等砌末道具（见元杂剧《货郎担》）。明清时代陕西地方戏兴起，演出所用砌末道具也有了较大发展，分类细致，品种繁多，讲究装饰，制作精致。常用道具为一桌二椅。公案砌末有官印、签筒、虎头牌、水火棍、文房四宝、圣旨等，宫廷砌末有龙凤扇和日月扇、提灯、金瓜、龙凤旗、黄罗伞、符节、贫板等；还有云形片、马鞭、船桨等。生活砌末最多，有酒具、茶具及各种生产、生活用品。

184

# 说说元杂剧

元杂剧，又称北杂剧、北曲、元曲。元曲包括元杂剧和元代散曲两个部分，元杂剧是在继承宋杂剧、金院本艺术养料的基础上，吸收诸宫调、唱赚及北方民间歌谣、舞蹈的成分而形成的综合性的戏曲艺术。元杂剧大约兴起于金末元初（1234年前后）。它的出现是我国传统的戏曲艺术发展到成熟阶段的标志。

13世纪后半期是元杂剧雄踞剧坛最繁盛的时期，它的地位可以和唐诗宋词相媲美。元统一中国共九十年左右（1277—1367），在起初的三十多年里没有设置科举，社会等级制度排斥汉人，大量汉人知识分子便投入到这一时期最流行的曲的撰作中，由散曲、套曲，应用到表演故事的杂剧方面，而成为光耀一代的元代戏曲——杂剧。

元代的杂剧虽然名为杂剧，但和宋代那种因题设事，以诙谐取笑为主的杂剧有所不同，而是完全以表演故事情节为主，事实上和南宋的温州杂剧——南戏，是同一趋向。

元杂剧具有完整、严密的结构体制。首先，"四折一楔子"是元杂剧最常见的结构形式。每个剧本一般由四折戏组成，有时再加上一个楔子。所谓"折"，相当于现在的"幕"，是全剧矛盾冲突发展的自然段落；四折即是开端、发展、高潮、结尾四个阶段。有时，元杂剧在四折戏之外，为了交代情节或贯串线索，往往在全剧之首或折与折之间，加上一小段独立的戏，成为"楔子"。安排在第一折之前的，叫开场楔子；置于各折之间的，叫过场楔子。一本四折的形式也有例外。如纪君祥《赵氏孤儿》就是五折，王实甫《西厢记》五本二十折。其次，音乐曲调方面，元杂剧唱的是北曲，采用的是北曲连套的形式。再次，是元杂剧的"一人主唱"的特点。就是说，每个剧本，只为一种脚色（行当）安设唱腔，主唱的脚色，不是正末，便是正旦。正末主唱，称为"末本"；正旦主唱，称为"旦本"。一人主唱到底，这是通例。元中期以后这种体制有所突破，开始出现轮唱、合唱的形式。

风格上，以关汉卿、马致远、纪君祥为代表的场上之曲，又称本色派；另有以王实甫、白朴、郑光祖为代表的案头之曲，乃是文采派。两大派别在元代剧坛上交相辉映，相得益彰。

185

# 何谓传奇？

传奇之名，用得很广泛。因为，无论说唱艺术，或者戏曲艺术，都要讲究情节曲折，"谈奇述异"，引人入胜。

传奇一名最早是唐代"传写奇事，搜奇记逸"的文言小说的指称，到了宋元时期，为数不少的戏剧作品或内容取材于唐传奇或技法仿拟于唐传奇，因此也将南戏、北杂剧、诸宫调等称为传奇。元代钟嗣成的《录鬼簿》，曾把元代杂剧称作"传奇"，说"前辈已死名公才人有所编传奇于世者"五十六人，是把"传奇"这一称谓，作为一种戏剧的体制看待。按照以往的说法，《琵琶记》和《荆钗记》、《刘知远白兔记》、《拜月亭记》、《杀狗记》这五本南戏，是作为明代初年的"传奇"，"明代传奇"的称谓，即由此而来。实际上是宋元南戏这一体制的继承，不过在明代称其为"传奇"而已。吕天成《曲品》："金、元创名杂剧，国初（明初）演作传奇。"由此可知，从唐代到明代，都有传奇之名，但其涵义，已经过三次变化。

为什么要确定称南曲剧本为传奇呢？李渔《曲话》说过："古人呼剧本为传奇者，因其事甚奇特，未经人见而传之，是以得名。可见，非奇不传。"又说："若此等情节已见之戏场，则千人共见，万人共见，绝无奇矣，焉用传之？是以填词之家，务解传奇二字。"可知，所谓奇，就是要求情节和人物具有奇特性和新颖性，令人耳目一新。

在明代，传奇作品，盛极一时。吕天成《曲品》说："博观传奇，近时为盛，大江南北，骚雅沸腾，吴浙之间，风流掩映。"这里的"近"，指的是明代万历年间（1573—1620）。显然，此时，传奇进入了繁荣阶段。所以吕天成把明传奇分为"旧传奇"、"新传奇"两大类。万历以前为旧传奇，如《千金记》、《连环记》之类；万

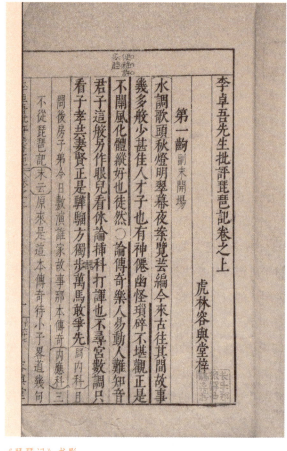

《琵琶记》书影

历以后为新传奇，如《义侠记》、《玉簪记》之类。

宋、元南戏流传过程中与当地语言、民间音乐相结合，逐渐演变成海盐腔、余姚腔、弋阳腔、昆山腔。这南戏系统四大声腔的剧本，都是采用传奇体制。因此，在明代戏曲艺术中，传奇居于主要地位。传奇剧本由"出（齣）"组成，一般有多"出"。所谓出，就是剧情发展过程中的一个段落，相当于现在的"幕"。从《六十种曲》来考察，每部传奇剧本，一般是二十出以上，六十出以下。如《牡丹亭》五十五出，比较长。《春芜记》二十七出，算短的。多出传奇剧本大都分上下两本。大都在每出戏结尾地方，有两句或四句下场诗，亦称落场诗。一则宣告本出戏结束，二则对本出戏内容作一小结，三则有时可为下出戏留置悬念。此外，脚色由南戏七色增至十色，末、生、小生、外、旦、贴、老旦、净、副净、丑。由上述可见，明传奇较之南戏有所创新和发展。

明传奇创作盛况空前，傅惜华在《明代传奇全目》中统计，姓名可考传奇作家作品，计六百十八种，无名氏传奇作品，计三百三十二种，总共九百五十种。其实，失传的明传奇剧目，还不知道有多少。

明初传奇带有浓厚的伦理教化意味，代表作《五伦全备记》、《香囊记》开启了明代传奇骈俪化、典雅化和八股化的源头。然而嘉靖隆庆年间问世的三部传奇标志着明传奇的创作进入成熟期，它们是：梁辰鱼的《浣纱记》、李开先的《宝剑记》、无名氏的《鸣凤记》。明后期是传奇创作的兴盛期，以《牡丹亭》为代表的"临川四梦"，《娇红记》、《玉玦记》等大量优秀作品问世。至此，明代传奇真的成为了文学史上的"传奇"。

## "当行本色"是什么意思？

当行，即合乎本行。元代杂剧作品《盆儿鬼》二折【满庭芳】："谁着你烧窑人不卖当行货，倒学那打劫的喽啰。"彭寿之【八声甘州】："偷方觅便俏家风，当行识当行。"（《阳春白雪》后集二）元明间常以此指元曲创作中精通格律，熟于排场者；亦指艺人的饰演很叫座，表现力强。《太和正音谱·杂剧十二科》："关汉卿曰：'非是他当行本事，我家生活，他不过为奴隶之役，供笑献勤，以奉我辈耳。'"后成为评价杂剧和元曲的美学术语。后来也用于其他方面，指对某种技艺、学识擅长或出色，即今之"内行"。

本色，戏曲评论语。指曲文质朴自然，接近生活语言，而少用典故或骈俪语词的修辞方法和风格。也用于评价戏剧艺人的表演。明季，"当行"二字常与"本色"联用，出现在戏曲论著中。

## 吴江派

吴江派以沈璟为代表。热衷于词曲创作的沈璟艺术生涯长达30年，有剧作17种，总称《属玉堂传奇》，今存《红蕖记》、《埋剑记》、《义侠记》、《双鱼记》、《博笑记》等7种，并写下一部重要曲学论著《南九宫十三调曲谱》，阐述自己的戏曲主张。

沈璟的传奇作品都是昆曲剧。其代表作有三部：《红蕖记》、《义侠记》、《博笑

记》。整体看来，沈璟的创作注重音律，有的过分拘守之，同时又存在忠孝节义等封建伦理道德说教的一面，吕天成《曲品》说他创作"命意皆主讽世"，思想意义远在以情反理的"临川派"之下。

吴江派强调场上之曲，重视舞台性，反对案头之曲，不满于临川派在戏曲中不大遵守格律。两派分歧的焦点在于：一偏重舞台性，一偏重文学性。二者都有合理的一面，又不可避免地都有片面性。

吴江派作家还有：卜世臣、吕天成、沈自晋、叶宪祖、王骥德等，但他们的传奇作品多不传世，其见解与沈璟也并不完全一致，如沈自晋就能谨守家法而兼顾神情，还能调和吴江、临川两派，令汤显祖亦表赞赏而无间言。吕天成、王骥德等理论家的看法也较持平，既宣扬吴江"法律甚精"的长处，也不回护沈璟"法胜于词"、"毫锋殊降"的不足，又能肯定汤显祖"奇丽动人"、"境往神来"的优点，更难得的是，吕天成提出"以临川之笔，协吴江之律"这样才称得上"双美"的主张。

188

# 《窦娥冤》的主要内容是什么？

元代杂剧《窦娥冤》是关汉卿创作的最有影响的一部戏，女主人公的悲剧命运，具有强烈的震撼力和典型意义。

窦娥出生在书香世家，但家境贫寒，三岁丧母。父亲窦天章是饱学秀才，功名未遂，穷愁潦倒。后来父女俩流落到楚州，窦天章因无法偿还寡妇蔡婆婆的二十两银高利贷，被迫把七岁的窦娥抵给蔡婆婆作童养媳，然后便上京应试去了。在窦娥十七岁时，与丈夫完婚，次年，丈夫因病去世，她随即变成寡妇。此后她和婆婆两人以放债来收取"羊羔儿利"。窦娥决心伺养婆婆，为夫守节，希望来世有个好命。谁知窦娥守寡的第三年却有横祸降临。

一天，蔡氏出城向赛卢医讨那二十两银的高利贷，赛卢医把她骗到僻静处，要勒死她以赖债。蔡氏在危难之际意外地被张驴儿父子救出。谁料，张驴儿父子不怀好意，乘机要将蔡氏婆媳占为己有。窦娥坚意不从。张驴儿怀恨在心，趁蔡婆婆生病，暗中备下毒药，想伺机害死她，逼窦娥改嫁；可是，阴差阳错，张驴儿的父亲误喝有毒的汤水，倒地身亡；张驴儿见状，当即心生歹念，嫁祸于窦娥，以"官休"相威胁，实则强行逼窦娥"私休"。窦娥一身清白，不怕与张驴儿对簿公堂，本以为官府能判个一清二楚；岂料贪官是非不分，偏听偏信，胡乱判案，屈斩窦娥，造成千古奇冤。

感天动地窦娥冤

剧中写到，世事的多变，接踵而来的苦难，使窦娥对"恒定不变"的天理产生了怀疑。当她被刽子手捆得不能动弹，满腔的怒火和怨气，喷薄而出，她骂天骂地："地也，你不分好歹何为地？天也，你错勘贤愚枉做天！"并且发出三桩奇异的誓愿：血飞白练、六月降雪、亢旱三年。她要苍天证实她的清白无辜，要借异常的事象向人间发出强有力的警示。关汉卿写窦娥发誓后，浮云蔽日，阴风怒号，白雪纷飞，这一片浓重的悲剧气氛把窦娥含冤负屈悲愤莫名的情绪推到极限。

通过这一惊天动地的描写，关汉卿希望唤醒世人的良知，激发世人对不平世道的愤慨，催促世人为争取公平合理的社会而抗争。

189

## 简述《西厢记》的艺术成就？

"永志无别离，万古常完聚，愿普天下有情的都成了眷属。"王实甫一曲《西厢记》，流传千年不衰，至今脍炙人口，《西厢》的魅力，就在于它与众不同的艺术成就。

明初的贾仲明环顾剧坛，提出"《西厢记》天下夺魁"，一锤定音，充分肯定了

《西厢记》在文学史上的地位，可见在当时《西厢》的艺术魅力已经不可小觑。

对于它的艺术成就，主要集中在人物形象塑造、戏剧结构和语言特色三个方面。王实甫《西厢记》里的主要人物虽然多与《会真记》、《西厢记诸宫调》同名，但是莺莺、张生、红娘的性格，却与元稹、董解元所塑造的迥异。他们是王实甫刻划的新的人物形象。崔莺莺是一个赤诚追求爱情、大胆反抗封建礼教的大家闺秀，性格热情而又冷静，聪明而涉狡狯。张生是个才华出众风流潇洒的人物，虽有才学，一旦坠入情网，这才子竟成了"不酸不醋的风魔汉"，痴愚的可爱。红娘形象泼辣机智，又富于同情心，在崔、张之间是穿针引线的重要人物。《西厢记》在塑造戏剧人物形象方面取得的辉煌成就，在很大程度上得力于高超的心理描写，它是作者用来揭露张生和莺莺两人性格的一种重要手段。

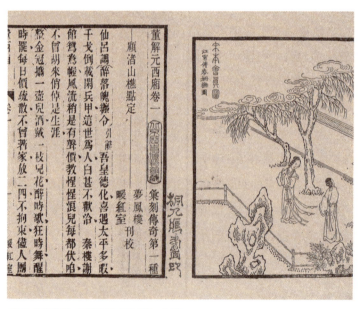

明刊本董解元《西厢记诸宫调》书影

体制宏大、结构严谨，也是《西厢记》显著的特色之一。王实甫将四折一楔子的杂剧体制，增广成五本二十折的宏大篇制，是在戏剧体裁上进行的大胆革新，这在当时是一个创举。

另外，由于这部戏的作者善于驾驭语言，熟练地掌握了各种修辞手法，文采与本色相生、藻艳与白描兼备，具有强烈的戏剧效果，使得这部戏的语言珠玑满眼，美不胜收。王实甫又以当时的民间口语为主体，适量而自然地化用了一些成语、唐诗和宋词中的语句，以至经书史籍中的语句，也使人读来满口生香、意趣盎然，《西厢记》也因此被誉为诗剧。

190

# 为什么称《长生殿》和《桃花扇》是清代戏曲的"双璧"？

洪昇（1645—1704），字昉思，号稗畦，浙江钱塘（今杭州）人。作者三易其稿经十余年创作的《长生殿》是根据历代史、传、传奇、小说有关唐天宝时期的记载与传闻编写而成，因白居易《长恨歌》中"七月七日长生殿"而得名。

作品描绘了唐明皇和杨贵妃生死不渝的爱情，通过对李、杨爱情的着重描写和对人物性格的精心刻画，对这一爱情悲剧的男女主人公寄予了深切的同情。艺术上也取得了较高的成就。在封建社会中，帝妃之间虽然可能具有一定的真挚爱情，但由于他们所属的统治阶级地位，这种爱情必然会带着深刻的阶级烙印，而且李、杨爱情悲剧也完全是由他们自身一手造成，因而不可能有多少美学意义，但由于作者在塑造这一悲剧男女主人公时较多地采用了民间传说，加上自己丰富的想象，通过美丽的艺术形象的描绘，表达了对于坚贞不渝的爱情的赞美和歌颂。因而作品中的李隆基和杨贵妃的形象，已经在一定程度上超出了帝妃的范围，而具有普通男女的不幸的恋爱故事的性质。这是这部作品较能打动人的地方，也是它的艺术魅力所在。

从戏曲的角度看，《长生殿》持律之严和守法之细是历来评论家所称道的，辞曲注重协律，角色的分配和剧情的布置协调妥帖。就文字技巧来说，它的独到之处是无论宾白或唱辞都能做到绮丽而不堆砌辞藻，精炼而具有个性化和形象化的特点。在选择宫调时，也能根据内容情节的需要，或抒情、或缠绵、或欢快、或雄壮，曲牌宫调多样而不重复。这些都使《长生殿》文辞曲律两擅其美。

《桃花扇》是一部"借离合之情，写兴亡之感"的历史剧。作者孔尚任，山东曲阜人，孔子六十四代孙。

清彩绘本《桃花扇图》

作品的故事情节是：侯方域来南京应江南乡试，落第不就，寓居莫愁湖畔，参加了反对阉党的复社，与秦淮名妓李香君相识，成亲之日，侯以宫扇相赠作为定情之物。阉党阮大铖出重金置办妆奁，托结拜兄弟杨龙友送给香君，以期拉拢复社文人。香君拒不让方域收受，因此结怨阮大铖。阮欲害方域，方域潜往扬州史可法处避难。南明王朝建立，阉党马士英、阮大铖俱得高官，香君拒不逢迎权贵。马士英持彩礼逼香君嫁给新任漕抚田仰。香君矢志不移，将头撞破，血溅宫扇。杨龙友将宫扇点缀成桃花，剧以此得名。

孔尚任自己说，他的《桃花扇》是"借离合之情，写兴亡之感"，就是说，剧中男女角的姻缘聚散只是贯串情节发展的一根线索，作者所着意抒写的，是南明一代的兴亡之感。也就是说，作品写的是爱情故事，而表现的却是政治主题。这正是《桃花扇》高出于一般爱情剧而能引起人们深沉思考和感慨的原因。可以说，《桃花扇》在历史真实和艺术真实的结合方面取得了巨大成就。

当然，我们肯定《桃花扇》主题的积极意义，并不否认其存在的思想局限。例如它对农民起义采取完全错误的敌视态度，对史可法等爱国将领也缺乏生动的刻划，作者的视野在某种程度上受到了历史的限制，使他的主题不能得到完整的发展，从这个意义上说，《桃花扇》的许多片段比起全剧写得更为成功，也具有更大的感人力量。

总之，瑕不掩瑜，《桃花扇》确实是一部思想和艺术完美结合的杰出作品，前人把他与洪昇的《长生殿》并列为明清戏曲压卷之作，也是当之无愧的。

191

# 什么是南戏？

北宋末至元末明初，在中国南方最早兴起的戏曲剧种南戏，是我国戏剧的最早成熟形式之一。南戏有多种异名，南方称之为戏文，又有温州杂剧、永嘉杂剧、鹘伶声嗽、南曲戏文等名称，明清间亦称为传奇。就其音乐——南曲来说，则是一种重要的戏曲声腔系统，是其后的许多声腔剧种，如海盐腔、馀姚腔、昆山腔、弋阳腔的兴起和发展的基础，为明清以来多种地方戏的繁荣，提供了丰富的营养，在中国戏曲艺术发展史上，具有重要意义。

南戏的产生时间，实际上早于北曲杂剧。明祝允明在《猥谈》中说：

南戏始于宣和（1119—1125）之后，南渡（1127）之际，谓之温州杂剧。

予见旧牒，其时有赵闳夫榜禁，颇述名目，如《赵贞女蔡二郎》等，亦不甚多。

赵闳夫是宋光宗赵惇的同宗堂兄弟，他发榜文禁止南戏演出，说明当时南戏的影响已经较大了。徐渭《南词叙录》则说：

南戏始于宋光宗朝（1190—1194），永嘉人所作《赵贞女》、《王魁》二种实首之。……或云宣和间已滥觞，其盛行则南渡。号曰'永嘉杂剧'，又曰'鹘伶声嗽'。

可见南戏大约在宣和之后即由温州的艺人创立，到宋光宗朝已流传到都城临安（今杭州），盛行于浙闽一带。

南戏用南方方音演唱，分平上去入四声，不像北曲的入派平上去三声，用韵上也较为宽松，体制上与北曲杂剧有所不同。初期南戏的曲调配合，虽有一定的惯例，但还没有形成严密的宫调组织，可以根据剧情需要作较为自由的选择。南曲轻柔婉转的音乐风格，适合于演唱情意缠绵的故事，与北曲的高亢劲切，宜于表现威武豪放的气概大不相同。器乐伴奏，北杂剧以弦乐为主，南戏则以管乐为主，以鼓、板为节。杂剧一般只能一人主唱，南戏则场上任何角色都可以唱，而且有独唱、对唱、接唱、同唱，还有在后台用以渲染气氛的帮腔合唱。演唱形式的灵活多变，不仅可以调节演员的劳逸，活跃场上气氛，而且有利于表现各个角色的思想感情，有利于

刻划身份不同、性格各异的人物形象。在结构方面，它以"出"为单位，人物上下场，出而复入，叫做一"出"。一本戏往往长达几十出，演出时间则需要一天甚至多日。南方温暖的气候条件，为通宵达旦的演出提供了便利。

南戏的角色，通常为生、旦、净、丑、末、外、贴等七种。其中以生、旦为主展开剧情，其他角色皆为配角。

自宋元以来，有名目留存的南戏共二百三十八种，有残文佚曲流传的约为一百三十多种，但现有完整剧本流传的仅十九种。

早期南戏作品以爱情婚姻和家庭生活为主，主要有《永乐大典戏文三种》。包括三本戏文：《张协状元》、《小孙屠》和《宦门子弟错立身》。其中《张协状元》是现存最完整的早期南戏剧本，创于八百年前南宋时期的温州"九山书会"，其开场的《满庭芳》词中写道："这番书会，要夺魁名。占断东瓯盛事，诸宫调唱出来因。"

元末明初流行的《荆钗记》、《刘知远白兔记》、《拜月亭记》和《杀狗记》合称"四大南戏"，是南戏在元末明初的代表作品。

《琵琶记》是南戏发展的顶峰，由温州瑞安人高则诚于元朝至正年间，依南宋流传的《赵贞女蔡二郎》戏文编撰而成。《琵琶记》在中国戏剧史上被称为"词曲之祖"，是南戏时代与传奇时代间的桥梁，对明代戏曲创作的影响非常深远。其余有完整留本的南戏有《东窗记》、《破窑记》、《刘希必金钗记》等作品。

192

# 《中山狼》剧情梗概

《中山狼》是明代杂剧剧本，王九思、康海、汪廷讷、陈与郊都有同名作品，均取材明代马中锡小说《中山狼传》。写东郭先生误救中山狼，几乎被狼所害的故事。汪、陈所作均已失传。王作仅一折，题为《中山狼院本》，有《王渼陂全集》本，康作有《盛明杂剧》本。两剧都谴责中山狼的忘恩负义。

作品写东郭先生冒着生命危险，把赵简子射伤的中山狼藏在书囊里，避过了赵简子的搜查，可是当风险过去，中山狼出得囊来，反说东郭先生是假意救它，连原来东郭先生在赵简子面前替它辩护的话也都成了他的罪状。实际上，中山狼要借口吃掉东郭先生，这就深刻地揭露了狼的本性：不管你对它怎样慈悲，它总是要吃人的。作品还写东郭先生在受尽狼的威胁之后，当杖藜老人把狼骗进书囊要杀死它时，他又动了恻隐之心说："虽然它负了俺，俺却不忍心杀了它也。"这就辛辣地讽刺了这个书呆子的温情，在今天仍有教育意义。剧本感情充沛，语言流畅，描写生动，形象丰满，是很有特色的杂剧作品。

193

## 什么是影戏？

影戏是东方一种优美的民间戏曲艺术，中国被誉为"影戏的故乡"，起源于唐、五代，繁荣于宋、元、明、清，至今已有一千多年的历史。中国影戏包括手影戏、纸影戏、皮影戏三大类，是一种集绘画、雕刻、音乐、歌唱、表演于一体的综合民俗艺术。

影戏演出的形式，简便灵活，只用一只戏箱（包括道具、乐器、剧本）和演员即可。演出时先要在空地上搭起一座台子，四周用布幔围起，前台边缘放一个长条案子，案上架起影幕，影幕俗称"影窗户"，有纱窗和纸窗之分。皮影利用灯光将皮制的人物、走兽、器物投射到幕布上结合故事情节进行表演，其表演不仅巧妙细致、惟妙惟肖，而且在这方天地里可以上演普通戏曲舞台上无法表演的内容，如钻天入地、灵魂出窍、飞沙走石等等。正是由于操纵配合说唱的表演，所以前人对中国皮影的精确描绘就是："一口叙述千古事，双手对舞百万兵。"

手影是影戏的滥觞，纸影初具雏形，皮影则进入成熟阶段。皮影戏演出用的"影人"，有的纸雕刻，有的是用驴皮、牛皮、羊皮雕刻，一般需要经过对毛皮的削制、刮平，再根据剧中的角色绘制草稿，然后进行雕镂、敷色、熨平、装订等工序，才能制作成那些用于表演的影人、

近代中国影戏有北影和南影之分，北影以滦州影戏为代表，南影以四川影戏为魁首。两大系统的影戏，无论从造型、雕镂，还是从表演、唱腔都存在明显的区别。北影影偶以驴皮、羊皮为主，南影主要用牛皮；北影的操纵杆用秫秆，南影则用竹

棍。四川皮影戏中最具代表性的是成都灯影戏，俗称"成都京灯影"，据说来自京城，可与京城皮影媲美。此外当属川北皮影。

影戏具有强烈的巫术功能。在河南南部地区，流行着用旧影布给儿童做贴身衣服的习俗。影戏是用灯光将影人形象投影到影窗上，看起来像是许多人物从影布上经过。由于影戏的主人公多是英雄好汉，后代多将之神化，又因请的神都要从影布上走过，当地百姓便认为百神走过的时候在影窗上会留有灵异，可以驱走邪气。那么用带有灵异的旧影布给孩子做衣服，就能保佑孩子百病不生，健康成长，达到消灾避难的目的。另外，浙江海宁地区的影戏，在"本戏"结束，唱完《马明王》以后，艺人要拆下窗纸（影窗的纸幕）折叠好送给主家，第二年主家开蚕时就用这张"蚕花纸"，据说会给人带来吉利，其实也是人们相信演过蚕王"马明王"的纸幕会具有神力，马明王会保佑主家蚕业获得丰收。

194

# 什么是"升平署"？

清代掌管宫廷演剧的机构，称南府，始于康熙年间，道光七年（1827年）改此名，直至清末。宫廷内每逢朔望节令、喜庆大典以及某些日常演出，大都由升平署所属演员承应。演员有宫内太监，也有民间的职业演员。近人王芷章有《清升平署志略》。

195

# 何谓"四大徽班"？

四大徽班是中国清代乾隆年间北京剧坛的四个戏班。即三庆班、四喜班、和春班、春台班。多以安徽籍艺人为主，故名。乾隆五十五年（1790），为给乾隆帝弘历祝寿，从扬州征召了以戏曲艺人高朗亭为台柱的三庆班入京，以唱"二簧"声腔为主，是为徽班进京演出之始。之后又有四喜、启秀、霓翠、和春、春台等安徽戏班相继进京。在演出过程中，六个戏班逐渐合并为四大徽班。时值京腔（高腔）、秦腔已先行流入北京，徽班在演唱二簧、昆曲、梆子、罗罗诸腔的基础上，兼容并蓄，出现了"四徽班各擅胜场"的局面。由于其声腔及剧目都很丰富，逐渐压倒了当时盛行于北京的秦腔与昆剧。许多秦腔班演员转入徽班，形成徽秦两腔的融合。昆剧演员也多转入徽班。

嘉庆、道光年间，汉调（又称楚调，西皮调）进京，参加徽班演出，徽班又兼习楚调之长，为汇合二簧、西皮、昆、秦诸腔向京剧衍变奠定了基础，在京师与徽班造成了西皮与二簧合流，形成所谓的"皮簧戏"。此时在京师里形成的皮簧戏，受到北京语音与腔调的影响，有了"京音"的特色。这种带有北京特点的皮簧戏叫做"京戏"，也叫"京剧"。因此，四大徽班进京，被视为京剧诞生的前奏，在京剧发展史上具有重要意义。清末，四大徽班已相继散落。

## 什么是"皮簧腔"？

"皮簧"是戏曲声腔，是"西皮"、"二簧"两种腔调的合称。西皮起源于秦腔，二簧是由吹腔、高拨子演变而成。在有些剧种中，西皮、二簧又分别称为"北路"、"南路"，合称"南北路"。清初时西皮是汉调的主要腔调，二簧是徽调的主要腔调，随着汉调、徽调以及二者合流演变而成的京剧在各地的流传，西皮、二簧对南方许多剧种产生了深远的影响，并发展出一些新的剧种，形成一种声腔系统。京剧在皮簧系统中流传最广，因此"皮簧"有时也专指京剧。

## 京剧的主要特点是什么？

京剧是地地道道的中国国粹，因形成于北京而得名，但它的源头还要追溯到几种古老的地方戏剧。1790 年，安徽的四大地方戏班——三庆班、四喜班、春台班、

和春班——先后进京献艺，获得空前成功。徽班常与来自湖北的汉调艺人合作演出，于是，一种以徽调"二簧"和汉调"西皮"为主，兼收昆曲、秦腔、梆子等地方戏精华的新剧种诞生了，这就是京剧。在二百年的发展历程中，京剧在唱词、念白及字韵上越来越北京化，使用的二胡、京胡等乐器，也融合了多个民族的发明，终于成为一种成熟的艺术。

将京剧称作"东方歌剧"是因为两个剧种都是集歌唱、舞蹈、音乐、美术、文学等于一体的特殊戏剧形式，在形式上极为类似，同时，在各自不同的文化背景中，它们都获得了经典性地位。

同光十三绝

在人的脸上涂上某种颜色以象征这个人的性格和品质、角色和命运是京剧的一大特点，也是理解剧情的关键。简单地讲，红脸含有褒义，代表忠勇者；黑脸为中性，代表猛智者；蓝脸和绿脸也为中性，代表草莽英雄；黄脸和白脸含贬义，代表凶诈者；金脸和银脸是神秘，代表神妖。除颜色之外，脸谱的勾画形式也具有类似的象征意义。例如象征凶毒的粉脸，有满脸都白的粉脸，有只涂鼻梁眼窝的粉脸，面积的大小和部位的不同，标志着阴险狡诈的程度不同，一般说来，面积越大就越狠毒。总之，颜色代表性格，而不同的勾画法则表示性格的程度。

京剧角色的行当划分比较严格，早期分为生、旦、净、末、丑、武行、流行（龙套）七行，以后归为生、旦、净、丑四大行。现在一般分作老生、武生、小生、红生、娃娃生、青衣、花旦、刀马旦、老旦、正净、架子花、武二花、毛净、文丑、武丑等脚色。各个行当都有一套表演程式，在唱、念、做、打的技艺上各有特色。

198

# 何谓花雅之争?

花部、雅部,这是清代乾隆年间(1736—1795)区分当时戏曲剧种的两个名称。

李斗《扬州画舫录》:

> 两淮盐务,例蓄花、雅两部,以备大戏。雅部即昆山腔。花部为京腔、秦腔、弋阳腔、梆子腔、罗罗腔、二簧调,统谓之乱弹。

焦循《花部农谭》亦云:

> 梨园共尚吴音(按指昆山腔)。花部者,其曲文俚质,共称为乱弹者也。

吴太初《燕兰小谱例言》亦云:

> 今以弋阳、梆子等曰花部,昆腔曰雅部。

这都说明,除雅部昆山腔之外,其他各种戏曲剧种,统称为花部,亦称乱弹。花部的"花",就是"杂"的意思,谓其声腔花杂不纯,多为野调俗曲。花,就是不正,不雅。乱弹,亦作烂弹、乱谈,本来就是"乱弹琴"的意思,也就是胡言乱语,胡乱弹唱的意思。而昆腔为正音,就是雅乐。

早在明代晚期,地方戏曲声腔,如同雨后春笋,不断涌现。到清初,很多地方戏曲声腔,从农村走向城市,尤其北京、扬州、南京等地,形成了诸腔竞奏的局面。及至乾隆年间,地方戏曲声腔进一步发展,成为昆曲的劲敌,所谓花、雅争胜。

《花部农谭》云:花部"其词直质,虽妇孺亦能解;其音慷慨,血气为之动荡。郭外各村,于二、八月间,递相演唱,农叟、渔夫,聚以为欢,由来久矣"。

《品花宝鉴》第三回,一个问道:"你这么个雅人,怎么不爱听昆腔,倒爱听乱弹?"一个答道:"昆腔,不是我不爱听,我实在听不懂,不晓得唱些什么,高腔倒有滋味儿,不然,倒是梆子腔,还听得清楚。"可见花部之所以能胜过雅部,正是因为它具有质直、通俗、激越等等特点,受到当时广大观众欢迎。从此,我国戏曲进入一个新的历史时期,就是花部勃兴时期。而花雅之争的结果自然是以广大观众能听得懂的地方戏取胜。

199

# 何谓"四大声腔"?

中国戏曲历史上，有几个不同时期的"四大声腔"之称。在明代中期有海盐腔、弋阳腔、余姚腔、昆山腔四个主要剧种声腔系统，这四大声腔对后来的地方戏兴起和衍变发展，有很大影响，故中国戏曲历史上常说最早的"四大声腔"是指此。明代以后，由于昆腔、高腔、梆子、皮簧各自形成影响广泛的声腔系统，现在一般说的"四大声腔"是指这四个声腔系统。另外在清代乾隆年间还有称南昆、北弋、东柳、西梆为四大声腔。

中国戏曲四大声腔的概念随历史发展有所变化，现在比较通行的说法是指梆子腔、皮簧腔、昆腔和高腔。

梆子腔：梆子腔因以硬木梆子击节为特色而得名。源于明末陕西、甘肃一带的西秦腔，它是戏曲中最早采用板式变化结构的声腔。西秦腔与各地方言和音乐结合，逐渐衍变成诸多的梆子腔支系，其中历史最早、影响较大的是陕西的同州梆子和山西的蒲州梆子（今蒲剧），之后又有秦腔、汉调桄桄、中路梆子、北路梆子、豫剧、山东梆子、河北梆子等。它除以硬木梆子击节外，还以板胡为主奏乐器，其调式多为徵调式，唱腔为上下句式，多有华彩流畅的花腔乐句为辅，曲调以七声音阶为主，旋法上多跳进，常用闪板，整个音乐风格高亢激越，悲壮粗犷。

梆子腔系的板式，一般剧种均为八种。其中有正板五种：原板、慢板、流水、快流水、紧打慢唱；另有辅板三种：倒板、散板、滚板。河南梆子分得更细，如慢板又包括金钩挂、迎风板、连环扣。秦腔的音阶和调式的特色，在各梆子腔系剧种中较为突出，所有板式（除滚唱外）均有欢音和苦音两种变化，从而丰富了调式色彩。山西的上党梆子则更多地运用了五声音阶及其移宫技法，在北方梆子腔系中别具一格。

皮簧腔：皮簧腔是"西皮"和"二簧"的合称。西皮起源于秦腔，二簧是由吹腔、高拨子演变而成。在有些剧种中，二者被分称为所谓"北路"、"南路"，合称

"南北路"。清初时西皮是汉调的主要腔调，二簧是徽剧的主要腔调。以后随徽汉合流演变成的京剧在各地的流传，西皮、二簧对许多南方剧种产生影响，逐步发展成一些新剧种，形成一种声腔系统。但由于京剧在皮黄系统中流传最广，因此"皮簧"的称谓有时也专指京剧。

尽管由于受各地语音和民间音乐的影响，皮簧腔各剧种的音乐各具特色，但其共同之处却很明显：唱词格式均沿用七言或十言的对偶句式，都用胡琴作为主奏乐器。

皮簧腔系大概有二十多个剧种，主要有：徽剧、汉剧、京剧、粤剧、湘剧、川剧、桂剧、赣剧、滇剧等。

昆腔：昆腔又名"昆山腔"、"昆曲"、"昆剧"。

高腔：高腔系统包括由明代弋阳腔演变派生的诸声腔剧种。关于它的起源有多种说法：一是由元明以来弋阳腔或青阳腔同各地戏曲结合而成的，另一说法是除弋阳腔外，也有由当地民间曲调直接产生的。它的特点在于只用锣鼓等打击乐器敲击，不用管弦乐伴奏，台上一人唱，台后众人帮腔，音调高亢，富有朗诵性。属于此系统的剧种有：川剧、湘剧、赣剧、滇剧、辰河戏、调腔等。

200

# 什么叫唱、念、做、打？

戏曲表演的四种艺术手段，也是戏曲演员的四种基本功夫，习称"四功"。唱指唱功，做指做功（表演），念指念白，打指武打。演员自幼即从这四个方面训练基本功。有的演员特别擅长唱功（如"唱功老生"），有的行当以做功或武打为主（如"花旦"、"武净"），但每个演员都必须有机地掌握和运用唱、念、做、打四方面的功夫，才能充分发挥作为歌舞剧的戏曲艺术的功能。

# 什么是昆山腔?

昆山腔简称昆腔、昆曲、昆剧。于元末形成于苏州附近的昆山,是明代中叶至清中叶演剧界最大的声腔剧种。它同海盐腔、弋阳腔、余姚腔史称戏曲"四大声腔"。

为什么昆山腔会兴起于昆山呢?

第一,昆山地区本来就有昆山腔流行,为新的昆山腔兴起奠定了基础。第二,本地区刘家河是内外贸易港口之一,太仓州素有"天下第一码头"之称,粮艘、商船、西洋宝船经常屯留在这里,"番汉间处,闽广混居",人烟稠密,经济繁荣,富户巨商,诸色人等,征歌选优,追欢作乐。第三,随着贸易兴隆,海盐腔、弋阳腔戏班和北曲艺人,都汇集到昆山地区,所谓"北词之被弦索,向来自盛娄东"。第四,在这个地方,有批立志改革戏曲声腔的人,如魏良辅、梁辰鱼等。由此说来,昆山腔兴起于昆山,并非偶然,而是具备着种种条件。

大约在元末明初,昆山县就已流行着昆山腔,可能是小曲、吴歌之类。最初,它不及后三者流传广泛,只以清曲小唱为主,后来著名曲师魏良辅及友人、弟子等吸取北曲之长,在原有南曲的基础上"始变弋阳、海盐故调为昆腔"。魏氏在唱曲方面融合南北各声腔之长,创造出一种婉转细腻、轻圆流丽的新腔,也被称为"水磨腔",其特点是"转音若丝","纤徐绵渺,流丽婉转",优美动听。它"流丽优远,出乎三腔之上,听之最足荡人"(《南词叙录》)。而其他三腔大率"平直",婉折不足。况且,"今昆山以笛、管、笙、琵按节而唱南曲者,字虽不应,颇相和谐,殊为可听,亦吴中敏妙之事"(《南词叙录》)。即有弦管乐器伴奏,又远胜三腔。但这只是清唱曲,所以也称"冷板曲"。

昆山腔的唱法,最讲究的是板眼。每一句唱词的每一个字,都得交代清楚。一句唱词,规定几板几眼,哪一个字在板上,哪一个字在眼上,不容混乱。同时每一个字,要分出声、收声,所谓字头、字腹、字尾。比方唱一个萧字,出声是"西",

延声是"敖"，收声归闭口音作"呜"，那就是说，把"西敖呜"三个音拼起来才算是唱口上的萧字。因此，在一句唱词的尺寸上，每每是以音就字，以声就板。由于它词曲考究、格调高雅，很适合文人、士大夫的口味，故而主要流行于知识分子中间。

这一新兴声腔体系经同时期的戏剧家梁辰鱼等应用于舞台演出后，广播全国，被称为"正声"、"雅音"、"官腔"，取得了压倒其他声腔的绝对优势。随着《浣纱记》、《鸣凤记》等新戏唱演于舞台之上，大受观众欢迎。到万历末年，已是"四方歌者，皆宗吴门"。再到明末时期，昆曲愈益兴盛。可是，降至清代中叶，昆曲缺少有意义的新剧作，曲律过分严格，文字典雅深奥，表演比较凝滞，而又固步自封，陈陈相因，以致渐渐脱离现实，脱离舞台，脱离群众，变成红地毯上的"眠曲"（催眠曲），走向衰落的道路。乾隆初年，北京梨园称盛，"而所好惟秦声（梆子）、罗（罗罗腔）、弋（弋阳腔），厌听吴骚，闻歌昆曲，辄哄然散去"（《梦中缘传奇序》）。

昆腔一直到清中叶才被地方戏取代，雄踞剧坛长达 200 余年之久。

202

# 秦腔有哪些特点？

秦腔，又称乱弹，源于西秦腔，流行于我国西北的陕西、甘肃、青海、宁夏、新疆等地，又因其以枣木梆子为击节乐器，所以又叫"梆子腔"，俗称"桄桄子"（因以梆击节时发出"恍恍"声）。秦腔最明显的特点是高昂激越、强烈急促。尤其是花脸的演唱，更是扯开嗓子大声吼，当地人称之为"挣破头"，外地人开玩笑："唱秦腔，一是舞台要结实，以免震垮了；二是演员身体要好，以免累病了；三是观众胆子要大，以免吓坏了。"歌谣为证：民风淳朴性彪悍，秦腔花脸吼起来。台下观众心欢畅，不怕戏台棚要翻。

秦腔唱腔包括"板路"和"彩腔"两部分，每部分均有欢音和苦音之分。苦音腔最能代表秦腔特色，深沉哀婉，慷慨激昂，适合表现悲愤、怀念、凄哀的感情；

欢音腔欢乐、明快、刚健、有力，擅长表现喜悦、欢快、爽朗的感情。秦腔唱腔中的"彩腔"，假嗓唱出，音高八度，多用在人物感情激荡、剧情发展起伏跌宕之处。其中的拖腔必须归入"安"韵，一句听下来饱满酣畅，极富表现力，也是与其他的剧种有明显区别的地方。

秦腔的角色分为四生、六旦、二净、一丑，共计十三门，又称"十三头网子"。

秦腔的表演技艺也十分丰富，身段和特技应有尽有，常用的有趟马、拉架子、吐火、扑跌、扫灯花、耍火棍、枪背、顶灯、咬牙、转椅等。神话戏的表演技艺，更为奇特而多姿。如演《黄河阵》，要用五种法宝道具。量天尺，翻天印，可施放长串焰火，金交剪能飞出朵朵蝴蝶。除此，花脸讲究架子功，以显威武豪迈的气概，群众称其为"架架儿"。

有人赞美秦腔是"繁音激楚，热耳酸心，使人血气为之动荡"，正是出于秦腔表演的特色。秦腔的表演朴实、粗犷、细腻、深刻，以情动人，极富夸张。

 203

# 什么是豫剧？

戏曲剧种，也叫"河南梆子"，"河南高调"，解放后称"豫剧"。流行于河南以及陕西、甘肃、山西、河北、山东、江苏、安徽、湖北的部分地区，天津、青海、西藏、新疆也有豫剧剧团。

其来源迄无定论，一说明末秦腔与蒲州梆子传入河南后与当地民歌、小调相结合而形成，一说由北曲弦索调直接发展而成。主要伴奏乐器有板胡、二胡、三弦、琵琶、笛、笙、唢呐、大锣、二锣、手钹、板鼓、梆子等。以梆子按拍，节奏明快、欢畅。唱腔主要分慢板、二八板、流水、飞板等板路。

现主要流派为豫东调与豫西调。豫东调以开封、商丘为中心，发声多用假嗓，音域属上五音，男声高亢激越，女声活泼跳荡，擅长表现喜剧风格的剧目。豫西调以洛阳为中心，发声全用真嗓，音域属下五音，男声苍凉悲壮，女声低回婉转，擅长表现悲剧风格的剧目。但近年来两派已趋合流。

传统剧目有六百五十多出。所整理传统剧目《穆桂英挂帅》、《唐知县审诰命》（《七品芝麻官》）、《红娘》，改编的历史剧《花木兰》及现代剧《朝阳沟》、《刘胡兰》、《人欢马叫》等，都较成功。

## 临川派

临川派是明代戏曲派别的一种，是明后期与吴江派分庭抗礼的一支。以汤显祖为代表，在戏曲创作上，主张从内容出发，反对削足适履，被形式所拘束。作家有吴炳、孟称舜、阮大铖等人，但他们大多只继承汤显祖的重文采、才情，不受形式格律束缚的特点，往往忽略其重视立意、以情反理的倾向。

汤显祖出生于书香世家，家富藏书。进士科考中，屡考屡败，受挫十载。本应高中，皆因不肯阿附权贵而落榜，三十三岁张居正死后才中进士，又不肯阿附权臣而任以小吏。万历二十六年（1598）上《论辅臣科臣疏》，评朝臣及神宗政绩，贬官，万历二十六年愤而辞官归里。归里后，自建玉茗堂清远楼，潜心戏曲创作，当年就写成《牡丹亭》，又陆续写成《南柯记》、《邯郸记》，又改写早年之作《紫箫记》为《紫钗记》，合称"玉茗堂四梦"或"临川四梦"。

吴炳，著《粲花别墅五种曲》，如《绿牡丹》、《疗妒羹》、《画中人》等，全写爱情婚姻题材，企图写出男女真情，颂扬情的力量，但并未正面描写爱情与礼教的冲突，更没有展开对扼杀男女爱情的程朱理学的批判，大

汤显祖像

多摆脱不了才子佳人恋爱，小人从中捣乱的俗套，但优点在于结构新巧，针线细密。

孟称舜，代表作《娇红记》为一著名悲剧。其影响在临川派中仅亚于《牡丹亭》，写王娇娘与申纯相爱，双双殉情而死的故事，用白描手法，传情写态，真切感人。

阮大铖，著有传奇十一种，皆为浪漫喜剧，今存《石巢四种》，其中《燕子笺》较为有名，主要写燕子衔的尚书之女郦飞云所题词笺为霍都梁所拾而喜结良缘的故事，奇巧构思完全建立在错位的偶然性上，思想内容较为苍白。

205

# 何谓"临川四梦"？

是明代最伟大的文学家、戏剧家汤显祖（1550－1616）的四部传奇剧作，又称玉茗堂四梦，指《牡丹亭》、《紫钗记》、《邯郸记》、《南柯记》四剧。前两个是儿女风情戏，后两个是社会风情剧。或许"四剧"皆有梦境，才有"临川四梦"之说，或许"四剧"本身就是其毕生心血凝聚成的人生之梦。

汤显祖创作的第一本完整的传奇是《紫钗记》。该剧主要以唐传奇《霍小玉传》为本事，也借鉴了《大宋宣和遗事》中的部分情节。演述唐代诗人李益在长安流寓时，于元宵夜拾得霍小玉所遗紫玉钗，遂以钗为聘礼，托媒求婚。婚后，李益赴洛阳考中状元，从军立功。卢太尉再三要将李益招为娇婿，反复笼络并软禁李益，还派人到霍小玉处讹传李益已被卢府招赘。小玉相思成疾，耗尽家财，无奈中典卖紫玉钗，却又为卢太尉所购得。太尉以钗为凭，声言小玉已经改嫁。豪杰之士黄衫客路见不平，将李益挟持到染病已久的小玉处，夫妻遂得重圆。《紫钗记》着重塑造了霍小玉和黄衫客两位令人敬重的人物形象。

《南柯记》共四十四出，取材于唐传奇《南柯太守传》。该剧叙淳于棼酒醉于古槐树旁，梦入蚂蚁族所建的大槐安国，成为当朝驸马。其妻瑶芳公主于父王面前为淳于棼求得官职，因此他由南柯太守又升为右丞相。只为檀萝国派兵欲抢瑶芳公主，淳于棼统兵解围，救出夫人，但夫人终因惊变病亡。还朝后的淳于棼，从此在京中

《牡丹亭》木刻插图

淫逸腐化，为右相所嫉妒，为皇上所防范，最终以"非俺族类，其心必异"为由遣送回人世。此剧既叙官场倾轧、君心难测，亦状情痴转空，佛法有缘。

"临川四梦"中，艺术成就仅次于《牡丹亭》的剧作是《邯郸记》。全剧三十折，本事源于唐沈既济的传奇《枕中记》。《南柯记》与《邯郸记》都是以外结构套内结构的方式展开剧情，但《邯郸记》的两套结构要精巧得多，不像前者有散漫拖沓之感。

此剧的外结构演述神仙吕洞宾来到邯郸县赵州酒店，听久困田间的卢生述志。卢生对穷愁潦倒的生活满腹牢骚，声言"大丈夫当建功树名，出将入相，列鼎而食，选声而听，使宗族茂盛而家用肥饶，然后可以言得意也"。吕洞宾即刻便赠一玉枕，让卢生在梦中占尽风光得意、享尽富贵荣华，同时也受尽风波险阻，终因纵欲过度而亡。一梦醒来，店小二为他煮的黄粱饭尚未熟透。在神仙点破后，卢生幡然醒悟，抛却红尘，随吕洞宾游仙而去。这样一个带有游戏性质的外部框架，将全剧的主体

内容整个包裹起来，使得卢生所创建的轰轰烈烈的功业及其所处的社会政治环境，都成为有迹可寻但却毫无价值、全无意义的虚妄世界。这是对明代官场社会的深刻鞭挞和总体否定。

汤显祖最成功，影响最深远的剧作还是又称《还魂记》的《牡丹亭》。这部传奇以明人话本《杜丽娘慕色还魂》为蓝本，铺叙了一个惊心动魄，却又饶有意义的爱情故事：南安太守杜宝的女儿杜丽娘，早已厌倦封建礼教的禁锢，产生了追求幸福、解放个性的强烈要求。某天，她背着严厉的父亲和迂腐的老师，偷偷地来到春光烂漫的后花园，并在游园之后梦见与理想的对象柳梦梅相会，醒来之后，为幸福的幻灭和现实的冷酷而痛苦绝望，郁郁而死。一缕幽魂，不甘屈服于命运，仍在人间飘荡。三年后，她所思恋的柳梦梅也为寻访梦中人来到此地，从拾得杜丽娘的画像触动心灵深处的感情，得与杜丽娘的阴灵相会。在杜丽娘幽魂的指使下，柳梦梅掘墓开棺，杜丽娘终于在情的感召下起死回生，两人结为夫妻。临安应试，柳梦梅高中状元，杜宝虽然拒不认婿，却无法改变起死回生的杜丽娘自由选择丈夫的强烈愿望，也不敢违拗皇帝的调停。一对青年通过艰苦曲折的斗争，取得了保卫爱情和反抗礼教的重大胜利。

206

# 春柳社

春柳社是在清末接受了西方话剧的影响而发展起来的综合性艺术团体，它是中国现代话剧的开端。1906年冬在日本东京成立，分设戏剧、音乐、诗歌、绘画等部门，以戏剧为主。主要成员有曾孝谷、李叔同、陆镜若、欧阳予倩等。1907年起，在日本公演《茶花女》、《黑奴吁天录》、《热血》等剧。号召独立自强，反对民族歧视。

辛亥革命后，春柳社人回到中国，在上海、无锡、长沙等地，用"新剧同志会"、"春柳剧场"等名称，公演《社会钟》、《家庭恩怨记》等剧目，表现了民族独立和民主革命的愿望，大受观众的欢迎。在它的影响下，许多新组织的演出团体相继成立，这就是当时上海所说的"文明戏"。当时上海的"文明戏"之所以能够获得大多数观众的爱好和欢迎。除了它在舞台装置和表演艺术上的革新以外，最主要的还是因为它的比较现实和新颖的内容能够适当地满足许多观众的政治要求的缘故。后来，由于一些演员把演"文明戏"看得太简单了，渐渐失去了表演的严肃性，专靠情节和噱头来迎合某些观众的低级趣味，所编演的《珍珠塔》、《三笑姻缘》等剧目，大都毫无社会意义，因而便失掉了广大群众的喜欢，而渐渐没落了。1915 年春柳社宣告解散。

春柳四友（自左至右）：欧阳予倩、吴我尊、马绛士、陆镜若

207

# 话剧

话剧是一种以动作和对话为主要表现手段的戏剧形式。话剧在 20 世纪初传入我国，最初被人们称为"影剧"和"文明戏"，1928 年经我国著名戏剧家洪深提议，才正式有话剧的名称。

中国话剧创始于辛亥革命以前，是在日本新派剧的影响下产生出来的。1910 年后盛行于上海、汉口等地。主要剧团有春柳社、春阳社、进化团等。在"五四"以来的半个多世纪中，我国的话剧运动发展很快。由于话剧接近现实生活，真实感强，便于直接反映人民群众的思想感情和生活愿望，因此，他历来具有较强的战斗力。中国人最早演出的话剧是《茶花女》和曾孝谷根据美国作家斯托夫人的小说《汤姆叔叔的小屋》改编的《黑奴吁天录》，1907 年由中国留日学生新剧团体春柳社在东京演出。

 208

# 什么是二人转？

二人转，史称小秧歌、双玩艺儿、蹦蹦、东北地方戏等。

二人转名字最早见于伪满洲国康德二年（1934）四月二十七日《泰东日报》第七版"……本城（阿城）三道街某茶馆，迩来未识由某乡邀来演二人转者，一起数人，即乡间蹦蹦，美其名曰'莲花落'，每日装扮各种角色，表演唱曲……"二人转自草创至今，大约有近三百年的历史，艺人师承关系可上溯到清朝嘉庆末年。

东北特色二人转主要来源于东北大秧歌和河北的莲花落，属于走唱类曲艺。现流行于辽宁、吉林、黑龙江三省和内蒙古东部三盟一市（现呼伦贝尔市、兴安盟、通辽市和赤峰市）。

二人转最初由男性演员表演，换装成一旦一丑。以后出现女演员，由一男一女演唱，服饰鲜艳，手拿扇子、手绢，边走边唱边舞，表现一段故事，唱腔高亢粗犷，唱词诙谐风趣。二人转演出形式也并不仅仅只是两个人转，它大体可分"单"、"双"、"群"、"戏"四类。

植根于民间文化的二人转，表演台词具有浓厚的乡村特色，俗、色、酸是其最大特点。有的农民说"宁舍一顿饭，不舍二人转"，可见其独特魅力。由著名演员赵本山净化为绿色版本之后始得以上台面，并以《刘老根大舞台》为基地发扬光大。有人对此表示赞赏，也有人认为其失去了田间地头二人转的乡土味道。

 209

# 说说《宋元戏曲史》一书

《宋元戏曲史》作为我国第一部戏曲史，具有划时代的意义。

作为中国戏曲史学的开创者和奠基人，王国维自 1908 年起，连续用五年时间，有意识地把西方的戏剧理论引入传统戏曲研究领域，就中国民族戏曲的起源和形成问题，陆续发表了《戏曲考原》等七种专著，并最终结晶为《宋元戏曲史》。这部书以大量缜密翔实的史料为依据，考证了从上古到元代各种戏剧或泛戏剧形态的发展演变轨迹，建立了一套带有鲜明民族特色的戏曲理论体系。

我国古典戏曲自来无史，尽管随着戏曲艺术的日趋成熟和发展，元明清三代的曲论家从多方面对戏曲艺术作了许多有益的研究，但正如王国维所指出的，这些研究普遍存在着"未有观其会通"的弊病，对中国古典戏曲的发展线索缺乏宏观的把握和"史"的概念，因而缺少有系统的科学阐述。王国维有感于此而对中国戏曲史的研究做了有益的尝试。

在研究中，王国维既依凭于翔实而严密的史料考证，又有清晰的理论思想指导。他从史料中抽绎规律，而以理论思想贯串于史料的把握和考订之中。故《宋元戏曲史》体现了细密的逻辑推演和详备的史料凭据的完美统一，既有科学性，又有在科学性基础上深刻的理论性。正是在这种严格的科学性的制约下，王国维为我们勾勒的戏曲发展线索，得到了社会的普遍认可和长久沿用。

王国维为我们描画的戏曲发展脉络是这样的：

（一）上古至五代是我国戏曲的萌芽时期。

（二）宋金两代是我国戏曲的形成期。

（三）元杂剧的形成标志着我国戏曲的成熟。

（四）元明南戏较元杂剧变化更多，故发展了中国古典戏曲。

王国维的勾勒是清晰而又颇为确当的。

郭沫若把《宋元戏曲史》和鲁迅的《中国小说史略》并誉为"中国文艺史研究上的双璧"，亦非溢美之辞。综上所述，王国维《宋元戏曲史》在戏曲研究中的地位集中体现在理论研究中的新旧交替的关节点上，理论

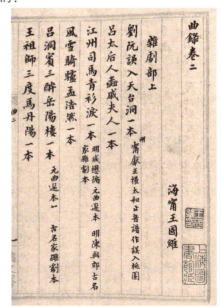

王国维《曲录》（写本）

思想和方法论的开拓是《宋元戏曲史》历史地位的主体。

首先，它界定"戏曲"范畴，廓清了古代戏曲演进轨迹。另，王国维明确地提出一个"真戏剧"的概念，用以称指以元杂剧为标志的具有独立完整形态的中国戏曲，意在突出其以"歌舞动作""表演出完整的故事"的综合性艺术特征，借以划清戏剧艺术与其他表演艺术如歌唱、舞蹈等的界限。

其次，以史实为据，揭示元杂剧发展的历史与"发达"的原因，把130年间元杂剧从兴起、繁盛到衰退的历史进程划分为三个阶段。围绕元代废除科举，分析了元杂剧兴盛的原因，否定明代人"以曲取士"之说。有力地推动了学术研究由古典向现代转化的进程。

再次，汇通中西美学理论，充分肯定元杂剧的文学成就。王国维推举元杂剧为"一代之绝作"，"中国最自然之文学"，另外，将"意境"论运用于对"元剧之文章"的审美评价，将西方的悲喜剧理论引入元杂剧的研究进程中，为杂剧研究打开了新思路。

总之，以《宋元戏曲史》为光辉起点，具有现代学术品格的戏曲理论体系应运而生了。

210

## 《东京梦华录》的主要内容是什么？

《东京梦华录》凡十卷，约三万言，作者为宋孟元老，是一本追述北宋都城东京开封府城市风貌的著作。所记大多是宋徽宗崇宁到宣和（1102—1125）年间北宋都城东京开封的情况，为我们描绘了这一历史时期居住在东京的上至王公贵族、下及庶民百姓的日常生活情景，是研究北宋都市社会生活、经济文化的一部极其重要的历史文献著作。

宋徽宗后期，社会经济经过一个半世纪的长足发展，进入了空前的繁荣。这种繁荣在东京开封表现得最为明显，开封在唐末称汴州，是五代梁、晋、汉、周的都城。北宋统一，仍建都于此，也称为汴京或东京。东西穿城而过的汴河东流至泗州

（今江苏盱眙），汇入淮河，是开封赖以建都的生命线，也是东南物资漕运东京的大动脉。由于汴河沿线往来舟船、客商络绎不绝，临河自然形成为数众多的交易场所，称为"河市"，最繁华的河市应属东京河段。

《东京梦华录》所记大多是宋徽宗崇宁到宣和年间北宋都城东京开封的情况，大致包括这几方面的内容：京城的外城、内城及河道桥梁、皇宫内外官署衙门的分布及位置、城内的街巷坊市、店铺酒楼，朝廷朝会、郊祭大典，东京的民风习俗、时令节日，当时的饮食起居、歌舞百戏等等，几乎无所不包。

作者还用大量的笔墨，记录了当时东京民间和宫廷的"百艺"，并辟《京瓦伎艺》一目，详述了勾栏诸棚的盛况及各艺人的专长。该书对宫廷教坊、军籍、男女乐工、骑手、球队也作了描绘，特别是春日宫廷女子马球队在宝津楼下的献艺，还有火药应用于"神鬼"、"哑杂剧"中增加效果等，给中国"百艺"史上留下了可贵的记录。书中关于诸宫调的渊源，诸艺的名称，讲史、小说的分类等，也受到研究中国戏曲、小说和杂技史的学者的重视。

传世的《东京梦华录》一书，对徽宗政和、宣和年间汴京的城市社会经济生活和文化生活都有翔实的记载和详尽的论述，这就为后人留下了探索那个时代汴京城里各个阶层居民生活面貌的大量宝贵资料。自从它于南宋初年在临安刊行以来，一直为人们所重视。封建社会里的文人墨客，在谈到北宋晚期东京掌故时，莫不首引此书，如赵甡之的《中兴遗史》、陈元靓的《岁时广记》以及陶宗仪的《说郛》，对本书的部分资料，都有所选录。到了近代，由于其所反映的内容具有很高的社会经济文化史的价值，尤其引起了中外许多从事各种专史研究的学者专家们的高度重视，交相征引利用。人们往往把本书与《清明上河图》视同姐妹之作，二者对于我们考察研究北宋城市经济发展史的工作都具有重要的意义。《东京梦华录》开创了以笔记描述城市风土人情、掌故名物的新体裁，为以后反映南宋都城临安的同类著作《都城纪胜》、《梦粱录》、《武林旧事》、《如梦录》、《续东京梦华录》等书所沿用。

211

# 《梦粱录》的主要内容是什么？

《梦粱录》，（宋）吴自牧著。共二十卷。这是一本介绍南宋都城临安城市风貌的著作。该书成书年代，据自序有"时异事殊"，"缅怀往事，殆犹梦也"之语，当在元军攻陷临安之后。所署"甲戌岁中秋日"，甲戌即宋度宗咸淳十年（1274），疑传抄有误。作者吴自牧，南宋临安府钱塘（今浙江杭州）人，生平事迹不详。

《梦粱录》之得名，与成语典故"黄粱梦"有联系。据唐沈既济《枕中记》载：卢生在邯郸客店遇道士吕翁，生自叹穷困，翁探囊中枕授之曰：枕此当令子荣适如意。时主人正蒸黄粱，生梦入枕中，享尽富贵荣华。及醒，黄粱尚未熟，怪曰："岂其梦寐耶？"翁笑曰："人世之事亦犹是矣。"

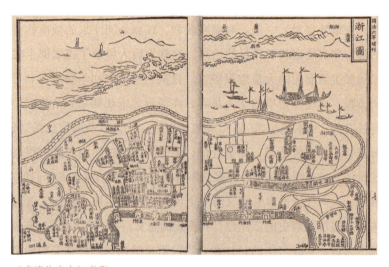

《咸淳临安志》书影

该书仿效《东京梦华录》体例，记载南宋临安的郊庙、宫殿、山川、人物、市肆、物产、户口、风俗、百工、杂戏和寺观、学校等，为了解南宋城市经济活动、手工业、商业发展情况，市民的经济文化生活，特别是都城的面貌，提供了较丰富的史料。书中妓乐、百戏伎艺、角觚、小说讲经史诸节，为宋代文艺的珍贵资料。

**《武林旧事》的主要内容是什么？**

《武林旧事》一书是追忆南宋都城临安城市风貌的著作。"武林"即临安（今浙江杭州）。全书十卷，周密（1232—1298）撰。密字公谨，号草窗，又号四水潜夫、弁阳老人。祖籍齐州历城（今山东济南），曾祖随宋室南渡，始居湖州（今浙江吴兴）。周密历任临安府、两浙转运司幕职，义乌县知县。宋亡不仕，寓杭州。抱遗民之痛，致力故国文献，遂辑录家乘旧闻，著有《齐东野语》、《武林旧事》等书。

《武林旧事》成书于元至元二十七年（1290）以前。作者按照"词贵乎纪实"的精神，根据目睹耳闻和故书杂记，详述朝廷典礼、山川风俗、市肆经纪、四时节物、教坊乐部等情况，为了解南宋城市经济文化和市民生活，以及都城面貌、宫廷礼仪，提供了较丰富的史料。"诸色伎艺人"门著录的演史、杂剧、影戏、角觝、散耍等五十五类、五百二十一位名艺人的姓名或艺名和"宫本杂剧段数"门著录的二百八十本杂剧剧目，对于文学、艺术和戏曲史的研究，尤为珍贵。

**《录鬼簿》是记录鬼故事的书吗？**

《录鬼簿》是金、元戏曲史料专著，共两卷，钟嗣成撰。它记载了元代书会才人和名公士大夫中，戏剧散曲作家的生平事迹和作品目录。作家小传一百五十二则，作品目录四百余种。卷首序文高度评价了在当时遭到轻视的戏曲作家的艺术才华，肯定了戏曲的价值。这是古代第一部系统研究古代戏曲的专著，具有极高的史料价值和理论造诣。

《录鬼簿》书成于元文宗至顺元年（1330）。元统二年和至正间，又递有修订。明初，贾仲明重为增补。今传《录鬼簿》原本共分两大系统。

其一，明无名氏《说集》本，为元统修订本。不分类，卷首有至顺元年钟氏自

序，卷末有朱凯至顺元年后序，邵元长跋文及所题《湘妃曲》。全书分六类，计作家111人。明孟称舜本与之同源，记作家一百一十人。

其二，清曹寅《棟亭藏书十二种》本。分上下卷，卷末增入周诰题词《折桂令》，至正二十年（1360）朱经题曲，洪武三十一年（1398）吴门生跋文。万历十二年（1584）梦觉子跋文。题作《新编录鬼簿》。全书分七类，记作家一百五十二人。为至正年间二次修订本。与之同源的有清尤贞起钞本，清刘世珩《暖红室汇刻传奇》本，近人董康《读曲丛刊》本，陈乃乾《重订曲苑》本。《录鬼簿》明代贾仲明增补本，有天一阁藏兰格钞本。增入贾氏永乐二十年（1422）后序，并增撰关汉卿以下八十二首挽词《凌波仙》。此外，作家姓名字号及生平事迹，也有详略差异。此本无刻本。1938年北大出版组曾据郑振铎、赵万里、马廉过录本影印。

在元代重正统的封建文人心目中，对于戏曲作者、戏曲艺人一般是很轻视的，谁都不屑为他们作文立传，钟嗣成则不顾世俗偏见，想方设法稽钩考订他们的里籍行实，收集他们的作品名目，专门为他们撰写小传，结集成书，取名《录鬼簿》。书中将所录作家按散曲、杂剧、时代先后，以及是否熟识等不同情况，分为七类："前辈已死名公，有乐府行于世者"，著录董解元等三十一人；"方今明公"，著录郝新庵等十人。以上两类多为散曲作家，钟嗣成称他们是"前辈公卿居要路者，皆高才重名，亦留心乐府者"，特别指出他们的身份，以示区别于其余作者。"前辈已死名公才人，有所编传奇行于世者"，著录关汉卿、王实甫、马致远等五十六人，其中赵文殷、张国宾、红字李二等人是教坊戏曲艺人兼作者，社会地位极低；"方今已亡名公才人，余相知者……"著录关天挺等十九人，各人小传后有［凌波仙］吊曲一首；"已死才人不相知者"，著录十一人；"方今才人相知者……"著录二十一人；"方今才人，闻名而不相知者"，收录四人。全书所录一百余位作者，虽未能包括元代全部杂剧作者，但作者筚路蓝缕致力于为他们作传的苦心孤诣，实在令人敬佩不已。在作者看来，那些"门第卑微，职位不振，高才博艺"，"名誉昭然"的杂剧作者和艺人，应与"圣贤之君臣，忠孝之士子"一样，都属于"不死之鬼"之列。这是对元代统治阶级中那些酒囊饭袋、醉生梦死之徒，以及道貌岸然、空谈义理而碌碌无为、宛如行尸走肉、生不如死们的辛辣讽刺。钟嗣成能如此高度评价戏曲作者，并以编著专书的实际行动来表示对鄙视戏曲及其作者微不足道者的抗争，在当时实在是很难能可贵的。

214

# 《花部农谭》讲的是什么内容?

清代中叶,中国戏曲经历了一次激烈的"花雅之争"。当时,一统天下的昆曲——"雅部"正受到各种地方戏曲——"花部"的严重冲击。虽然,社会上的权贵与正统文人都鄙视"花部",称为"乱弹"。但,那些来自民间的各种地方戏曲——徽戏、梆子、汉调、秦腔、二簧调等,却是生气勃勃,备受广大人民群众的欢迎。这时,有一位厚爱"花部"的文人,对那些地方戏曲作了深入的观察与了解,写出了好几部戏曲理论著作,如《花部农谭》、《曲考》、《剧说》等,对"花部"作了深刻的研究,并且十分推崇。他,就是生于乾隆嘉庆年间的焦循,江苏甘泉(今扬州)人。自幼即以颖悟著称。敢于思考,富有才华。嘉庆年间中举,与阮元齐名。后应礼部试不第,便托足疾,在家居住。长住农村,很少进城。在家乡修筑一楼,名为"雕菰楼"。长期读书著作,写出很多有独特见解的论著,成为名重一时的"通儒"。

在 18 世纪末叶,各地民间的地方戏曲,已经有了一定高度的发展与兴盛。虽然,有些人认为"花部"剧目,曲文俚俗,"乱弹"而已。但,焦循却认为"花部原本于元剧,其事多忠孝节义,足以动人;其词直质,虽妇孺亦能解;其音慷慨,血气为之动荡。"所以,他在家居时,经常携妇带孙,"乘驾小舟,沿湖观闻"。并且,还喜欢与农民们一起,群坐柳阴豆棚之下,畅怀纵谈,评述观剧后的感想。由此,便写出一部《花部农谭》,对很多地方戏曲作了考证与分析。

在书中,他考证认为《龙凤阁》(《二进宫》)一剧,应源自明末。李娘娘即选侍,杨波即杨涟。有人误认为出自明神宗之时,是不对的。还有一出《两狼山》,演杨业被潘美所害,杨延昭上朝,告状诉冤。朝廷召来寇准,终将潘美问罪。他很欣赏这戏,认为《两狼山》反映的历史现象比正史所载更接近历史真实。在"花部"中,他特别称道的还有《赛琵琶》、《清风亭》等剧目。

《赛琵琶》,是写秦香莲与陈世美的故事。最后,秦香莲亲审陈世美,"数其罪,责让之,洋洋千余言。"焦则认为:"《西厢·拷红》一出,红责老夫人为大快,然未

有快于《赛琵琶·女审》一出者也。"这就是说,《赛琵琶》虽然源自徽戏,但是,看了以后,却比昆曲《西厢》痛快淋漓得多了。另外一出《清风亭》,叙述的是,磨豆腐为生的张氏夫妇,捡子抚养,含辛茹苦,养子成人以后,却不认养父养母。养父母悲痛欲绝,撞柱而死。那养子也遭天谴,雷殛而亡。焦循观看之后,很有感慨,记道:"其始无不切齿,既而无不大快。铙钹既歇,相视肃然,罔有戏色;归而称说,浃旬未已。"最后,他的结论就是:"彼谓花部不及昆腔者,鄙夫之见也。"由此可见,焦循对于当时为人所轻视的地方戏曲,是何等的看重了。

215

## 王骥德的《曲律》是什么书?

《曲律》完成于17世纪前期,是明代最为重要的戏曲理论著作。全书四十章,分别探讨南北曲源流、南曲声律、传奇作法,以及戏曲创作和理论的许多重要问题,并对元明两代戏曲作家作品进行广泛的品评。实际上,就此书包括的内容和达到的理论高度而言,它堪称是对金元以来数百年间中国古典戏曲创作和理论批评的一次全面总结。

王骥德受家庭影响,青少年时期即对戏曲产生浓厚兴趣,后师事著名戏曲家徐渭,并与吴越一带戏曲家、声韵学家广泛交流,切磋曲学。著有传奇数种,他毕生致力于戏曲理论批评,曾校注评论《西厢记》等古剧,《曲律》是他理论活动的结晶。

全书四卷,论四十个专题。《论曲源第一》、《总论南北曲第二》两篇,论"曲"的历史渊源和流变大略,有绪论的性质。第三至十二章,论声乐音韵理论;第十三至二十一章,论戏曲语言;第二十二至二十五章,论曲词作法和禁忌;第三十至三十八章,论传奇作法种种;第三十九章《杂论》分上下两部分,有戏曲史料、传奇作法、批评鉴赏等等,内容庞杂;末章泛谈"曲运"之亨达与困顿。从全书论题及其组织体制看,《曲律》不愧是一部结构谨严、纲目清晰、论题广泛、自成体系的曲论著作。书名《曲律》,"律"者,法也;作者意在研讨戏曲之"法",即探索创作、评论中带有规律性的问题。

尤其值得注意的是他提出的批评方法论。"论曲，当看其全体力量如何，不得以一二语偶合，而曰某人某剧某戏，某句某句似元人，遂执以概其高下，寸瑜自不掩尺瑕也。"强调从"全体力量"来权衡作品的优长短缺，指出"寸瑜"与"尺瑕"之间的主次关系。这对于那些但见树木，不见森林，拘泥于品藻文章、推敲字句、斟酌音律式的曲评，无疑是一种方法上的挑战。

在对明代曲坛上临川、吴江两大戏曲流派的理论争执上，《曲律》能以公正的态度作出全面的评价，这是当时及后世曲学界都颇为称道的。

概括说来，其突出的观点大致有以下几点：

一是从古优戏、宋杂剧、金代诸宫调的形式演变中探索元杂剧的历史渊源，明确肯定中国古代戏剧成熟于元代。

二是在论述元杂剧繁盛原因时，通过元明作家的比较，深入到当时文化思潮和社会心理的底层加以探讨，从而提出了较为深刻的见解。

三是推崇元曲的本色当行。他论曲重本色，但对本色的解释与其他曲家不尽相同。他主张本色与文采相结合，认为剧作达到"浅深、浓淡、雅俗之间"才是本色的典范，以《西厢记》为代表。

四是在作家作品中，王骥德屡屡对世称"元曲四大家"不包括王实甫表示不满，始终以王实甫居于四家之首，表现了他的艺术偏见，却也大体符合事实，形成一家之言。

216

# 说说曹禺的《雷雨》

《雷雨》是曹禺的成名作，1934年刊登在《文学季刊》第一卷第三期。主要写一个资产阶级家庭的崩溃。出场人物有周朴园、繁漪、周萍、周冲、鲁贵、侍萍、鲁大海、四凤等。

周朴园是一个带有浓厚封建色彩的中国资产阶级的典型代表。他专横、残暴、

冷酷、虚伪。他青年时诱骗了穷苦女人侍萍，但为了要娶一个"有钱有门第的小姐"，就在侍萍刚生下孩子三天时就把她赶出了家门；在煤矿上，为了镇压工人反抗而命令警察开枪打死几十名工人；但他平时却总是以一个道貌岸然的"正人君子"的面目出现。他摆出"内疚"的样子纪念着侍萍，妄图以此掩盖灵魂的卑鄙，而当侍萍突然出现在他面前时，他立即凶相毕露，对侍萍进行威逼和利诱。蘩漪是作者着力刻画的人物，性格较为复杂。她在周家这个专横、冷酷的监狱里生活了十八年，但她内心却是火一般的热烈，她错误地把周萍看成唯一慰藉自己的人。而当她意识到自己受了周萍的欺骗时，痛苦地喊道："一个女子不能受两代人的侮辱！"于是她从绝望变为疯狂，对周家的罪恶进行了报复性的揭露。周萍是个资产阶级阔少，跟父亲一样冷酷无情，另一方面又很怯懦，在爱情上始乱终弃，引诱了后母又追求四凤。鲁大海是作品中唯一的先进人物，鲁莽却富有强烈的斗争精神。

剧本在艺术上是十分成功的。它的闭锁式的戏剧结构，把人物三十年的新仇旧恨集中在十几个小时和两个场景中展开，人物之间复杂关系有机地糅入逐步推进的戏剧冲突中，语言洗练、含蓄、富有个性化，恰切地表现出人物各自的身份教养、经历和气质。《雷雨》在现代文学史上具有重大的影响。它一出现，就立刻引起了广大读者的注目。几十年来，它显示出经久不衰的艺术生命力。

217

# 老舍《茶馆》的主题是什么？

话剧《茶馆》是人民艺术家老舍先生创作的一部不朽的名著，发表于《收获》1957 年第一期，1958 年由北京人民艺术剧院首演，此剧以茶馆作为社会缩影，透过半个世纪的世事变化，由七十多个角色演出各阶层人民的生活层面。

戏剧通过一批"小人物"的悲惨遭遇来反映旧社会各个阶级的命运。人的精神危机是时代文化危机的一部分。《茶馆》对旧社会民众精神危机的刻画，主要是借助剧中三个关键人物——王利发、秦仲义和常四爷来完成的。裕泰茶馆掌柜王利发、吃"铁杆庄稼"的旗人常四爷、茶馆房东秦仲义等人物形象说明，在旧社会无论是小资产阶级搞改良主义，还是民族资产阶级走"实业救国"的道路，或者是一些具有我们民族的传统性格的人进行个人反抗都不能救国救民，只有像康顺子、康大力那样，在共产党的领导下走革命道路才可能求得翻身解放。

这部革命现实主义杰作，截取戊戌政变后的清朝政府垂死挣扎、袁世凯死后的北洋军阀混战和抗战胜利后的国民党政府残酷统治这旧中国三个反动高峰的苦难时代做背景，通过北京裕泰茶馆这个"小社会"，由兴盛到衰败直至倒闭

老舍（右二）与友人

的经历，展现了近半个世纪的旧中国日益沦为半封建半殖民地社会的漫长过程，同时也侧面体现了中国人民由被压迫、被奴役到逐渐觉醒、奋起抗争的过程，从而表达了埋葬三个旧时代、暗示光明到来的主题思想。

218

# 秧歌剧《兄妹开荒》

1943年，《兄妹开荒》由延安鲁迅艺术学院演出。这是一出小型的秧歌剧，登场的只有兄妹二人。

哥哥是个爱劳动而性格活泼的青年翻身农民。在雄鸡高叫时他就上山开荒，决心响应边区政府的号召，赶上劳动英雄。但当妹妹上山送饭时，他却放下撅头，假装在地里瞌睡，要跟妹妹开个玩笑。妹妹批评他时，他借口说昨晚睡得迟，并说自己不能向英雄学习。妹妹夺了撅头，自己干起来，他又说："你有劲你去干啊，我休息在一边。掏出旱烟来吸一袋，快活似神仙……"当知道妹妹气恼了，要去报告刘区长时，他才急忙向妹妹说明了真相。

妹妹是个思想单纯、热爱劳动的姑娘。她一方面批评哥哥"大白天你来睡觉，误事真不浅"，一方面用刘区长的讲话，劳动模范马丕恩的事迹劝导他，但没有结果，最后她气得"几乎哭出来"，声明要"去报告刘区长，开会斗争你"。而当她了解真相后，就又高兴地和哥哥展开了劳动竞赛。

《兄妹开荒》采用了民间秧歌形式，把戏剧、音乐、舞蹈有机地融合在一起，形成一种新型的广场秧歌剧。歌唱、韵白、散白相结合的人物语言，质朴清新、通俗易懂，避免了"文人气"和"学生腔"。戏剧结构单纯而紧凑，"误会法"的巧妙运用，给全剧带来诙谐、乐观的情调。作品通过兄妹二人在开荒劳动中所表现出来的积极性，反映了边区人民响应政府号召，努力开展大生产运动的热气腾腾的动人景象。

219

# 李渔

李渔（1611—1680），字笠鸿，号笠翁，别署笠道人，浙江兰溪（今属金华市）人。明末曾在浙江多次应试，皆不第。1646年清兵入浙时，原籍兰溪毁于战火，李渔自兰溪移家杭州，约住十年。他的戏曲、小说大部分是寓居杭州十年间作成的，刊行后颇为畅销，以此受到了一些达官贵人的垂青、资助。顺治十七年（1660），又移家金陵（今南京），在此期间，他经营芥子园书坊，交结名流，时常带着自家的戏班周游各地，到达官贵人府第演戏。康熙十六年（1677），再迁杭州，住在西湖云居山东麓的层园，最后殁于杭州。

李渔的文艺生涯不同于一般文人。他在金陵开设芥子园书坊，带着女乐奔走于达官权贵门下，赋诗作文编剧无一不是为了赚钱谋利。因此，重正统的文人往往"以俳优目之"，鄙薄他的人品。可是也有文坛名流如王渔洋、周亮工、尤侗、钱谦益、吴梅村等人，却欣赏他的文艺才能，乐意和他往还。李渔是一个周旋于封建士大夫阶层的专业戏曲工作者，为戏曲事业倾注了毕生的心血。

他博学多才，著作甚丰。有单篇小说、小说集《十二楼》、《无声戏》、文集四卷、诗集三卷、余集一卷、别集两卷、《闲情偶寄》六卷，后来汇刻成《笠翁一家言》，由芥子园书坊刊行。他的戏曲小说，主要是用来娱乐人心的。他的剧作和小说大多以才子佳人的爱情故事为题材，"十部传奇九相思"，很少有较为深刻的社会内容，而是以情节曲折、关目离奇见长。但他总结的戏曲理论却有着重要的价值，使他成为清初著名的戏曲剧作家和戏曲理论家。

李渔像

李渔以传奇集《笠翁十种曲》、杂著《闲情偶寄》、小说集《十二楼》为最著名。《李笠翁曲话》是近人将《闲情偶寄》中《词曲部》、《演习部》、《声容部》单独辑印而成的。《李笠翁曲话》是一部最系统、最完备的戏曲理论专著，在曲论的体制结构方面是一个进步。元明以来的曲论著作，多半是随笔式的，侧重于记述诸如音律、曲谱、剧目、本事、轶事等，有的著作内容庞杂，漫无伦次。晚明王骥德《曲律》首创分专题全面论述曲论诸问题，初步建立起综合论述曲论体制。李渔继承《曲律》的理论贡献，又有新的发展。他在书中只讨论理论问题，不记曲谱格律一类成法，确定了理论研究的范围。全书两"部"十一"章"，五十三"节"，几乎囊括戏曲理论的主要问题，而且组织得有纲有目，层次清楚，轻重分明，开拓了古典曲论体制结构的新局面。

除此之外，他周游天下，足迹遍及大半个中国。曾经三次入京，还到过山西、陕西、甘肃、河南、湖北、福建、浙江、广东诸省。在漫游过程中，他积累了许多创作、导演和舞台演出经验，从而跳出前人只是寻章摘句、囿于音律的研究戏曲艺术的窠臼，在更为辽阔视野的基础上总结发展了我国古代的戏曲理论。

220

# 汪笑侬为什么被誉为京剧改良鼻祖？

汪笑侬（1858—1918），京剧作家，表演艺术家。满族正黄旗人，原名德克俊

（一作德克金），又名舜，字仰天，号孝农。他生在北京城里的一户官宦之家，自幼聪明好学。二十二岁时虽中了举人，却无意于仕途，一心想要在艺术上成就事业。其父担心他会被亲友们嘲笑为"不务正业"，便在他并不情愿的情况下，花钱给他捐了个河南泰康的七品知县。谁知他上任未久，就因为主持正义、惩办邪恶，惹恼了当地的土豪劣绅，他们向太守行贿，将汪笑侬罢了官。

汪笑侬离别官场，只身来到天津，决意就此进入戏剧界，以唱戏为生。他十分敬慕在京剧表演方面造诣高深的名角儿汪桂芬，登门表达了拜师学艺的想法，没料到汪桂芬很不以为然地说了句："谈何容易！"便拒绝了他的请求。从此以后，他就给自己取了"汪笑侬"的艺名，意思是汪桂芬曾经讥笑过我，为的是发愤努力，一定要在京剧界闯出一番局面。经过多年不懈的磨砺，他的愿望终于实现了，成了享誉梨园的京剧表演艺术家与剧作家。

汪笑侬吸收各家之长，又采用了徽调、汉调的唱腔、韵味，结合自己的嗓音，创造出一系列独特的唱腔，使人耳目一新。总的演唱风格是突出个性，声情并茂。他的唱腔清越激昂，通俗而不庸俗，虽变化多端而不显生硬勉强，或自高昂处跌宕而下，或于低回处曲折而起，都能传情、动人。他的嗓音窄而高，气力稍单弱，因此，在唱法上注意控制、运用气息，突出抑扬、吞吐和收放的对比，用抑、吞、收来反衬扬、吐、放，以造成效果。于唱段收尾时，多在似急流奔泻的行腔之后，强力顿住、然后用全力一放，使尾腔喷薄而出，格外饱满。

他所处的时代，正是中国社会异常黑暗同时又呼唤着大变革的时代。极富正义感和社会使命感的汪笑侬，并不以只拥有艺术家的名气为满足，他一心要通过自己的戏剧艺术，来推动民族的觉醒和自强，促进社会的变革与进步。在当时的京剧界，他最为重视戏剧的社会教育作用，常常亲自编演一些特别感人的作品，进行颇具成效的宣传。他的一首《自题画像》诗，真切地展现了献身戏剧改良运动的人生追求："手挽颓风大改良，靡音曼调变洋洋。化身千万倘如愿，一处歌台一老汪。"

# 吴梅

吴梅（1884——1939），字瞿安，号霜厓，江苏长洲（今苏州）人。中国著名戏曲理论家和教育家，诗词曲作家。吴梅一生致力于戏曲声律研究和教学。主要著作有《顾曲麈谈》、《曲学通论》、《中国戏曲概论》、《元剧研究》、《南北词简谱》等，又自作杂剧、传奇十余种。培养了大量学有所成的戏曲研究家和教育家。吴梅对古典诗、文、词、曲研究精深，作有《霜厓诗录》、《霜厓曲录》、《霜厓词录》行世。又长于制曲、谱曲、度曲、演曲。作《风洞山》、《霜厓三剧》等传奇、杂剧十二种。

吴梅把一生都奉献给了教育事业，自 1905 年至 1916 年，先后在苏州东吴大学堂、存古学堂、南京第四师范、上海民立中学任教。1917 年至 1937 年间，在北京大学、东南大学、中央大学、中山大学、光华大学、金陵大学任教授。他精通昆曲，不但整理了唐宋以来的不少优秀剧目，还创作了不少昆曲，并且是第一个把昆曲这一民间艺术带入大学的教授，在北京大学文学系教昆曲和戏剧。他的弟子既有名教授大作家，如朱自清、田汉、郑振铎、齐燕铭；又有梨园界的大师，著名京剧表演艺术大师梅兰芳、俞振飞，20 世纪 80 年代的日本东京大学校长也是吴梅的弟子。目前台湾的昆曲名家，都是吴梅的第二代弟子。可谓桃李满天下。1993 年，中国文联、中国戏剧家协会等在吴梅故里苏州召开了吴梅诞辰一百周年学术讨论会，海内外特别是宝岛台湾，不少专家、学者前来赴会。

吴梅在文学上有多方面成就，而在戏曲创作、研究与教学方面成就尤为突出，被誉为"近代著、度、演、藏各色俱全之曲学大师"（王玉璋《霜厓先生在曲学上之创见》）。浦江清说："近世对于戏曲一门学问，最有研究者推王静安与吴梅先生两人。静安先生在历史考证方面，开戏曲史研究之先路；但在戏曲本身之研究，还当推瞿安先生独步。"龙榆生说他"专究南北曲，制谱、填词、按拍一身兼擅，晚近无第二人也"。编校《吴梅全集》的王卫民说，在中国戏曲史上的大家，或以制曲见长，或以曲论见长，或以曲史见长，或以演唱见长，就是在昆剧的全盛时期，"集二

三特长于一身的大家已屈指可数，集四五特长于一身的大家更为罕见"，然而生活于昆剧衰落时期的吴梅，却能"集制曲、论曲、曲史、藏曲、校曲、谱曲、唱曲于一身"，且在戏曲教育上也卓有建树，堪谓奇迹。

曲律研究方面，吴梅的《顾曲麈谈》、《曲学通论》、《南北词简谱》等专著，在前人研究成果和自己艺术实践的基础上，全面系统地论述了制、谱、唱、演的艺术规律。曲史研究方面，吴梅的《中国戏曲概论》是放眼全局的第一部中国戏曲通史，《元剧研究》和《曲海目疏证》对剧作家与作品的考证，也有承前启后之功，《霜厓曲话》、《奢摩他室曲话》和《奢摩他室曲丛》等采取传统的曲话形式，广泛评述散曲、剧曲的形式与内容，既为作者的进一步研究打下了基础，也为后人的研究提供了可贵的参考材料；吴梅在词学研究上亦有很高造诣，朱祖谋曾四校《梦窗词》，而吴梅重读《梦窗词》，还能有新的发现。他的专著《词学通论》，寓史于论，史论结合，从格律到作法，多所创见。

222

# 青木正儿

青木正儿（1887—1964），号迷阳，是日本著名汉学家，文学博士，国立山口大学教授，日本学士院会员，日本中国学会会员，中国文学戏剧研究家。青木正儿生于日本山口县下关，自年少时就有"读净琉璃之癖"。在中学时代，喜读《西厢记》等中国古典作品，"很觉中华戏曲有味"。在大学时代，致力于"元曲"的研究。1908 年入京都帝国大学后，师事狩野直喜（1868—1947）。狩野直喜是日本研究中国文学史的先驱之一。在狩野直喜的指导下，他广泛涉猎《元曲选》、《啸余谱》等曲学书籍，并对元杂剧进行了专门研究，1911 年以《元曲研究》一文从京都帝国大学中国哲学文学科毕业。毕业后任教于同志社大学，1919 年与京大同学小岛佑马、本田成之等组成"丽泽社"，创办《支那学》杂志。并在该杂志上发表《以胡适为中心的中国文学革命》，是向日本介绍中国新文化运动及其中心人物胡适的第一篇文章。他还多次向胡适提供在日本搜索到的中国文学史资料。20 年代，他到中国访学，与胡适有直接的交往。1923 年青木正儿任仙台东北帝国大学助教，后历任京都帝国大学、山口大学教授。30 年代，青木正儿就被中国学术界誉为"日本新起的汉学家中有数的人物"，后更被誉为"日本研究中国曲学的泰斗"。

著有《中国文艺论数》（1927），《中国近世戏曲史》（1930），《中国文学概说》（1935），《元人杂剧序说》（1937），《元人杂剧》（译注，1957）等，所著结集为《青木正儿全集》（十卷）。不过，最为学界熟知和影响深远的，还是他的成名作《中国近世戏曲史》。他曾多次向王国维求教，并游学北京、上海，观摩皮黄、梆子、昆腔，写成《自昆腔至皮黄调之推移》（1926），《南北曲源流考》（1927）两文。在此基础上，他用一年的时间，写成《明清戏曲史》。为了便于日人阅读，改题为《中国近世戏曲史》。所谓近世，是因为王国维把宋以前称为古剧，"余从而欲以元代当戏曲史上之中世，而以明以后当近世也"。

青木正儿是一位可爱的日本中国学者，自称"性孤峭而幽独"，还有仙骨的气象，兴趣广泛而不拘泥一方，对于中国的文学、音乐、美术等都有广泛的思考与研究；他以详实而学术价值极高的《中国近世戏曲史》进入了中国学者的视野，此外，关于中国文学、中国文论史的一些研究及学术著作，也陆续在民国年间得到翻译、介绍，新中国成立之后，不少论著得以再版。作为继承实证主义学派的践行者，青木正儿于 1922 年及 1925—1926 年两次访问中国，除了相关的学术论文以外，还留下了不少如《江南春》、《竹头木屑》的行纪，《北京风俗图谱》的绘图记录；并且，这段访问中国的经历，一方面积累了学术资料，促进了中国戏曲史及其他相关的学术研究，另一方面，也影响了青木先生日后的学术研究的趣味。在 40 年代，青木正儿在原有的文学研究以外，转向了构筑自成体系的"名物学"研究，作了散文、随笔、札记，也有许多和中国之行相关。

223

# 周贻白

周贻白（1900—1977），湖南长沙人，是我国著名戏曲史家、戏曲理论家。周贻白童年丧父，因家贫辍学而搭班学艺，历尽艰辛，仍刻苦自学，攻读文史群籍。在动荡的岁月里，他以戏子的身份闯荡江湖，一生与戏剧结缘。少年演剧，中年编剧，晚年论剧，经历了清王朝的覆灭，民主革命的洗礼，抗日战争的蹉跎，新中国的诞生。1927 年参加田汉主持的南国社。1935 年开始致力于戏曲史和戏曲理论的研究。1950 年，他由香港回到大陆，执教于中央戏剧学院，曾历任文化部戏曲改进委员会委员，中央戏剧学院"中国戏剧史"教授，《戏剧学习》、《戏剧论丛》编委，中国戏剧家协会理事，北京市第三届政协委员。随后，经历了整个"文化大革命"，于 1977 年 12 月 3 日逝世。

在戏剧界，他是一位经历独特的剧人。从江湖马戏班的杂技到文明戏、京剧、话剧、电影，无所不演。与阿英同组新艺话剧团，当过前台经理；与欧阳予倩一起从事过改良京剧；又在被称为"中国第一个职业话剧团体"的中国旅行剧团担任编剧，同时进行电影创作。30—40 年代，他创作、公演并出版的作品有话剧、电影故事片，还有京剧《朱仙镇》等，总计约三十部上下。

自 30 年代中期开始，在从事编剧的同时，周贻白又着力于中国戏剧的史论研究，完成并出版了中国戏剧史专著 7 种：《中国戏剧史略》（1936，商务印书馆），《中国剧场史》（1936，商务印书馆），《中国戏剧小史》（40 年代，永祥书局），《中国戏剧史》（1953，中华书局），《中国戏剧史讲座》（1958，中国戏剧出版社），《中国戏剧史长编》（1960，人民文学出版社），《中国戏曲发展史纲要》（遗著，1979，上海古籍出版社）。此外又有《中国戏曲论丛》（1952，中华书局），《曲海燃藜》（1958，中华书局），《明人杂剧选注》（1958，人民文学出版社），《中国戏曲论集》（1960，中国戏剧出版社），《戏曲演唱论著辑释》（1962，中国戏剧出版社），《周贻白戏剧论文集》（遗著，1982，湖南人民出版社），《周贻白小说戏曲论集》（遗著，1986，齐鲁书社）等论著，约四百万字。就"中国戏剧史"这个课题来说，他由简而繁，由繁而简，整整写了七遍。

他的主要成就和特点是：注重戏曲全史的研究，对中国戏曲发展作了通史性的探讨和总结；首先提出中国戏曲声腔的三大源流，即昆曲、弋阳腔、梆子腔的见解，并且作出详尽的论述；能密切联系舞台演出实践，注重实际调查，改变了过去研究方法上只重考据和文采的偏颇。

40 年代末，他与戏剧家欧阳予倩同在香港某电影公司任职。欧阳予倩曾为他写过几首诗，概括了他的前半生，没想到也道中了他的后半生。其中《赠贻百》诗云：

> 曾磨铁砚点铅黄，击楫临风意气扬。
>
> 毡蚝饵曾因自暖，钳锤亦复为人忙。
>
> 择仁不为严刑改，嫉俗翻惊恶梦长。
>
> 只有坚贞堪自傲，湘山湘水意偏长。

224

# 词的别名都有哪些?

词之为"词",自唐代而然,是时本指燕乐曲词,唐代元稹在《乐府古题序》中,将词列为诗别流二十四体之一。而在宋代,它成为独立的文体。

词亦称小词,这是因为它体制较小,但也有轻其卑俗、不入大雅之意。这个名称五代时即有,如牛峤《女冠子》云:"浅笑含双,低声唱小词。"

比小词更为普遍的别名是词曲。"词"指曲词,"曲"是曲调,因词可以配乐演唱,故常将二者合为一谈。与之相似的名称是词章,这个名称更突出词的文辞,如《宋史·贺铸传》云:"铸所为词章,往往传播在人口。"这种名称在宋代虽被人们所接受,但不大常用。

也有以"曲"字来称词的,如曲、曲子。称"曲"者如宋代王灼《碧鸡漫志》中所说"宇文叔通久留金国不得归,立春日作《迎春乐》曲云"以及"陈无己作《浣溪沙》曲云",这二篇都是词,此处称曲。曲子这个名称意思与曲相同,但在宋代时候常多指艳词而言。宋代张舜民《画墁录》里记载有这么一个故事:柳永去拜访当时的丞相晏殊,晏殊问他:"贤俊作曲子么?"就有点明知故问、暗含讽刺的意味了,而柳永巧妙地回击他道:"如相公亦作曲子。""奉旨填词"的白衣卿相并不就比丞相低了多少。

词还有一种常见的别称是"曲子词"。此称兼及其曲调歌词,此名将曲调和曲词合称,实际上更偏指词。《花间集》所收的晚唐、五代时期作家的词作,就名为曲子词。五代时欧阳炯在《花间集序》中也称:"因集近来诗客曲子词五百首,分为十

卷。"《敦煌曲子词集》有这么一种说法：配清乐者称乐府，配燕乐者称曲子词，简称为词。这种说法是有道理的，但也有极少数人并不认为曲子词即是指词，如王重民、任二北。

还有一些文章中以歌词、歌曲、歌诗、乐府词、乐辞来指词，但都不大常用。"长短句"是词这种文学样式较为普遍的一种别名，得名于词的形式特征——句式有长有短。这个名称也是比较早的，唐人就以之称词了。如元稹在《乐府古题序》中称："在音者因声以度词，审调以节唱，句度短长之数，声韵平上之差，莫不由之准度。"有些乐府诗由于句子也有长短之别且可倚声入乐的缘故，也被称为长短句，但因为后代称词为长短句的情况比较多，慢慢的这个名称就为词所专有了。如宋代惠洪在《冷斋夜话》中云："东坡作长短句，令妓歌之。"

此外，词还有一个被大家所熟知的别名——"诗余"。这个名称始于宋代，如宋代《唐宋诸贤绝妙词选》称宋人所选的词集名为《草堂诗余》。这个名称略带点对词的藐视，道统上自古以诗为上，而对于词，文人多不以为然，把它当作是作诗闲暇时候的一种娱乐之作。

225

# 何谓"词牌"？

如果你在翻阅一本词集，有没有发现词名间隔号之前出现的名称都会出现或多或少的重复？这种现象其实是必然的，甚至在同一个作家的作品中都会有重复的状况，这些重复出现的名称，就是词牌。

词都有词牌，词牌指的是填词时所依据的曲调，也可称之为词调。一种曲调就有它专属的一种词牌名。宋代之前的词都是用以配乐歌唱的，宋代之后大多数词人只懂格律，不懂音乐，因此词慢慢走上了与音乐脱节的道路。由于词牌所代表的乐调本身有激昂慷慨的，有委婉妩媚的，有幽怨哀叹的，有凄凉伤感的，有欢愉喜乐的，宋人熟悉词调，所以在作词的时候，就会按照想要表达的情感选择合适、有倾向性的词牌，写出的作品风格就不一样。而到了明代之后，虽然宋词的曲谱大抵都失传了，但宋人作品还是在内容和风格上起了示范作用，后人按之前留下来的格律进行填词，词牌名也作为一种结构定式固定了下来，词变为了一种独立的诗歌形式了，词牌也就随之演变成为词的格式的名称了。

词牌的来源大概有以下几种：一是来源于民间。如《竹枝》，原是四川、湖南一带山区的民歌，短笛配合大鼓，边唱边舞的；二是来源于边地或西域。这些西域音乐随着丝绸之路而来，获得大家的喜爱后，文人就给它们填上词，到处演唱。这些词牌起名有时用译音，有时由汉人自行起名。如《婆罗令》、《望月婆罗门》、《婆罗门令》、《婆罗门引》等都是由西北传来的印度音乐。而唐代最为有名的《霓裳羽衣曲》就是在《婆罗门》的基础上加工改制而成。也有人将龟兹乐曲引入词调，就成了《苏幕遮》。还有一些乐曲，因为最先创作或流行的地方而得名，如《甘州》、《凉州》、《伊州》等等。三是由唐宋政府音乐机构创作的词牌。比如说唐玄宗时期有一次杨贵妃过生日，教坊创作了一支新曲子，而这时南方正好送来了贵妃最喜欢的新鲜荔枝，这只曲子就顺应时势被命名为《荔枝香》。而宋代音乐机构"大晟府"有一些官员也是作词牌的大家，如周邦彦、万俟雅言等。四是本来就是乐曲名称，到唐宋时代成为词牌。如《西江月》、《沁园春》等；也有些从词中取几个字便为词牌名，如《念奴娇》又名《大江东去》、《酹江月》，就是取自于苏轼《念奴娇》词的第一句"大江东去"和这首词的结尾"一樽还酹江月"最后三个字而来。五是词人、诗人自制的词牌。如宋代词人柳永、姜夔等，他们既是词人，也是音乐家，对于自制的词牌，往往加注"自制曲"字样或是加上小序。

词牌的种类非常繁多，到了清代的时候，万树所作的《词律》中就收录了1180多个，但其中我们常用到的大约就只有一百多个。

226

# 何谓"词谱"？

乐谱是乐器演奏的时候所必需的，对于配乐的词来说也一样，记录词的音乐的乐谱被称为词谱。早期的词谱要适应乐调的需要来制定。宋代以后，词和音乐逐步脱离，乐谱也就逐渐散失，再加上大多数词人只懂格律，不懂音乐，他们填词意在吟诵而不在演唱，于是干脆将乐谱抛在一边，只是按照前人的词作，逐字逐句注明平仄。因此，后世的词谱，实际上只是各个词牌的平仄谱。

历史上的词谱著作起于明代，现存最早的是张綖所作的《诗余图谱》，后世词谱大体上没有超出它的体例。陈继儒在《诗余图谱序》中称：

> 有白有黑，有黑白之半，按图而填之，倚声而调之，抑扬、老嫩、发端、后殿，与中间过度、顿挫之法，种种必具。……词如夜光明月，图谱如翡翠百宝盘，珠玑陆离流走，而终不能跳掷于宝盘外。法令森严，其谁敢干之！万有功于词家如此。

从中我们可以想象词谱的样子，○为平，●为仄，真如"翡翠百宝盘"了。康熙朝所编《钦定词谱》中也云："每调一词旁列一图，以虚实朱圈分别平仄，平用虚圈，仄用实圈，字本平而可用仄者上虚下实，字本仄而可平者上实下虚"，与张綖的标识几乎一样。而陈继儒的最后几句，也表明了词学家们的共同态度：词谱是填词必须遵循的工具，是填词的格律。

明清两代，各家词谱如雨后春笋般涌现，多有纷争。万树的《词律》被誉为精审，这是因为明清两代人对待学术的态度不同，明人作词谱，只是把它当作一种风雅之事，自然不必穷形尽相；而清人则把词谱当成了一门学问，万树等清人制作的词谱，都是参考了大量唐宋词样本的基础上完成的，自然更加完备。康熙年间，词谱受到皇帝的重视，陈廷敬、王奕清等奉命编纂了《钦定词谱》，该书共四十卷，在万树《词律》基础上增订而成，内容更为完备。它的出现结束了各家词谱的纷争，成为了一种定制。

227

# 为什么说"词为艳科"?

"词为艳科",表明了一种从理论上对词体性质之朦胧的概括趋向,后来成为宋人及其后人论词的一个重要观念。那么,"词为艳科"是怎么来的呢?这还要从花间词的鼻祖温庭筠说起。《旧唐书·温庭筠传》曾记载道:

> 温庭筠者,太原人,本名岐,字飞卿。大中初,应进士。……然士行尘杂,不修边幅,能逐弦吹之音,为侧艳之词,公卿家无赖子弟裴诚、令狐缟之徒,相与蒲饮,酣醉终日,由是累年不第。

可以看出,温庭筠实在是一个风流潇洒、不拘小节的人物,他公开招收女弟子,著名的鱼玄机就是他的弟子之一。而当是时也,词作为一种新兴文体,是为配合燕乐而形成的,"有边客游子之呻吟,忠臣义士之壮语,隐君子之怡情悦志,少年学子之热望与失望,以及佛子之赞颂,医生之歌诀",而"言闺情及花柳者,尚不及半"。温庭筠作词一革前朝风气,其词"香"而"软",多写男女间恋情,将词的内容由庞杂引向了狭窄的、但又对后世影响深远的情爱之路,其被收入《花间集》的六十六首词中,有六十一首是写女性的。可以说,是温庭筠为代表的花间词人,开了"词为艳科"的先河。

花间词承他的血统,首先在内容上多写艳情,《花间集》收录的五百首词中有近四百首涉及男女情事,其中既有男欢女爱的"艳事",也有离别相思的"艳情",而且语言生动坦率,有些甚至可称之为露骨。如欧阳炯《浣溪沙》:"兰麝细香闻喘息,绮罗纤缕见肌肤。"其次在表达上多作"艳语",使用大量精美华艳之语,"红"、"绿"、"金"、"闺"、"阁"、"鸳鸯"、"蝴蝶"等语数见不鲜,显得精巧艳丽。除此之外,还有大量描摹女性身体部位的词语,如"蛾眉"、"香腮"、"朱唇"、"纤腰"、"玉指"等,可谓"艳物"。这些"艳"加在一起,成为花间词最为显著的特点,其影响波及晚唐、五代的侧艳之风,奠定了词的"艳科"性质。

而标志传统的"词为艳科"词体观念真正形成的,则是五代后蜀欧阳炯所作《花间集序》的出现。之后宋人承其观念及手法,所作之词文辞藻丽,景物华艳,以

精美的物象来烘托渲染情感。写词多涉及男女爱情也是源于这一观念。就连丞相晏殊，写词也是极尽缠绵。

228

# 何谓"填词"？

说到填词，不禁让人想起了关于柳永的一个故事，以白衣卿相自封的他在《鹤冲天》中写道："对黄金榜上，偶失龙头望。……且恁偎红倚翠，风流事，平生畅。青春都一饷。忍把浮名，换了浅斟低唱。"这本是对科场失意的诗意表达，没想到却惹怒了皇帝，于是皇帝下旨："此人风前月下，好去浅斟低唱，何要浮名？且填词去。"这真可谓是因言得祸。皇帝说了这话，意味着柳永的前途算是绝了望。但他倒也洒脱，由此便自称"奉旨填词"。

其实填词简单说来就是倚声作词，因为词都有需要遵循的音乐或词牌，填词就是把新作的词填到已成的曲调中去。填词有两种情况，一种是完全保持原来的曲调进行填词，第二种是随新词的需要，对原有的曲调进行一定的修改和加工，但原来曲调的风貌仍然基本上保持着。

唐五代时期的文人多依照曲调填词，如韦应物的《调笑令》两首，平仄就极为参差，而晚唐的温庭筠开始讲究平仄声律，其词表现出"律化"特点，这种"律化"将原初依"曲调"填词转换为依"字调"填词，将"填词"的立场从以音乐为首义转化为以"文体"为要务，所填的词能唱即可，脱离了声律的束缚，为"词"能在宋成为一种独立的文体奠定了基础。

到了宋代之时，词的创作急剧增加，填词时对"格律"的要求也愈加严格，平仄已成为一种自觉，甚至有人要求仄分三声。如柳永就精通音律，他在"浅斟低唱"的作品中可以做到"曲调"和"字调"的无间密合。叶梦得在《避暑录话》卷下中写到"余仕丹徒，尝见一西夏归朝官云：'凡有井水处，即能歌柳词。'"可见其流传之广，这与其词与音乐密切结合是有直接关系的。并不是所有词人都有柳永的音乐造诣，所以大多数词人还是依字调填词。有的词作者为了取巧，按精通音律的文人所创歌词中的平仄来填词，这就吸收了其长处，如《雨霖铃》就是宋代文人抛弃唐五代旧调，依照柳永词的格律填词的典型例证。

宋代之后曲调基本遗失，词谱也变成了各个词牌的平仄谱，这时候填词，就要求严格按照词牌平仄、字数、句数、韵脚所规定的格式去填写。

229

## 何谓"阕"？何谓"片"？

东汉许慎的《说文解字》说："阕，事已闭门也。"引申为止息、终了。反映到词曲这一特定领域，曲调终了就叫"阕"。就此而言，歌曲或词一首叫一阕。如我们经常会说"弹琴一阕"、"填一阕词"等。

一首词的一段也叫一阕，如我们在分析或者鉴赏某些词篇时常称"上阕"与"下阕"。词的分段又叫分片，上段称"上片"，下段称"下片"。在这一层意义上，"阕"与"片"的含义是相同的。值得注意的是，我们在谈论词曲的"阕"与"片"时，不能光看到其文字表面的现象，背后的音乐性特征尤为重要。

230

## 何谓"工尺谱"？

工尺谱是我国古代所特有的记谱方法，在民间流传甚广。直到今天，许多老艺人还是习惯用工尺谱来演唱或记谱。在研究整理民族音乐遗产、向民间音乐学习方面，工尺谱仍有着积极的特殊的意义。工尺谱何时开始创用，已很难考查。根据历史记载，古代对工尺谱诸音的写法与今天通用的写法也颇不一致。目前我国各地所流行的工尺谱，在写法上和读法上也出入较大。详尽地、系统地研究工尺谱，是个专门的学问，也是一件艰巨而复杂的工作。这里所介绍的仅是这方面的一般常识。

工尺谱在传统写法上是由右而左作直行书写的，但近二三十年来，也有以简谱的形式横行书写的。在工尺谱中，音的高低是用"上、尺、工、凡、六、五、乙"

七个汉字及其变体来标记的。根据目前一般的唱法，它的音高关系与简谱的1、2、3、4、5、6、7相同。即工凡、乙（㇏上）之间为半音，其他相邻两音之间为全音。

工尺谱中音的长短是用板眼符号（记在每拍的第一个音的右侧。"、"或"×"代表板，"·"或"。"代表眼）、每拍中所包含的字数、字体的大小、字与字之间的距离来表示的。如果一个音的时值超过一拍以上时，那么就在这个字的下面加一直线。直线所占的时间根据音的长短标记为原则。

近四十年来，在工尺谱的直行书写中，除了以上所讲的音值标记外，往往还在字的左侧或右侧加用纵线来表示。纵线的记写和意义与简谱音符下的横线相同。一拍内包括六七个以上的字或节奏较复杂时，大都用加赠板（拍的细分）的方法来记写。在工尺谱中，乐句与乐句之间常留有一定空隙，以表示乐句的划分。乐段的标记则有两种方法：一种是段与段之间留有较大的空隙，一种是分段记写。

在工尺谱中，音的休止叫做歇板和歇眼。歇板和歇眼的记法有两种：一种是在歇板或歇眼处写一"勺"字，而在这个"勺"字的右侧注明板或眼的符号；一种是在歇板或歇眼处留出一定的空隙，在这个空隙的右侧，即记板眼符号的地方，记以歇板或歇眼符号。歇板符号用"△"来标记。上面所讲的歇板和歇眼的写法，都是表示一拍开始时的休止，但在旋律进行中，往往不是在一拍的开始处休止，在这种情况下，比较清楚的写法是在休止的地方写上一个"勺"字。如果要在一拍半的音后面休止半拍时，一般都用歇眼符号"△"写在板的符号"×"的下面来表示。

工尺谱中调的标记，数十年前和现行的已大不相同。为了正确了解各种调名所代表的调的高度，现将数十年前流行的调名、现在流行的调名和国际通用调名的音高对应关系列举如下：

| 现在流行的调名 | 数十年前流行的调名 | 国际通用的调名 |
|---|---|---|
| 小工调 | 小工调（乙字调） | D 调 |
| 乙字调 | 凡字调 | A 调 |
| 凡字调 | 上字调 | bE 调 |
| 上字调 | 六字调 | bB 调 |
| 六字调 | 尺字调 | F 调 |

| | | |
|---|---|---|
| 尺字调 | 四字调（五字调） | C调 |
| 正宫调（五字调） | 正宫调 | G调 |

# 唐代设置的宫廷音乐机关叫什么？

唐代的宫廷音乐机构称作教坊，专门负责管理宫廷俗乐的教习和演出等事宜。

唐高祖武德年间（618—626），高祖李渊开始实行教坊制，置内教坊于宫禁之中，其官隶属于太常寺。在祭祀大朝会等国家大典时按习雅乐，在宫中宴饮歌舞时则用俗乐。如意元年（692），武则天改"内教坊"为"云韶府"，以"中朝官"为使。神龙年间（705—707），唐中宗李显恢复旧称"教坊"，雅俗乐皆归太常礼乐之司所辖。公元712年，唐玄宗李隆基即位，他精通音律，雅好曲艺，认为太常司是礼乐之司，不应典倡优杂伎，于是在开元二年（714）将教坊从太常司所辖之下分离出来，置内教坊于宫中的蓬莱宫侧，从此不再归太常司所管，以"中官"为教坊吏。自此，教坊形成宫内有内教坊，宫外有左、右教坊的格局。当时东（洛阳）、西（长安）二京，俱设左右教坊。在西京长安，宫外的左教坊设在延政坊，右教坊设在光宅坊。在东京洛阳，在宫外的明义坊的北南两侧也设置左右教坊。凡京师的官妓均由教坊管理，并在教坊注册登记。

从此，"教坊"成为集合倡优教授歌舞的官署，专管雅乐之外的音乐、歌舞、俳优、杂伎的教习、演出等事务，其中乐人以女伎居多；而太常司专掌祭祀礼乐，只容男工，没有女伎。

宫内的内教坊，是皇帝游幸之地。内教坊的宫妓，就是供奉内廷的女乐。住在外教坊的艺妓，也是专门供奉内廷的。与宫妓不同的是，她们不住在宫内，而仅是在需要时才进宫应差。

232

# 最长的词调是哪一种？

词史上最长的词调据说是《莺啼序》，又名《丰乐楼》。此调传为最长词调，始见吴文英《梦窗词集》及赵闻礼《阳春白雪》所载徐鼎之词，入何宫调，却无考。全调共计二百四十字，分四段，每段各四仄韵。《词谱》以吴文英《莺啼序·残寒正欺病酒》词为正体，吴词云：

> 残寒正欺病酒，掩沉香绣户。燕来晚、飞入西城，似说春事迟暮。画船载、清明过却，晴烟冉冉吴宫树。念羁情游荡，随风化为轻絮。　　十载西湖，傍柳系马，趁娇尘软雾。溯红渐、招入仙溪，锦儿偷寄幽素。倚银屏、春宽梦窄，断红湿、歌纨金缕。暝堤空，轻把斜阳，总还鸥鹭。　　幽兰旋老，杜若还生，水乡尚寄旅。别后访、六桥无信，事往花萎，瘗玉埋香，几番风雨。长波妒盼，遥山羞黛，渔灯分影春江宿。记当时、短楫桃根渡。青楼仿佛，临分败壁题诗，泪墨惨淡尘土。　　危亭望极，草色天涯，叹鬓侵半苎。暗点检、离痕欢唾，尚染鲛绡，亸凤迷归，破鸾慵舞。殷勤待写，书中长恨，蓝霞辽海沉过雁，漫相思、弹入哀筝柱。伤心千里江南，怨曲重招，断魂在否？

吴文英的这首《莺啼序》全词有二百四十个字，盖为梦窗首创，显示出他的卓绝才力，具有独特的价值。这首词集中地表现了作者的伤春伤别之情，在结构上也体现出其词时空交错的显著特点。夏承焘评价说："集中怀人诸作，其时夏秋，其地苏州者，殆皆忆遗苏州遣妾，其时春，其地杭者，则悼杭州亡妾。"所评甚为精当。

第一段写现实，自己在爱妾死后，犹自在苏州伤春。语气舒缓，意境深长。词人将伤别放在伤春这一特定的情境中来写。开头第一句，已将典型环境中典型情绪写出，并以此笼罩全篇，寓刚于柔。

第二段追溯杭州刻骨铭心的情事。"倚银屏、春宽梦窄，断红湿、歌纨金缕"二句，是写初遇时悲喜交集之状。"春宽梦窄"是说春色无边而欢事无多。"断红湿、歌纨金缕"，意思是，因欢喜感激而泪湿歌扇与金缕衣。"暝堤空，轻把斜阳，总还鸥鹭"三句，进一步写欢情，但含蓄不露，品格自高。

第三段写别后情事。"幽兰旋老"三句突接，跳接，因这里和上片结处，实际上还有较大距离。此段先写暮春又至，自己依然客居水乡。这既与"十载西湖"相应，又唤起了伤春伤别之情。正是通过这种反复吟咏，将伤春伤别之情抒发得淋漓尽致。

第四段淋漓尽致地写对逝者的凭吊之情。感情深沉，意境开阔。因伊人已逝去，词人对她的悼念之情却历经岁月而不减不衰。

总之，作者将美人迟暮、伤春伤别的情感娓娓道来，反复咏叹。全词在情感的表达上层层深入，值得细细品味。另外，从中国古代文学比兴寄托的传统来看，往往将男女恋情和身世之感交织联系在一起，吴氏此词虽然主要是写爱情，但从中亦可领略其对身世的哀叹。

 233

# 最短的词调是什么？

研究词史的专家们认为，在词史上，最短的词调是《十六字令》。《十六字令》又名《苍梧谣》、《归梧谣》、《归字谣》等，因全词仅有十六字，故有此称。《十六字令》共四句，第一句仅一个字，第二句七个字，第三句三个字，第四句五个字。单调，第一、二、四句押韵，均用平声韵。《填词图谱》（清赖以邠著，查继超增辑）有解。

《十六字令》写得较好的词人主要有两宋之交的蔡伸、南宋的张孝祥。毛泽东也长于填词，也曾写过这种词调的作品。张孝祥《十六字令·其一》写道："归。十万人家儿样啼。公归去，何日是当时。"因为这首词开篇有一"归"字，所以《十六字令》又名《归字谣》。

234

# 花间词派有什么特点？

晚唐五代时期，军阀各霸一方，连年战事不绝，社会动荡不安。当显赫了几乎整个唐代的诗歌在乱世的纷争中稍觉沉寂时，作为另一种文学样式的词却在偏安一隅的西蜀和南唐找到了滋生的土壤并勃兴开来。

后蜀广政三年（940），赵崇祚选录十八位作家的"诗客曲子词"共五百首编成十卷《花间集》，主要词人包括温庭筠、韦庄、皇甫松、牛希济、和凝、牛峤、张泌、毛文锡等人。除了温庭筠、皇甫松等少数词人外，花间词人大都集中在西蜀，与当时另一个词坛中心南唐遥相呼应。《花间集》是最早的文人词总集，南宋陈振孙《直斋书录解题》赞其为"近世倚声填词之祖"，其地位在于不仅宣告了词体文学的确立，更预示着"阴柔之美"这种审美范式的崛起。《花间集》中，温庭筠的六十六首词作置于首位，他也被后人尊为"花间鼻祖"。温词起到龙头作用，其他花间词人众星拱月，花间词都流露出相对一致的风格特色，颇具流派的味道，故有"花间派"一说。

花间派作词题材多为胭脂粉泽、花前月下、闺房内外，内容无外乎男欢女爱，尤其以写女性的姿色、生活状况及内心感受为主，词作语言秾艳华美、崇尚雕饰，风格绮靡轻艳，胭脂味很浓。这就是通常所说的"词为艳科"。

温庭筠和韦庄在花间词人中成就

《花间集》书影

最大，其词作最能体现花间风流。

温庭筠（812？—866），本名岐，字飞卿，太原祁（今山西祁县）人。自幼才思敏捷、聪慧过人，但又恃才傲物、放荡不羁，尤其喜好讥讽权贵，故一生仕途颇为坎坷。《旧唐书·温庭筠传》有云："能逐弦吹之音，为侧艳之词。"温庭筠为努力作词第一人，其词风格多秾丽细腻，意象绵密，如《菩萨蛮》（小山重叠金明灭）精心描摹美人起床前后的容貌、睡姿、服饰、妆扮，无不给人以感官与印象刺激，香艳动人、绵密蕴藉，恰似一幅精致的仕女图。末句"双双金鹧鸪"虽然没有直接写女子的情思，但形单影只、孤独空虚的情感还是含蓄蕴藉地表达了出来。

韦庄（836—910），字端己，京兆杜陵（今陕西西安）人。他是大历时期著名诗人韦应物的后代，为后蜀词人。年轻时家境贫困，屡次考试都名落孙山，黄巢起义时还曾落于起义军手中，直到五十八岁才中了进士，当过校书郎等官。后来到了后蜀，担任掌书记一类的官职。《花间集》收有韦庄词作四十八首，毫无疑问，韦词也带有花间词共有的风格特征，但是较之温词的秾艳，韦词又显示出清丽的一面。"红楼别夜堪惆怅，香灯半卷流苏帐。残月出门时，美人和泪辞"（《菩萨蛮》其一），这样缠绵悱恻、婉媚轻艳的词句，为典型的花间风流之作。另外，韦词直抒胸臆，不像温词那样含蓄蕴藉，往往在词中融进自己的身世之感，典型如《菩萨蛮》（人人尽说江南好），词中结尾"未老莫还乡，还乡须断肠"抒发的就是词人在战乱中有家难归的苦痛。

花间词派的其他词人在创作上也大多不出"温、韦"秾艳香软的范围和格局。

 235

# 词中之帝是指谁？

词中之帝是指写得一手好词的南唐后主李煜。他之所以有此美誉，一方面是因为他曾经是南唐的皇帝，最重要的一方面在于他还是一位作词的高手。李煜不是一个合格的皇帝，但词作成就甚高，历来颇受推崇。

李煜（937—978），字重光，号白莲居士，是南唐的末代皇帝，后世多称他为

南唐后主李煜像

"李后主"。多才多艺的李煜诗词歌赋、琴棋书画无所不精，但治理国家不是抚琴举棋，更不是填词作画，当满腹的才气搅合进冷酷的政治当中时，其悲剧的命运已经不可避免。按理说，李煜早期的命运还相当不错，皇位本来八竿子也打不着作为老六的他，谁知道前面的五位哥哥都早早离世，皇冠自然而然就戴在了他的头上。还有一种说法是说其父李璟特别喜欢这个小儿子，因为他的长相符合相书上所说的帝王之相，一只眼睛里长了俩瞳孔，所以他的字叫作重光。这种在今天看来很好解释的医学现象，在古代可大有讲究，重瞳就是被视为帝王的标志，据说上古的舜帝就是重瞳，所以李璟铁了心也要让这个儿子继位。可李煜这个人根本没有当皇帝的范儿，一没野心，二没心机和手腕，唯一的志向就是做一个衣食无忧的闲人。没事作个词、画个画、弹个琴、喝个小酒啥的，真所谓："浪花有意千重雪，桃李无言一队春。一壶酒，一竿身，世上如侬有几人？"（《渔父》）如此的人生追求，可以想象，穿上皇帝华服的他到底能治理出怎样一个国家！

登基后的李煜，依旧过着他文艺青年的生活，南唐这个小朝廷的皇帝给他的更多是物质保障和享受，他和自己的爱妃将宫殿装修得金碧辉煌、绚烂奢侈，号称"锦洞天"。他们日日丝竹，夜夜春宵。他这一时期的词作也多是反映这种醉生梦死的奢侈享乐生活的，如《木兰花》：

> 晓妆初了明肌雪，春殿嫔娥鱼贯列。凤箫声断水云闲，重按霓裳歌遍彻。临风谁更飘香屑，醉拍阑干情未切。归时休放烛花红，待踏马蹄清夜月。

词中表现了富贵不知愁苦的安乐与闲适，但丝毫看不出同类作品中繁缛雕琢堆砌的通病，无论意象的裁度，还是技巧的运用，都显得自然天成。另外，李后主的这类词作还有《清妆阑》（晚妆初过）、《浣溪沙》（红日已高三丈透）、《菩萨蛮》（花明月暗笼轻雾）等。

开宝八年（975），宋军的铁骑惊破了金陵春梦，轻歌曼舞的美好岁月瞬间成了过眼云烟，堂堂的南唐皇帝沦为了宋朝赵氏的阶下囚。成了亡国奴的李煜被软禁起来，一举一动都在严密的监控之中。心爱的妃子也惨遭好色的宋太宗赵光义的玷污。在噩梦中惊醒后发现一无所有的李煜，此刻能驱赶孤独和伤感的只剩下词了，终日以泪洗面的他就将这种国破家亡的痛楚与感伤统统付之笔端。至此，他的词作就展现出一种迥异于前期的风貌，身世之悲和亡国之痛交织在一起成了此期词作的主题，而这类主题又是伤感的、带有浓厚的悲剧性的。这类词作有《破阵子》（四十年来家国）、《子夜歌》（人生愁恨何能免），以及耳熟能详的《虞美人》和《浪淘沙》等。例如《浪淘沙》：

帘外雨潺潺，春意阑珊。罗衾不耐五更寒。梦里不知身是客，一晌贪欢。　　独自莫凭栏，无限江山。别时容易见时难。流水落花春去也，天上人间。

追忆和悔恨交织，怨愤和忧愁并存，在描写凄惨的囚徒生涯的同时，表达了深沉的故国之思，无奈"流水落花春去也"，曾经的安逸生活已经被滚滚的历史车轮碾得粉碎。

无论前后期，读后主词给人最深的感受就是一个"真"字。不但情真，在词中直抒胸臆，而且表现手法自然真切，毫无雕琢之气，行笔任凭情感的驱使。明人胡应麟在《诗薮·杂编》中说："温、韦虽藻丽，而气颇伤促，意不胜辞，至此君方是当行本色。"清人沈谦在《填词杂说》中也说道："男中李后主，女中李易安，极是本色当行。"看来，后主词最大的特点就是"本色"、"当行"。在李煜之前，词多是写给乐工、歌妓演唱用的，说白了是一种代言形式，词人需要揣摩唱者的心理。从李煜开始，变为人作词为己作词，情感是自然的喷涌。王国维在《人间词话》当中对李煜及其词作出了极高的评价："词至后主而眼界始大，感慨遂深，遂变伶工之词而为士大夫之词。"政治上一败涂地的李煜，在词作成就方面戴上一顶"词中之帝"的王冠是实至名归，一点也不为过。

236

# "二晏"词作有何特点?

"二晏"是北宋初年的晏殊、晏几道父子二人的合称,二人作词的水平都很高,又有"大小晏"之称,父为"大晏",子为"小晏"。二人作词,在传承"花间"、南唐遗风的基础上又独具特色,主要以小令的形式抒写男女之间的悲欢离合和相思爱恋。但是二人词貌迥然不同,大晏之词带有富贵气,富贵之中又不失文雅和从容。小晏的词以平淡的语言抒写了掺杂着自己身世之感的悲欢离合。

晏殊(991—1055),字同叔,抚州临川(今属江西)人。一生历经真宗、仁宗两朝,官至宰相。晏殊家贫而早慧,七岁能属文,十三岁被宰相张知白发现,以"神童"的身份举荐给朝廷,第二年正好赶上宋真宗亲自主持廷试,毫不怯场的小晏殊落笔成章,深受真宗皇帝的喜爱,于是赐以"同进士出身"。晏殊当官后依然勤勤恳恳,踏实坦率,另外还聚贤惜才,范仲淹、欧阳修、王安石都受到过他的提携和奖掖,有"贤相"之誉。

晏殊作词的成就远远大于做官,这正是其青史留名的最主要原因。他推崇冯延巳,词作也大都承袭南唐词人清秀婉丽的风格,但又洗尽其中的浮艳之气,表现出一种纯净典雅的风貌。一生富贵的他过着优

晏殊《浣溪沙》(一曲新词酒一杯)意境图

裕的生活，时人说他"未尝一日不宴饮"（叶梦得《避暑录话》），因此其词多有雍容华贵的气质，号称"太平宰相富贵词"。人往往在顺意的时候就会流露出对时光流逝、生命短暂的哀叹和无奈，这点就连贵为宰相的晏殊也不例外。他在那首著名的《浣溪沙》（一曲新词酒一杯）中将心灵的触须伸向人心的深处，触摸到富贵也无法消除对生命流逝的伤悲，尤其一句"无可奈何花落去，似曾相识燕归来"以诗意而富有哲理的语言表达出一种哀伤之后的超脱。另外，代表作《鹊踏枝》（又名《蝶恋花》）写得情深意切，而其中"昨夜西风凋碧树，独上高楼，望尽天涯路"一句甚至带有悲壮的色彩，王国维颇爱此句。晏殊词收入《珠玉词》中，其词读起来真有"大珠小珠落玉盘"的感觉，表现出珠圆玉润之美，堪称宋词一绝。

晏几道（1038—1110），字叔原，号小山，为晏殊第七个儿子。少年时过着无忧无虑的贵公子生活，不谙世事，父亲去世后，家道中落，小晏饱尝人情冷酷和世道炎凉，加之他性情耿介孤傲，不愿凭借父亲生前的人脉觅得一官半职，故一生穷困落魄。晏几道为人真率且很痴情，喜欢上了朋友家的四位歌女小莲、小鸿、小苹、小云，一见之后对她们念念不忘。风流韵事被人们传为佳话。黄庭坚在《小山词序》中说晏几道有"四痴"，即不靠关系做官，文采过人但从不去参加进士考试，家产千百万但家人面露饥色，太相信别人，就算别人一次又一次地对不起他也从不记恨。这样单纯的人必定活得很累、很苦，难怪冯煦说他是"古之伤心人"（《蒿庵论词》）。

小晏的伤心主要是一己身世的伤心，并将之渗入到男女相思之情中，所以他作词就是用平淡的语言和习见的景物来表现一往情深，而这种深情往往带有浓厚的伤感、凄凉甚至是苦闷色彩。他的词中较成功的是恋情词，他笔下的爱情是神圣的、纯精神性的，与四位歌女的恋情是他词作中最突出的主题内容。如代表作《临江仙》就是为思念歌女小苹而作，词曰：

> 梦后楼台高锁，酒醒帘幕低垂。去年春恨却来时。落花人独立，微雨燕双飞。　　记得小苹初见，两重心字罗衣。琵琶弦上说相思。当时明月在，曾照彩云归。

词中用清新平淡的语言由眼前的凄景想到了早期爱恋的美好和快乐，但最终要抒发的还是无尽的凄凉和悲楚。《南乡子》中"纵得相逢留不住，何况相逢无处！"应该是词人思念之情最贴切的表达。相逢又能怎样？还不是一样的留不住，

更何况相逢无从谈起，但词人还是忍不住要思念，盼着要相逢。这种纠结真可谓"剪不断，理还乱"。另外，晏几道的词从俗一面远胜于其父晏殊，所以陈振孙在《直斋书录解题》中称其是"追逼《花间》，高处或过之"，他将艳词小令发展到了极致。

可以说艳情是词作为俗文学骨子里就带有的特征，所以不管小晏将词写得多么充满文人失意之情，或者将儿女之情写得怎样哀感顽艳，更不管大晏将词写得多么纯净典雅、雍容华贵，但其词大多不离男女之情，那么也就完全摆脱不了"词为艳科"的樊篱。所以清人周济在《介存斋论词杂著》中说："晏氏父子，仍步温、韦。"

237

# 柳永为什么自称"奉旨填词柳三变"？

柳永（987？—1053？），原名三变，字景庄，后改名为永，字耆卿，在兄弟姐妹中排行老七，故亦称"柳七"。祖籍为河东（今山西永济），后移居崇安（今福建武夷山市）。仁宗景祐元年（1034）进士，后来官至屯田员外郎，故世称"柳屯田"。柳永为人风流倜傥、潇洒不羁，常常流连于酒馆歌楼、花街柳巷，过着快活的日子。一生好与乐工、歌妓们来往，柳永认为这些身份地位低下的人群其实很真诚、很善良，并为她们填词谱曲以供吟唱。柳永晚年潦倒，死后无钱安葬，据说是那些生前与之要好的歌妓们筹钱葬了他，这就是"群妓合金葬柳七"的故事。每年清明她们还会相约祭扫柳永墓，相沿成习就形成了"吊柳会"。

作为世俗中人，柳永当然也有青云之志，加之自己是世家子弟，他更希望能出人头地、登第封官。但屡试不第，以白衣卿相自封的他在《鹤冲天》中写道："忍把浮名，换了浅斟低唱。"这本是对科场失意的得意表达，没想到却惹怒了皇帝，之后柳永赴京赶考，有人向宋仁宗推荐，仁宗对柳永善作俗词早有耳闻，就说了一句："且去填词！"柳永知道得罪了仁宗皇帝，希望当政大臣晏殊能帮他疏通疏通。晏殊问他："俊君作曲子么？"谁知不会说话的柳永回答道："只如相公亦作曲子。"晏殊作词以写男女恋情为主，但是他笔下的男女之情多是纯洁的、高雅的。听到柳永竟然将其俗词与自己纯净雅致的词作相提并论，不高兴的晏殊说："殊虽作曲子，不曾道'彩线闲拈伴伊坐'。"晏殊看不上柳永词作的思想内容，无语的柳永知道疏通无望，只好离开京城，索性过起了浪迹市井的日子，四处漫游，足迹曾到过扬州、苏杭等地。仁宗一句"且去填词"，却成了柳永时常拿来向别人炫耀的资本，说是皇帝下旨让他去作词，中国文学史上第一位职业词作家至此诞生。于是他将自己的全部感情毫无保留地倾注到填词谱曲中去了，在莺歌燕舞、锦榻绣被中，做起了"白衣卿相"。此即"奉旨填词柳三变"的由来。

柳永《雨霖铃》词意图

由于柳永善于为社会底层的人们作词，所以他的词具有市井情调，语言通俗，流传极广，"凡有井水处，皆能歌柳词"。柳永在词史上的地位主要在于其发展完善了长调慢词，创造了大量词牌，并在创作方向上变"雅"为"俗"，扩大了词的表现范围，更是在词中开创了自我抒情化的倾向。柳永词的内容主要有三个方面：一是对承平气象的描写。这类词呈现了北宋繁华的都市生活，如《望海潮》（据说金主完颜亮读了柳永的这首词后被其中铺写的繁华美丽的杭州所吸引，于是挥兵南下）；二是羁旅行役之作。这类作品比较全面地概括了柳永失意的一生，抒发了感伤和惆怅，如《八声甘州》、《雨霖铃》等；三是写市井生活与男女恋情。这体现了柳词"从俗"的一面，亦是柳词被批最多的地方，此类词作多表现世俗化的市民尤其是下层平民女子和风尘女子的生活状况和

内心世界，如《满江红》、《定风波》等。这类词中也不免有低俗的色情描写之作。

但在骨子里，柳永还是地道的文人，而不是市民艺术家，其羁旅行役之作应该是最见功力的地方。柳词的艺术特色主要是广用铺叙和白描以及大量的俚语、口语入词。柳永是第一个对宋词进行全面革新的词人，对后来的词人产生了极大的影响。苏轼正是在借鉴柳词的基础上自成一家，秦观、周邦彦的俗词直接从柳永那吸收了养分，尤其周邦彦的慢词典型就是柳永慢词的翻版。

238

## "张三影"指的是谁？

"张三影"指的是宋初词人张先，因他作词善用"影"字，尤以"云破月来花弄影"，"娇柔懒起，帘压卷花影"，"柳径无人，堕飞絮无影"三句带"影"的词句为佳，故有"三影"之称。关于"三影"之说，还有另外一种版本，是指"云破月来花弄影"，"浮萍断处见山影"，"隔墙送过秋千影"三句（南宋曾慥《高斋诗话》）。除了"三影"之外，张先还有"三中"之美誉，即"心中事，眼中泪，意中人"（出自其词《行香子》）。"三影"、"三中"的说法最早见于宋人陈师道的《后山诗话》。

张先（990—1078），字子野，乌程（今浙江吴兴）人。宋仁宗天圣八年（1030）进士，前前后后担任过知县、通判等职，官至尚书都官郎中。虽然一生官运不太顺当，但是也没有经历过太大的挫折，一生流连于诗酒风月，好欣赏轻歌曼舞，精力充沛、心情愉悦的他最终活了将近九十岁。据说他八十岁时还娶了个十八岁的姑娘作妾，苏轼曾经作诗调侃道："十八新娘八十郎，苍苍白发对红妆。鸳鸯被里成双夜，一树梨花压海棠。"

张先作词善于写景和锤炼字句，意象独具特色，词风清丽隽永，代表词作为《天仙子》：

> 《水调》数声持酒听，午醉醒来愁未醒。送春春去几时回？临晚镜，伤流景，往事后期空记省。　　沙上并禽池上暝，云破月来花弄影。重重帘幕密遮灯，风不定，人初静，明日落红应满径。

这是一首伤春之词，词人因忧愁郁闷而夜不能眠，本想听着曲儿借酒消愁，无奈半夜酒醒了，但是愁依然无法消除，伴随茫茫夜色的是无尽的孤独和苦闷。尤其佳句"云破月来花弄影"中精心炼就的"破"、"来"、"弄"三字创造了一个空灵的境界。王国维在《人间词话》中对此有"著一'弄'字而境界全出"的极高评价。前面提到张先词中多用"影"字，除了以上所举的"三影"名句外，在《玉楼春》中还有"中庭月色正清明，无数杨花过无影"的佳句，清人朱彝尊在《静志居诗话》中甚至作出了"余尝叹其工绝，在世所传'三影'之上"的赞誉。

张先词的内容也多男女相思离别的感受，但其中也有一部分反映其闲适安逸生活的词作。前人认为，张先对宋词的发展做出了两大贡献：其一是提高了词的文学地位，通过写大量的酬唱赠答之词而打破了词难登大雅之堂的成见，从而扩大了词的实用功能；其二是开了词中写题序的先河，并将日常生活引入词中，这点对稍晚的苏轼等词人在词中写序有直接影响。此外，在词由小令向慢词发展转变的过程中，他也做出了一定的贡献。其在词史上的地位，清人陈廷焯在《白雨斋词话》中说："张子野词，古今一大转移也。"概括得比较准确。

239

# 谁有"北宋倚声家初祖"的称号？

清人冯煦在《蒿庵论词》（即《宋六十一家词选·例言》）中说：

> 晏同叔去五代未远，馨烈所扇，得之最先。故左宫右徵，和婉而明丽，为北宋倚声家初祖。

同叔是晏殊的字，所以"北宋倚声家初祖"是指一代贤相兼词人晏殊。倚声就是根据词调填词，唐宋时期，一般是按照某种固定的曲调填写歌词，曲调的名称叫做"词调"或"词牌"，常见的词牌如《菩萨蛮》、《蝶恋花》、《念奴娇》、《鹊踏枝》、《浣溪沙》、《江城子》等，按照词调作词称为"倚声"或"填词"。这句话一方面说明了晏殊对词坛的贡献，最早学习五代词，出自《花间》而溢出《花间》，词作当中逐渐显露出宋代人的"自家面目"；另一方面，指出了晏殊词的一些特点，"宫"和

"徵"是音乐术语,为五声调式之一;"和婉而明丽"是说晏殊的词写得珠圆玉润,读来朗朗上口。

基于此,晏殊将其词集称为《珠玉词》,他的词读起来给人"大珠小珠落玉盘"的美感。晏殊的词,不论是艳情之作,还是祝寿之词,无论抒发内心情感也好,唱和应酬也罢,都很自然地显示出音韵美和节奏美,不但曲调美,而且词句也很美。唐五代词中那种秾丽、香软、俗气逐渐褪去,继承下来的只是温婉柔和、细腻蕴藉、伤感怅惘等,但是晏同叔又以自己卓越的文人气质将之写得富贵典雅、圆润温丽,这正是晏殊词开北宋倚声之先河的地方。他的代表作为《蝶恋花》:

> 槛菊愁烟兰泣露,罗幕轻寒,燕子双飞去。明月不谙离恨苦,斜光到晓穿朱户。　　昨夜西风凋碧树,独上高楼,望尽天涯路。欲寄彩笺兼尺素,山长水阔知何处。

这首词抒发了对离人的思念,意境深婉。王国维对此词情有独尊,他在《人间词话》中提出"昨夜西风凋碧树,独上高楼,望尽天涯路"一句是"古今之成大事业大学问者必经过三种之境界"当中的第一层境界。

关于晏殊的生平事迹,前面篇目已有介绍,此再不赘言。总而言之,晏殊词虽未完全脱离晚唐五代词风的束缚,但在许多方面已经能逐渐摆脱其影响,《花间集》中写男欢女爱的官能享受和花间尊前一时欢娱的鄙俗之气已经褪去。加之受到当时社会文化需求和审美旨趣的共同影响,一代文学已经逐渐露出了自己的面目。这标志着曾经长时间辉煌无比的唐音渐次让位于在新的美学风范下产生的宋调,晏殊在词史上的地位正在于此,因此说他是"北宋倚声家初祖"一点都不为过。

240

# 谁被称为"红杏尚书"?

"红杏尚书"全称应为"红杏枝头春意闹尚书",指的是宋初词人宋祁。他之所以有此美誉是因为宋祁曾经当过工部尚书,另外他的代表词作《玉楼春》中有"红杏枝头春意闹"一佳句。宋人胡仔在《苕溪渔隐丛话》中引有这样一段关于张先和宋祁的词坛佳话：张子野郎中以乐章擅名一时。宋子京尚书奇其才，先往见之，遣将命者谓曰："尚书欲见'云破月来花弄影'郎中。"子野于屏后应曰："得非'红杏枝头春意闹'尚书耶？"遂出，置酒甚欢。盖二人所举，皆其警策也。从这段词坛佳话，我们可以看出一个有趣的文学现象，那就是以其警策之句称颂词人骚客，在当时是一种词作批评的风气，在宋代这种现象很普遍，如"山抹微云秦学士"、"露花倒影柳屯田"、"肠断西风李易安"等。

宋祁（998—1061），字子京，安州安陆（今湖北安陆）人，后来迁到开封雍丘（今河南杞县）。宋仁宗天圣二年（1024）和哥哥宋郊（后改为宋庠）一起中了进士，做过翰林学士、史馆修撰等文官，官至工部尚书，而他的哥哥做官做到了丞相，二人并称"大小宋"。提起中进士这件事，还流传有一个故事：原本是宋祁得了第一名，当时仁宗皇帝即位不久，刘太后辅佐其执政，当她得知兄弟两个一同考中进士后，认为弟弟在哥哥之前不妥，于是先将宋庠列为第一，而将宋祁列为第三。后来又觉得将兄弟二人一起列入三甲会引起别人的非议，于是又将宋祁名次往后移了多位，最终只得了第十名。宋祁逝世后得到"景文"的谥号，故世称"宋景文"。另外，宋祁还是一个伟大的历史学家，《新唐书》就是由欧阳修和他两人一起合编的。他不但有才，还是一位风流潇洒、玉树临风的帅哥。这在当时都是一些人们茶余饭后的谈资。

宋祁词作留世不多，其词与张先词相近，主要是抒写文人士大夫的闲适安逸的生活，语言工整典丽，善于写景，好于锤字炼句，词风婉丽。代表作为《玉楼春》（或名《木兰花》）：

> 东城渐觉风光好，縠皱波纹迎客棹。绿杨烟外晓寒轻，红杏枝头春意闹。　　浮生长恨欢娱少，肯爱千金轻一笑。为君持酒劝斜阳，且向花间留晚照。

这首词上阕写景，下阕抒情，颇有风流之气，同时也体现了及时行乐的思想。词中的"红杏枝头春意闹"一句以静衬动，盘活了整首词，尤其一个"闹"字如在平静的湖面上投入了一颗石子，将词中先前描写的静景一下子点活了。一幅生机勃勃的春日景象立马跃然纸上。难怪乎王国维在《人间词话》中有"著一'闹'字而境界全出"的精辟点评。

除此之外，他在《鹧鸪天》一词中还直接引用李商隐"身无彩凤双飞翼，心有灵犀一点通"诗，据说是为正月十五赏花灯时的艳遇而作，这首词后来被仁宗皇帝

知道后，还帮他找到了那位一见钟情的美女并赐予他。

241

# "画荻教子"是什么典故?

中国历史上有这么一类女性，她们知书达理，温柔贤淑，相夫教子，并因此而留下了千古美名。如为孩子的教育环境而三次迁徙的孟子之母，亲手在儿子背上刺下"精忠报国"的岳飞之母。正是这些伟大母亲的苦心教导，使孟子、岳飞名垂青史。在宋代有这样一位伟大的母亲，她年轻守寡，家境贫寒，但坚强勇敢，教子有方，她就是一代文坛领袖、"唐宋八大家"之一的欧阳修的母亲郑氏。

《宋史·欧阳修传》载欧阳修："家贫，致以荻画地学书。"这样一条简短的记录背后却蕴藏着一位母亲的良苦用心。欧阳修四岁时丧父，家境贫寒，竟到了"房无一间，地无一垄"的地步。孤儿寡母，生计都难以维持，更不要说送欧阳修入学读书了。欧阳修之母郑氏依靠自己的辛勤劳动，一心养儿长大，欧阳修五六岁了，没钱进学堂，她自己就做儿子的老师，教他读书识字，教他做人的道理。没钱买纸笔，就用芦杆代替，把沙铺在地上当纸，一笔一画教欧阳修写字，这就是"画荻教子"这一典故的由来。生于贫寒人家的欧阳修懂事很早，他体谅母亲抚养教育他的一片苦心，一边尽力分担家务，一边努力用功读书，期望有一天能报答母亲的养育之恩。年龄稍大一些了，家里没书可读，欧阳修便就近到读书人家去借书来读，有时借着进行抄写，就这样夜以继日、废寝忘食，只是致力读书。天道酬勤，欧阳修从小写的诗、赋文字，下笔就有成人的水平，为他日后走上文学道路打下了坚实的基础。他的叔父看到年少的欧阳修如此努力，仿佛看到了家族重振的希望，欣喜地对欧阳修的母亲说："嫂嫂不要担心现在一时的家庭困难，侄子虽然年幼，却是一个有奇才伟略的人，有朝一日必定能闻名于世，光耀门楣，重振家风。"叔父的一席话果然言中，仁宗天圣八年，欧阳修高中进士，从此走上了仕途，也登上了文坛。在文学上，他继承了韩愈古文运动的精神，倡导诗文革新，是宋代古文运动的一面旗帜。他身体力行地将自己的革新理论付诸文学实践，创作出了诸如《醉翁亭记》等名篇佳作，对当时以及后代都有很大影响。在政治上，他同样提出要改革吏治、军事，虽屡遭贬斥但矢志不渝。庆历三年，他因积极支持范仲淹、维持新法被贬职，此时深明大义的母亲对他说："为正义被贬职，不能说不光彩。我们家过惯了贫寒的生活，你思想上只要没有负担，精神不衰，我就高兴。"这位伟大的母亲不但是儿子知识上的启蒙教师，同时也是儿子精神上保持独立的一盏明灯。

直到今天"画获教子"一词仍然被用来嘉赏那些教子有方的父母，这也是对欧母这种伟大品格的最好的纪念方式。

242

## 欧阳修有怎样的词学成就？

欧阳修（1007—1072），字永叔，庐陵（今江西吉安）人。四岁丧父，家境贫穷，少年时母亲用获杆画地教他识字。欧阳修勤奋好学，少有文名。二十四岁中进士，他为官耿介，直言敢谏，关切国事。他支持范仲淹为代表的改革派，因此，屡遭诬陷和贬斥。由于他在政治、文学上的才能，所以屡次被贬后又被起用，几经宦海沉浮后，欧阳修晚年的政治倾向趋于保守，反对王安石的"新法"。

欧阳修在宋初词坛上与晏殊齐名，吴梅评价说："开国之初，沿五代之旧，才力所诣，组织未工，晏欧为一大宗。"（《词学通论》）欧阳修的词收在《六一词》和《醉翁琴趣外编》中的有两百多首，是当时写词较多的作家。作为北宋文坛宗匠，欧阳修的词作大致分为三种类型：恋情词、艳情词、豪放词。他的恋情词运用逐层递进的艺术手法来揭示人物深邃而细腻的情感，达到了深婉的艺术效果；他的艳情词通过细致入微、曲折生动的心理描写，运用市井语言创造出了形象生动、意蕴幽深的艺术境界；他的豪放词借助山水、风月的外在形式来抒发自己的豪情，表现出了"疏隽"的艺术特征。欧词总体上表现出一种疏隽深婉，内涵蕴藉的艺术特征，体现了北宋词风的发展趋势。

欧阳修年轻时，生活颇放任风流，用他自己的话来说就是"三十年前，尚好文华，嗜酒歌呼，知以为乐而不知其非也"。这时的词大部分是描写爱情的作品，带有

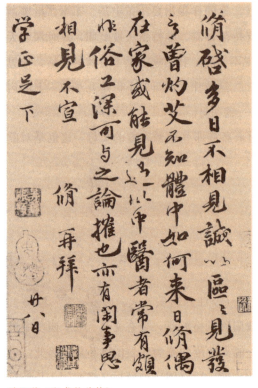

欧阳修《行书灼艾帖》

一些世俗之气，如《南歌子》：

> 凤髻金泥带，龙纹玉掌梳。走来窗下笑相扶。爱道画眉深浅、入时无。 弄笔偎人久，描花试手初。等闲妨了绣功夫。笑问双鸳鸯字、怎生书。

这首词用白描的手法，传神地描绘出一位多情少妇撒娇的形象，表现了青年夫妇之间亲昵的情感。而在语言上欧词用他的洗练一改五代以来词追求语言富丽华美的贵族化倾向，使之更接近市民大众的审美情趣，朝着通俗化的方向开拓，与柳永词相互呼应。欧阳修的词朝通俗化方向开拓的另一表现是他借鉴和吸收了民歌的"定格联章"等表现手法，创作了两套分咏十二节气的《渔家傲》"鼓子词"、十首《采桑子》等，在宋代词人中，他是主动向民歌学习的第一人，由此也造就了他的词清新明畅的艺术风格。

欧阳修后半生经历了宦海沉浮，对人生命运变换和官场的艰险有了较深的体验和洞察，在他后期的作品中，不时地在词中流露出"世路风波险，十年一别须臾"，"如今薄宦老天涯。十年歧路，空负曲江花"的人生感叹。例如他著名的词作《朝中措·平山堂》：

> 平山阑槛倚晴空，山色有无中。手种堂前垂柳，别来几度春风？ 文章太守，挥毫万字，一饮千钟。行乐直须年少，尊前看取衰翁。

这首词一发端即带来一股突兀的气势，笼罩全篇。词的下片展示了一个气度豪迈、才华横溢的文章太守形象，结尾两句抒发了人生易老、必须及时行乐的旷达思想。但是由于豪迈之气通篇流贯，词写到这里，并不令人感到低沉，反有一股苍凉郁勃的情绪奔泻而出，更展现出他潇洒的风神个性。总之，欧词扩大了词的抒情功能，沿着李煜词所开辟的方向，进一步用词来抒发自我的人生感受。此外，欧阳修的词所用的曲调比当时一般文人多，现存二百四十一首词作中有六十八种，其中大多数是宋代才有的，这是因为他懂得音乐，对词的音乐体制很熟悉，并且也勇于翻新。而且，欧词处在词风欲变未变之际，他的词中约有四分之三的作品是表现男欢女爱、离别相思、歌舞宴乐之类内容的，所用词调也多以小令为主，深受南唐词的影响，但在表现这类传统题材时，欧词较之南唐词又有了很大的进步。他也写过一些较长的慢词，虽然数量不多，也表现出一种新的尝试。

作为当时的文坛领袖，欧阳修在词学方面的贡献不止在于他自己在创作方面的有益探索，同时他还竭力奖掖后进，推荐扶持新人，以巨大的号召力影响着曾巩、王安石、苏轼、苏辙等后学的创作。

243

## 周邦彦的词有什么特点？

周邦彦（1056—1121），字美成，号清真居士，钱塘（今浙江杭州）人。他在政治倾向上属于变法的新党，二十八岁时游京师，向宋神宗献《汴京赋》万余言歌颂变法，深得神宗赏识，由太学生直升为太学正。宋神宗死后，随着新党、旧党的执政轮替，他先后两次被贬至庐州、溧水、隆德府、真定等地。

周邦彦精通音律，曾担任宋朝音乐机关大晟府提举，专门为朝廷制作音乐。因此，他的词作最大特点就是音乐性极强，对词作的章法、句法、炼字、音律的追求近乎苛刻。例如著名的词作《六丑·蔷薇谢后作》便是周邦彦的自制新调，全词"千回百折、千锤百炼"，朦胧飘渺，悦耳动听。周密《浩然斋雅谈》载，有一次宋徽宗听名妓李师师唱此曲，觉得如此美妙的曲子取名"六丑"颇有些奇怪，便招来作者周邦彦一探究竟。他回答说："此曲是用六个宫调的声律合成的，那都是最好听的章段，不过十分难唱。传说上古时代高阳氏有六个儿子，都长得十分丑陋，但心地善良，故尔以六丑比拟词牌名。"这也说明了周邦彦的词作在音律方面调美、律

严、字工的特点。《六丑》等词的声腔圆美，用字高雅，符合南宋雅士尤其是知音识律者的审美趣味。

周邦彦几度沉浮于地方州县，深切地感受到漂泊流落的辛酸。"冷落词赋客，萧索水云乡"，正是他生活处境和心境的自白，而"零落不偶"的羁旅行役之感也成为他词作的重要主题。咏物是周词的主要题材，他将身世飘零、仕途沦落之悲、情场失意之苦与所咏之物融为一体，如《六丑》托落花以抒惜春之情，并流露出词人的身世之感。上片因人及花，明写惜春之情，"正单衣试酒，怅客里、光阴虚掷"，点明时令、主人公身份，抒发惜春心情。长期羁旅在外的词人，值此春去之际，不禁发出虚度光阴的感叹。"为问花何在？夜来风雨，葬楚宫倾国。钗钿堕处遗香泽。"既写因夜来风吹雨打，使落花无家，更写落花虽有倾国之美姿，也得不到风雨的怜惜。这里是以花之遭际喻羁人无家、随处飘零之身世。下片由花及人，暗写身世之感。"东园岑寂"写蔷薇花谢，无人来赏，但词人对残花仍有所依恋，故"静绕珍丛底"，蔷薇好像亦通人性，"长条故惹行客"，不忍词人离去，虽无一字言惜花，但惜花之情表现得淋漓尽致。

周邦彦的词善于铺叙，借多角度、多层次的铺叙把一丝感触、情绪向四面八方展开，使情思毫发毕现。《六丑》一词就是充分利用慢词铺叙展衍的特点，时而写花，时而写人，时而花、人合写，时而写人与花之所同，时而写人不如花之处。回环曲折、反复腾挪地抒写了自己的"惜花"心情，又表露了自伤自悼的游宦之感。

周词还善于融化前人诗句，浑然天成，如从己出。如"钗钿堕处遗香泽"，这里是以美人佩戴的"钗钿"喻落花，化用徐夤《蔷薇》诗："晚风飘处似遗钿"句意，零落之余，只遗香泽。

陈廷焯说：

> 词至美成，乃有大宗，前收苏、秦之终，后开姜、史之始，自有词人以来，不得不推为巨擘。后之为词者，亦难出其范围。

周邦彦是宋词婉约派的集大成者，作品在婉约词人中长期被尊为"正宗"。同时他也为宋词格律作出了巨大贡献。其词为后来格律派词人所宗，而周邦彦也因此被旧时词论家称为"词家之冠"或"词中老杜"。虽然如此，周邦彦的词沉湎于一己的遭际，极少关注现实，这是其创作的不足之处。

244

# 悼亡词的巅峰之作是哪一首？

在四川眉山青神，有这样一方有趣的池塘，只要靠近的游人拍手，池中的鱼儿便会相聚跳跃而出，堪称青神的一大奇景，吸引了不少游客前来参观。青神颇有声望的乡贡进士王方想为这一奇景命名，同时也想借此机会为自己的爱女择夫，于是当地有名的青年才子纷至沓来。正如所有传奇故事里所讲的那样，正当王方淘汰了所有来参加的人，苦于没有让自己满意的名称和人选时，一位风度翩翩、英俊潇洒的少年出现了，这位少年为这方鱼塘题名为"唤鱼塘"，这个名字颇有些耐人寻味，深得王方喜爱。而最巧的事情是一直躲在帘内暗中观察这场"海选"的王方之女也不约而同地想到了"唤鱼塘"这一美名。心有灵犀的才子佳人一见钟情，半年之后，两人成婚。这位才华横溢的少年就是日后大名鼎鼎的一代文豪苏轼，而这位帘内女子便正是王方的爱女王弗。

王弗知书达理、明辨是非，而苏轼则性情真率、口无遮拦。为了防止苏轼在不经意间犯下错误，招致祸端，王弗对苏轼在离家在外的言行举止达到了"未尝不闻

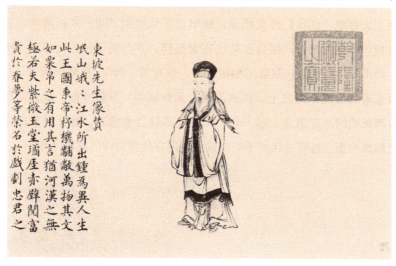

苏轼像

至其详"的地步。不仅如此，她还在苏轼与客人谈话时侧耳细听，为的是提醒苏轼要对那些首鼠两端、见风使舵的文人有所戒备。家中有这样的贤内助，在人前放浪直率的苏轼，也心甘情愿为妻子所"监督"，并用"有识"来称赞她，足以看出他对妻子的赞赏和尊敬，两人相敬如宾，伉俪情深。

可惜好景不长，天妒红颜。由于伴随苏轼在凤翔时操劳过度、积劳成疾，加上本身体弱多病，王弗在她二十九岁那年病故，一代佳人香消玉殒。从凤翔回京后一直任闲职的苏轼经龙图阁直学士吕公著举荐，参加皇上主持的特别考试——制科，如果成功，他的仕途便可跨上一个新的台阶。而苏轼却在考试中恳请皇帝允许他在策试中不做诗赋，原因是"久去场屋，不能诗赋"。其实，这位伟大的文学家并非不能诗赋，而是刚刚听说了王弗的死讯，悲痛交加，而提出这样的请求。在妻子去世三年之内，苏轼再也未曾做过诗赋。

在妻子王弗去世十年之后的正月二十日，苏轼为王弗写下了著名的悼亡词《江城子·乙卯正月二十日夜记梦》。之所以没有在妻子去世之后就立即写词悼亡，而是选择在十年之后的某个夜半醒来，提笔记梦，只是因为亡妻的悲痛使他无从下手去回忆往昔。但是在十年的宦海沉浮中，他无时无刻不在思念着她，以至于连梦中都是妻子梳妆的身影。过往生活的一切都历历在目，可"生死两茫茫"的现状又让他痛苦不堪。苏轼满怀悲切地想到：十年都过去了，如今的我早已面目苍老、两鬓如霜，即使上天眷顾，让我们再次相见，她早已不认得我了吧？梦回故乡，还是故乡熟悉的环境、熟悉的情景，但自己却已苍老憔悴，并与妻子阴阳两隔，太多的话涌上心头，却不知从何说起，只能"相顾无言，惟有泪千行"。从梦中醒来，想起妻子埋葬在覆盖着短松的山岗之上，孤独凄苦，无处倾诉，肝肠寸断。欲说还休的伉俪之情，生离死别的刻骨思念，这一切，不仅使苏轼万分痛苦，也让后世千千万万的读者为之黯然神伤，这首《江城子》也成为我国古代悼亡词的巅峰之作。

# 最著名的中秋词是哪一首？

一代文豪苏轼一生个性耿直，因为和主持变法的王安石政见不合，在官诰院任职时受到了排挤，于是他反复要求外任，以离开京城这块是非之地。熙宁四年七月，苏轼要求外任的请求得以批准，出任杭州通判。在赴杭州途中，苏轼到陈州探望任州学教授的弟弟苏辙，兄弟两人悠闲团聚，共度时光。二人常常到柳湖去划船，或是在城郊散步，谈论政治、家事、前途，苏辙使苏轼此时的黯淡心情宽慰了许多，并对他直爽的性格作了劝诫。兄弟俩血浓于水的亲情由于相互理解而更加深厚了。两个月后，苏轼要离开陈州，苏辙不忍和哥哥分别，陪伴他一直到了颍州，才恋恋不舍地看着苏轼踏上去杭州的路。在杭州担任通判三年将要期满的时候，苏轼因弟弟在齐州（今济南附近）幕府任掌书记，便向朝廷提出调往山东的请求。熙宁七年五月，他的请求获准，让他以太常博士、直史馆权知密州。在任职期间，恰遇严重的蝗灾和旱灾，他与密州参政知事吕惠卿的政见相左，政治上的处境不顺，而自己与弟弟苏辙又几年没有团聚在一起，心情抑郁，可想而知。

于是，在熙宁九年的中秋节，苏轼写下了这首流传千古的著名中秋词《水调歌头·明月几时有》：

> 明月几时有，把酒问青天。不知天上宫阙，今夕是何年。我欲乘风归去，又恐琼楼玉宇，高处不胜寒。起舞弄清影，何似在人间。　　转朱阁，低绮户，照无眠。不应有恨，何事长向别时圆。人有悲欢离合，月有阴晴圆缺，此事古难全。但愿人长久，千里共婵娟。

这首词从表层结构来看是一首中秋咏月、兼表思亲之情的词作，然而若进行深入分析，则不难发现其内容极为深厚广博，蕴涵着宇宙人生的玄思奥义、政治斗争的风云雨雪和生活的苦辣酸甜。词的开头，诗人发出"明月几时有"的千古疑问，此一问与张若虚"江畔何人初见月"、李白"青天有月来几时"的疑问有着异曲同工之妙，他们都共同叩问着宇宙人生存在的奥秘。而"我欲乘风归去，又恐琼楼玉宇，

高处不胜寒"则正好表现了苏轼内心激烈的矛盾，用"高处"双关想象世界的顶巅
——天庭和社会政治的顶巅——朝廷，并以高处的寒冷显示自己的孤危之感，表现
了理想和现实的矛盾、入世和出世的矛盾。正是此句，引起了宋神宗的共鸣，他读
到这几句，不禁叹道："苏轼终是爱君！"

词的下阕则主要是写苏轼对弟弟的思念之情，月光照着屋子，低低地照进了窗内，
照着无眠之人，可是这月亮不应该有什么怨恨，却偏偏在离别情绪笼罩之时圆起来。
此时苏轼与苏辙分别已有好几年，他的思念之情与日俱增，在这个月圆的夜晚更加难
以控制自己的离愁别绪，"月有阴晴圆缺，人有悲欢离合"！自古以来这都是人生无法
克服和解决的永恒遗憾，虽然兄弟二人不能见面，但今晚皎洁的月光可以同时抚慰遥
居两地的兄弟俩的心。最后，词人以他对远方亲人的美好祝愿，拨响了千秋万代读者
的心弦："但愿人长久，千里共婵娟。"古往今来，仕途的升沉、人生的得失荣辱，一
切难以把握的过眼云烟都不值得回顾，而永垂不朽的唯有天上明月与人间亲情。

246

# "出人头地"一词有什么来历？

自古以来，多少文人士子一生寒窗苦读、自强不息，为的就是"出人头地"，光
耀门楣，但很少有人去深究"出人头地"一词的来历，也很少有人知道这个成语的
出处与一代文豪苏轼有着密切联系。

欧阳修《与梅圣俞书》第三十一首说：

某启：承惠《答苏轼书》，甚佳，今却纳上。《农具诗》不曾见，恐是忘却
将来，今再令去取。读轼书，不觉汗出，快哉快哉！老夫当避路，放他出一头
地也。可喜可喜。罚金未下，何害？不必居家俟命。因出，频见过，某居常在
家。吾徒为天下所慕，如轼所言是也，奈何动辄逾月不相见？轼所言乐，乃某
所得深者尔，不意后生达斯理也。

这是欧阳修写给他的好友著名的文学家梅圣俞的一封信，在信中，他大力举荐
苏轼，说读苏轼的文章，就像夏天出汗一样痛快。自称应该避开，让他比我高出一

头。事情原委是苏轼在参加礼部的考试时，做了一篇名为《刑赏忠厚论》的文章，全文仅仅六百余字，却详尽地阐发了"以君子长者之道待天下，使天下相率而归于君子长者之道"的思想，意思就是如果在上的为政者能以诚待人，天下人一定能互相以诚相待。此外，苏轼提出为政应当赏罚分明。这篇文章得到了主考官欧阳修的赏识，并打算把作者录取为第一名，但他又怀疑文章是自己的门客曾巩所作，为避嫌疑只将作者列为第二，直到试卷启封时才发现这份卷子原来是苏轼的。取为第一的也不是曾巩，于是他后悔莫及，深感内疚。在接着进行的礼部复试时，考试内容是"春秋对义"，苏轼凭借着扎实的功底，任何问题都不能难倒他，果然取得了第一名。这件事表明了欧阳修奖掖后学、提拔新人的胸怀和文坛宗主的气度。

苏轼在《刑赏忠厚论》中引用了"皋陶曰杀之三，尧曰宥之三"一句，欧阳修在阅卷时以为是考生在一部不知名的古书中引用出来的，当时没敢质疑。事后欧阳修问起苏轼此句的出处，苏轼回答出自《三国志·孔融传注》，但欧阳公仔细查阅并没有这句话，便再次问苏轼，苏轼笑着答道："'皋陶曰杀之三，尧曰宥之三'之语是我杜撰的，但却沿用的是孔融的故事。"欧阳修听后，告诫苏轼今后写文章引文出处要确定。话虽如此说，但他对苏轼却十分欣赏，他对身边的人说："此人可谓善读书、善用书，他日文章必独步天下。"他觉得苏轼的文章清新畅达，不同流俗，便认定这是一个难得的人才，因此他力排众议，大力提拔苏轼，并向自己的好友梅圣俞举荐苏轼，于是便有了信中所说的"出人头地"一词。欧阳修作为一代文坛盟主而乐于奖掖后进，成就了文坛的一段佳话。

247

# "苏门四学士"都有谁？

"苏门四学士"是指北宋的黄庭坚、秦观、晁补之、张耒四位文学家。苏轼在《答李昭玘书》中说"如黄庭坚鲁直、晁补之无咎、秦观太虚、张耒文潜之流，皆世未之知，而轼独先知。"他们四人都受到过苏轼、苏辙等前辈的提携和奖掖，故被称为"苏门四学士"。

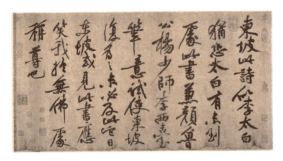

黄庭坚《跋黄州寒食帖》

黄庭坚（1045—1105），字鲁直，号山谷道人，官至国子监教授和国史编修。曾经卷入新旧党之争，多次被贬。作为苏门诗歌成就最高的一位，黄庭坚开创了江西诗派，因此文学史上将他与苏轼并称"苏黄"。他的诗歌多是思亲怀友、感时伤怀、描摹山水之作。如其代表作《雨中登岳阳楼望君山二首》，意境清新，大有"清水出芙蓉，天然去雕饰"之清新脱俗。他的诗歌中常常只用常见的字就能组成新奇的意象，如《寄黄几复》，化用典故，以故为新，表达豪迈旷达、乐观洒脱的人生态度。在诗歌理论上，黄庭坚强调"点铁成金"、"夺胎换骨"、"以故为新"之法，主张向杜甫、韩愈学习。宋代的林光朝是这样比较苏黄的，"苏黄之别，如丈夫女子应接，丈夫见宾客，信步出将去，如女子则非涂泽不可"。黄庭坚的词是雅俗并存，他努力沿着苏轼的方向发展，一方面抒写性情，另一方面是词的题材更加贴近生活。

秦观（1049—1100），字太虚，后改少游，别号邗沟居士，高邮人。秦观少年胸怀壮志，渴望驰骋疆场，建功立业，但这种人生愿望却一直未能实现。过高的人生期望使秦观落入了对生活的无限悲观失望之中，他将屡遭挫折的痛苦付诸于词作之中，创作了许多感人至深的婉约佳作。例如他的爱情名篇《鹊桥仙》：

> 纤云弄巧，飞星传恨，银汉迢迢暗度。金风玉露一相逢，便胜却、人间无数。　　柔情似水，佳期如梦，忍顾鹊桥归路？两情若是久长时，又岂在、朝朝暮暮？

因为最后两句表现了爱情的永恒，将爱情升华到了一个至高无上的境界，被奉为经典，广为传颂。

晁补之（1053—1110），字无咎，自号归来子，二十一岁时在杭州作《七述》诗，拜见苏轼，受苏轼赞赏。他有极高的绘画造诣，陈师道称赞他是"今代王摩诘"。他的诗作以借景抒怀和题画最被人称道。与秦观一样，他也是以词著称的。其《水龙吟》曰：

> 问春何苦匆匆，带风伴雨如驰骤。幽葩细萼，小园低槛，壅培未就。吹尽

繁红，占春长久，不如垂柳。算春长不老，人愁春老，愁只是、人间有。

春恨十常八九，忍轻孤、芳醪经口。那知自是、桃花结子，不因春瘦。世上功
名，老来风味，春归时候。最多情尤有，尊前青眼，相逢依旧。

这首词是作者安慰林圣予"惜春"之情，春瘦人老，同时也寄托了自己的伤春之感。语
言浅显明白，情韵悠长。王灼评曰："晁无咎、黄鲁直皆学东坡，韵制得七八。"

张耒（1054—1114），字文潜，号柯山，世称宛丘先生。在苏门四学士中，数张
耒最关心民生疾苦。其《秋风三首》、《劳歌》、《早稻》、《食菜》等作，反映劳动者
疾苦，表达劳动者的心声："人家牛马系高木，惟恐牛驱犯炎酷。天工作民良久艰，
谁知不如牛马福。"描写农民生活："北风吹衣射我饼，不忧衣单忧饼冷。"正如白居
易《卖炭翁》："可怜身上衣正单，心忧炭贱愿天寒。"张耒的诗歌语言平易浅近，流
丽明快，很少使用硬语僻典，苏轼称赞他"气韵雄拔，疏通秀明"。他的《少年行》、
《昭陵六马》、《听客话澶渊事》等无不洋溢着一股勃郁的爱国主义精神，寄托自己立
功边疆的宏愿，读来令人感奋不已。

 248

# "山抹微云君"是谁？

山抹微云，天连衰草，画角声断谯门。暂停征棹，聊共引离尊。多少蓬莱
旧事，空回首、烟霭纷纷。斜阳外，寒鸦万点，流水绕孤村。　　消魂。当此
际，香囊暗解，罗带轻分。谩赢得、青楼薄幸名存。此去何时见也？襟袖上，
空惹啼痕。伤情处，高城望断，灯火已黄昏。

秦观作这首词时三十一岁，连举乡贡也未能成功。这一首《满庭芳》写尽了离
别之情，道尽了仕途失意之哀。微云、衰草、寒鸦、流水、孤村，尽是凄凉幽怨的
意象，正是"悲莫悲兮生别离"，离别之痛，肝肠寸断。不知此去经年，何时还能再
相见？"泪湿春衫袖"，终究无可奈何，"高城已不见，况复城中人"，灯火黄昏，佳
人不见，渐行渐远，离愁别绪中难免生出身世之叹，凄婉缠绵。因为这首感人之作，
苏轼称秦观为"山抹微云君"。

秦观，字太虚，后改少游，别号邗沟居士，高邮人。少年秦观胸怀壮志，想要驰骋边疆，建立一番伟业，只可惜时运不济，他中进士时已经三十七岁了，后因苏轼的推荐做了太学博士，但又卷入了新旧党之争，被多次流放。他对人生的极高期望一旦破灭，在精神上便遭到了严厉的打击，与苏轼的乐观旷达不同，秦观的心中满是伤心失意，他甚至自作挽词，对生活充满了无奈与绝望，被贬到雷州不久就逝世了，年仅五十二岁。他的作品保存在《淮海居士长短句》里，现存八十多首词。

在秦观的词中，爱情这一亘古不变的话题依然绵延不绝。他的爱情名篇《鹊桥仙》：

纤云弄巧，飞星传恨，银汉迢迢暗度。金风玉露一相逢，便胜却、人间无数。　　柔情似水，佳期如梦，忍顾鹊桥归路？两情若是久长时，又岂在、朝朝暮暮？

牛郎织女的故事家喻户晓，而这首词的最后两句表现了爱情的永恒，将爱情升华到了一个至高无上的境界，被奉为经典，广为传颂。王国维说："少游词境，最为凄婉。"秦观的词最能以意境取胜，以景物烘托渲染绵绵情思，词境深远，有不尽之意，层层铺叙。

秦观还有一首十分别致的小词《浣溪沙》：

漠漠轻寒上小楼，晓阴无赖似穷秋。淡烟流水画屏幽。　　自在飞花轻似梦，无边丝雨细如愁。宝帘闲挂小银钩。

无论上阕写景还是下阕述愁都是轻轻的，淡淡的。这首词之美就在于这轻与淡之间。飞花轻得似梦一般，无边丝雨如同愁绪，隐隐约约的，竟不知是梦中的愁思，还是春愁如梦似幻了。

遭贬谪时，秦观作了一首《踏莎行》：

雾失楼台，月迷津渡，桃源望断无寻处。可堪孤馆闭春寒，杜鹃声里斜阳暮。　　驿寄梅花，鱼传尺素，砌成此恨无重数。郴江幸自绕郴山，为谁流下潇湘去？

苏轼最欣赏末两句，并自书扇面，叹曰："少游已矣，虽万人何赎！"词人居住在孤馆，感受的是料峭春寒，听到杜鹃啼血，见到日暮斜阳，对于内心不能直言的深曲幽微的被贬之悲的描写，含而不露，寄托了深沉哀婉的身世之感。词作写实与象征结合，营造一种凄迷幽怨、含蓄深厚的词境。

秦观作词受到苏轼的影响颇深，但相比之下，苏轼面对人生仕途挫折的态度是"谁怕，一蓑烟雨任平生"，豪气洒脱，而秦观则处处表现出悲观、伤心与失望，他将心中无法言说的苦楚寄托在离情别恨之中，表现出截然不同的两种人生态度，因此秦观的词作与苏轼词相比也嫌纤弱，气格不高，但不可否认的是，秦观对于婉约词的创作与发展产生了极为深远的影响。

249

# "贺梅子"指的是谁？

"贺梅子"指的是宋代词人贺铸。这个雅号和他的词作风格有关。贺铸（1052—1125），字方回，自号庆湖遗老，庆湖今称鉴湖，在浙江绍兴。贺铸曾任泗州、太平州通判。他长相极丑，身高七尺，面色青黑如铁，头发脱落，眉目耸拔，人称"贺鬼头"。他的作品保留下来的有《庆湖遗老集》、词集《东山集》。贺铸年少时"纵酒使气，豪气盖座"，他喜好评论时政，喜欢武功剑术，任侠使气，无节制地饮酒，但也常常写细如牛毛的工笔小楷。

然而就是这样的"贺鬼头"，他的词中常常充满了凄婉真挚的感情。贺铸的妻子是宋宗室赵克彰的女儿，勤劳贤惠，在妻子死后他写了《鹧鸪天》以悼念亡妻，感人至深：

重过阊门万事非。同来何事不同归。梧桐半死清霜后，头白鸳鸯失伴飞。　　原上草，露初晞。旧栖新垅两依依。空床卧听南窗雨，谁复挑灯夜补衣。

含思凄婉，潜沉曲致，表达对亡妻的思念与失去伴侣的哀伤。此情已成追忆，白头偕老的誓言永远无法实现，空回首，惟有独卧空床，睹物思人，物是人非，听着淅沥的雨声撕心裂肺，谱成一曲哀婉凄怆的爱的离骚。

贺铸最为人称道的就是那首《青玉案》，词曰：

凌波不过横塘路，但目送，芳尘去。锦瑟华年谁与度？月桥花院，琐窗朱户，只有春知处。　　飞云冉冉蘅皋暮，彩笔新题断肠句。试问闲愁都几许？一川烟草，满城风絮，梅子黄时雨。

这首词在当时备受称赞，黄庭坚曾亲手抄此词放在床头。秦观去世后，黄庭坚

曾寄诗给贺铸说："解道江南断肠句，至今惟有贺方回。"化用贺铸词句为诗怀念旧友。贺铸在词中试问有几许愁，回答是，如烟雾笼罩下的青草，如满城飞散的柳絮，如绵绵不尽的梅雨。用博喻的手法将满腔的愁思化为可见可感可触的意象，无形化为有形，构思极为巧妙。和其他词人相比，贺铸的愁绪似乎更广、更深、更悠长。他也因此得了"贺梅子"的称号。两个称号，一褒一贬，一俗一雅，倒也趣味无穷。

贺铸的词善于造句，语言上继承晚唐深婉密丽的风格。如他的词作《天香》：

烟络横林，山沉远照，迤逦黄昏钟鼓。烛映帘栊，蛩催机杼，共苦清秋风露。不眠思妇，齐应和、几声砧杵。惊动天涯倦宦，骎骎岁华行暮。　当年酒狂自负，谓东君、以春相付。流浪征骖北道，客樯南浦，幽恨无人晤语。赖明月、曾知旧游处，好伴云来，还将梦去。

整首词充满了漂泊无依之感，天涯倦宦，年华老去，见雾笼横林，听钟鼓不绝，袅袅娜娜。遥想当年轻狂自负，总觉有大把的青春可以无度地挥霍，蓦然回首，却发现一度流浪漂泊，客居他乡，年届迟暮，纵有多少悲苦也无从诉说，只有明月遥以为伴，月来月去，梦入梦归。张耒评价贺铸的词"妙绝一世"，"盛丽如游金、张之堂，妖冶如挽嫱、施之袂"。

贺铸的词并非只表现儿女情长、婉约秾丽，正如他的性格一样，他的作品也充满了两面性，他恰恰是宋代词史上第一次表现出英雄豪情的人。他的词作《六州歌头》表现了报国无门、壮志难酬的不平，将宋代词人从香软温丽中解放出来，书写更远大的抱负，把眼光投向更广大的天地。词中洋溢着燃烧的激情，满腔的愤怨，空有少年侠气而请缨无处，惟有"目送归鸿"。这首词开创了南宋词人直面社会、表现民族忧患的先河。

 250

# 宋代最伟大的女词人是谁？

在被男性话语权所控制的南宋词坛上，一位女性作家的出现令人耳目一新。她不仅是宋代最伟大的女词人，也是中国文学史中艺术成就最高的女性作家之一。她的词学成就改变了文坛上男性一统天下的局面，她就是李清照。清人李调元说："易

安在宋诸媛中，自卓然一家，不在秦七、黄九之下。""易安"是李清照的号，李调
元说她的词作自成一家，成就不输给秦观和黄庭坚这些名家，也是实情。

李清照（1084—1155），自号
易安居士，她的故乡济南有李清照
纪念馆，其中有郭沫若题写的一副
对联，上书："大明湖畔趵突泉边
故居在垂柳深处；漱玉集中金石录
里文采有后主遗风。"是对这位女
词人的身世和文学成就的高度概
括。李清照的父亲李格非官至礼部
员外郎，而母亲王氏是状元王拱臣
的孙女，生于这样的书香门第，李
清照从小饱读诗书，年纪轻轻就已
蜚声文坛。在她十八岁时，嫁给了
宰相赵挺之之子赵明诚，婚后除了

李清照像

创作诗词，夫妇二人也致力于金石研究，琴瑟合鸣，伉俪情深。

少女时期的李清照便表现出卓尔不群的文学气质，这一时期的作品如《点绛唇》：

蹴罢秋千，起来慵整纤纤手。露浓花瘦，薄汗轻衣透。　　见有人来，袜
划金钗溜，和羞走。倚门回首，却把青梅嗅。

描绘了一个富于戏剧性的场面，正在院中游玩的少女听闻有客人来访，急忙回避，
"和羞走"，却又"倚门回首"，佯装把那青梅嗅，亭亭玉立的少女那情窦初开、万般
娇羞的形象跃然纸上。

婚后，李清照的词作中既表现了婚姻生活的甜蜜，也抒发了与丈夫短暂的分别
带来的伤感。《一剪梅》就写道：

红藕香残玉簟秋。轻解罗裳，独上兰舟。云中谁寄锦书来，雁字回时，月
满西楼。　　花自飘零水自流。一种相思，两处闲愁。此情无计可消除，才下
眉头，却上心头。

最后两句尤其传达出词人复杂的心理变化。收到丈夫的来信后，倍感欣慰，然而两

地分居终是现实，思念之情又袭上心头，顿觉苦涩失意了。总之李清照前期的作品大都描写天真烂漫的少女情怀和婚后的闺思，明快优美，清新婉约。

靖康二年，金兵的铁蹄踏破了北宋江山，女词人的生活从此发生了翻天覆地的变化。李清照与丈夫避乱南下，不久赵明诚病逝，所收藏的金石也多散佚殆尽，她尝尽国破家亡之苦。在她独自一人漂泊于杭州、金华一带期间，曾改嫁商人张汝舟。怎奈所托非人，婚后不久，为谋财而假仁假义的张汝舟便原形毕露，穷凶极恶，李清照陷入了又一次不幸。张汝舟因虚报考试次数而取得官职，李清照以"妄增举数入官"而告发了他，并要求离婚。宋代的律例，妻子告发丈夫，即使丈夫获罪，妻子也要被判刑。一代才女甘愿冒这样的风险来换取自由，结束那段非人的生活，在那个"夫为妻纲"的社会，也只有才女李清照才有这样的勇气和胆识。然而，经过这样一次悔恨终生的婚姻，李清照更觉了无生趣，心灰意冷了，正是"感月吟风多少事，如今老去无成。谁怜憔悴更凋零。试灯无意思，踏雪没心情"。历经沧桑的李清照此时孤独无依，她的作品也多表现这种寂寞伤悲，格调转向忧郁低沉，凄婉哀绝。在她著名的《声声慢》中写道：

> 寻寻觅觅，冷冷清清，凄凄惨惨戚戚。乍暖还寒时候，最难将息。三杯两盏淡酒，怎敌他、晚来风急？雁过也，正伤心，却是旧时相识。　　满地黄花堆积。憔悴损，如今有谁堪摘？守著窗儿，独自怎生得黑？梧桐更兼细雨，到黄昏、点点滴滴。这次第，怎一个愁字了得！

这首词历来最被人称道。开头十四个叠字，可谓"大珠小珠落玉盘"，字字珠玑，一下子奠定了凄婉悲凉的情感基调，同时极具有音乐之美。亡夫之痛，故国之思，身世之苦，命运之舛，一起涌上心头。词中处处流淌着说不尽道不明的哀愁。

李清照区别于其他女性作家之处在于，她并不将自己束缚在闺阁绣房之中，而是放大眼界，开阔胸怀，她的词虽以婉约著称，其中也不乏豪迈之作。如《渔家傲》：

> 天接云涛连晓雾，星河欲转千帆舞。仿佛梦魂归帝所，闻天语，殷勤问我归何处。　　我报路长嗟日暮，学诗谩有惊人句。九万里风鹏正举。风休住，蓬舟吹取三山去。

尽显男儿气概，巾帼不让须眉。《夏日绝句》诗中说：

> 生当作人杰，死亦为鬼雄。至今思项羽，不肯过江东。

至今读来仍觉掷地有声，慷慨悲壮。

李清照继承了婉约派词风，但又不香软纤弱，而是破其藩篱，表现出特有的女性情怀；在语言上，她淡淡地几抹白描，就风韵自然，清疏淡雅。在理论上，李清照又提出词"别是一家"，旨在从词的本体出发，进一步提高了词的地位，为词学的发展做出了突出贡献。

# 见证陆游与唐琬爱情的两首《钗头凤》是怎样的词作？

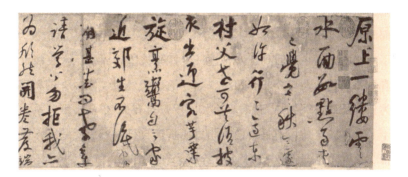

陆游自书诗

　　红酥手，黄縢酒，满城春色宫墙柳。东风恶，欢情薄，一怀愁绪，几年离索。错，错，错！　春如旧，人空瘦，泪痕红浥鲛绡透。桃花落，闲池阁，山盟虽在，锦书难托。莫，莫，莫。

陆游的《钗头凤》词，是一篇"风流千古"的佳作，它描述了一个动人的爱情悲剧。据《历代诗馀》载，陆游年轻时娶唐琬为妻，感情深厚。但因陆母不喜唐琬，威逼二人各自另行嫁娶，恩爱的夫妻不得不忍痛分离。十年之后的一天，陆游到昔日与唐琬来过的沈园春游，与偕夫同游的唐琬不期而遇。唐氏安排酒肴，聊表对陆游的抚慰之情。此情此景，陆游"怅然久之，为赋《钗头凤》"。

传说，唐琬见了这首《钗头凤》词后，感慨万端，亦提笔和《钗头凤·世情薄》词一首：

世情薄，人情恶，雨送黄昏花易落。晓风干，泪痕残，欲笺心事，独语斜栏。难，难，难！　　人成各，今非昨，病魂常似秋千索。角声寒，夜阑珊，怕人寻问，咽泪装欢。瞒，瞒，瞒！

据说这两首《钗头凤》都题在沈园的墙壁上，这就是《钗头凤》的来历。

陆游的这首词记述了与唐氏的相遇，表达了他们眷恋之深和相思之切，也抒发了词人怨恨愁苦而又难以言状的凄楚心情。开头三句，回忆往昔与唐氏偕游沈园时的美好情景："红酥手，黄縢酒。满城春色宫墙柳。"具体而形象地表现出这对恩爱夫妻之间的柔情蜜意以及他们婚后生活的美满与幸福。然而，"东风恶，欢情薄"，美满姻缘被迫拆散，恩爱夫妻被迫分离，使他们二人在感情上遭受巨大的折磨和痛苦，几年来的离别生活带给他们的只是满怀愁怨。这不正如烂漫的春花被无情的东风所摧残而凋谢飘零吗？接下来，一连三个"错"字，连进而出，感情极为沉痛。

词的下片，由感慨往事回到现实，进一步抒写被迫离异的巨大哀痛，依然是从前那样的春日，但是，人却今非昔比了。如今的唐氏经过"东风"的摧残，"人空瘦"了，为什么是"空"呢？"使君自有妇，罗敷自有夫"，从婚姻关系上，两人早已各不相干了，事已至此，不是白白为相思而折磨自己吗？著此一字，就把词人那种怜惜之情、抚慰之意、痛伤之感等等，全都表现了出来。

明明在爱，却又不能去爱；明明不能去爱，却又割不断这爱缕情丝。刹那间，有爱，有恨，有痛，有怨，再加上看到唐氏的憔悴容颜和悲戚情状所产生的怜惜之情、抚慰之意，真是百感交集，万箭簇心，一种难以名状的悲哀，再一次冲胸破喉而出："莫，莫，莫！"事已至此，再也无可补救、无法挽回了，这万千感慨还想它做什么，说它做什么？于是快刀斩乱麻：罢了，罢了，罢了！明明言犹未尽，意犹未了，情犹未终，却偏偏这么不了了之，而在极其沉痛的喟叹声中全词也就由此结束了。

陆游的这首词，今天在我们看来都为之深深震撼、感动。何况是当事人唐婉？题为唐婉的《钗头凤》是否真为唐婉所作，不得而知。全词以女主人公的口吻表现了她婚后不堪离别折磨的痛苦生活，她咽泪装欢，时刻不忘旧爱，感情十分真切生动，有着与陆游词同样难以把握自己幸福的无可奈何之痛。

最早记述《钗头凤》词这件事的是南宋陈鹄的《耆旧续闻》，之后有刘克庄的

《后村诗话》，但陈、刘二氏在其著录中均未言及陆、唐是姑表关系。直到宋元之际的周密才在其《齐东野语》中说："陆务观初娶唐氏，闳之女也，于其母为姑侄。"既然是亲上加亲，却最终导致悲剧，个中原因，实在令人费解。

252

# 与苏东坡齐名的南宋词人是谁？

辛弃疾在文学尤其是词作方面与苏轼齐名，号称"苏辛"，与李清照并称"济南二安"。辛弃疾（1140—1207），南宋爱国词人。原字坦夫，改字幼安，中年名所居曰稼轩，因此自号"稼轩居士"，历城（今山东济南）人。辛弃疾存词六百多首。强烈的爱国主义思想和战斗精神是辛词的基本思想内容。他是我国历史上伟大的豪放派词人、爱国者、军事家和政治家。

有人这样赞美过他：稼轩者，人中之杰，词中之龙。刘辰翁《辛稼轩词序》说：

> 自辛稼轩前，用一语如此者，必且掩口。及稼轩横竖烂漫，乃如禅宗棒喝，头头皆是；又如悲笳万鼓，平生不平事并尽酒，但觉宾主酣畅，谈不暇顾。词至此亦足矣。

辛弃疾在词史上的一个重大贡献，就在于内容的扩大，题材的拓宽。他现存的六百多首词作，写政治，写哲理，写朋友之情、恋人之情，写田园风光、民俗人情，写日常生活、读书感受，可以说，凡当时能

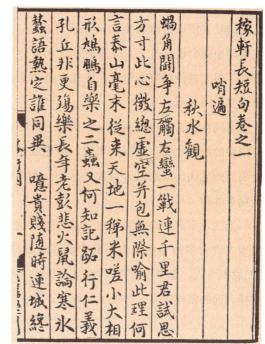

《稼轩长短句》书影

写入其他任何文学样式的东西，他都写入词中，范围比苏词还要广泛得多。而随着内容、题材的变化和感情基调的变化，辛词的艺术风格也有各种变化。虽说他的词主要以雄伟奔放、富有力度为长，但写起传统的婉媚风格的词，却也十分得心应手。

辛弃疾和苏轼在词的语言技巧上都是有力的开拓者。前人说苏轼是"以诗为词"，辛弃疾是"以文为词"，这当然有些简单化，但确实也指出：到了辛弃疾手中，词的语言更加自由解放，变化无端，不复有规矩存在。在辛词中，有非常通俗稚拙的民间语言，如"些底事，误人那。不成真个不思家"（《鹧鸪天》），"近来愁似天来大，谁解相怜。谁解相怜，又把愁来做个天"（《丑奴儿》），也有夹杂许多虚词语助的文言句式，如"不知云者为雨，雨者云乎"（《汉宫春》），"不恨古人吾不见，恨古人、不见吾狂耳"（《贺新郎》）；有语气活跃的对话、自问自答乃至呼喝，如"天下英雄谁敌手？曹刘"（《南乡子》），"杯，汝来前！"（《沁园春》），也有相当严整的对句，如"八百里分麾下炙，五十弦翻塞外声"（《破阵子》）……。概括起来说，辛词在语言技巧方面的一大特色，是形式松散，语义流动连贯，句子往往写得比较长。文人词较多使用的以密集的意象拼合成句、跳跃地连接句子构成整体意境的方式，在辛词中完全被打破了。但并不是说，辛弃疾的所谓"以文为词"不再有音乐性的节奏。在大量使用散文句式、注意保持生动的语气的同时，他仍然能够用各种手段造成变化的节奏。

辛词在语言技巧方面的又一大特色，是广泛地引用经、史、子各种典籍和前人诗词中的语汇、成句和历史典故，融化或镶嵌在自己的词里。这本来很容易造成生硬艰涩的毛病，但是以辛弃疾的才力，却大多能够运用得恰到好处、浑成自然，或是别有妙趣。

当然，辛弃疾的词时常也有过分散文化、议论太多，以及所谓"掉书袋"即用典用古语太多的毛病，但不管怎么说，他确实把词大大地改造了。他的词不仅是"无意不可入，无事不可言"，而且是任何"意"和"事"都能表达得很自由很充分。这样，词的创作才完全摆脱了羁绊，进入了自由的境界。

253

# 号称"金代文学之冠"的是谁？

元好问是我国金末元初最有成就的作家和历史学家，文坛盟主，宋金对峙时期北方文学的主要代表，又是金元之际在文学上承前启后的桥梁，被尊为"北方文雄"、"一代文宗"、"金代文学之冠"。其诗、文、词、曲，各体皆工。诗作成就最高，"丧乱诗"尤为有名。他的词，可与两宋名家媲美。其散曲虽传世不多，但当时影响很大，有倡导之功。

元好问（1190—1257），字裕之，号遗山，世称遗山先生。汉族，山西秀容（今山西忻州）人。少年时代与其父元德明生活于山西砂河镇滹沱河北。生于金章宗明昌元年（1190）七月初八，于元宪宗蒙哥七年（1257）九月初四日，卒于获鹿（今属河北）寓舍，归葬故乡忻州山下（今忻州市城南五公里韩岩村西北）。元好问为兴定进士，历任内乡令、南阳令、尚书省掾、左司都事、行尚书省左司员外郎。金亡后不仕，专心于文学创作，其诗奇崛而绝雕琢，巧缛而不绮丽，形成河汾诗派。今存诗一千三百六十一首，内容丰富。一些诗篇生动反映了当时

元好问像

的社会动乱和百姓苦难，如《岐阳》、《壬辰十二月车驾东狩后即事》诗，沉郁悲凉，追踪老杜，堪称一代"诗史"。其写景诗，表现山川之美，意境清新，脍炙人口。诗作体裁多样，七言是其所长。晚年致力收集金

之君臣遗言往事，多为后人纂修金史所本。著有《杜诗学》、《东坡诗雅》、《锦畿》、《诗文自警》、《壬辰杂编》、《遗山先生文集》四十卷、《续夷坚志》四卷、《遗山先生新乐府》五卷等，传世有《元遗山先生文集》，编有《中州集》，保存了大量金代文学作品。

其词清隽，缺点是"往往自蹈窠臼"。词集为《遗山乐府》，今存词377首，艺术上以苏、辛为典范，兼有豪放、婉约诸种风格，当为金代词坛第一人。今存散曲仅9首，用俗为雅，变故作新，具有开创性。

元好问之文继承唐宋大家传统，清新雄健，长短随意，众体悉备。他还是位金代文学批评巨子，仿杜甫《戏为六绝句》体例所写《论诗绝句三十首》，在文学批评史上影响颇大。

《续夷坚志》为其笔记小说集，为金代现存的优秀短篇小说。

总览元好问以上诸方面的文学造诣与成就，"金代文学之冠"的名号可谓实至名归。

254

# 豪放派和婉约派的主要区别是什么？

"婉约"、"豪放"之分，最早始于明人张綖。清人王又华在《古今词论》中也说道：

> 张世文（即张綖）曰：词体大略有二：一婉约，一豪放。盖词情蕴藉、气象恢宏之谓耳。……如少游多婉约，东坡多豪放，东坡称少游为今之词手，大抵以婉约为正也。

明代的徐师曾在《文体明辨序说·诗余》中据此进一步概括说："有婉约者，有豪放者。婉约者欲其辞情蕴藉，豪放者欲其气象恢弘。"从此，豪放、婉约遂成论词之准则。

其实"豪放"与"婉约"只是对北宋词风一种粗线条的划分，还不能包括所有的词风（包括苏轼自己的词在内），但就广义的角度来讲，以"豪放"、"婉约"来区分北宋词坛的两大不同词风，还是符合创作实际与历史实际的。

"婉约"一词，最早见于先秦。《国语·吴语》云："故婉约其辞。"之后晋陆机《文赋》用以论文学修辞："或清虚以婉约，每除烦而去滥。"按诸诂训，"婉"、"约"两字都有委婉含蓄之意。分别言之，"婉"为柔美、婉曲；"约"的本义为缠束，引伸为精炼、隐约、微妙等。故"婉约"与"烦滥"相对立。南北宋之际《许彦周诗话》

载女仙诗："湖水团团夜如镜，碧树红花相掩映。北斗阑干移晓柄，有似佳期常不定。"并评云："亦婉约可爱。"此诗情调一如小词。"婉约"之名颇能概括一大类词的特色。从晚唐五代到宋代，温庭筠、冯延巳、晏殊、欧阳修、秦观、李清照等名家的词风虽不无差别、各擅胜场，大体上都可归诸婉约范畴。其内容主要写男女情爱，离情别绪，伤春悲秋，光景留连；其形式大都婉丽柔美，含蓄蕴藉，情景交融，声调和谐。

"豪放"一词其义自明。正式高举豪放旗帜的是苏轼，他有意识地在当时盛行柔婉之风的词坛别开生面。他的名词《江城子·密州出猎》（老夫聊发少年狂）就是一首典型的豪放词，词中抒写自己"亲射虎，看孙郎"的豪概和"会挽雕弓如满月，西北望，射天狼"的壮志，与辛弃疾的"马作的卢飞快，弓如霹雳弦惊"（《破阵子》）及"看试手，补天裂"（《贺新郎》）等"壮词"先后映辉。豪放之作为词坛注入了一股刚健雄风，使词风为之一变，后来者如辛弃疾等人更是在词中注入强烈的爱国精神，唱出了时代的最强音。然而值得注意的是豪放与婉约只是相对的，即使豪放如苏轼也有婉约处，婉约如李清照也有豪放处。苏轼认为："短长肥瘦各有态"，"淡妆浓抹总相宜"，"端庄杂流丽，风健含婀娜"。他是崇尚自由而不拘一格的，提倡豪放是崇尚自由的一种表现，然也不拘泥于豪放一格。如所作《蝶恋花》（花褪残红青杏小），即为王士禛《花草蒙拾》称为"恐屯田（柳永）缘情绮靡未必能过。孰谓坡但解作'大江东去'耶？"有些豪放词的作者气度才力不足而虚张声势，徒事叫嚣，或堆砌过多典故，也流于偏失了。

总之，宋词中有婉约、豪放两种风格流派，两者中词人又各有不同的个性特色，加上兼综两格而独自名家如姜夔的"清空骚雅"等等，使词坛呈现双峰竞秀、万木争荣的气象。还应看到，两种风格既有区别的一面，也有互补的一面。上乘词作的风格即有偏胜，往往豪放而含蕴深婉，并非一味叫嚣，力竭声嘶；婉约而清新流畅、隐有豪气潜转，不是半吞半吐，萎弱不振。

255

# 纳兰性德的词有什么特色？

清初词坛，阳羡、浙西两派分庭抗礼，唯纳兰性德自成一家。由于纳兰性德论词尚情，尤其悼亡词情真意切、催人泪下，至此落下了个"多情词人"的名号。纳兰性德与曹贞吉、顾贞观合称"京华三绝"。

纳兰性德像

纳兰性德（1654—1685），原名成德，字容若，号楞伽山人。满洲正黄旗人，太傅明珠的长子。后来中了进士，官至一等侍卫，深受康熙皇帝器重。君命难违，由于特殊的身份，每当皇帝出行他都得随从前往，重感情的他难以割舍恩爱如山的妻子卢氏，无奈之余唯有将一腔情思寄托于词中。孰料妻子婚后三年难产而死，多情的纳兰性德久久难以从悲痛中自拔，一连写下了几十首字字流泪、声声滴血的悼亡词。"唱罢秋坟愁未歇，春丛认取双栖蝶"，一首《蝶恋花》表达了纳兰撕心裂肺的悲痛和思念，或许只有苏轼的《江城子》（十年生死两茫茫）方能表达出世间这等悲与苦。纳兰难以接受爱妻逝去的事实，梦中梦见亡妻，想说两句知心话，无奈梦已醒，醒来见到亡妻遗物，那份悲痛和凄切不由得又加重了，于是含泪写下了《山花子》：

> 欲话心情梦已阑，镜中依约见春山。方悔从前真草草，等闲看。　　环佩只应归月下，钿钗何意寄人间。多少滴残红蜡泪，几时干。

纳兰不仅重爱情，还重友情。他曾施手援救过蒙冤发配到东北二十年之久的著名诗人吴兆骞，使其得以获释回到关内，此处体现的是纳兰的男儿真性情。另外，纳兰的边塞词也颇具成就，其中多抒乡情之感，散发出一种凄凉的味道，如著名词作《长相思》：

> 山一程，水一程，身向榆关那畔行。夜深千帐灯。　　风一更，雪一更，聒碎乡心梦不成。故园无此声。

词中写纳兰随康熙帝出巡榆关（山海关），当时风雪极大，响声令人寒栗，词人思乡之情油然而生，写下了这篇佳作。因内心积蓄已久的悲伤与抑郁难以排遣，刚过而立之年，纳兰也永远闭上了深情的双眸，年仅三十一岁。

性情中人纳兰性德，极为推崇后主李煜性情纯真的词作，除此还吸收了李清照、秦观等婉约名家的特色，而自成一家。他曾经把自己的词作编成《侧帽词》，后又改编为《饮水词》。从内容上看，纳兰词题材内容比较狭窄，集中写悼亡、别离、乡愁、酬唱赠答等。艺术特征方面，纳兰词感情真切自然，多愁善感的他尤其善于描写细微的情感；风格婉丽清新，运笔行云流水，笔随情动而肆意宣泄；反对雕饰，追求自然无痕等等。纳兰性德是宋代婉约词风的继承者和发扬者，在"清词中兴"过程中亦有不朽之功。王国维《人间词话》赞曰"北宋以来，一人而已"。况周颐《蕙风诗话》也将其置于"国初第一词人"的高位。

256

# 清代最有代表性的词学流派有哪些？

清代号称词的"中兴"时代，其重要标志就是当时词坛上词人云集，高才辈出，流派纷呈，如阳羡词派、浙西词派、常州词派等此伏彼起，一直占据着清代词坛的中心和制高点。

阳羡词派的开山作家是陈维崧（1625—1682），字其年，号迦陵，江苏宜兴人。他的父亲陈贞慧在明末以气节著称。陈维崧早年生活较优裕，词也多风月旖旎之作。中年之后，落拓不羁，词风转向豪放。他学识鸿富，才气纵横，长调小令，都颇擅长。使用过的词调，计四百六十种，创作的词大约有一千八百多首。无论采用词调之多，还是创作词作之丰富，历代没有一个人能够赶得上他。他的词模仿苏轼和辛弃疾，风格尤其近于辛弃疾，高语豪歌，雄浑苍凉。过于前人之处尤在于，前人表现豪放的情怀，多用长调词；而陈维崧长短并用，且能在极短的小令中表现豪壮之情，而又使人不觉其粗率。风格与陈维崧近似，同属于阳羡派的较有名的词人有任绳隗、徐喈凤、万树等。

浙西词派是清代前期最大的词派，在清代词坛上也是影响深远的流派。其创始者朱彝尊及主要作家都是浙江人，故称。以朱彝尊等为代表的浙西词派顺应太平，

以醇正高雅的盛世之音，播扬上下，绵亘康、雍、乾三朝。朱彝尊（1629—1709），字锡鬯，号竹垞，又号金风亭长，秀水（今浙江嘉兴）人。精通经学考据，工诗能文，其诗与王士祯齐名。他尤擅长作词；其《曝书亭集》中，收有词集《江湖载酒集》、《静志居琴趣》、《茶烟阁体物集》、《蕃锦集》等四种，计七卷，据今人统计，其词作共有六百多首。在清代诸词家中，也是成果丰硕的一个。朱彝尊的同里词人还有李良年、李符、沈皞日、沈岸登、龚翔麟等，他们同气相求，互相唱和，与朱彝尊合称为浙西六家。龚翔麟曾将各家词作合刻为《浙西六家词》。

常州词派是清代嘉庆以后的重要词派。康熙、乾隆时期，词坛主要为浙西词派所左右。浙西词派标举南宋，推崇姜（夔）、张（炎），一味追求清空醇雅，词的内容渐趋空虚、狭窄。到了嘉庆初年，浙西词派的词人更是专在声律格调上着力，常州词人张惠言欲挽此颓风，大声疾呼词与《风》、《骚》同科，主张作词应该强调比兴寄托，批评一些词人的无病呻吟之作，一时和者颇多，蔚然成风，遂有常州词派的兴起。后来又经周济的推阐、发展，这一派在理论上更趋完善，倡导的主张更加切合当时内忧外患、社会急速变化的历史要求，受到很多词人的认可。其影响一直到清末，经久不衰。

257

# 何谓"词话"？

"词话"是指评论词作的风格特点、词人、词派以及有关词的本事等内容的著述。这类著述形式始于宋代，最早的词话专著是宋杨绘的《时贤本事曲子集》，现已亡佚。其他著名的词话著作有清陈廷焯《白雨斋词话》、王国维《人间词话》等。

词话也指兴盛于元、明两代的一种说唱艺术形式。元关汉卿《救风尘》第三折中说："那唱词话的有两句留文：'咱也曾武陵溪畔曾相识，今日佯推不认人。'"清代龚自珍《题红蕙花诗册尾》一诗也说："歌板无聊舞袖凉，江南词话断人肠。"都指的是这种说唱艺术。姚华《论文后编》："而杂剧一科，且为词话开山，传奇导源，授受相承，皆宗北宋。"意思是说词话是在继承宋代的杂剧、传奇的表现因素的基础上产生的说话伎艺。词话的名称，并不见于宋、金文献，而是首见于《元史·刑法志》。《通制条格·杂令》中才有关于禁止民间子弟"演唱词话"、"搬唱词话"的禁令。元代陶宗仪《辍耕录》云："宋有戏曲、唱诨、词说。"有的研究者认为"词说"即是"词话"。

明人钱希言的《桐薪》、《狯言》说宋朝有名为《灯花婆婆》、《紫罗盖头》的词话；清初钱曾《也是园书目》著录宋人词话《灯花婆婆》等十二种。对此，近代学者有不同见解。叶德均《宋元明讲唱文学》一书认为这些都是后人以流传到元、明两代的宋人话本名称创作的新词话，并非宋人之作，也不能据此断定宋代即有"词话"之称。胡士莹在《词话考释》一文则认为"宋元话本，有所谓词话者，其体实兼乐曲与诗赞二者"，并将宋人以鼓子词体制写的《刎颈鸳鸯会》，及诸宫调、说唱货郎儿、陶真、弹唱因缘等宋、金、元的说唱伎艺都归于词话之属。这种说法与孙楷第《词话考》中认为词话的"词"字应包括词调之词、偈赞之词、骈俪之词见解不出二致。

元代的词话没有完整的作品流传下来，只在元杂剧中可以见到引用词话之处，如《元曲选》中就有九十二种在全剧之末引用词话，作为诉词、断词，或全剧的总结。另外，在杂剧的曲文中也有直接引用词话的唱词。这些引用的词话大多都以七字句、十字句为主，也间有一些杂言，但都是诗和赞体。由此可见，元代词话的唱词是以诗和赞体为主，并没有乐曲、词调、骈俪的词。这与近年发现的明成化刊本《说唱词话丛刊》，及明万历刻本《大唐秦王词话》的唱词是一致的。叶德均认为词话的"词"从广义上进行解释，应作"文词"或"唱词"，而以诗和赞体为主，是符合实际的。元人杂剧中引用词话之多，反映了民间说唱艺术与戏曲艺术的相互影响，同时也反映了元代词话的盛行。明代词话在此基础上继续流行，根据现在所能见到的作品而言，有长篇作品，也有中、短篇作品，题材相当广泛。如《大唐秦王词话》就是一部长篇讲史作品；另外据近代学者的考证，著名的长篇小说《水浒传》、《三国演义》、《封神演义》在明代初叶都有词话本。明人章回小说中夹有诗词者，亦称"词话"，如《金瓶梅词话》还保留了一些词话和小说相互影响的痕迹。

258

# 何谓"小令"?

"小令"是指调短字少的一种词曲体制。含义有二，一为词之小令，一为曲之小令。

词之小令，又称歌令、令曲，简称令，是词中与引、近、慢相区别的一种体制。它源于唐代的酒令。当时宴饮之际，经常请歌妓以其所擅长的歌舞于席间行令，于是歌与令合一，酒令于是逐渐变为歌令，这种形式就是唐五代所流行的曲子词。宋代将词分为令和慢两大类。小令的特征是调短字少，与唐诗中的绝句在形式上有相似之处。明朝中期，开始将词分为小令、中调（即包括引、近等）、长调（即慢词）三类，并对各种体制的字数有一定的规定。清人毛先舒在《填词名解》中明确指出"凡填词五十八字以内为小令，自五十九字始至九十字止为中调，九十一字以外者俱长调也"。这种以字数分词体的观点虽然忽略了各种词体在音乐结构上的根本特征，但也不失为一种辨别小令与词的其他体制的标志和手段。宋代词人当中，李清照尤擅于写小令词，如《醉花阴》、《如梦令》等。

曲之小令，又称"叶儿"，是单只的曲子，是散曲体制的基本单位（散曲主要分为小令、套数以及介于二者之间的带过曲等几种）。单片只曲、调短字少是其最基本的、最显著的特征。它是散曲中最早产生的体制，由民间小歌发展而来，也有不少从唐宋词、大曲、诸宫调等演化而来。除了单片只曲外，小令还有一种联章体，或称"重头小令"，即由同题同调的数支小令组成，用以合咏一事或分咏数事。联章体虽然以同题同调的组曲形式出现，内容上互有关联，但组曲中的各支曲子仍是完整独立的小令形态，故仍属于小令的范畴。如张可久的〔中吕·卖花声〕《四时乐兴》就以四支同调小曲分咏春、夏、秋、冬四季，四支曲子首尾句法相同，意义相近，用词也是大同小异，尾句格式相同，但每支韵脚不同。联章体最多可由一百支同题同调的小令组成，如乔吉就曾有咏西湖的〔梧叶儿〕百首（载于《录鬼簿》），为最长的"重头小令"。

小令形式短小，语言精练，适用于抒情写景，马致远一曲寥寥二十八字的〔天净沙〕《秋思》就描摹出了一幅凄凉无比的深秋夕照图，并赢得了"秋思之祖"的美名。小令在戏曲史上颇受散曲家推崇，就创作数量和质量而言，都有很高的地位。

 259

# 何谓"套数"？

套数又称"散套"，或者"大令"，它是从宋、金时期的唱赚、诸宫调等发展而来的。其特点是：把同一宫调的若干支不同曲牌的曲子连缀在一起，少则数首，多则十几首，甚至几十首，构成一个庞大的整体。这些连缀的曲子可根据需要在同一宫调中进行选择，但需要按一定的顺序排列，而且一韵到底，且末尾都用"煞调"和"尾声"来结束。

由若干支曲牌联合成套而成的套数或套曲，初见于元代燕南芝庵《唱论》，其曰："有尾声名'套数'，时行小令唤'叶儿'。"本指北曲，但后人相袭沿用，把南曲的套曲也称为套数。

套数有一定的组合方法，即取宫调相同、或宫调不同但可以相通的若干曲牌，联合成套。前有引子，后有尾声，中间缀以若干支曲牌。南曲把这中间部分称为"过曲"，北曲虽无此名，但有其实。过曲部分的某些曲牌可以连续使用，连用时，北曲称为"幺篇"，南曲称为"前腔"。一套之中，各曲排列的先后顺序亦有定格，大抵慢曲（八拍子、四拍子）在前，急曲（二拍子、一拍子）在后。这种节奏上由慢而快的变化，往往用以体现戏剧矛盾的发展变化过程。套数可长可短，长套可多达三、四十曲，短套仅用三曲，视剧情内容需要而定。

套数的第一曲，常作引子使用，通常为散板曲调。北曲中各宫调的套数均有一固定曲牌作引子，例如中吕宫引子，必为"粉蝶儿"，仙吕宫必为"点绛唇"等等。套数的名称亦以第一曲及所属宫调命名，如《正宫·端正好》套，《双调·新水令》套。南曲各宫调均有作引子用的曲牌若干支，可以任意选用。

套数除用于戏曲外，亦可用于散曲，称为"散套"。

260

# 谁被称为"曲状元"?

"曲状元"是指元代著名散曲家马致远。马致远（约1251—1321至1324间），大都（今北京）人；另据考证，马致远是河北省东光县马祠堂村人，其主要依据是《东光县志》和《东光马氏族谱》的记载。马致远字"千里"，晚年号"东篱"，以示效陶渊明之志。他的年辈晚于关汉卿、白朴等人，与关汉卿、郑光祖、白朴并称"元曲四大家"，是我国元代著名的大戏剧家、散曲家。青年时代的马致远仕途坎坷，直到中年才中了进士，曾任江浙行省官吏，后在大都任工部主事。马致远晚年不满时政，隐居田园，以衔杯击缶自娱。

从他的散曲作品中，可以知道，他年轻时热衷功名，有"佐国心，拿云手"的政治抱负，但一直没能实现，在经过了"二十年漂泊生涯"之后，他看透了人生的荣辱，遂有退隐林泉的念头，晚年过着"林间友"、"世外客"的闲适生活。马致远早年即参加了杂剧创作，是"贞元书会"的主要成员，与文士王伯成、李时中，艺人花李郎、红字李二都有交往，也是当时最著名的"四大家"之一。马致远从事杂剧创作的时间很长，名气也很大，人们赞誉他为"曲状元"。他的作品见于著录的有十六种，今存《汉宫秋》、《荐福碑》、《岳阳楼》、《青衫泪》、《陈抟高卧》、《任风子》六种，另有《黄粱梦》，为他和几位艺人合作而成。其中当属《汉宫秋》最为著名。散曲辑于《东篱乐府》之中，其中小令《天净沙·秋思》脍炙人口，匠心独运，自然天成，丝毫不见雕琢痕迹。

马致远今存散曲约一百三十多首，尤其是其写景名作《秋思》，既是佳曲，亦为名画，极尽苍凉。除此之外，他的叹世之作往往也能表现出他性情率真的一面，基于此，在元代散曲作家中，他被视为是"豪放"派的中坚。当然他也有一些清婉的作品，但以疏宕宏放为主。其散曲语言熔诗词与口语为一炉，正统与日常生活兼及，故创造了其散曲中的独特味道。

261

# "秋思之祖"指的是谁？

  枯藤老树昏鸦，小桥流水人家，古道西风瘦马，夕阳西下，断肠人在天涯。

  "曲状元"马致远在这首著名的散曲小令《天净沙·秋思》中用寥寥二十八字就描绘了一幅苍凉的深秋落日图。前三句连用九个名词共同烘托出一个萧瑟的意境，在"夕阳西下"的背景下，主人公出场了，一位牵着瘦马的游子此刻无家可归，羁旅天涯茫然无依的彷徨油然而生，于是发出了"断肠人在天涯"的深深悲叹！这首情景交融、诗情画意的小令因此为马致远赢得了"秋思之祖"（周德清《中原音韵》）的美名。王国维《人间词话》中对此曲也有"寥寥数语，深得唐人绝句妙境"的确当评价。另外，马致远还作有套曲《双调夜行船·秋思》，在故作潇洒的隐逸姿态下表达了失意文人的绝望以及愤世嫉俗之情。

  年轻时的马致远有青云之志，在度过了二十余载失意的生活后离开大都，而后在江浙一带当过几年小官。终因看不惯官场的腐败和黑暗，下定决心归隐。晚年曾作诗说"东篱本是风月主，晚节园林趣"，效仿陶渊明。马致远为"元曲四大家"之一，是一位多才亦多产的作家，另外还是梨园领袖。马致远的散曲最能代表其成就，题材内容多涉及写景咏物、羁旅行役、叹世归隐、男女恋情等，如《寿阳曲·远浦归帆》就是一首表现傍晚渔村和平宁静氛围的写景小令，《夜行船·秋思》是其叹世归隐主题中的佼佼者，《寿阳曲》调中也存在不少言情小令。马致远的散曲与关汉卿散曲散发着浓厚的世俗情趣不同，多带有传统文人气息，其曲作意境深沉、情感淋漓恣肆、语言飘逸宏丽，雅俗拿捏得当，无愧为元代散曲中豪放派的代表。

  马致远的杂剧也不乏上乘之作，如著名的《汉宫秋》就以历史上昭君出塞的故事为题材翻改而成，并以深秋萧瑟悲凉的意境作为全剧的背景，在君臣、民族等之间的矛盾冲突中着重抒写了家国衰败之痛和困惑、悲凉的人生感受，尤其虚构了一位空有万岁之名却无法支配自己命运、内心充满悲凉和哀伤的汉元帝形象。幽深的宫殿完美地烘托了他落寞的心境，他只不过是有着普通人一样的情感追求和愿望。

明代臧懋循将马致远的《汉宫秋》置于《元曲选》之首。

马致远悲剧的一生是元代失意文人共有的命运，但可贵之处在于他能做到几近于陶渊明的潇洒和雅致。归隐后又觉得隐居并非想象中那般美好，于是就发出了"无也闲愁，有也闲愁。有无间闲的白头"（《双调·行香子》）深沉的无奈。晚年迷恋于宗教的他，曾一度产生了人生如梦的想法。

262

# "曲中李杜"说的是谁？

"曲中李杜"是明代李开先对元代散曲家乔吉和张可久的并称。

乔吉（1280？—1345），元代杂剧家、散曲作家，太原人，流寓杭州。一称乔吉甫，字梦符，号笙鹤翁，又号惺惺道人。钟嗣成在《录鬼簿》中说他"美姿容，善词章，以威严自饬，人敬畏之"，又作吊词云：

> 平生湖海少知音，几曲宫商大用心。百年光景还争甚？空赢得，雪鬓侵，跨仙禽，路绕云深。

从中大略可见他的为人。剧作存目十一，有《杜牧之诗酒扬州梦》、《李太白匹配金钱记》、《玉箫女两世姻缘》三种传世。

乔吉现存杂剧作品都是写爱情、婚姻故事的。乔吉的散曲创作成就高于杂剧，明、清人都把他与张可久相提并论。在他的散曲中可以看到他客居异乡、穷愁潦倒的生活经历，作品大多写他啸傲山水、寄情声色诗酒，表现出消极颓废的思想。他的散曲作品据《全元散曲》所辑有小令二百余首，套曲十一首。散曲有《文湖州集词》一卷，李开先所辑《乔梦符小令》一卷，及任讷《散曲丛刊》本《梦符散曲》。此外，钱大昕《补元史艺文志》中著录有《惺惺老人乐府》一卷，可惜已散佚。他的散曲以婉丽见长，精于音律，工于锤炼，喜欢引用或融化前人诗句，与张可久的风格相近。不同的是，乔吉的风格更为奇巧俊丽，还不避俗言俚语，具有雅俗兼备的特色。

张可久（1270？—1348？），字小山；一说名伯远，字可久，号小山（据《尧山堂外纪》）；又一说字仲远，号小山（据《四库全书总目提要》），庆元（治所在今浙江宁波鄞县）人，元朝著名散曲家，剧作家，与乔吉并称"双璧"，与张养浩合称"二张"。

张可久存世作品有小令八百五十五首，套曲九首，是元代传世散曲最多的作家，占现存全元散曲的五分之一。其个人作品占朝代作品总量的比例之高，在中国文学史上是绝无仅有的。

在元代作家中，有散曲集传世的只有张养浩、乔吉和张可久三人，但其他两人都是在临死前或死后才刊行于世，而张可久不仅在元代已有四本散曲集传世（钟嗣成《录鬼簿》记载，"有《今乐府》盛行于世，又有《吴盐》、《苏堤渔唱》"，另有胡存善编《小山乐府》），在元曲选集《阳春白雪》和《乐府群英》中，张可久入选的作品也是最多的。这说明他的作品在元代已获得了广泛的欢迎，甚至连元武宗在皇宫赏月时也令宫女传唱他的散曲。散曲集有《小山乐府》、《张小山小令》、《张小山北曲联乐府》等。张可久的散曲作品风格多样，或咏自然风光，或述颓放生活，或为酬作，或写闺情，是元代散曲中"清丽派"的代表作家。元散曲前期创作崇尚自然真率，后期则追求清丽雅正。张可久的创作实践在曲风转变中有承上启下之功，其散曲在后期被视为典范。

明朝的朱权在其《太和正音谱》中称张可久为"词林之宗匠"，称"其词清而且丽，华而不艳"；明李开先则称"乐府之有乔、张，犹诗家之有李、杜"。所评不可谓不精当。

263

## 谁被誉为"曲中辛弃疾"？

"曲中辛弃疾"是明代散曲家冯惟敏的美誉。冯惟敏（1511—1580?），字汝行，号海浮，山东青州人。自幼就随做官的父亲先后辗转于南京、平凉、石阡等地。聪颖好学，才华富赡，与兄惟健、惟重及弟惟讷同以诗享名齐鲁大地，时称"临朐四冯"。

冯惟敏著有散曲集《海浮山堂词稿》、诗文集《冯海浮集》等，其中不乏伸张正

义、尊重史实的佳作。另主要纂写嘉靖《临朐县志》、万历《保定通志》等。对后世影响较大者数散曲集《海浮山堂词稿》，其中《玉江引·农家苦》、《傍妆台·忧复雨》、《胡十八·刘麦有感》等曲作反映了他体察民情、同情农民生活疾苦的一面。还有一些作品，或讽贪，或刺虐，或戳弊，或揭恶，均为警世醒民之作。他的杂剧《僧尼共犯》，通过叙写僧尼私通，后经官府判为夫妻的故事，指出"男女居室，人之大伦"、"传流后嗣，繁衍至今"乃天经地义之事。《僧尼共犯》一剧尤其有鲜明的特色，是明代资本主义萌芽在文学上最深刻的反映，具有划时代的启蒙意义。在这类作品当中，可以看出他对假道学的公开宣战和无畏精神。出身于官宦门第的他，身上无疑也有贵族公子习气，故也创作出了一些风花雪月之类的作品。

冯惟敏散曲的艺术风格，以真率明朗、奔放泼辣见长，但也不乏清新婉丽之作。他的作品大量运用俚语俗谚，不事假借，极少雕饰，幽默诙谐，气韵生动，保持了散曲通俗自然的本色美。另外，他往往还以经、史、子、集中的书面语词入曲，信手拈来，浑然天成，毫无生硬枯涩之弊。难怪人称之为"曲中辛弃疾"。

总之，从基本方面看，他的成就远远超过同时代的作家，使明代散曲达到了新的高峰。对于冯惟敏的散曲，历来评论者都有较高评价，如王世贞在《艺苑卮言》中评曰："北调……近时冯通判惟敏，独为杰出，其板眼、务头，紧缓，无不曲尽，而才气亦足以发之；止用本色过多，北音太繁，为白璧微瑕耳。"其散曲的艺术价值主要体现在强烈的现实批判精神、独特的取材视野、豪辣宏阔的艺术风格等三个方面。这些艺术成就使得冯惟敏成为明代散曲豪放派集大成的人物，奠定了他在中国散曲史上的坐标。

明代中后期的文坛，传统的诗文创作萎靡不振，而那些题材狭窄、形式雕琢、意兴萧索的南音又充斥着时下曲坛。冯惟敏却力矫时弊，从元代前期文学的优良传统中汲取养分，利用北曲的音乐形式，创作了大量思想深刻、寄兴悠远、语言质朴本色、风格豪迈爽健的散曲作品，为我国曲体文学的发展做出了独特而重要的贡献。

# 后　记

　　"常识"的含义是指普通的知识、一般的知识，或是指与生俱来、毋须特别学习的判断能力，或是众人皆知、无须解释或加以论证的知识；"常识"的另一意思是指对一个理性的人来说是合理的知识，即"日常知识"，或者是指某一阶层、某类人群按常理应当懂得的道理或知识。有人认为，"常识"一词出自孙中山的《建国方略》三，其中说："凡欲固结吾国之人心，纠合吾国之民力者，不可不熟习此书。而遍传之于国人，使成为一普通之常识。"此处所谓"常识"即兼具以上所说数义。然而要特别说明的是，"常识"之称，往往因时代的不同而有不同的含义，也因为个体的差异而有不同的表现。举个例子说吧，在一个时代是"常识"的东西，在另一个时代，可能就成为专门的知识。如夏丏尊、叶圣陶《文心》中说："诗之外还有词，词原可以不读，如果为求常识起见，想读，也好，就读《白香词谱》吧。"《文心》一书，本是以说故事的形式讲述上世纪三、四十年代中学国文学习内容的，其中提到的《白香词谱》是清朝嘉庆年间靖安人舒梦兰编选的一部词选式的词谱。其中选录了由唐代到清代的词作共一百篇，凡一百调。这些调式都是较为通用的，小令、中调、长调均有，为便于初学者，每调还详细列注平仄韵读。《白香词谱》是一本不可多得的好选本，也是一本较佳的词学入门读物。在当时是"常识"，然而对今天的读者来说，却又成为专门的知识。

　　如此说来，"文学常识"就是指一般人应当具备的有关文学方面的知识和道理，当然也指几乎类似于习得的、不需要特别学习就应当具备的对于文学的鉴赏和批评能力。

　　在今天的社会上，虽然谈文学的人很多，但环顾四周，似乎具备中国"文学常识"者却越来越少。前些年，一些有社会责任感的媒体做的一项调查结果显示：许多中学生、大学生从未读过中国古典四大名著，社会上有些受过高等教育的人甚至连"四书五经"、"建安七子"、"关王白马"等常识都不知道！更不要说其他了。鉴于此，有的学者呼吁在中小学语文教材中加大中国古代文学作品的数量，在大学开设中国文学教育的公共课程。对这种声音，有赞同的，也有反对的。且不论此问题之然否，"文学常识"越来越"专门化"、"专业化"倒是事实。前两年，到省外一所大学参加学术会议，一位知名教授在大会上发言，引述《诗经》诗篇，居然张冠李戴，将相邻诗篇的诗题误作另一首诗的诗题。仔细一看，原来是这位教授不知竖排版《诗经》的体例而致误。文学教授未读过几本旧版（竖排）的书，这在今天已经不是什么大不了的事，然而却又一次证实了"文学常识"的"专业化"现实。

鉴于上述现实，中华书局编辑出版了"中国人应知的文学常识"、"国学常识"等书，其意义已经超出普及"常识"的范围。这本《中国人应知的文学常识》分诗歌、散文、小说、戏剧、词曲几个模块，以问答的形式对中国文学的常识予以陈述。思路是中华书局的编辑老师们设计的，具体条目由我拟定，并指导研究生来森华、王晖、魏娜和高丹撰写初稿，稿成后我又进行了修改和润色。责编聂丽娟老师对书稿进行了细致地审读，提出了很好的修改意见，并为书稿配上了精美的图片，为此书增色不少。衷心希望这本书中的"常识"能成为真正的"常识"！

韩高年

2012 年 12 月 10 日凌晨于兰州